# O SEGREDO DAS LARVAS

# O SEGREDO DAS LARVAS

## Stefano Volp

**1ª edição**

**Galera**

RIO DE JANEIRO
2024

**REVISÃO**
Ana Clara Werneck

**DIAGRAMAÇÃO**
Abreu's System

**CAPA E ILUSTRAÇÃO DE CAPA**
Dark Stream

---

CIP-BRASIL. CATALOGAÇÃO NA PUBLICAÇÃO
SINDICATO NACIONAL DOS EDITORES DE LIVROS, RJ

V896s

Volp, Stefano
  O segredo das larvas / Stefano Volp. – 1. ed. – Rio de Janeiro Galera Record, 2024.

  ISBN 978-65-5981-255-4

  1. Ficção brasileira. I. Título.

24-87804

CDD: 869.3
CDU: 82-3(81)

Meri Gleice Rodrigues de Souza – Bibliotecária – CRB-7/6439

---

Copyright © 2024 by Stefano Volp

Todos os direitos reservados.
Proibida a reprodução, no todo ou em parte, através de quaisquer meios.
Os direitos morais do autor foram assegurados.

Texto revisado segundo o Acordo Ortográfico da Língua Portuguesa de 1990.

Direitos exclusivos de publicação em língua portuguesa somente para o Brasil adquiridos pela
**EDITORA GALERA RECORD LTDA.**
Rua Argentina, 120 – Rio de Janeiro, RJ – 20921-380 – Tel.: (21) 2585-2000, que se reserva a propriedade literária desta tradução.

---

Impresso no Brasil

ISBN 978-65-5981-255-4

Seja um leitor preferencial Record.
Cadastre-se e receba informações sobre nossos lançamentos e nossas promoções.

Atendimento e venda direta ao leitor:
sac@record.com.br

Eu não vou sucumbir
Avisa na hora que tremer o chão
Amiga, é agora
Segura a minha mão

**Elza Soares**

En tudo és admirável.
Assim na dor que trazer ecôo
Amigo e para
Seguir um mundo

*Elsa Soares*

# Parte 1

Parte I

# 01

# O homem com um rio nos olhos

**F**echo os olhos à espera. Minha mãe toma coragem, crava a ponta das unhas afiadas em meu rosto e o rasga com um gesto brusco. Reprimo o grito. Quando ela repete o gesto é ainda pior. Os rastros das unhas arrancam pequenas lascas da minha pele. Prendo o choro e mantenho os olhos fechados para confundir as lembranças do futuro, porque sei que pavor e ódio estão enchendo cada ruga do rosto dela, mas nada disso é direcionado a mim.

*Sua mãe não te odeia. Não diz respeito a você, Freya. Aguente firme.* Então ela me arranha outra vez, com mais força. Duas. Três. Quatro vezes. Tantas vezes que não consigo mais contar. Os gritos dela parecem guinchos estrangulados. Trêmula, aguardo até que ela se canse, perca a força e desabe por cima dos cacos que sobraram de mim. É exatamente o que acontece, de maneira tão horrível e dolorosa como da última vez, há quatro anos.

Finalmente abro os olhos, cada centímetro do meu rosto arde, os cortes provocam comichões, gotas de sangue escorrem e se misturam às lágrimas que escapam contra minha vontade. Preciso que os ferimentos inflamem a ponto de desfigurar minha face, logo, devo resistir ao desejo pungente de aplicar algum unguento ou atravessar Absinto no meio da noite em busca dos feitiços de minha tia-avó. Mais uma vez, ela desaprovará o combinado quadrienal entre mim e minha mãe, que agora não consegue controlar a baba escorrendo pela boca deslinguada, o olhar vagueando pelos escombros da sala. Nada muito diferente do normal.

Tentando ignorar a ardência e a frustração, aguardo o estresse fazê-la cair no sono. Os lábios se mexem como em uma prece silenciosa e apressada. Em outras circunstâncias, eu poderia afagar sua longa cabeleira branca ou sussurrar uma canção tranquilizante. Mas não agora. Não com os cortes que dilaceram até o avesso da minha pele. Todos os pedidos de desculpa antes de me arrebentar parecem nulos. Não quero desculpá-la. *Você poderia deixar de amá-la agora e voltar a sentir algo bom só amanhã.*

O toque de recolher soou há pouco e isso significa que não temos mais energia elétrica em parte alguma da colônia. Assim, ajeito minha mãe no sofá, acendo os lampiões, confiro o ajuste de todas as trancas da porta e só então consigo respirar um pouco mais aliviada.

Conforme me dirijo ao meu quarto, os degraus da escada reclamam como sempre. Como dizem, sou privilegiada. Na verdade, não acredito que pessoas como nós tenham algum privilégio na vida. Apesar de nossa casa ser uma das maiores da colônia, com teto de concreto, boas janelas, cômodos largos e um forno a lenha invejável, tenho vontade de implodi-la e reconstruí-la com dinheiro limpo, com a simplicidade e a assinatura do nosso povo, longe de qualquer interferência da metrópole.

Como não é possível, faço o que posso para que a casa sirva como algo que Éden não conseguiu calcular antes de entregá-la aos meus falecidos avós, transformando-a em abrigo para vizinhos nos dias mais frios e, vez ou outra, algum tipo de esconderijo para as meninas mais novatas quando os estrangeiros reiniciam o ciclo de horror, como agora. Da outra vez não deu certo.

Estou acostumada a ouvir as pessoas falarem mal de mim como se eu não pudesse ouvi-las. "Que nome ridículo", "O quarto dela deve ser sem graça como ela", "Aposto que o que aquela casa tem de grande tem de insossa por dentro", "Alguém já viu a Freya sorrir?", e por aí vai. Se eu conseguisse mexer as partes do rosto agora sem sentir ardência, talvez sorrisse ao imaginar a cara dos idiotas da colônia. Estão enganados a meu respeito, porque as quatro paredes ao meu redor estão cobertas por tudo o que preciso para me sentir melhor aqui.

Uma enorme bandeira revela uma praia cheia de ondas e surfistas se equilibrando em pleno verão. Também há muitos mapas e desenhos de castelos, cachoeiras e nuvens radioativas. Os desenhos cobrem as paredes inteiras, afogando o vazio.

As nômades fazem um ótimo serviço quando vêm para cá, contando histórias da beira do mundo. Carregam cantigas sobre as terras do outro lado da cerca elétrica, da época em que a província se chamava Brasil. Graças a elas e ao meu tio Greyson, fiz todos esses e muitos outros desenhos desde pequena, mesmo nunca tendo visto nenhum desses lugares e coisas.

*Vamos, garota.* Ignoro os espelhos, os devaneios e a dor para me enfiar debaixo da cama, puxando a mala escondida e desafivelando-a com certa pressa. Não temos mais tempo para correr riscos. Os filtradores retornaram à cidade para premiar mais catorze garotas com uma viagem até a metrópole. Há um prêmio dissolvido em recursos permanentes para a família das selecionadas, como lenha, sementes, caça privilegiada e melhorias na casa, como meus avós receberam. Acontece que não deveriam chamar esses benefícios de prêmio, porque não passam de uma distração. A passagem para a metrópole não tem volta. Quem passa para o lado de lá e conhece a vida em Éden nunca mais retorna.

Se fosse tão bom assim, imagino que as garotas voltariam para contar novidades, reabraçar os velhos amigos e a família. Mas não é o que acontece. Em todos esses anos de seleção, a única pessoa que retornou foi minha mãe, com a língua decepada e a alma perdida em qualquer outro lugar além de seu corpo.

Começo pelos desenhos de armas. Já que são rascunhos sem vida, é fácil identificá-los em um mar de cores e rabiscos. Descolo das paredes meus rascunhos perfeitos da ARX 1866, B33 e Apolo Z15. São armas utilizadas pelos besouros, os soldados de preto que acabaram de chegar com os filtradores. Enquanto observo minhas ilustrações, prendo meus longos cabelos cacheados e percebo o quanto sou boa nisso. Não são apenas desenhos, mas representações minuciosas registradas por meu olhar atento ao longo dos meus dezessete anos de vida, e não quero que meu conhecimento se transforme em desvantagem caso nossa casa seja invadida. Por isso, protejo-os com pedaços de pano no fundo da mala. Dou um sorriso orgulhoso e então... *ai!*

Os cortes reclamam em minha face agora provavelmente mais horrenda do que as fuças de um urubu. Há coisas muito piores aqui que, caso sejam encontradas, me farão ser fuzilada, como a granada velha no fundo da quarta gaveta, um dos meus objetos favoritos, afanada da casa do Tico, que a fazia de bola em uma das muitas partidas de futebol dos fins de semana, ou a luneta de um filtrador burro que roubei duas filtragens atrás, e um estranho objeto que, quando apertado, projeta um pontinho vermelho para onde é apontado. Uma vez, utilizei minha agilidade pelo telhado para perseguir um besouro idiota. Ele fazia o objeto de brinquedo, apontando para os corpos das garotas e guiando-as até cantos sombrios após o toque de recolher. Deu mole, perdeu.

*Pronto.* Reúno na mala todos os itens que recolhi arriscadamente desde que tinha dez anos. Meu coração retumba no mesmo ritmo que algumas lágrimas ainda rolam. Consigo sentir o cheiro da graxa que precisarei passar no cabelo para embetumá-lo, e do pó de carvão que minha mãe me forçará a aplicar na beira dos cortes para piorar minha aparência. Vai levar semanas até que tudo cicatrize, até que as chacotas parem de ecoar por aí. As garotas de Doravel vão dizer "não precisava fazer tanto esforço pra não ser escolhida", os olhares de pena vão me trancafiar dentro de casa por longas semanas.

Infinitas teorias são tecidas pelo nosso povo. A mais aceita é que a quantidade de homens na metrópole ultrapassa a de mulheres. De todo modo, os filtradores estão aqui em busca de garotas atraentes. Não é como se fôssemos entrevistadas quanto à ida para Éden, se é que somos enviadas realmente para um lugar tão bom. Ninguém quer saber da nossa vontade, se estamos comprometidas com a família, com um companheiro, companheira. Presumem que todas nós sonhamos com o dia em que seremos escolhidas para atravessar o cercado sem morrer eletrocutadas ou levar um tiro na testa.

Deixo as lágrimas escaparem pelo relevo irregular do meu rosto porque, para ser bem sincera, nem eu mesma tenho a intenção de ficar para sempre aqui. Também quero ir. Também quero saber se tudo o que as nômades contam é real. Se existem mesmo as cidades cercadas por cachoeiras que nunca cessam e são saudadas por incontáveis arco-íris todos os dias, ou se existem colônias onde o chão é de areia e a água da praia tenta puxar os calcanhares das pessoas, convidando-as a relaxar, se existem cidades cercadas por nuvens brilhantes e radioativas onde somente quem é da cor da noite, como a maioria de nós somos por aqui, pode atravessá-las. Se existe energia à noite. Se existe vida além da morte.

Era uma noite de inverno quando vivi um dos maiores sustos da minha infância. Mesmo que a vida não me deixasse ser somente uma criança, eu ainda tinha nove anos. Naquela época, minha *tinyanga*, que também é minha tia-avó Cremilda, ainda morava nesta casa. Foi a primeira fogueira de inverno sem a presença dos meus avós e a última vez que fomos juntas à noite na Festa da Cabeça do Javali, eu, minha mãe e minha tia, embaladas pelo batuque dos atabaques, antes de nos sentarmos em volta do fogo para ouvir a sabedoria da nômade recém-chegada.

Ela despejou sobre nós a história de um homem branco que nascera com rios nos olhos. Os anciãos da Terra haviam dado a ele o poder de governar os novos reinos, de reiniciar o mundo com justiça e piedade, sobretudo aos que sobreviveram ao Breu em miséria profunda. O homem foi coroado com o nome de Terceiro Adão, e a seu primeiro reinado chamou Éden. Mas conforme os anos se passaram, Adão sucumbiu às seduções do Trono de Tronco e seu orgulho cresceu tanto que ele tramou contra seus próprios líderes, removeu o poderio dos anciãos e explorou a terra para que servissem a ele e aos seus.

A nômade encerrou a história e as pessoas ficaram azedas. Reviravoltas são um momento esperado, elas precedem o final feliz e arrancam nossos mais fervorosos aplausos. Todavia, aquela nômade da pele quase marrom e do olhar acinzentado, além de não sucumbir aos pedidos de uma continuação, foi imediatamente embora e nunca mais retornou.

Quando nos desenfeitiçamos do magnetismo momentâneo, minha tia-avó e eu não encontramos minha mãe por perto. Tampouco em qualquer lugar. Ninguém sabia da Marcada. Minha mãe tem demência e se perde com facilidade. Só que daquela vez ninguém a vira, nem uma pista ou sinal sequer. Passamos a noite procurando-a pelos cômodos, pelas casas vizinhas, pelos becos, pela mata, nos escombros da Pedreira e nada. Ninguém quis ajudar por muito tempo.

Muitas horas depois, no meio da madrugada, eu estava deitada nessa cama atrás de mim, quando ouvi um leve murmúrio no andar debaixo. Tive mais curiosidade do que medo. Peguei o lampião do quarto e desci as escadas tentando não fazer barulho. Eu era tão pequena que os degraus da escada eram maiores do que meus pés. Mantinha os olhos arregalados para me manter à espreita de qualquer revelação. Os murmúrios se tornavam cada vez mais audíveis, vindos da cozinha. Um forte odor de urina e fezes azedou meu nariz. Quis recuar, não acreditar, mas então eu sabia que ela estava lá, como os vencedores de um pique-esconde que triunfam por se enfiarem nos esconderijos mais óbvios.

— Mamãe — disse, abrindo a porta do armário da cozinha.

Naquela época, ela ainda tentava falar. Não tinha a língua na boca, mas repetia as palavras a seu modo. Se repetisse muitas vezes, era possível matar a charada. Inacreditavelmente encolhida e esmagada no compartimento do armário, acuada em um buraco escuro entre as próprias fezes e urina, os cabelos brancos empapados de suor, minha mãe repetia a frase que jamais esquecerei.

— Ele fez isso comigo. Ele fez isso comigo. Ele fez isso comigo.

Um último filete de lágrima escorre enquanto dou passos em direção à bandeira com a pintura da praia, desprendendo-a da parede. Além de ser uma das minhas pinturas favoritas, ela esconde o desenho que encaro com os dentes trincados, o único desenho neste quarto feito por outras mãos, rasgado de uma pilastra em Doravel. A pele macilenta do homem se estica pelo rosto quadrado. Fios marrons cobrem a cabeça e a barba cheia.

Conheço bem o rio em seus olhos e espero que os rios do mundo não se pareçam com este. Não são bem como eu imaginava quando ouvi aquela história da nômade. São pequenos, escuros e frios os olhos que encaro quase todos os dias, alimentando minha alma com o sabor amargo de minhas promessas.

O verme se chama Ádamo, o homem que preside Éden, o responsável pelo sentimento de invalidez dos meus avós, pelo apagamento do meu tio Greyson e por enterrar a alma da minha mãe num compartimento escuro e perdido para sempre. *Ele fez isso com ela*. E não há nada que eu anseie mais do que a cabeça do Terceiro Adão.

# 02

## Céu escuro com explosões coloridas

O sol aquece meu rosto e ilumina tudo ao redor, mostrando o quanto seria melhor se a eletricidade fosse cortada pela manhã, em vez de à noite. Não precisaríamos usar tantos ferrolhos nas portas por precaução, não aconteceriam tantos roubos de batatas e óleo, o tráfico de *todacura* teria menor impacto e a vida seria mais segura para todos nós.

Pela primeira vez após muitos ciclos da lua, odeio o vento que bate nos fios embolados da minha cabeça, despertando o cheiro de lama e lembrando-me do quanto estou nojenta. A pasta que passei nos cabelos antes de dormir é uma mistura com óleo de máquina de costura, lama e pó de carvão.

Aliás, se o sopro do vento fosse o único lembrete, estaria ótimo. É notório que as pessoas passaram a se locomover com as cabeças baixas por conta da intervenção militar. Mesmo assim, quando me olham, não conseguem disfarçar a expressão de susto e reprovação, e me encaram por mais tempo do que o necessário. A maioria das jovens da minha idade escondem risinhos e me fazem odiar o modo como desfilam pelas ruas com as saias rasgadas ao meio e decotes proeminentes. É errado ver meus desejos se oporem a esses?

Dois besouros caminham em minha direção e tento não manter contato visual. A armadura cobrindo-lhes dos pés à cabeça nos lembra o quanto nossa tecnologia é um ratinho assustado diante da monstruosidade da metrópole. Pretas e à prova de balas, as placas se fundem com o visor escuro do capacete redondo, conferindo a elas um aspecto temível. Desvio o olhar e não demoro para alcançar meu alvo, uma das construções mais largas de nossa colônia, com tijolinhos aparentes e um letreiro gigante feito com letras de madeira carbonizada que formam a palavra DORAVEL — como se nosso povo tivesse direito à alfabetização.

— Nossa, que cheiro podre! — reclama Xênia, a marrenta, cuja diversão é fazer chacota das meninas diariamente. — Sabia que limpeza faz parte das regras de conduta do trabalho?

— Bom dia para você também.

— Volte aqui, filha da Doidinha. Você está na escala da limpeza este mês. Aproveite para lavar esse bagaço que chama de cabelo...

Deixo que a voz dela desapareça à minhas costas e sigo meu caminho pelo corredor sombrio. Os olhares e piadinhas continuam enquanto atravesso a fábrica. Não posso dizer que todas as garotas zombam da minha aparência. Muitas me ofertam o silêncio como condolência, afinal, sou aparentemente a mais empenhada em não ser selecionada, e todo mundo aqui sabe que isso tem a ver com o meu apelido.

Também não vou dizer que todas se esforçam para parecer mais atraentes, exibindo partes do corpo em decotes convidativos. Algumas apenas se vestem melhor e limpam os rostos com mais empenho. Será que deveria me preocupar em guardar os detalhes dos rostos dessas garotas para em breve desenhar as que vão desaparecer?

Doravel é uma das fábricas mais antigas de Absinto, onde nós, mulheres, produzimos todo tipo de tecido exportado para Éden. Para mim, que já enfrentei meses faxinando a entrada da Pedreira — o trabalho que mais emprega as pessoas na colônia —, as paredes da fábrica cheiram ao paraíso, ainda que a jornada aqui não seja moleza. Um rodízio faz com que sejamos obrigadas a experimentar todas as seções: costura, customização, limpeza, tingimento, empacotamento. Tal como os outros postos de trabalho em Absinto, as atividades em Doravel precisam ser encerradas às dezoito horas, já que na décima segunda badalada do sino, às dezenove em ponto, a energia é desligada em toda a Colônia, até que o sol apareça outra vez.

Na Pedreira, tudo era diferente. Lá, eu havia ocupado a vaga de servente que pertencia ao meu avô, antes que os colegas o encontrassem morto em pleno trabalho. Quando minha mãe foi Filtrada, meus avós usufruíram dos benefícios enviados pela metrópole, como a reforma da casa e a cesta alimentícia mensal. Apesar disso, meu avô nunca havia abandonado a Pedreira, e as pessoas diziam que ele nunca tinha se conformado com a partida da filha. Diferentemente de minha avó que, segundo o que as pessoas dizem, gostava de encher a boca e se gabar da vida boa que a filha levava do lado de lá.

Às vezes, quando estou aquecendo raízes para o jantar, matando uma galinha ou pinçando os pelos de uma orelha de porco prestes a virar uma feijoada capenga, me pego imaginando o susto que os velhos tiveram quando minha mãe apareceu na porta de casa muda, ferida e com os olhos vagos. Às vezes, crio a imagem de meu avô correndo até a cerca e exigindo uma explicação dos vespas, sendo detido e ameaçado por uma pistola que lhe beija a testa.

Teço em minha mente a angústia de minha avó ao não conseguir tirar uma sequer palavra da própria filha. Imagino toda a dor acumulada da impotência e da injustiça sobre os ombros das duas pessoas que vi existirem até o fim da minha infância. Quando minha avó morreu deitada na cama, meu avô acompanhou-a ainda na mesma lua. Pior do que isso foi ver os olhos de minha mãe desejarem lágrimas que nunca chegavam.

Sempre me pergunto por que as pessoas não conseguem entender que, como meu tio dizia, estamos em guerra. Há poucos dias, todos nós fomos acordados no meio da noite com um estrondo não tão distante. Na manhã seguinte, os boatos se amontoaram mais do que as libélulas perto do valão. Alguns estão dizendo que Babel, a colônia vizinha, se rebelou. Outros, que rebeldes tentaram derrubar a cerca elétrica com um motim organizado que culminou na explosão do gerador de energia. Se o estrondo em Babel for um sinal de esperança, tenho a plena convicção de que não é um código fácil de se decifrar.

— Fogo na terra! De novo com essa história de cortar a cara, menina? — diz Silvana, no balcão do segundo andar.

Presa em minhas confabulações, apenas aguardo enquanto ela me dá as costas, caça a chave que vim procurar e me entrega.

— Primeiro ou segundo andar? — pergunto, abaixando a cabeça de leve, desviando o olhar.

— Latrinas, azulejos... preciso que dê conta de banheiros e cozinha hoje. Vê se prende esse betume — diz a mulher magra e quase do meu tom de pele. — Estragar um cabelo tão bonito desses a troco de quê? Prefere mesmo viver aqui?

Agarro o molho de chaves e me afasto de Silvana com a resposta enrascada na garganta, porque muitas vezes nem eu quero ouvi-la de mim mesma. Sou incapaz de encarar a minha própria verdade porque ela fede a traição.

Caminho até o armário de limpeza nos fundos da fábrica e recolho as ferramentas de trabalho do momento. Toalhas, bacias, soda cáustica, esfregões. Apesar de ter energia elétrica, Doravel é mal iluminada. Os pombos empoleirados pelas ripas de madeira no teto sempre me deixam nervosa. Não quero ser presenteada com as fezes dessas aves. A sorte não existe.

Passo o dia inteiro esfregando lavabos e azulejos até ver as pontas dos meus dedos murcharem. Um sinal sonoro agudo anuncia o intervalo das tarefas, e todas nós nos apressamos para a fila do bandejão porque ser a última pode resultar em comer as sobras. As cozinheiras servem o famoso caldo vermelho, uma espécie de sopa com vagens e carcaça de frango com tanto condimento que a água se tinge de escarlate.

— Vai sobrar para você hoje, hein — comenta a garota na minha frente quando vê minha cara de frustração. Ela mesma, Melissa, que ocupava meu cargo na semana passada, ajoelhada em ardósias e cercada por esfregões. — Nem Deus consegue tirar o vermelho dessas panelas.

— E Deus existe? — comento num sussurro, mas agradeço em silêncio porque ela não olha demais para o meu rosto e nem solta alguma piada.

A cozinheira enfia a concha na panela e tasca caldo no prato dela. Um pedacinho de pão é colocado no canto da bandeja. Quando tudo está pronto, Melissa vira o rosto na minha direção e pergunta:

— Me diz uma coisa, *Feya*. Você tem tanto medo assim da Filtragem? *Estava demorando*. Não quero responder.

— Estou falando com você — insiste ela. — Se acha *tão* bonita assim a ponto de ser escolhida?

A fala me acerta com uma pontada doída. Sou consciente do que enfrento desde pequena. Não são poucas as meninas que me tratam como se eu fosse diferente por conta da pele mais clara, ou do cabelo mais liso. Sei do esforço que fiz para me encaixar entre as garotas mais escuras da Colônia, até meio que desistir. E, sim, desconfio que os brancos da metrópole tenham uma tendência a preferir garotas como eu. Todas sabemos.

Só que como eu deveria me sentir mais bonita se pareço ter o padrão desejado por homens que querem me oprimir? Como posso gostar de minha aparência se não me assemelho tanto com a minha mãe e nem tive a chance de conhecer o meu pai?

As cozinheiras olham para a minha cara como se esperassem uma resposta. Ninguém atrás de mim reclama do fluxo da fila.

— E aí? Você é burra? — devolvo, perdendo a paciência. — Isso não interessa nem a você nem a ninguém.

Uis e ais ecoam entre as meninas. As cozinheiras riem.

— Brigaaaaa! — grita alguém.

Mas antes que qualquer ameaça continue, um desertado abre as portas com um gesto brusco e desfila pelo refeitório acompanhado por duas de sua laia. O silêncio os acompanha por onde passam. A pele dos três é branca como a da maioria das inspetoras de Doravel. É normal que vejamos mulheres brancas por aqui em cargos superiores. Moram em pequenas vilas na saída de Absinto e revezam entre as Colônias de estação em estação.

Mas... um homem?! É a primeira vez que eu e, com certeza, a maioria das garotas recebe um homem aqui. Até as veteranas, como a própria Melissa, ficam boquiabertas quando o cara calvo entra, sobe em cima de uma das mesas e estampa um meio sorriso. As duas desertadas se posicionam ao lado dele como guarda-costas, mas qualquer uma de nós poderia derrubá-las com facilidade, num mundo ideal. Uma delas ergue uma flâmula verde com o famoso símbolo de uma árvore folhosa atrás de duas espadas cruzadas.

— Obediência, lealdade e merecimento — diz ele. O homem, como todos os desertados, se veste todo de branco. Um tecido mais firme prende o manto na altura da barriga. Dependendo do movimento, um fino relógio aparece em seu pulso, e me pergunto se esta não é uma espécie de algema. Minha *tinyanga* diz que todas as pessoas brancas sentenciadas a servir nas Colônias estão aqui para pagar por crimes cometidos na metrópole. — Com todo o respeito e licença de vossa autoridade, precisamos interromper vosso dia de trabalho para uma mensagem esplêndida enviada por vossa senhoria, nossa luz à margem do rio, o nomeador das novas nações, Presidente Ádamo — anuncia com o sotaque carregado, como se tivesse ensaiado a mesma fala trezentas vezes.

Por mais que o cheiro do caldo vermelho abra meu apetite, o nome pronunciado embrulha meu estômago e pega todas nós desprevenidas. Os olhos do homem se alimentam brevemente da sensação do inesperado, da nuvem de tensão que se condensa. Espio as duas entradas da cozinha e observo as últimas meninas que chegam correndo e espantadas, provavelmente tinham almoçado antes ou trabalhavam em áreas distantes.

— A primeira mensagem é, na verdade, o primeiro *presente*. Em nome do Trono de Tronco, como forma de reconhecimento por todo o serviço prestado à sua metrópole por jovens tão talentosas e dedicadas, Éden as presenteia com os Dois Sétimos, que representam um tempo de descanso. Todas as fábricas e estabelecimentos permanecerão fechados por dois dias. Nenhum assalariado deverá trabalhar nesse período e os dois dias de trabalho não realizados serão pagos por sua metrópole. Por que Deus descansou no sétimo, a partir de amanhã isso acontecerá uma vez a cada ano.

As desertadas mostram os dentes branquíssimos na tentativa de estimular a euforia da plateia. O homem mantém a expressão de alegria forçada dentro do olhar vago que a ninguém quer encarar. Estamos levando um tempo para compreender. Quase um minuto se passa até que algumas garotas troquem meios-sorrisos de alívio e expectativa. A maioria, inclusive eu, permanece imóvel e à espera do restante. Não quero aceitar presente algum do grandessíssimo idiota nomeador das novas nações.

— O segundo presente — anuncia o desertado, com uma pausa dramática. Ergue as sobrancelhas, arregala os olhos em sinal de aviso. — De maneira nenhuma desejamos desonrar a criação de Deus, que nomeou o sol como o astro rei da manhã, e a lua, como dama da noite. Recebemos e honramos sua luz. Mas também entendemos o quão difícil é para cada pessoa que vive neste hemisfério depois do Breu, sem o poder da eletricidade à noite. Assim como é para vocês, é para a maioria de nós. Mas hoje trago boas-novas — anuncia ele, precedido por outra pausa. — Em nome do Trono de Tronco, vossa energia elétrica não será cortada durante os Dois Sétimos. A partir de amanhã, pela primeira vez, vossa Colônia de Absinto receberá duas noites de luz. Este gesto se repetirá uma vez por ano, para que assim aproveitem os Dois Sétimos da melhor forma possível.

Os suspiros eufóricos finalmente reverberam. Uma onda de surpresa e curiosidade agita o rosto das garotas, remexendo o surto de expectativas em que vivemos soterradas.

Volto a mirar as pessoas brancas e suas feições sempre esquisitas demais para nós. Não estou conseguindo assimilar as informações. Nunca vivi a chance de passar uma noite com energia e quero sorrir como a maioria de nós. Acontece que meu alívio não vem, e aguardo ansiosamente pelo próximo recado.

— A terceira e última mensagem — retoma o homem, mal contendo um sorriso de canto a canto. — O Trono de Tronco convoca todos os cidadãos de Absinto, sem exceção, jovens e velhos, sãos e doentes. Todos deverão comparecer à Praça da Ponte amanhã, assim que o sino soar. A Praça estará iluminada e receberemos, pela primeira vez na história desta Colônia, com uma esplendorosa queima de fogos em celebração a sua visita, a presença dele, vossa senhoria, nossa luz à margem do rio, a raiz e o tronco do Trono, vosso Presidente Ádamo. Obediência, lealdade e merecimento.

O quê? Minha garganta seca e minhas mãos só faltam pingar de suor. A onda de curiosidades agora é um terremoto. Não consigo perceber sequer uma garota ou mulher que não arregale os olhos ou leve uma mão ao peito, à boca, sorrindo ou até mesmo abraçando uma próxima.

As duas desertadas puxam uma salva de palmas. Os aplausos eclodem pelo refeitório. Algumas de nós estão desacreditadas demais para aplaudir, outras ganharam um brilho nunca visto no olhar. Melissa apoia sua bandeja na bancada e aplaude com toda empolgação possível, com um gritinho de "Viva!".

Perdida entre os estalidos eufóricos, observo o homem mais uma vez. O sotaque em suas palavras se embola em minha mente e lembro de um dos desenhos que guardei na mala há algumas horas: um céu escuro com explosões coloridas e vibrantes. É isso o que as nômades costumam dizer que são os fogos de artifício.

De repente, a expectativa de finalmente ver o fenômeno com meus próprios olhos dá uma cambalhota dentro de mim. Talvez eu deva aplaudir. Mais ainda. Talvez eu esteja diante da melhor oportunidade de fazer o tal do dono do Trono de Tronco se engasgar com uma flecha na garganta e sangrar até pagar por nos escravizar. Porque é isso o que meu tio dizia que somos, antes de atirarem em sua cabeça. Escravizados.

# 03

## Caju

—Não sabia que as colônias cheiravam pior do que o esgoto das mulheres do deserto — diz o filtrador, vestido com sua capa cinzenta, segurando uma lanterna na mão. A forma como ri da própria piada revela sua juventude.

— É tarde pra se arrepender — constata o outro. Mede a mesma altura que seu parceiro, mas tem o corpo três vezes mais volumoso e fala de forma seca, sem vontade.

— Arrependido nada. Se essa for mesmo a última Filtragem, a *kimani* mais valiosa vai ficar na minha conta. Quer apostar?

O comentário faz o grandão soltar um sorriso que mais parece um grunhido. Sob a luz da lua e das lanternas, os dois descem a ruela até uma esquina um pouco mais longe das casas, mas perto o suficiente para que eu os ouça do alto.

De dentro das vestes, o grandão saca uma binga e estende a mão na direção do parceiro. O novato entrega-lhe o cotoco de um cigarro e ambos decidem retirar os capuzes para fumar. Enquanto o cheiro de *todacura* se avoluma, observo o relógio prateado no pulso dos dois, as mesmas pulseiras que os desertados usam. Aproveito para guardar o rosto deles na memória. A pele branca do mais novo é marcada por infinitas pintas. O outro tem a cabeça careca, um rosto massudo e olhar de poucos amigos. Do teto da casa mais próxima, fundida com as sombras, observo seus movimentos enquanto tragam e jogam as malditas guimbas em nossa terra.

— Aí, vira pra lá que eu vou tirar uma água do joelho — diz o mais novo, afastando-se um pouco. O homem movimenta os cortes da capa e vira de costas para urinar.

Aguardo em silêncio. Estrelas tristes cravam os céus e espiam minha ousadia com pouca esperança. Elas já me viram muitas vezes aqui, sobre os telhados de Absinto após o toque de recolher, quando os vespas patrulham a colônia em busca de instaurar a suposta ordem, traficar *todacura* ou até mesmo assaltar nossa roça e coisa pior.

Absinto é também uma região seca no verão. É quando o sol castiga o nosso povo de maneira cruel, impedindo o plantio da maioria dos vegetais e hortaliças. Quase não se vê nuvens e a chuva demora a cair sobre o solo. A estação é tão forte que se encosta sobre o outono de forma arbitrária, aquecendo as primeiras semanas como se nada tivesse mudado. Mas agora estamos no final do outono e as noites começaram a esfriar.

Quando a lua cheia aparecer, finalmente enxergaremos uma nova chance no cultivo da terra, que aos poucos será preparada para a primavera. Pela manhã, já é possível ver o céu nublado com maior frequência, e também os ventos têm ganhado mais força. Em algumas semanas, as tempestades e trovões rugirão de modo assustador, como se o céu estivesse indignado com as injustiças terrenas porque até o pedaço de roça onde temos permissão de cultivar para a feira livre é invadido e assaltado.

Abano os insetos que insistem em pousar em meu rosto ferido. Quanto mais perto do valão das libélulas, mais vou sofrer com isso. Olho ao redor. O silêncio da noite é cortado pelo barulho de dentro das casas. O céu iluminado faz a Pedreira brilhar lá nos fundos da colônia. Meu olhar acompanha o que dá pra enxergar da cerca elétrica a rodear nossa terra, cruzando o meio da mata, guarnecida por dezenas de vespas, os guardas de uniforme cinza, que atiram pra matar quando alguém se aproxima demais. Provavelmente um deles atirou no meu único tio quando eu tinha uns seis anos de idade.

Ninguém deveria sair de casa à noite. Entretanto, a ordem é ainda pior quando os filtradores chegam, porque os besouros vêm no pacote e intervêm na colônia, tornando tudo ainda mais hostil. Apesar disso, embora eu tema os cantos sombrios, é também aqui onde encontro filtradores, como esses dois babacas, e posso persegui-los pelo alto dos telhados conhecidos por meus pés, gastando adrenalina, dançando com a noite em busca de qualquer informação sobre como conseguirei a cabeça do meu maior inimigo.

Preciso engolir em seco quando me lembro de como minha mãe apertou meus ombros algumas horas atrás, sussurrando uma porção de palavras indecifráveis. Nos olhos dela, o medo de ser encontrada e mais sei lá o quê. Algo horrível. Algo que encheu seus olhos de lágrimas. Obrigada a me trancar com ela por horas dentro de um guarda-roupa escuro e úmido, o pavor tomou conta de mim ao sentir a carne dela tremer em minhas mãos. Na sacola de nabos sobre a pia da cozinha, um recorte de papel dizia:

*Éden convida Absinto para comparecer ao discurso do Presidente Ádamo na Praça da Ponte, na última badalada do sino. Preparem-se para uma impressionante queima de fogos de artifício.*

Mesmo sem saber ler com perfeição, *mamana* encontrou um jeito de decifrar aquele bilhete. Talvez reconhecer o nome de Ádamo e ver o desenho da Praça da Ponte tenha sido o suficiente para que ela entrasse em pânico. Ou talvez seja por causa da cópia do selo real.

O bichinho da ansiedade me contamina aos poucos. Nunca estive tão perto de executar minha vingança. Não faço muita ideia do quão difícil será colocá-la em prática e estou tentando me enganar ao achar que conseguirei alguma dica desses dois babacas abaixo.

— É ruim pra caralho — xinga o filtrador mais novo, retornando. — Ninguém tinha me dito o quanto essa parte fede. Merda.

— Por isso a gente fuma.

O grandão joga o restinho do cigarro no chão, pisa em cima dele e cobre o rosto com o capuz.

— Ei, Rona, era minha última ponta.

— Bora, molenga. Não sou igual ao teu pai, não — grunhe ele, tomando rumo. — A safra tá fraca.

*Rona. Mais um nome para minha lista.* Com extremo cuidado, movo meus pés descalços procurando equilíbrio por cima das ripas do telhado. Deslizo agachada, acompanhando o movimento dos inimigos. Em silêncio, os encapuzados viram uma, duas, três ruas. Equilibro-me sempre meio abaixada, agradecendo aos astros do céu, que iluminam os telhados esta noite com entusiasmo.

Por um momento, preciso me desviar de um teto de palha e quase os perco de vista, mas então, assim que pulo de uma casa para outra e recupero o rastro dos dois, meu pé desliza pela umidade da vara de madeira, reprimo um grito e caio sentada sobre a mesma viga com um baque seco.

É o meu fim.

Penso rápido. Prendo a respiração, preparada para correr, pular, me esconder em uma caixa d'água, em um latão de lixo ou até mesmo nas beiras do valão, se eu conseguir alcançá-lo. No entanto, não é para o alto da casa que os estrangeiros estão olhando, e sim para a silhueta de um cara que leva algo à boca, recostado sobre a entrada do único casebre pintado de vermelho.

— Patrulha 65, acompanhar meu rastro ao lado leste, próximo ao maldito valão. Casa vermelha — comunica o homem grandão no pequeno rádio que sacou rapidamente do bolso. Meus olhos brilham. Sempre quis afanar um desses.

— Não ouviu o toque de recolher? — pergunta o mais novo, de repente com a voz cheia de um tom ameaçador que não combinava consigo há cinco minutos. — Macacos obedecem regras.

O homem só se mexe para morder a fruta. Mastiga. Cospe o caroço na direção dos filtradores.

— Acho melhor você desfazer seu comando — opina ele com tranquilidade. — Tenho algo que vocês querem. Macacos têm orelhas grandes.

Impossível soltar a respiração. Isso vai dar problema e dos grandes.

O cheiro adocicado da fruta alcança meu olfato: caju, disputadíssimo quando dá no pé. É preciso muita sorte para consegui-lo na feira livre, onde os preços são mais baratos para que não morramos de fome.

Lentamente recolho minha perna para cima do telhado, torcendo para que ninguém decida acompanhar meu movimento. Preciso sair daqui agora, mas a curiosidade costuma vencer minhas batalhas.

— Explique-se — pede o grandão.

— Me chame de Tássio — galanteia o cara. — Os dias andam uma bosta para vocês, meus chapas. Estão dizendo que uma boa informação vale mais do que nossas lindas garotas. Quero que me digam se é verdade.

Os filtradores se encaram como se decidissem o que vão fazer com o infringidor de uma das principais regras da colônia: recolher-se dentro de casa quando não há mais energia. Sem aviso, o grandão avança em direção a Tássio, esmagando-lhe o pescoço com apenas uma das mãos. O novato chega a dar um pulinho em êxtase. Com a voz estrangulada, Tássio se esforça para dizer:

— Sei-so-bre-e… ela. Sei-dela.

Espio as extremidades com medo da aparição de besouros. Dizem que o motivo de eles se movimentarem tão rapidamente à noite é porque enxergam no escuro por trás dos capacetes. O grandão afrouxa os dedos e se aproxima o suficiente para derrubar Tássio com uma cabeçada. O caju finalmente escapa da mão do preto e rola pelo chão.

— *Quem* é ela?

— Vai se arrepender por ter colocado a mão em mim.

— Me dê um motivo para não fazer pior.

Tássio engole em seco, levanta a cabeça, emplaca um sorriso malandro.

— Tô ligado que ela tem muitos nomes — diz ele com uma pausa dramática, a voz transformando-se num sussurro. — Ela rasteja à noite em silêncio, deslizando pelos nossos barracos e depois pelos pés brancos de vocês. Tô ligado que ela está se preparando para dar o bote a qualquer momento. São imbecis de acharem que macacos obedecem regras em seus próprios territórios.

A fala não amansa a expressão do grandão, mas agora ele pelo menos parece interessado. O filtrador mais novo começa a gargalhar alto. Aprumo os olhos em direção ao caju e torço para que todos desapareçam dali em alguns minutos, deixando a fruta para trás. Ela é cara demais para não ser comida do chão. Será que daria tempo? A qualquer momento uma manada de besouros chegará. Preciso desaparecer daqui agora.

— É só isso? — pergunta o grandão.

Mais encorajado, Tássio pigarreia e cobre um lado da boca com uma das mãos.

— Quer saber? Tenho uma irmã de beleza excepcional — diz ele. — Tá ligado que a língua dela é afiada, mas pode ser domada. Quer saber mesmo? Sou o único parente dela aqui. O prêmio da metrópole viria direto para mim, sacam? Pretendo pedir terra boa e sementes para plantar laranjas. Adoro laranja. Topa entrar e conhecer a Liginha em troca do paradeiro da cobra?

*Entendi certo? Esse cara quer vender a própria irmã?*

— Ponha as mãos na cabeça! Agora!

Dito e feito. Está escuro demais para contar, mas aproximadamente seis besouros surgem das sombras mais perto do que imaginei. Apontam as armas na direção de Tássio e gritam palavras de ordem.

Os pelos da minha nuca se arrepiam no mesmo segundo em que uma voz sussurra atrás de mim:

— Vem comigo.

Giro em silêncio e vejo a silhueta de um rapaz jovem. Merda! Estou sendo uma péssima espiã hoje. Penso em apontar uma faca na direção dele, ou permanecer ali só para tentar recuperar o caju. Apesar do susto, ao contrário do comando dos besouros, o "vem comigo" saiu num tom de voz preocupado.

— Filho de uma maldita! — grita um deles abaixo.

Ouço o barulho de um soco. Outro. Tássio resmunga. Os golpes aumentam. O misto de pensamentos me paralisa, mas o medo de ser pega me faz seguir o garoto que desliza pelo telhado com a habilidade de um gato, provavelmente melhor do que eu mesma.

Partimos juntos pelo alto. Conforme nos esgueiramos pelas casas, meu coração bate forte. O sereno molha a noite, por isso presto o dobro da atenção a cada passo. Não posso ser burra de cair outra vez.

Sigo o menino-gato e pulamos umas oito casas em silêncio. Os sons dos ataques a Tássio desaparecem até encontramos uma laje de concreto com duas caixas d'água. O espaço entre elas é um esconderijo perfeito, onde consigo me sentar de novo e aquietar o coração. Longe o suficiente do ataque, perto o suficiente de um completo estranho, mas que pelo menos não é branco nem apontou uma arma para mim.

— Nunca achei que um dia eu salvaria a filha da Doidinha.

Imediatamente percebo que ele é ela, pelo tom da voz. E ela sorri. Faço esforço para não demonstrar surpresa e aguardo meus olhos se acostumarem à penumbra dos repositórios entre nós duas. Um leve cheiro de carne congelada se desprende da bolsa entrelaçada na garota.

— Você não me salvou — afirmo.

— Não? Sempre fugindo pelos telhados no meio da noite. Autossuficiente e metida. É uma boa descrição pra você? — O deboche coça cada palavra dela.

*Talvez.*

— Na verdade, é você quem parece estar fugindo, o que é bastante irônico. Temos cercas. Deveríamos estar dormindo.

A garota sorri. De repente, sou tomada pela vontade de voltar para casa, deitar em minha cama e pensar no que acabei de ouvir. Foi uma caçada produtiva, apesar de tudo. Consegui o nome de um filtrador e uma informação importante o suficiente para ser usada como moeda de troca por um metido a espertão. *Cobra* com certeza é um codinome para alguém que os filtradores temem. Ele usou pronomes femininos. Quem seria essa mulher? Uma rebelde, talvez? Por um momento, imagino que a garota a minha frente talvez pudesse ser essa *cobra* misteriosa. Pelo menos tem a cabeça lisa.

— Ouviu o que eu ouvi sobre uma *cobra*? O que seria isso? — Tento, entregando a minha melhor cara de pouco interesse. — O cara sabia de algo... Estava tentando trocar informação por...

— *Vender*. Estava vendendo a própria irmã — completa ela, pensativa. — Homens são um lixo. Nunca acredite neles.

— Poderia ter sido um blefe.

— Se acredita nisso, você é bem mais ingênua do que pensei. A Filtragem revela o lado mais sombrio dos homens. São capazes de inventar qualquer coisa para conseguir as mordomias da beira do mundo. Espero que aquele ali apodreça e morra.

O ódio da garota atiça a noite. As palavras saem com tanta ardência que ficamos em silêncio por alguns minutos. Penso no quanto pareço ingênua, e nas imagens que tenho do meu tio e meu avô, os únicos homens da minha família dos quais tenho lembranças. Eles não eram um lixo. Lembro do quanto se dedicaram para cuidar de minha mãe e o quanto cochichavam promessas sobre um motim capaz de destruir as cercas, vespas, besouros, tudo isso. Eu me pergunto o que fazia com que as faíscas em seus olhos se apagassem tão rapidamente. Talvez a falta de outras lenhas em brasa seja o grande motivo pelo qual nossas ameaças nunca peguem fogo de verdade.

Mais uma vez, o cheiro de carne toma o ar e decido quebrar o silêncio.

— Por que raspou a cabeça?

— É tão difícil assim de perceber?

— Não sou boa em adivinhar.

— Bom, você sabe que está conversando com uma garota, ok?

De repente, a conclusão me atinge feito uma flecha. Ela não quer ser confundida com um homem. Só quer ser menos desejada. Está tentando escapar da Filtragem assim como...

— Tipo você, só que mais esperta — brinca ela. — Cabelo cresce. Uma cara horrível como a sua deve deixar cicatrizes pra sempre.

Engulo em seco. Ser motivo de chacota desse jeito deveria me fazer ter vontade de agredir, ou de cavar um buraco e me esconder, mas estou diante de uma garota que não só desacredita do sistema, mas está tentando burlá-lo. De repente, ela tira um caju de dentro da bolsa e me entrega.

— Tome. Vi que estava olhando pra um desses como se nunca tivesse comido na vida. É gostoso.

— Não, não posso aceitar.

— Pega logo, antes que eu desista. Tenho mais um aqui. Troquei pela carne de uma boa caça da semana passada.

— Não tenho nada para oferecer em troca agora... A não ser um lugar pra você se esconder.

A menina avalia em silêncio. Por um momento, parece disposta a aceitar minha oferta. Meus olhos se acostumam no escuro e consigo enxergar uma pinta marcando o rosto, quase entre o fim do nariz e a boca.

— Não entendo por que *você* não se esconde. Seria mais fácil do que esfolar o próprio rosto.

— Não pra minha mãe... — respondo, nada a fim de explicar que *mamana* tem uma cisma anormal acerca da Filtragem. Aposto que nenhuma das mães de Absinto escondia seu bebê dentro de um forno a lenha com medo dessa seleção estúpida que nem avalia recém-nascidas. — As coisas são... complicadas.

— Imagino.

A garota joga o caju gentilmente na minha direção e em poucos segundos se esgueira para a ponta da casa onde estamos. De repente só o que eu quero é que ela não se vá. Talvez pudéssemos passar a noite ali em cima, compartilhando mordidas na fruta e fazendo planos de fuga. Se ela sabe caçar, tem um arco. Quem sabe ela não seja parte essencial para a execução de Ádamo na noite seguinte! Tudo isso passa por minha cabeça brevemente como um trovão. Entretanto, com o coração palpitando mais forte, a única pergunta que consigo fazer é:

— Ei, a quem devo agradecer?

— Eu sou a irmã que ele quis vender.

A garota evita me encarar e, cheia de habilidade, pula do telhado.

# 04

## Chá com bolinhos

Encaro a folha em branco diante de mim. Ela se parece com o futuro de todas as garotas que são levadas sem poder calcular o restante dos dias. Molho a ponta da pena no caco de telha recheado com pingos de tinta e desenho um rabisco qualquer. A mancha vermelha lembra sangue, quase como se a folha fosse a pele de um desertado cortada pelo fio de uma navalha. Na verdade, talvez fosse mais fácil conseguir a pele de um animal do que uma folha de papel para pintar. Papel não é vendido aqui. O que tenho é roubado das embalagens de Doravel, das que seguem de lá para o desconhecido.

Não estou acostumada a ver a luz do sol entrar pela janela de casa a essa hora da manhã. Só que hoje, pela primeira vez na vida, estou vivendo o tal Dois Sétimos, sendo paga para ficar em casa. Um sorriso amargo me escapa e risco um novo traço sem sentido, seguido de vários outros. Não faço ideia do que estou pintando ou do que fazer com o meu tempo livre. Minhas mãos estão trêmulas, meu coração agitado. Aproximo a pena do tinteiro improvisado e, de repente, por conta de um gesto displicente, ele vira e cai no chão.

Fecho os olhos e tento respirar. Os gemidos fracos, mas constantes, de minha mãe ainda ecoam pela casa. Ocupada com suas infusões na mesinha do lavatório, minha tia-avó começa a cantarolar uma cantiga qualquer, como se estivesse alheia a tudo ao redor.

— Desculpa — murmuro ao perceber que as gotas do tinteiro espirraram no chão. Eu me desculpo porque sei do trabalho dela para produzir essas tintas para mim. São feitas com seiva de plantas, gordura de animais, argila, sangue e ossos moídos. Jamais conseguiria pintar tantas coisas sem ajuda.

Minha tia-avó Cremilda apenas se aproxima e posiciona uma caneca de chá fumegante sobre minha mesa. *Tinyanga*, é esse o nome que damos a pessoas como ela. Um lenço apertado envolve-lhe a cabeça, de onde escapam alguns fios de cabelo grisalho. A cor dos fios contrasta com a pele negra, o nariz achatado é quase mais largo que os lábios e, hoje, o olhar perolado dela me evita para não dar de cara com minhas cicatrizes.

— Beba, *n'wana* — ordena ela. A voz velha, mas firme como sempre. — Não é o mesmo que o de sua mãe, fique tranquila. Vai apenas te acalmar. *Jana loko usvilava...*

— Vou esperar esfriar, obrigada — murmuro, devolvendo o tinteiro para a mesa, observando o terror do desenho abstrato que fiz. Tive uma noite péssima. Nunca desenhei nada pior em minha vida, nem gastei tanta tinta à toa.

— Não pode deixar a turbulência de Amara te atingir, *n'wana*. Acenda o incenso de folhas que sua *xikoxa tinyanga* lhe fez, sopre pela casa quando o tempo acinzentar. Precisa espantar as vozes da perturbação e do medo — aconselha ela. De repente, as rugas se acentuam em sua face e seu olhar endurece ainda mais. — Não aguento mais ouvi-las aqui.

— A senhora sabe que não é sempre assim — rebato enquanto ela retorna para o lavatório, finalizando o remédio de minha mãe, cujos gemidos continuam. — Ela está assim depois de saber da chegada do Á...

— *Kuna yini?* Maus agouros vêm com esse nome. Só o diga quando necessário.

*Sério?* Na maioria das vezes ela é supersticiosa demais. Como alguém teria o poder de se propagar pelo próprio nome? Bem, não sei. Prenso as mãos trêmulas entre as coxas e ouço o cantarolar dela flutuar outra vez pela casa, misturando-se à fumaça do meu chá de capim-limão. O cheiro é agradável e a quentura me aquece. Nada além disso e a presença de nossa anciã poderia arrancar *mamana* do terror que a paralisa desde o bilhete.

Só eu sei o que passei, acordada a noite inteira com gritos de pânico, imaginando a hora que um vizinho bateria à porta no meio da madrugada, ou coisa pior. Os braços dela me envolvendo a todo instante, o sussurro dela incontáveis vezes em meu ouvido, um murmúrio doído que somente eu sabia decifrar: filha, eu te amo.

— *Yena wata nhambi hingali kona.* Animada para ver luz à noite? — pergunta ela. — Vai ser uma beleza, hã? Fogos de artifício, sua *xikoxa tinyanga* aqui sempre quis ver.

Estou zero animada. Passei a noite inteira intercalando entre tranquilizar minha mãe e bolar algum plano que fizesse sentido, mas não tenho a menor ideia de como sequer me aproximarei do presidente porque provavelmente ele estará cercado por um comboio de besouros. Não estou a fim de admitir, mas a verdade é que, sozinha, não terei a menor chance.

Respondo qualquer coisa e minha tia finaliza o chá. Ela se vira em direção ao quarto de minha mãe, ainda evitando me olhar. As fissuras em meu rosto estão cicatrizando mais rápido do que antes. Mesmo assim, ela nunca concordou com esse gesto da minha mãe, e sinto que sofre por não conseguir evitá-lo.

Como deve ser a vida dela naquele casebre no meio da mata? Cercada por plantas, pedras, insetos, vidros, sementes e raízes. Sempre procurada para ajudar algum doente, recebendo ingredientes em troca. Em minha missão, sou tão sozinha quanto ela. Às vezes tão calada quanto ela, mas cheia de vontade de falar. Imagino o que tia Cremilda faria em meu lugar se precisasse aproveitar a única oportunidade na vida para cercar um homem e obrigá-lo a dizer o que aconteceu com sua mãe naqueles tempos, por que a devolveram daquele jeito e por que ninguém se importa.

Antes que eu pergunte, ela faz jus ao apelido de bruxa e se aproxima ainda sem me encarar.

— O que quer saber, Freya? O que perturba seu coração? Fale.

Respiro conturbada. De alguma forma, a presença dela causa uma estranheza, uma disposição natural em obedecê-la, como se ela tivesse o poder de obrigar as pessoas a responder qualquer pergunta.

— Não sei o que está acontecendo, tia. — As palavras escorrem pelos meus lábios sem que eu as contenha. O ritmo em meu peito acelera. As últimas horas se passam como um borrão diante dos meus olhos. Estou evitando encarar esse sentimento esquisito dentro de mim. — Eu a amo mais do que tudo nesse mundo. Mas também sinto... que vivo por ela. E... — De repente, fios de lágrimas caem em minhas bochechas. Minha voz se parte. Engulo em seco, aflita. As coisas que eu jamais disse a alguém coçam as costas dos meus lábios e é tão difícil segurá-las agora. — Tenho muita raiva dentro de mim. Eu não sei quem eu sou. Não sei o que eu quero, tia. Eu sinto *raiva* por dentro.

Tia Cremilda suspira e alisa meu ombro algumas vezes. Cantarola. Meu corpo está tremendo e me seguro para não desabar em lágrimas e parecer mais fraca do que já sou. Aguardo pelo que a *tinyanga* da família vai dizer. É agora que ela vai deixar de velar minha mãe e cuidar um pouco de mim? Projeto a cena infantil em que ela vai me abraçar e deixar que eu descanse em seu colo. Mas logo me repreendo por ser uma idiota egoísta. E então descubro que nem precisaria de tanto, porque a curandeira da família simplesmente se vira e caminha com o chá em mãos em direção aos gemidos da *mamana*, me deixando perdida no silêncio de mim mesma.

**Dona Amara** melhora consideravelmente e à tarde já consegue até almoçar conosco. Tomamos caldo de cebolas, as três, juntas. O sabor é bom, mas, apesar do esforço feito, a cumbuca dela demora muito para esvaziar.

— Está com saudade de comer carne, é, mãe? — pergunto.

Com os olhos cansados, ela move as sobrancelhas para cima e esboça um fino sorriso culpado. Depois, beija o colar de contas num gesto costumeiro que pode ter trezentos mil porquês, eu nunca sei qual. Apenas sorrio de volta. Ela está voltando aos poucos. É muito bom ver nem que seja uma migalha de sorriso no rosto dela num dia tão difícil, em que somente a menção da proximidade com Ádamo é capaz de adoecê-la mais do que o comum. Envergonhada pelo que disse mais cedo à minha tia, dou um beijo apertado no rosto de minha mãe e deixo que a sensação de vê-la melhorar me preencha.

Volto a pintar e tento esvaziar a mente, mas outra vez nada parece fazer muito sentido no papel. O céu já começa a perder a claridade quando visto um manto contra o frio e decido tentar trocar meu caju por um pedaço de carne, já que sou uma péssima caçadora. Tiro a fruta do tonel de gelo e a protejo com um pano antes de enfiá-la na bolsa de couro. Saio quando minha tia-avó conversa com minha mãe e aproveita para costurar uma colcha, grata pela decisão dela de ficar perto pelo menos hoje.

A menina quase vendida pelo próprio irmão foi bem inteligente, penso. Sem coragem para reforçar os cortes do rosto, arrumo meu cabelo sujo de forma que ele esconda minha face, abro a porta e observo a movimentação na colônia. *Fo-go-na-ter-ra!* Uma atmosfera de empolgação irradia no fim do dia nublado. Os besouros em duplas são mínimos diante da quantidade de gente pra lá e pra cá, conversando como se aquele fosse um dia feliz. Talvez o seja.

Caminho de braços cruzados, arrepiada com o vento que toca minhas feridas e não demoro até me apoiar no balcão sombrio desse lugar onde o cheiro inebria qualquer um, menos o próprio Ismael e sua família. O tetracampeão consecutivo da Festa da Cabeça do Javali vende todo tipo de caça e acho que por isso a maioria de nós cresce criando boatos a respeito dele. Sempre tive medo daqueles olhos pretos e do bigode avolumado. Além disso, todas essas cabeças de jacaré, cachorro do mato, tatu… Como é que ele consegue caçar tão bem do lado de cá da mata?

— Se for encomendar fígado, a fila de espera está grande — diz uma voz suave ao meu lado. Pertence a uma garota muito bonita. O cabelo crespo é preso em tranças embutidas, uma flor de pétalas pretas repousa atrás da orelha dela.

— Talvez eu possa furar fila hoje — murmuro, pensando no valioso caju escondido em minha bolsa.

— Prazer, Freya. Sou a Ruana.

Aceno com a cabeça, à espera do açougueiro, sem deixar de estranhar a menção do nome que tia Cremilda me deu. A voz de Ruana é tão familiar... Sou a única que não conhece as pessoas de uma colônia tão pequena? Será que já a vi trabalhando nas minas antes?

— Acho que nunca vi essa flor em toda minha vida — resolvo dizer.

— Um cravo — diz ela. — Minha família cultiva plantas exóticas.

— Como conseguem?

— Alguns comerciantes e nômades trazem sementes na época do inverno.

— Mas que inferno vocês estão fazendo aqui? Por mil demônios! — ruge o açougueiro, emergindo das sombras da barraca onde nos apoiamos, em frente a sua casa.

Encaro Ruana sem saber como agir. A não ser que queira ser selecionada, é realmente muito perigoso que uma garota tão atraente como ela esteja assim, na rua, livre.

— São esses pedaços de carne. Esses malditos pedaços de carne — resmunga o homem, espantando as moscas e puxando os ganchos de carne vermelha pendurados na barraca que ninguém teria a ousadia de roubar. Não de alguém cujo soco pode te desfazer em pedaços.

— Quero fazer um acordo. Uma troca. — Tento.

— Não tem troca, garota! Se os miolos da sua cabeça funcionam, faça o que a doidinha da sua mãe te ensina e se tranque dentro de casa.

Ruana observa a cena quieta. Nunca vi alguém que não queira vender. Nunca vi esse homem tão irritado antes. Estou prestes a argumentar, quando ele arregala os olhos para algo às nossas costas e, antes que eu possa me virar para acompanhá-lo, Seu Ismael levanta uma parte do balcão, abre passagem, fecha a mão sobre meu braço e me puxa com força para dentro da barraca. Logo o corpo de Ruana se emparelha com o meu e, aos sussurros, ele nos força para dentro.

— Esses cães do inferno estão com o focinho aqui, suas idiotas. Querem ser levadas?

A voz dele parece um latido abafado. Com a mão esquerda, ele puxa uma faca da mesa e meu coração dispara.

— Andem, entrem logo, demônias.

Por fim, somos empurradas para um corredor com latões empilhados lotados de gelo e carne crua, até que ele desaparece por uma cortina de volta para seu balcão.

— Eca. Isso fede — reclama Ruana, o corpo colado no meu.

*Calma!* Tem muita coisa acontecendo ao mesmo tempo. Primeiramente, a presença da garota, tão próxima de mim, desperta uma inexplicável quentura por dentro. Depois, o odor inebriante contrasta com qualquer reação de prazer em meu corpo e me obriga a fechar o nariz com os dedos para fugir da inhaca insuportável.

— O que fazemos agora? — pergunto.

— Por aqui — diz uma voz de criança atrás de mim.

O pirralho faz um sinal, desaparecendo entre as pilhas de latas. Se Ruana não olhasse na mesma direção que eu, pensaria estar imaginando coisas. Por um longo corredor, seguimos os passos do que suponho ser o filho do caçador. Não há vestígio de iluminação. Esbarro em alguns barris e aperto os olhos para enxergar mais do que a sombra do menino entre os rastros de fedor. Por fim, o que parecia o fundo do caminho sem saída se revela como uma porta que o moleque abre com pressa e gesticula com um sorriso meio macabro. Talvez eu esteja realmente imaginando coisas.

— É a filha da Doidinha. Ela está aqui — anuncia ele ao adentrar o recinto.

Ruana e eu nos vemos em um cômodo apertado, com muitas coisas entulhadas e a luz escassa. Tia Cremilda costuma dizer que muita gente prefere viver durante o dia sob a luz fraca para não esquecer como é a noite sem energia.

Logo adiante, o menino desaparece por uma cortina de tiras de malha colorida que serve de porta. Segundos depois traz Dona Rita, a esposa do açougueiro. Costumo vê-la de vez em quando no balcão com um sorriso debochado como se adorasse exibir suas valiosas carniças. Agora tem o rosto tão inchado que os olhos se espremem entre as bolsas arroxeadas.

— Ele colocou vocês pra dentro? — pergunta ela mal-humorada.

Ruana e eu trocamos mais um olhar perdido. É ela quem decide falar.

— Seu marido estava com medo dos filtradores. Não queremos incomodar.

— Não queremos incomodar — repete ela, com um falsete irônico. Cruza os braços com força. Varre meu rosto com o olhar e faz cara de nojo do meu estado de feiura. — Você não precisava de muito esforço pra se proteger, garota. Acabou. Eles já têm o que querem, esses cavaleiros do apocalipse. Vão embora hoje ainda.

Não sei se acredito nela. A Filtragem costuma levar pelo menos dez dias e na noite passada vi um caçador dizer que "a safra está fraca". Só quero correr para longe desse cheiro e fugir para a luz que nos foi presenteada. Eu me pergunto se Micaela, a filha deles, está acorrentada num cômodo, superprotegida pelo pai. Na verdade, se ela estivesse ali, eu deveria ouvi-la. A casa é muito menor do que a minha. O cheiro de carne crua vem de todos os lados. Como conseguem viver com isso? Será que já estão acostumados?

Ruana me imita e bisbilhota a casa sem disfarçar. Seus olhos se detêm na quantidade de facas sobre uma mesa de canto, tão próximas a uma criança. De uma delas pinga sangue.

— A senhora também tem uma filha, não tem? — pergunto.

— Não, não pensem que eu vou fazer um chá com bolinhos pra vocês duas e que vamos bater papo como se fôssemos amigas. Quando o Ismael ganha aquele torneio por causa de um javali idiota, as pessoas cercam essa casa mais do que moscas. Mas quando realmente se precisa de ajuda aqui, não tem sequer um amigo para prestar socorro — vai dizendo ela com um olhar severo antes de desaparecer pelas tiras com passos duros.

De repente, o garotinho fecha os olhos, contorce o rosto e começa a chorar alto.

Um barulho chama a atenção do lado de fora.

Ruana me encara, tensa. Depois, checa as facas.

Chego perto do menino para tentar acalmá-lo, assustada com a grossura das lágrimas escorrendo pelas bochechas dele. É um choro de dor, de agonia, que me parte por dentro.

— Não precisa chorar — improviso, sem saber como continuar. — Sua mãe só está nervosa...

— Mas levaram ela. Os monstros levaram ela — resmunga ele.

— Não, ela só foi ali na cozinha. Você quer o chá com os bolinhos? É isso?

O menino engole um pouco do choro apenas para conseguir explicar:

— Minha irmã. Levaram a Mica. Vão levar a gente também.

*O quê?* Engulo em seco. Isso não pode ser possível. Micaela deve ter apenas doze anos. Não mais do que isso. Tenho certeza de que não.

— Eles vieram aqui de madrugada, brigaram com o papai e levaram...

Mas antes que ele continue a falar, ouvimos o grito abafado de Seu Ismael do lado de fora:

— Seus desgraçados! — diz ele.

Algo pesado cai sobre latas velhas com estardalhaço. Parece ter sido o corpo de alguém.

Ruana arregala os olhos, xinga, agarra o menino pelo braço e praticamente o arremessa em direção à cortina de panos. O garoto cambaleia e cai nos braços da mãe, que surge com olhos esbugalhados.

— Vocês duas trouxeram eles pra cá?

— Não façam nada. Não reajam. Deixem que *eu* cuido disso — pede Ruana, de repente parecendo dez anos mais velha. Ela corre atrás das facas e aponta uma em minha direção. — Você. Se esconda.

— Não.

Passos apressados se aproximam do lado de fora.

— Anda. Não temos tempo aqui. Pense em sua mãe e me obedeça.

É tão ridículo que alguém tente me proteger que me reservo a não responder. Além disso, se formos atacadas por filtradores, não vão me querer, e sim, a ela. Finjo que minhas mãos não estão tremendo e suando, pego as últimas duas facas da mesa enquanto meu coração bombeia adrenalina por minhas veias. *Terei coragem de fazer o que preciso quando necessário?*

De repente, Rona dá um chute na porta. Pulo para trás, assustada, mas me mantenho firme e atenta. Filtradores nunca andam sozinhos. Se Seu Ismael arrebentou a cara do branco sardento que anda na cola desse brutamontes aqui, poderá vir ao nosso socorro em alguns segundos.

Rona me analisa com o olhar e depois, com o peito apontado pelo punhal de Ruana, sorri maliciosamente.

— Saia daqui e nos deixe em paz — ordena ela.

O homem cospe na direção de Ruana. O cuspe gruda em um dos olhos dela. Lembro de como ele quase estourou a garganta de Tássio em questão de segundos. Tento expulsar o medo do meu rosto e me parecer um pouco mais com Ruana, que o encara impassível.

— Não vou dizer duas vezes — avisa ela. — Não vamos ser parte da sua Filtragem. Procure alguma interessada.

Rona acha graça.

— Filtragem? Não quero *filtrar* você. De que me serve isso? Garotas como você costumam ter outro destino em nossas mãos.

— Entreguem minha filha de volta! — berra Rita. Com uma das mãos abraça o filho que trocou o choro pelo susto, com a outra aponta para Ruana. — Leve ela em troca da minha filha. Por favor.

— Com o maior prazer — diz Rona.

O filtrador avança na direção de Ruana. Ela apruma os punhais, trêmula, à espera do ataque. Então tudo acontece muito rápido. O homem dá uma banda nas pernas dela, que se desequilibra e cai. Abafo um gemido. Uma das facas dela tilinta no chão. Não dá tempo para que a garota se recupere porque, com o olhar de um predador, Rona avança feito um urso pra cima dela, dominando-a, **arriando-a ainda mais** e urrando feito uma fera. O grito bestial faz com que minhas mãos se afrouxem e as facas suadas quase escorreguem. Fui ignorada. O homem não me vê como ameaça, mesmo quando posso simplesmente cravar as costas dele com as duas lâminas e deixá-lo paralítico pelo resto de sua miserável vida. Se não sou capaz disso, como serei capaz de arrancar a cabeça do presidente? Ruana guincha e perde a força. Ele toma um dos punhais da mão dela e, quando está prestes a golpeá-la, reúno toda a força que tenho na perna e bombeio um chute pesado com o bico do pé no peito dele. Meu corpo inteiro reverbera. O golpe é forte o suficiente para desequilibrá-lo. A adrenalina faz meu corpo desejar mais. Mais! Ele tenta recuperar o punhal caído.

— Vou matar você! — grunho, o mais ameaçadora possível, apontando as facas na direção dele. — Não se mexa.

— Vai mesmo, espantalho?

O sorriso aparece no rosto de Rona tão rápido quanto se vai. Ruana risca o ar com um golpe do punhal na direção do pescoço dele. Um jato de sangue quente esguicha sobre o meu rosto, respinga dentro da minha boca. Nem dá tempo de fechar os olhos antes de provar o doce sabor da morte.

# 05

## Carne morta dentro da boca

Acabei de ver um homem morrer bem na minha frente. Morrer não, ser assassinado. O sangue espirrado em meu rosto tem cheiro de ferro. O líquido quente contra meu corpo gelado me lembra de voltar a respirar. A palavra morte, que antes parecia quase banal, agora tem cor, cheiro, som, duração. Será que qualquer ser humano consegue matar com facilidade quando preciso? Ruana consegue, e de modo rápido.

Percebo agora que para ele os últimos segundos estão sendo longos. *Por todos os deuses. Rona ainda está morrendo.* Os olhos vagos, a garganta grugulejando. Quero desesperadamente parar de ver, ao mesmo tempo que preciso assistir a esta cena como uma oportunidade de preparo.

Rita, estarrecida, tapa os olhos do menino. A pele dela passa de marrom a cinza.

Ainda no chão, ofegante, Ruana busca equilibrar a própria respiração. É quase possível vê-la obrigar-se a esconder a sensação de apavoramento e se manter em controle.

— Mas que droga, não era pra ser assim — resmunga Ruana. — Que droga.

— Agora eles vão matar a gente — guincha Rita. A boca treme tanto que as palavras saem bambas. — O que foi que vocês fizeram?

— Eu cuido do corpo. É só esconder e queimar — avisa Ruana, calculando às pressas. — Tire a criança daqui de uma vez por todas. E você — ela aponta para mim pela segunda vez, agora com a lâmina assassina —, faça o que eu digo pelo menos uma vez. Sabe onde o Tomás mora? Aquele maluco colecionador de ossos?

— No beco das ceb...

Ruana se levanta em segundos e me impede de falar com um gesto brusco. Enfia uma das mãos no bolso, retira uma chave prateada e me entrega. Quando fala, sua voz se torna um sussurro:

— Vá direto para lá e me espere. Não conte nada a ninguém.

— O quê? Por quê? Não. Vou pra *minha* casa. — Nem sei como as palavras estão saindo da minha boca agora. *Um homem está morto aos meus pés.*

Ruana avança em minha direção, impaciente.

— Quer colocar sua família em perigo? Porque é isso o que você vai fazer se não for para onde estou dizendo. Você ajudou a matar um oficial da metrópole. Considere-se uma pessoa morta a partir de agora, e, se possível, não permita que outros morram por sua causa.

Estremeço por dentro e me esforço para respirar. Não, eu não sou uma assassina. *Não ainda.* Só queria ajudá-la. Se quisesse matá-lo, teria feito enquanto pude. De todo modo, limpar minha consciência não servirá de nada neste momento. Se ela realmente tiver razão, seremos procuradas e assassinadas. Pra piorar, dentro de Absinto não há para onde fugir. Talvez nos esquartejem na Praça da Ponte.

— Podemos fingir que nada aconteceu. É a nossa única chance — digo.

— É isso o que estou propondo. É melhor retornar para casa quando souber que é seguro.

— Ir para a Praça da Ponte como todo mundo — digo, calculando tudo de forma atropelada. — Se tiverem que procurar alguém, vão atrás de quem tá sozinho.

— Você não estará sozinha, se for para onde eu mandei. Por favor, colabore. — Ruana se aproxima um pouco mais. O tom de sua voz é um esforço claro para que ninguém além de mim ouça. — Entre pela porta dos fundos.

Aceito a chave e observo nela a insígnia forjada com um rosto que desconheço. Sustento o olhar de Ruana. Quem é esse inferno de garota? Como consegue parecer atraente mesmo em meio a tanto caos? Será que *ela* é a cobra que Tássio mencionou?

— Ele morreu! — guincha Rita, apontando para o cadáver no chão da sala. Com a outra mão, tampa os olhos do filho que tenta se desvencilhar. — Eles vão nos matar. Vão matar minha filha por causa de vocês. Saiam da minha casa!

Ruana se apressa para retirar Rita e o menino da sala. Passos se aproximam da casa. É a voz de Seu Ismael chamando pelo nome da esposa, que começa a chorar.

*Calma, Freya. Pense.* Observo a cena ao redor tentando desacelerar o máximo possível. Para cumprir minha missão, preciso ser fria e cortante como gelo, breve como Ruana, a assassina. Preciso acolher a morte como uma aliada, uma amiga, mesmo sabendo que ela tenha tirado de mim quem eu tanto amava. Mais uma vez, preciso que meu coração respire gélido. Só assim terei coragem para fazer o necessário.

Respiro fundo e me ajoelho na direção do homem morto na hora em que o açougueiro entra. Estamos perdendo tempo, mas finalmente tenho diante de mim um inimigo sem vida. É possível que meu fim seja hoje, mas, caso eu sobreviva depois dessa tragédia, pretendo colecionar o máximo possível de pequenas vitórias.

Ismael, Ruana e Rita estão falando, mas não presto atenção em nada além do cadáver quente que ainda não consigo encarar. É como se ele fosse acordar de supetão a qualquer instante. Com os dedos tremelicantes, vasculho o corpo dele em busca de algo. Encontro uma binga, cigarros de *todacura*, um canivete. Enfio tudo no bolso. Passo os dedos pela pulseira de metal no pulso, que parece ter uma espécie de visor, tipo o relógio antigo que meu avô encontrou enterrado perto da Pedreira. Procuro o rádio, mas não o encontro.

— O que está fazendo? — Quer saber Ruana, voltando-se para mim.

A voz me arranca da vida que parecia correr fora do tempo comum. Levanto, desapontada por não ter achado o comunicador.

— Meu tio dizia que eles podem achar qualquer pessoa com essa pulseira — informo a ela. — Pensando bem, você tem cara de que já sabe disso. Sabe mais do que todo mundo aqui, não é? Você é uma rebelde?

A pergunta sai como um golpe em Ruana. Ela ignora o olhar assustado de Ismael, segura em meu braço e me conduz para um canto, a voz aos sussurros.

— Sou alguém que quer o mesmo que você. Escute o que estou dizendo, Freya. Você não vai conseguir o que quer sozinha. Precisa de proteção. As coisas saíram do controle aqui, mas eu posso dar conta disso. Confie em mim. *Sei* o que você quer. A gente pode te ajudar a chegar lá.

*A gente*. Há rebeldes aqui. Pessoas que, como eu, querem destruir essa cerca, conhecer o mundo, descobrir por conta própria se a vida depois da beira do mundo é mesmo melhor do que aqui. Sempre ouvi falar desse tipo de gente nas surdinas, mas é a primeira vez que me encontro com alguém.

Estou tão nervosa que preciso fazer muita força para não expor meus sentimentos. É que um assomo de esperança atinge meu peito, apesar do medo. Volto a olhar para o cravo que, milagrosamente, continua fixo atrás da orelha e entre os cabelos presos da garota. Tento relaxar os ombros e deixo o ar escapar de meus pulmões. Não há uma segunda opção para mim agora.

Um fino sorriso escapa do belo rosto de Ruana, mostrando o quanto ela finalmente parece gostar do que vê. Mas o brilho é substituído por um olhar sério e pela apertada brusca que ela dá em um dos meus braços.

— Sei que você é boa nisso — sussurra ela. — Não seja vista.

Engulo em seco e confirmo com a cabeça, assustada com a brutalidade repentina.

Antes de sair, espio o canto da sala e vejo que Seu Ismael conseguiu afastar Rita e o garoto da cena de terror. Mas antes que eu vá embora, ouço a mulher resmungar baixinho aos prantos: "Eles vão descobrir quem ela é, Ismael. Vão ver o sinal nela. Vão matar a Mica."

**O sol** já foi embora e quase toda a luz do céu se extinguiu. É a primeira vez que vejo as lâmpadas dos poucos postes de madeira acesas assim, embelezando a colônia com focos amarelos. As pessoas caminham empolgadas o suficiente para não notarem a apreensão de uma garota que acabou de esbarrar com a morte. Caminham todas num único sentido, centenas de famílias pretas seguem em direção ao único caminho que leva à Praça da Ponte.

Um caminhão cinzento como a farda dos vespas se arrasta pela rua, roncando cada vez mais alto, levantando poeira por onde passa. Não demoro a me juntar ao coro de pessoas curiosas, percebendo que não se trata de um ou dois dos modelos que usamos para transportar pedras, mas um comboio de máquinas gigantes, rolando pela terra e carregando refletores, rolos e mais rolos de fios, caixas e barris adesivados com desenhos de chamas. Aplausos e gritos ansiosos fluem entre o povo que começa a perseguir os veículos. *Não me notariam nem se eu quisesse.*

Passo dois dedos na língua para me livrar do gosto do sangue de Rona e uma memória me quebra por dentro. Lembro da Filtragem anterior, em que me recusei a ter o rosto desfigurado por minha mãe. Aquela em que ela insistiu de todas as formas até que minha única saída fosse fugir para o chalé da minha tia-avó para adiar o terror pelo máximo de tempo possível. Queria que minha aparência não fosse motivo de chacota, queria ter vontade própria, ou até mesmo ser vista com bons olhos por alguém, talvez ser bem desejada e, eu acho que, bem lá no fundo, talvez eu também quisesse ser capturada apenas pela chance de conhecer o que sucede a beira do mundo.

Como sempre, a casinha da tia Cremilda cheirava a chá de raízes, terra e especiarias. Não deve existir qualquer outra pessoa em Absinto capaz de reunir tantos ingredientes em apenas dois cômodos. Consegui me enfiar em um deles por uma noite inteira, até que *mamana* apareceu na manhã seguinte à beira de um ataque de nervos, exigindo que Cremilda a deixasse entrar.

— Por favor, tia. Não quero ficar escondida nem ser cortada. Por favor — implorei quase tão alto quanto as batidas na porta.

Minha tia prometeu que acalmaria Amara, e cumpriu a promessa. Ainda deviam ser as primeiras horas da manhã quando, por meio de gestos, as duas passaram muito tempo conversando no quintal. Falaram sobre muitas coisas aleatórias, tipo como minha tia fazia para armazenar serpentes em vidros d'água, como minha mãe não havia progredido na linguagem de gestos que tentava desenvolver há anos e, finalmente, como talvez Amara pudesse me proteger da Filtragem de outras formas.

Quando minha mãe parecia bem mais calma, me aproximei. Trocamos um abraço capaz de tanger meu medo. As lágrimas dos olhos dela aguçaram as minhas. Mas ela não se desculpou por nada, tampouco pareceu convencida. Caímos no sono no quartinho da titia, até que acordei com vozes que vinham do lado de fora.

— Se não funcionar, você terá que tentar algo mais forte. Algo que comunique na língua dos espíritos — dizia Cremilda.

— Pago o que for preciso pra ver meu filho são outra vez. Quantas caças forem necessárias.

Cremilda, conhecida pelo povo da noite, riu de deboche. O barulho da tampa de um frasco me fez imaginá-la entregando um de seus feitiços. Então a voz da outra mulher sussurrou:

— Agora não negue. Sei que ela está aí, a Doidinha. Ela saiu arrombando casa, revirando galão, metendo bambu nas árvores atrás da garota. Cada vez mais louca, *tinyanga*. Por que não usa seus contatos nela?

Fechei os olhos com muita força, como se isso pudesse nos fazer desaparecer, eu e minha mãe, espremidas na espuma onde minha tia dorme até hoje.

— Sei o que está pensando, Janete, mas o caso de Amara não tem a ver com a língua dos espíritos. Quando não se sabe o que se perdeu, não há como restaurar.

— Não sei — disse a tal da Janete. Não engoliu o tom seco da feiticeira. Abaixou o tom de voz e continuou: — Não quero ofender, *tinyanga*, mas já parou pra pensar que... ela envelheceu rápido demais? Além disso, talvez... talvez ela tenha feito por merecer? Os ventos dizem o que acontece na beira do mundo com quem não sabe se controlar. O ladrão perde a mão. A que mente, que denuncia, que informa, perde a...

— Cale-se, se quiser manter a sua dentro da boca — cortou Cremilda. — E você? Já parou pra imaginar o que ela ainda tenta gritar nos pesadelos há anos, desde que foi vomitada de volta? "Com a minha filha não", é isso o que ela diz à noite — responde ela mesma. Uma pausa estrangula o ar, até que minha tia volta a sussurrar: — *Ela estava grávida*. Amara teve a mente pisoteada para proteger a filha. Se quiser viver, respeite a si mesma e nunca mais repita o que disse.

Naquela noite, eu jurei ver o chalé inteiro tremer, tamanho o ódio nas palavras que minha tia havia dito. Mais do que isso era meu coração sacolejando em meu peito. O veneno nas palavras proferidas pela mulher se alastrava pelo quartinho. Afinal, será que minha mãe havia mentido para alguém importante e pagado literalmente com a língua? Por que ela estaria tentando me proteger, e contra quem?

Antes de aceitar me perder numa espiral de culpa e perguntas aos onze anos de idade, virei o corpo para o lado e olhei-a uma última vez. Minha mãe abria a boca para respirar e fazia muito tempo que eu não olhava para sua cavidade tão de perto. É isso que eu vejo quando passo os dedos na língua e sinto o sangue de um filtrador. Porque eu nunca esqueci o quanto aquela visão tatuou-se em minha memória. No pescoço dela, o cordão de contas que sempre está ali. No rosto, uma boca aberta com dentes tortos, sujos, e com um mínimo cotoco da língua rasgada e cauterizada. Um pedaço de carne morta dentro da boca. *Feito por merecer*. Para proteger uma criança em seu ventre.

# 06

## Histórias têm poder

Não demoro até encontrar a casa de Tomás, bem conhecida por aqui. A irmã do colecionador de ossos foi escolhida quando eu era criança, e desde então a família foi agraciada com muitas melhorias na residência. As frágeis estruturas de barro ganharam uma base tão sólida quanto a da minha casa, com direito a uma varanda na entrada e tudo. Só que Tomás não tem esse apelido à toa, ele é realmente um cara estranho, com mania de ler a sorte das pessoas num jogo feito por dentes de animais riscados com símbolos.

Nada indica que eu esteja sendo seguida. Então caminho até a porta dos fundos e passo um tempo tentando entender a ossada em penduricalhos chacoalhando no toldo sobre o batente conforme o vento bate. É como se o ar quisesse me confessar algo que sou incapaz de compreender.

Enfio a chave de Ruana e a porta se abre num estalido seco, arrepiando meus braços.

— Tem alguém aí? — pergunto.

Não sei o que posso encontrar aqui. Minha voz se multiplica enquanto acendo as luzes da cozinha. Pingos de água gotejam na pia, revelando que aqui a água é encanada. O silêncio ao redor é tão opressor que os mesmos pingos ressoam em meus ouvidos feito marteladas. Passo a chave de volta e avanço pelo corredor sem a menor coragem de dar de cara com minha aparência no espelho redondo pregado na parede. Deságuo em uma sala, com um balaústre de madeira no segundo andar.

Acendo mais luzes e a próxima coisa que me chama a atenção são as pinturas emolduradas na parede, com tons cinzentos e marrons, feitas com um bom pincel. Há várias delas, melancólicas e sombrias. As molduras feitas de ossos as entristecem ainda mais — mesmo assim tenho gosto pelo triste.

Espio o movimento da rua por uma fina brecha em uma das pesadas cortinas que escondem a casa. Deslizo o dedo, sentindo a grossura das janelas capazes de inibir absolutamente todo o barulho do lado de fora. A porta principal tem mais ferrolhos do que o normal.

Quando criança, ouvi meu tio dizer sobre lugares como esse. *É uma instalação clandestina. Essas coisas existem.*

De repente, meu coração dá um pulo.

Quatro livros empilhados me encaram em silêncio num canto da estante. Isso é proibido. Por um pouquinho mais eu poderia vê-los colocarem um dedo contra os lábios e pedir segredo. São objetos confiscados em Absinto.

Uma vez, Éden já instalou uma escola em nossa colônia para que aprendêssemos a ler desde crianças, mas o custo era alto e ninguém estava disposto a pagar pelo escambo impagável. Comida alimenta mais do que palavras num livro. Tive a sorte de ser ensinada dentro de casa.

Meus dedos correm até o grosso exemplar azul-escuro com letras douradas: *A origem das revoluções*, escrito por alguém chamado Barta Salomão. Quando menos percebo, agarro o compilado de páginas como se elas fossem escapar, sento em uma das poltronas e enfio o olhar no volume, devorando tudo o que vejo. O livro é datado de 2054 e começa discursando sobre o que leva as pessoas a travar uma guerra coletiva em prol de um desejo comum. É como se meu peito estivesse pegando fogo, tamanha a euforia em montar as palavras na cabeça, desvendá-las e vê-las fazer sentido. Quase como a história contada por um nômade, só que aqui, sem que nada passe pela boca, posso apenas imaginar. As palavras me seduzem tanto que perco a noção do tempo e, de repente, a voz de Ruana surge diante de mim:

— Livros são tóxicos e endoidecem as pessoas. Só o que Éden permite é possível.

Solto o livro e encaro a garota assustada. A luz amarela da casa contorna o rosto de Ruana, que apresenta uma beleza mansa e, ao mesmo tempo, selvagem, finalmente sem o elegante cravo atrás da orelha.

— Como você entrou aqui? — questiono.

A garota que acabou de matar um abusador apenas sorri.

— Tudo bem. Você fez uma ótima escolha. Só devia estar mais atenta. — A voz é madura, firme e envolvente.

Há tantas perguntas em minha cabeça agora. Por exemplo, como é que ela acabou de entrar sem que eu a notasse? Como se livrou do corpo de Rona tão depressa? No silêncio das palavras, me pergunto por que estou obedecendo-a, por que estou ali. *Ruana pode te ajudar a cumprir sua missão.*

— Você é uma rebelde — sussurro a palavra proibida. — O colecionador de ossos também.

— E se formos? — provoca ela com o princípio de um sorriso no canto da boca. — Você é destemida. Mas ainda tem muito a aprender.

— Aqui é uma instalação clandestina?

Os olhos dela escrutinam os meus.

— Esta casa não serve mais como instalação para gente. O que aconteceu no Senhor Ganhador de Cabeças do Javali me obrigou a improvisar — decide dizer ela. — Estou responsável por fazer a limpa aqui. Entrei pelo esconderijo. A chave.

Desconfiada, entrego a chave à Ruana. Ela se aproxima com um sorriso misterioso, o corpo chega a quase colar no meu. Travo, sem entender muito bem o que está acontecendo, e então ela consegue esticar o braço e alcançar o livro azul sobre a poltrona atrás de mim. Por um momento, achei que ela fosse abocanhar meu corpo.

— Sei que você desenha muito bem. Freya é uma *artista* — diz Ruana, devolvendo o livro para a estante. Pena. Gostaria de levá-lo comigo. Mas levá-lo para onde? — Quero te mostrar uma coisa.

Acompanho Ruana com o olhar enquanto ela se move pela sala, em direção a um dos quadros pendurados na parede. Minha garganta seca porque ninguém aqui deveria saber que sou boa em pintar, logo, tenho sido espiada. Ruana começa a girar os quadros fixos às paredes, revelando pinturas muito diferentes do lado contrário.

No primeiro quadro, um homem oferece um sorriso simpático, tem a pele preta e o cabelo branco. Um cofre de latão anexo à parede acaba sendo revelado conforme ela exibe a segunda pintura, uma mulher com a pele escura marcada pelo tempo, um tecido cobrindo seus cabelos e a estranha aura de quem não aceita ser dobrada pela vida. Em outra, um homem sério com um chapéu torto e cabelos cacheados, o olhar penetrante parece desafiar alguém mais alto. Outro quadro revela uma mulher com um tecido em torno do rosto, uma linha repartindo os cabelos acima de um dos olhos, ambos contornados por sobrancelhas compridas. Todos os quadros são traçados por cores impressionantes, com alguma técnica de sombreamento bastante realista.

— Uau. São incríveis. Nunca vi nada assim. São seus? — pergunto, boba.

Ruana sorri e confirma com a cabeça. A beleza do trabalho derrete boa parte de minha postura troncuda. Chego perto da figura da mulher com um tecido na cabeça. Algo naquele olhar lembra tia Cremilda. No pé da imagem, palavras miúdas dizem *Harriet Tubman, 1820 – 1913, libertadora de escravos nos Estados Unidos.*

— São revolucionários — explica Ruana. — Pessoas que vieram antes de nós, de vários lugares do mundo, que lutaram por justiça, por uma sociedade melhor. Mártires também. Pessoas que sacrificaram o próprio bem-estar pelo bem de outros. Esses são os rostos que eu curto pintar.

— São quadros lindos — elogio, encantada. *Uma assassina pode ter sensibilidade para pintar*. Encaro Ruana intrigada com as palavras que ela não quer dizer. Com a Colônia invadida por besouros e filtradores liberados para vasculhar qualquer casa à procura de garotas, ela não deveria mostrar ou dizer algo assim fora de um esconderijo. — Como você conhece esses rostos?

— Os livros revelam a história — diz ela. — Uma história pode ter mais poder do que qualquer outra coisa no mundo. O que você tem hoje pode te ajudar a conseguir o que você quer.

— Quer saber o que eu quero? — Para o inferno com esses enigmas. Chega de jogos. Se ela é a revolucionária que agora aparenta ser, quem sabe poderá me ajudar a não ser presa, caso eu atinja o meu objetivo. — Eu quero respostas. Não só de você. Dele. Quero que ele pague pelo que fez com a minha família e só se pode pagar essa dívida com sacrifício.

Noto que avancei alguns passos em direção à Ruana. Meu coração martela enquanto percebo o olhar dela se abrandar, em vez de se incendiar.

— Quero te mostrar outra coisa — diz ela. — Sabemos o que você quer e compartilhamos dos mesmos interesses, Freya. Só que para atingir algo assim, é necessário planejamento. E nunca-agir-sozinha.

Ruana gira a rodinha algumas vezes na porta do cofre acoplado na parede atrás de um dos quadros, até que ela abra. Seleciona um desenho numa pilha de outros parecidos e me entrega após hesitar de leve.

Quando olho para o folheto, minha garganta resseca tanto que preciso tossir para limpá-la. Com os mesmos tons avermelhados, duas mulheres dão as mãos. A mulher mais velha ergue uma foice rente ao corpo, a outra tem no pulso uma corrente quebrada. Algo me diz que são mãe e filha. Algo me diz que... não, estou ficando maluca...

— Quem são essas? — pergunto, ainda sem conseguir desgrudar os olhos de mim mesma na imagem. Se essa for eu mesma, estou de mãos dadas com minha mãe. Ruana precisaria nos observar por muito tempo para reproduzir algo tão fiel assim. Além do mais, essa não é uma pintura. Há dezenas de cópias dela. — Por que você desenharia minha mãe e eu? Não somos revolucionárias nem nada do tipo.

— Porque ela foi torturada em Éden ainda grávida e enviada de volta para sua colônia como um objeto descartável. Porque ela nunca recebeu apoio da metrópole pela condição mental que causaram a ela.

Ruana me encara sem piscar. A foto em meus dedos estremece. É estranho ouvir alguém verbalizar as vozes da minha cabeça diante de mim alto e bom som.

— Conheço a sua história bem o suficiente pra saber que sua mãe não deveria ser tratada como se a culpa fosse dela. Amara é o fruto vivo de uma sociedade capaz de extorquir o que se tem de pessoas como nós. Sua mãe é uma heroína.

Meus olhos umedecem na mesma hora em que rio na cara de Ruana.

— Não é isso o que pensam aqui. Aqui acham que gente como a minha mãe fez por merecer. Ela é só a Doidinha.

— As pessoas acreditam na história que é contada — interrompe Ruana. Seu tom de voz corta meu riso, minhas lágrimas, meu vazio. Ela se aproxima de mim em silêncio, dando o tempo necessário para que as palavras decantem. — Uma história tem o poder de virar o mundo de cabeça para baixo. Você sabe disso mais do que ninguém. Histórias têm poder. Uma história pode fazer uma civilização inteira desaparecer, pode fazer com que milhões de pessoas se dobrem diante de alguém que elas nunca viram. Uma história pode fazer com que as pessoas matem, morram ou se matem em nome daqueles em quem acreditam. E se você pudesse contar a sua história? E se pudesse contar *outra* história sobre sua mãe?

Mais uma vez só consigo sorrir. Um riso amargo com a voz quase massacrada.

— Não tem como. Você não entende. Eu tenho zero credibilidade aqui.

— Não estou falando só de Absinto. O mundo não acaba nessas cercas, Freya. Há uma civilização inteira que pode ser inflamada por sua história. Só precisa de uma fagulha.

Ruana está errada. É informação demais para processar. Ninguém em Absinto liga para o meu sofrimento ou o de minha família. A Doidinha é uma chacota e sua filha também. Estamos ocupados demais com a nossa própria vida para nos importarmos com a dor do outro. Minha mãe é a única mulher que não deu certo. Foi vomitada **grávida** das beiras do mundo sem a língua, sem a própria sanidade. Nos **primeiros** dias, contou à minha tia-avó que meu progenitor não havia **suportado** a dor da tortura.

Uma pequena parte de mim quer vibrar e dizer que Ruana tem um ponto, mas todo o **restante** do meu ser me obriga a crer que isto é **um erro. Esta conversa e esta casa são ilegais. Ruana não é confiável, matou um oficial edense. Serei presa e morta se continuar aqui.**

Amasso a pintura, e Ruana se apressa em minha direção.

— Você está aqui porque quer que eu te ajude em sua missão — diz ela.

— Estou aqui porque você mat...

— A melhor forma de conseguir o que você quer é contando a sua história.

— Que merda você quer de mim?

— Quero que confie em mim — diz ela, segurando minhas mãos antes que eu arremesse longe a pintura que agora quase me queima de tensão.

— Somos silenciosos, fazemos pouco barulho agora, mas porque nossa forma de trabalhar é assim. Mas somos mais poderosos do que você imagina. Se confiar em mim, podemos arrumar um jeito de tirá-la daqui hoje ainda. Você, sua mãe e sua tia. Não há um dia melhor para fazer isso do que hoje. Temos um plano, mas preciso que você confie em mim e em quem me enviou.

— Quem te enviou? Se quer confiança, por que não começa dando nome aos bois?

— Porque você ainda tem muito o que aprender e a gente não tem muito tempo agora.

— Pare de presumir que me conhece — aviso, puxando minhas mãos de volta. — Eu sei quem enviou você. Foi a cobra, não foi? Sei que ela está aqui.

Então as coisas mudam. Pela primeira vez, a fortaleza que Ruana é estremece. Foi pega no pulo. E eu? Apenas saboreio o falho esforço dela ao tentar disfarçar o espanto.

— Como... Como você sabe disso?

— Deixa eu ver... Ah, já sei. Porque por mais que você tenha espiado toda a minha vida, você não sabe nada sobre mim.

— Acho que você não está entendendo. Como conseguiu essa informação? Quem mais sabe disso? Ninguém... ninguém deveria saber disso.

O olhar de Ruana calcula somas invisíveis.

— Eles sabem — digo. — Rona sabia. Os filtradores sabem. Vi um cara repassar essa informação ontem à noite.

— Não é possível.. O que exatamente você viu?

— Só um idiota levando esse boato aos filtradores que nos atacaram hoje.

Ruana engole em seco.

— Se sabem que ela está aqui, vão tentar matá-la. Os fogos de artifício talvez sejam um pretexto... Talvez nada disso seja sobre o presidente.

— Hã? Não, eu vi os fogos entrarem. Estão na praça. Ádamo está a caminho. Há besouros pra tudo que é lado e...

Ela toca meus lábios com os dedos trêmulos e, como num passe de mágica, minhas sílabas morrem. Tudo vira silêncio. O rosto em choque da garota convida sombras de medo para o cômodo. Meu estômago de repente parece derreter na barriga. E então ela sussurra:

— Se estão atrás dela, os fogos são um disfarce. Estão atrás de *nós*. É uma armadilha.

Uma agulha crava seu caminho no pescoço de Ruana e ela só leva dois segundos para cair aos meus pés desmaiada. Instintivamente me abaixo para erguê-la, varrendo os olhos ao redor. Uma arma por trás de uma das cortinas permanece apontada em minha direção. Abafo um grito e corro para longe, em direção à escada. Um barulho explode na cozinha. As luzes se apagam. As batidas do meu coração estão prestes a me engolir. Alguém está se movendo armado pela sala. Estava ali o tempo inteiro, esperando o momento certo. Desesperada, subo as escadas pulando os degraus, tropeçando. Chego ao andar de cima desesperada em busca da primeira janela que vejo.

— Ei, pare — ordena a voz do homem ao meu encalço. — Pare agora!

Trepo na janela e giro para espiá-lo por dois segundos. O brilho do cano da pistola avisa que sou a próxima a ser agulhada. Então empurro a ventana com toda a força e salto do segundo andar.

# 07

## A maçã na cabeça do javali

**U**m. Dois. Três. Ai!

Sentada na relva e recostada no tronco de uma árvore, aproveito o barulho da batucada para gemer de dor enquanto puxo um enorme pedaço de vidro de dentro do meu braço. O movimento parece levar minutos até que minha carne fique livre do parasita cortante e comece a sangrar. Enrolo a tira de pano rasgada da minha própria camisa para tentar conter o sangramento. O inchaço do antebraço não permite um aperto muito forte e, agora que as doses de adrenalina diminuíram, a dor é pungente.

O ato de perambular por Absinto à noite, se esgueirando por cima dos telhados e se camuflando entre as sombras, provou o seu valor. Corro bem, e, no meu terreno, besouros não me acharão com facilidade. Foi assim que pulei do segundo andar, sobrevivi e disparei pelos fundos das casas, me escondendo assim que possível, até conseguir alcançar a entrada da mata.

Resgato de um bolso a folha de papel amassada com a pintura de Amara e Freya lado a lado, fortes e imponentes feito duas guerreiras.

A imagem me agrada porque me sinto diante de algo que eu gostaria de ser, importante pra alguém. As palavras de Ruana efervescem em meu interior, se conectando com meus desejos, mas são combatidas pelo ferrão que é meu senso da realidade. O quanto será que o invasor conseguiu de precioso e há quanto tempo esteve nos espiando?

Tenho certeza de que, se eu tivesse tentado prestar socorro à Ruana, estaria na mesma que ela agora, sabem lá os deuses onde. Mesmo assim, a culpa puxa uma cadeira e senta para toma um chá comigo. É impossível não imaginar o que vai acontecer com a garota agora.

Uso o papel com a minha pintura para enrolar o caco que ficou preso em meu braço desde que arrombei a janela e saltei. Ele mede quase metade da minha mão, mas o enfio em um dos bolsos da calça com cuidado.

Insetos dão voltas em minha cabeça e me lembram dos cortes em meu rosto. Odeio tanto essa constatação que tenho vontade de gritar, explodir meu crânio e desaparecer do mundo. Ninguém merece ser obrigado a ficar em silêncio enquanto sua mãe desfigura seu rosto numa agonia sem fim para que homens não se interessem por sua aparência e concretizem o pior pesadelo dela.

*Eu* não mereço isso. Não depois de fugir de um cara armado como agora, pulando pelos telhados, fazendo-o de bobo no território que é meu, escapando de qualquer que seja a armadilha a qual Ruana caiu e me enfiou. Ainda quero gritar. Quero esbravejar com minha mãe e dizer a ela que a partir de agora farei o que quero. Mas Ruana estava certa, nenhuma de nós tem culpa por nada disso. O único grande culpado por toda a sombra que vivemos deverá aparecer aqui e agora.

Giro o corpo devagar com o mínimo possível de barulho. Ao menor movimento, meu braço machucado reclama. A noite caiu e, pela primeira vez, oito refletores gigantes cercam a Praça da Ponte e jogam luz no meio da movimentação. Estou camuflada na entrada da mata, longe o suficiente para não ser notada por ninguém além de uma possível patrulha. Os besouros e vespas, porém, parecem preocupados com a segurança do presidente, organizando-se em um grande círculo nos limites da praça, controlando o fluxo das pessoas sempre no centro e longe dos comboios de fogos, agrupados num grande círculo.

A quantidade de luz projetada no meio da praça me permite enxergar de longe as partes do palanque que costumam ser ocupadas por nossos músicos nas fogueiras de inverno. É aqui onde as barraquinhas dos comerciantes são armadas para sugar o pouco de nossas economias, onde as lonas de plásticos cobrem o chão para exibir sementes, temperos, brincos, argolas, trigo. A Festa da Cabeça do Javali é nossa única celebração, e dura dias. Uma semana antes, os besouros trazem um javali grande e gordo para Absinto e o soltam no meio da mata em plena madrugada. Então soa o toque de recolher, liberando as pessoas para a caçada. Homens e mulheres de todas as idades. Qualquer pessoa corajosa o suficiente pode participar.

Por fim, quem mata o animal é consagrado o dono da festa naquele ano e ganha um boi inteiro como premiação, embora seja de bom tom que o vencedor o coloque para assar em um espeto bem ali, no meio da praça, para que todo mundo possa degustá-lo. A carne assada mais suculenta do que qualquer outra nos faz ansiar o ano inteiro pela festividade, assim como pela chegada das nômades e dos comerciantes. Tento não me importar com as estações, mas o inverno pede um carinho especial porque as noites de bandeirinhas coloridas, quentão e batucada são aquelas em que me sinto um pouco mais feliz, esqueço o quanto me sinto diferente dos outros, me misturo na multidão, danço e giro com todo mundo, e sorrio como se a vida nos desse algum motivo para tal.

Embora a maçã atolada entre suas presas já tenha apodrecido, a cabeça do último javali permanece espetada no ponto mais alto da praça, no centro, ao lado da Árvore Sagrada, o monumento edense de pedra colocado aqui muito antes de eu nascer.

Observo a movimentação de todos em busca de algum sinal de Ádamo. Então, de repente, a batucada é interrompida. As pessoas se mexem, aplaudem, mas, apesar da magia musical, esta não é como as clássicas noites de inverno. O frio não está no ar, mas no gesto das pessoas. A curiosidade pela queima de fogos e pela chegada de Ádamo é quase tangível, feito uma nuvem entranhando-se no meio da gente, nos besouros e vespas ao redor, mais agitados e menos rijos que de costume.

*O presidente não vem. Se sabem que ela está aqui, vão tentar matá-la.*

As palavras de Ruana não fazem nenhum sentido, embora o ataque a ela faça. Isso é mesmo uma droga. No dia em que finalmente conheço uma rebelde e sou magicamente incluída no grupo, ela é capturada, e, depois de tudo o que vi e ouvi, tenho certeza de que não estão à procura dela por matar um filtrador. Se entendi direito, a líder dos rebeldes está sendo caçada aqui e agora.

*Os fogos são um disfarce. É uma armadilha.*

Não pode ser. Tudo me diz que não tenho muitas chances de me aproximar o suficiente do Terceiro Adão, mas nunca se sabe. Ruana me disse que eu deveria me juntar a *eles* para aprender a planejar e nunca agir sozinha. Só que agora não existe *eles*. Existe eu e o que eu preciso fazer. Não querem uma revolucionária de mãos dadas com sua mãe numa imagem inspiradora? Ainda que eu sobreviva apenas nos quadros que pintarão com o meu rosto, conseguirão. *Freya, a garota que abriu a garganta de Ádamo com um caco de vidro e o fez sangrar até a morte.*

Um murmúrio soa entre a multidão e abro mão dos devaneios para observar com mais cuidado. É um som contínuo cravado a cada segundo. Lembra as marretadas na Pedreira já no raiar do dia. Uma contagem. Estão contando os segundos para a queima de fogos, mas... há algo de errado. Incontáveis besouros emergem do comboio de carros e se juntam aos que já faziam escolta, circundando a praça e abrindo cada vez mais o círculo para longe do centro, das pilhas do que imagino serem os fogos de artifício.

Ignoro a pontada no antebraço e sou obrigada a deslizar pelo mato para dentro da mata. Atrás das sequoias a visão é bloqueada, mas com o recuo insistente dos besouros, corro o risco de ser vista. A hora está chegando. *Respira.* Desenrolo o caco de vidro. Dez. Nove. Nosso povo esbraveja a contagem. Varro o espaço com os olhos à procura do demônio. Onde está Ádamo? Ele deveria ter saído de um desses comboios. Deveria estar escoltado agora. *Se sabem que ela está aqui, vão tentar matá-la.* Cinco. Quatro. Há algo errado.

Três.

Dois.

Um.

BUM!

Tudo parece acontecer em câmera lenta. Um estrondo avassalador balança o mundo em meio segundo. No restante do mesmo segundo, minha audição vai embora. Meu corpo se aquece por inteiro. Sou arremessada para trás, pelo ar, até que meu corpo aterriza com um baque duro. Meus olhos ainda estão abertos enquanto minha cabeça se choca contra a superfície amaciada pelo mato. E não reajo mais.

**Algum tempo** se passou. Não sei quanto. Pessoas estão quebrando caixotes, estalando pedaços de madeira, ou pelo menos é isso o que escuto. Rojões explodem no céu iluminando muito acima dos dosséis de folhas que encaro. Minha audição está voltando aos poucos, mas perco a noção do que é sonho e do que é real. *Levante, depressa.* Busco forças de algum lugar e projeto meu corpo para a frente.

Estalidos abafados e incessantes ecoam num plano de fundo. Outra linha explosiva zarpa para o alto muito próxima ao meu corpo, arranhando meus tímpanos, desembaçando a visão por um instante. Minha consciência parece ter se fragmentado em mil pedaços que desesperadamente não mais se encaixam. Meu peito volta a acelerar enquanto me arrasto de volta para a vida, para os limites da praça, até que meu coração para de vez diante do que vejo.

Fios de fogos coloridos zunem dos caixões para o alto e explodem no céu, um atrás do outro, mas uma explosão muito pior parece ter acontecido no meio da praça, porque uma nuvem de poeira cresce feito um pequeno cogumelo avermelhado, o monumento de árvore no meio da praça está destruído, a cabeça do javali desapareceu do lugar, centenas dos nossos deitam no chão imóveis, uns por cima dos outros, alguns tentam resistir de pé, aos gritos, enquanto os besouros, ainda em círculos, atiram pra matar sem dó nem piedade.

Os corpos de pé tremem e sacolejam como se estivessem dançando desequilibrados. É um esquartejamento em massa. Uma chacina. Uma saraivada de tiros incessantes perfura Absinto no meio da praça, quem quer que seja, jovens, mulheres, homens, crianças. Simplesmente não param de atirar, não param de nos matar.

Meu corpo parece congelado. Por um momento, não sei se consigo andar, me mover ou sequer me equilibrar. A metralhadoras parecem perfurar meu peito. Estamos sendo banidos do mundo. Estamos desaparecendo. *Preciso sair daqui. Minha mãe. Minha tia.*

Deslizo os pés para trás, recuando em silêncio para o seio da mata. As pernas vacilantes não querem se mexer direito. *Freya, sua burra, você não tem mais como escapar. Esta é a sua desgraça. Você achou mesmo que pudesse ser importante pra alguém? Não existe história. Não existe mais Absinto. Você morrerá tentando salvar sua família. O Terceiro Adão passará impune. Pelo menos dê-se ao trabalho de morrer tentando salvar os seus. Dê adeus à vida, Freya.*

Contorno a beira da mata buscando as sombras. Os tiros, o grito de quem tenta sobreviver, as vozes em minha cabeça, tudo fala, tudo chora, berra e sangra. Avanço pela colônia perseguindo o contorno das casas, desorientada. Vespas se espalham por todos os cantos, invadindo os barracos, procurando sobreviventes, queimando os telhados.

— Ei, você, pare!

O pedido vira uma ordem contrária. Injeto a energia da sobrevivência e disparo pela calçada, confundindo-me entre a gritaria da correria e dos sobreviventes espalhados. Muitos ainda não entenderam o que está havendo. Outros berram desesperados. Corro sem olhar para trás. Viro em uma bifurcação e considero escalar uma das casas, mas de repente o telhado começa a pegar fogo. Quero gritar e chorar, mas preciso continuar.

Calculo a distância até minha casa. Mas e daí? Quanto tempo sobreviveríamos?

Um tiro zarpa próximo ao meu ouvido e logo causa um estalido metálico. Aperto meu passo, fugindo dos gritos das pessoas. As ordens de comando estão se distanciando. Tudo ao redor é um borrão de cores escuras. Nunca corri com tanta velocidade e desespero em toda a minha vida. Parece que não faço ideia de como se faz para parar de correr, porque minhas pernas tremem, mas não desaceleram. Entro em mais um beco e mais outro. Dois tiros ricocheteiam, mas estou longe o suficiente.

Enfio-me em um novo beco entre as residências frágeis e uma saraivada de tiros se aproxima. Tenho a impressão de que fui baleada, de que estou sendo cercada. Merda, merda, merda! Por que não posso viver agora? Por quê? *Merda!* Minha vida é *minha*, não quero desaparecer do mundo. Continuo. Mas estou cansada. A energia se esgota dentro do meu corpo e minha visão começa a falhar. Corro abaixada sob sucessivas lonas, ladeando os barracos até alcançar o valão onde uma nuvem de libélulas se agita em saudação. Parecem desesperadas, mas, diferente de mim, podem fugir, voar pra longe, pra onde quiserem. A mim, resta me entregar.

O barulho de tudo se apaga. Não consigo respirar direito. Lembro dos corpos sacudidos pelas balas. Eu não paro de tremer. Cambaleio em direção à beira do valão, permitindo que os insetos me envolvam. E então a morte tenta de um modo diferente, sussurra seu convite com mais sedução. *Por que fazer tanto esforço para continuar viva? Acaba logo com isso.* O cansaço se revela por cada pedaço do meu corpo, uma exaustão que pesa em meus ombros há muito tempo. A imagem dos fogos e do extermínio é tão viva que posso pintá-la agora com todos os detalhes possíveis. Amarelo, preto, vermelho, cinza. A morte em espetáculo parece conturbada demais para mim, mas quem sabe aqui, na beira da trincheira, onde há suor e odor, cinza e preto...

Eu deveria estar correndo em direção a minha casa, deveria...

— Freya!

Viro a cabeça para trás, volto a ouvir o barulho dos tiros, gritos e explosões. A silhueta escura de minha tia Cremilda fronteia um dos barracos atrás. Ela gesticula apressadamente e invade a casinha de madeira para fugir da exposição à qual agora estou entregue. *Estou delirando ou já morri?*

Ela insiste em gesticular e eu decido acreditar que essa não é uma miragem. Então cambaleio em direção à casa apertada, seguindo-a.

— Vi essa mesma cena durante as últimas sete noites. Sabia que te encontraria aqui — sussurra a mulherzinha. Ágil, caminha até uma das janelas e assopra a única vela deixada pela família que provavelmente está morta. Depois, as mãos geladas dela correm para mim e me apertam num gesto muito diferente de um abraço.

— Minha mãe — digo, trêmula, o rosto quase colado com o dela.
— Como ela...?

— Bem. Escondida. Protegida. Não é nisso que você precisa pensar agora.

— Escondida onde?

— Preste atenção, Freya. *Unifambisisile njhani.* O tempo não joga a seu favor. Sei o que você viu hoje. Você, sua mãe, a foice e o grilhão. Os espíritos não me deixam só.

O bafo dela é quente. Mesmo no escuro, seus olhos pretos e desesperados brilham intensos. Sinto suas mãos afrouxarem sobre os meus braços, deslizarem para meu rosto. Aguardo o restante do que ela tem a dizer.

— *Ulava yini?* Quer seguir isto? Quer vingar o que fizeram de minha sobrinha? Quer vingar todas as mortes que viu hoje aqui? Responda.

— Sim.

— O povo da noite não adoece e morre nessa terra por acaso, *n'wana.* Há uma explicação pela qual os galhos das nossas genealogias são quebrados e queimados. *Muya kwini?* Não quero que você vá apenas por vingança, quero que vá para sobreviver. Você não precisa da minha proteção agora. Só há um único jeito de sobreviver. Entende?

— Não, tia. Minha mãe prec...

— Pense, garotinha. Pense. Como uma *ntombi* consegue sair daqui?

— Pela Filtragem — respondo quase que automaticamente. — A Filtragem, mas...

— Quando sua mãe te trouxe ao mundo e não pôde pronunciar um nome para você, ela pediu que eu, a *tinyanga*, o escolhesse. Dei a você um nome já esquecido, o nome de quem detém o poder da guerra e da morte. Bruxa da morte, deusa do amor — sussurra ela.

Cremilda empurra para minha mão o colar que vive no pescoço de *mamana*.

— Pendurei no colar de sua mãe uma única semente disfarçada de pedra. Arranque e engula quando precisar fazer os vivos acharem que você morreu. Então, quando você acordar, terá uma nova chance. — Com as mãos tão trêmulas quanto as minhas, ela decide passar o cordão por minha cabeça. Quando volta a falar a voz é ainda mais baixa do que antes. — Ele vai te ajudar quando a saudade apertar ou quando você precisar se lembrar da sua missão. Enquanto o cordão estiver com você, sua mãe estará viva. Está enfeitiçado pelos santos, compreende?

Engulo em seco. Preciso fazer um esforço além do normal para dizer qualquer coisa.

— Não posso deixar vocês aqui, tia. Como vão sobreviver?

— E o que mais você pode fazer?

Meus olhos se acostumam um pouco mais à escuridão. Posso enxergar as lágrimas presas nos olhos dela, atenuando o brilho. Passo os dedos vacilantes pelo lenço que cobre sua cabeça desde sempre. É como se meus dedos buscassem o último toque do que não quero ver desvanecer dentro de minha memória.

— Vem comigo, tia — peço num sussurro estrangulado, numa ilusão. — Podemos fugir juntas. Podemos ver o que está do outro lado da cerca e sobreviver, como as nômades. Talvez possamos ser nômades um dia, em qualquer outro lugar do mundo.

Um fio de lágrima escorre pelas rachaduras no rosto da velha.

— Eu já vejo o mundo, minha querida. *Mina ni nyanga*. Agora vá você, veja-o, aproveite-o, lute e nunca se esqueça daqueles que vieram antes da gente, são eles que nos fortalecem. Eu e sua mãe não podemos ir hoje, e você não tem mais tempo aqui. Mas te prometo que vamos nos reencontrar amanhã. Cuidarei dos seus desenhos. Cuidarei de Amara como sempre cuidei. Não duvide das palavras de uma *tinyanga*. Siga seu coração.

A vontade de chorar me atravessa com a força de uma tempestade. Recordo de todas as vezes em que fugi para a casa da minha velha no meio da mata e de sempre retornar com tintas coloridas e uma nova história. Do tempo que ela ficou sem falar quando meu tio levou um tiro na beira da cerca, e das três palavras que ela mais mencionava na vida, nos momentos em que acalmava minha mãe com um banho de ervas: eles vão pagar.

Olho para ela uma última vez e vejo os olhos de minha mãe. Não é mais pena ou dor, mas uma chama que me incendeia aos poucos. Aquece o fogo da vingança em cada pedaço de mim, enquanto ouço o barulho de fogo queimando nossas casas em algum lugar. Porque por mais que nossa própria gente se esqueça disso, a energia não deveria ser um presente. O povo da noite deveria ter direito à eletricidade, respeito e dignidade. Conhecemos as fábulas sobre a metrópole, sobre seus prédios enormes e fartos banquetes. O povo da noite inala a poeira da Pedreira, e morre cedo, em troca de comida e das sobras que vêm da beira do mundo.

É justo que sejamos tratados com respeito, que tenhamos melhores oportunidades, que tenhamos a liberdade de sair às ruas durante a noite. É justo que não sejamos massacrados por pessoas que reorganizaram o mundo à sua forma e apenas nos empurraram como uma manada de porcos para um lugar miserável, lamacento e marcado pela escuridão. Essa era a história que meu tio me contava longe dos ouvidos de todos.

Então respiro fundo. Sei o que devo fazer. Se não for agora, não será nunca mais.

— Quando ela acordar, entregue isso — digo, desenrolando o caco de vidro e colocando o folheto entre os dedos de minha velha. — Sei que mandaram *mamana* de volta porque ela ficou grávida. Mas eu não vou ser para sempre uma desgraça. Deve haver um lugar melhor **pra** ela. Se existe, tia, eu vou achar. Vou achar. — É tudo o que digo, perdida entre as lágrimas, antes de correr em direção à escuridão da noite.

# Parte 2

# 08

## Um fantasma negro

Sessenta e um dias sem energia é tempo suficiente para tirar tudo do lugar. Estamos no ano 241 depois do Breu que ferrou com tudo. Ferrou mesmo. O Breu foi o episódio que redesenhou a forma como vivemos na Terra. Eu não estava lá para ver, mas as histórias são todas parecidas. Um belo dia, a energia foi desligada em todo o país. Alguns dizem que aconteceu em diversas províncias de uma só vez. As divergências são o resultado do estrago causado pela falta de informação. Uma vez que a luz foi cortada, a energia não voltou no dia seguinte. Nem no outro... sessenta e um dias sem energia. Foi assim que tudo o que se conhecia sobre a civilização moderna entrou em total colapso.

O caos se instalou desde o primeiro dia. Costumamos chamá-lo de Novo Gênesis. Preços altos, dificuldades no abastecimento de água e os pedidos do Governo para que as pessoas evitassem sair de casa. As nômades contam que a humanidade se apoiou numa fé inabalável e antiga de que o cenário logo fosse se resolver, de que tudo ficaria bem. Mas estavam todas enganadas. Quarentenas e *lockdowns* não puderam segurar a ansiedade das pessoas.

Duas semanas depois, as moedas não tinham mais valor algum, as ondas de putrefação cercaram o mundo, espalhando a terrível fragilidade do ser humano diante da vida. Hospitais pararam de funcionar, as pessoas morriam e não havia quem recolhesse seus cadáveres e devolvesse seu espírito para o outro plano em um ritual de paz. Em vez disso, moscas se proliferaram por toda parte, farejando o mel da podridão. Alimentos estragados, assaltos desenfreados, epidemias, veículos e prédios deixados para trás e o início do racionamento que vivemos hoje.

Por volta de um mês depois, dizem que ainda existia energia nos campos, sugada do sol e da força do vento. Dizem muitas coisas: que a Grande Guerra Nuclear começou, que somos sobreviventes do Apocalipse, que asteroides caíram na Terra e originaram as zonas radioativas. Quem pode saber o que é verdade? Qualquer um, exceto o povo da noite que vive em uma colônia como a nossa.

Quando a energia voltou ao Brasil, as pessoas ainda não tinham sido avisadas, mas o país não tinha mais esse nome. Os sessenta e um dias fizeram com que armas e rádios se tornassem muito mais caros do que carros. O modo de viver havia retrocedido séculos. Sem tecnologia, identificação e recursos vitais, as pessoas tinham a plena certeza de que aquele era o Fim dos Tempos. As epidemias devastaram milhares de pessoas e o planeta vivenciou verdadeiras catástrofes ambientais.

Penso nessas e em outras histórias que já ouvi enquanto o caminhão balança por tempo indeterminado. Era primavera quando ouvi pela primeira vez que, no último dia de Filtragem, garotas não selecionadas corriam atrás dos filtradores e apelavam para todo tipo de coisa em busca do convite de ida. Naquele dia, cascatas de flores bordadas em tecidos coloridos se desprendiam pelas vigas do telhado e se estendiam pelos cantos de Doravel feito garras inofensivas. Toda vez que a primavera chega, quem estiver na escala da limpeza deve recuperar as flores do ano anterior e pendurá-las como enfeite. Somente a iniciativa é bonita.

Por ter acabado de chegar, eu sofria a penúria de toda iniciante: esfregar o chão da fábrica inteira uma vez por semana. Nunca tive tantos calos nas mãos como nessa época. Aquele esfregão velho detestável e aquele maldito chão impregnado de poeira e gordura.

— Você? *Você*? Não, lindinha, eu não sei de onde arrumou toda essa magreza… — Melissa adorava jogar seu desprezo em qualquer uma das novatas, sem exceção. Ainda mais em Kátia, que era a mais magra e baixa. — Há uma razão pela qual a Filtragem existe. Não basta só ser boa no que faz. Tem que ter beleza e carne. Se é que me entende.

Todas as outras riam enquanto costuravam.

Passando um esfregão de qualquer jeito, eu estava mais atenta à conversa do que a qualquer outra coisa. As tardes podem ser o cúmulo do tédio quando há desertadas nas rondas, mas quando as supervisoras são uma de nós, se tivermos sorte, podemos colocar os assuntos em dia.

— Pouco importa. Vou ser selecionada de qualquer jeito — revidou Kátia. — E se não me escolherem, conheço uma forma de ser enviada à metrópole. Ouvi uma amiga da minha mãe dizer.

As garotas riram novamente. Dessa vez com mais curiosidade do que escárnio. Algum tempo depois, Melissa, que tinha um coque farto e um corpanzil curvilíneo, desfilou até a menina raquítica e soltou um sorriso amigável. Eu esfregava o chão tão perto delas que podia ouvir a conversa sussurrada sem qualquer dificuldade.

— Fale a verdade! Conhece mesmo uma forma de fazer eles te selecionarem? — perguntou ela. — Quem é essa amiga da sua mãe?

Kátia parecia tão nervosa quanto orgulhosa por ter aproximado a veterana.

— Sim. Tenho meus meios.

— Não pode estar falando dos comerciantes porque a circulação é impedida enquanto os edenses estão aqui — cochichou ela. — Bom, *se* você me disser, talvez possa contar comigo aqui dentro. Ninguém sobrevive nessa fábrica sem uma boa amiga, se é que você me entende. Então.. sei lá, amigas? É só dizer.

Kátia hesitou, mas desembuchou:

— Toda vez que eles levam as selecionadas, tem um caminhão pequeno que vai por último, levando as bagagens dos filtradores. Se conseguir entrar nele, pronto, conseguirá, pelo menos, sair de Absinto.

Vanessa riu, estalou a língua, revirou os olhos e disse:

— Quem é que não sabe disso?

Mas estava na cara que ela mesma tinha acabado de descobrir o segredo.

Até onde sei, três garotas tentaram escapar de Absinto, mesmo não sendo aceitas. Nenhuma delas retornou para casa, porém também não entraram para o programa, já que suas famílias nunca receberam uma mísera recompensa. Não sei se a saída revelada por Kátia é uma figurinha repetida aceita e ignorada pelo sistema. Só sei que depois de chegar ao perímetro de evacuação da Colônia, o caminhão com as selecionadas já tinha saído. Os filtradores ocupavam um segundo carro e o caminhão com o formato de um baú gigante, abarrotado de bagagens, estava lá.

O falso pronunciamento de Ádamo devia ter espantado todas as meninas que corriam atrás das últimas tentativas, só que agora estão todas mortas. O barulho da saraivada de tiros perfura minha mente quando estou pegando no sono. O último semblante de desespero preso no corpo de quem é perfurado por uma bala. Vou e volto. As palavras de minha tia ecoam, rebatem pelas paredes da caçamba enquanto sinto o automóvel deslizar por uma estrada infinita. Estou perdida no tempo. Meus olhos se acostumaram ao escuro, mas não há nada que se possa ver além de bagagens e mais bagagens.

Aperto o caco de vidro na meia. Quanto tempo vão levar para me acharem? Já estarei em Éden quando isso acontecer? Fecho os olhos. O medo come meus órgãos e abraço minhas pernas, encolhida, calada, torcendo para não ser mastigada por mim mesma. O balanço do caminhão tenta me acalentar, mas o silvo dos fogos de artifício me puxa de volta para a cena que me destrói por dentro.

\* \* \*

**Desperto com** um solavanco do caminhão e agarro o colar de contas em meu pescoço. Não sei se estou dormindo ou acordada. Perdi a noção do que é passado e presente. O veículo continua seguindo a estrada, mas, agora, o terreno tem mais buracos, de modo que as bagagens se empilham e desempilham.

*Respire, Freya. Respire.* Todo o esforço para secar meu suor é inútil. Aperto a tala em meu braço sem querer verificar o estado do corte que pulsa e esquenta. Sou toda remendada por dentro e por fora. Como será possível que me aceitem como uma bela Filtrada? *Beleza e carne.*

Se deveriam ter me matado, o que farão comigo quando me descobrirem viva? Não imagino quantos dias posso sobreviver sem água e comida. Talvez eu deva contar até cem para não surtar. Não quero deixar de confiar que minha *tinyanga* saberia como manter minha mãe segura, mas quanto mais experimento trair minha certeza, é como se eu fosse seduzida por uma vontade rompante de retornar às pressas, porque, com certeza, fiz a coisa errada.

Penso em Ruana. Eu deveria ter feito alguma coisa por ela. Quero continuar pensando, mas meus olhos estão fechando de novo. Correr pela cidade como corri e toda a descarga das últimas emoções deveriam me manter acordada. Só que o balanço me puxa de novo e, mesmo a ponto de morrer de fome e calor, meus olhos voltam a pesar...

**O caminhão** dá um tranco e desliga. Tudo para e silencia, menos meu coração, que dispara.

*Se acalme, Freya. Esta é a hora.*

Eu me arrasto até a pilha de bagagens no fundo do baú e me misturo entre as sombras. Três ideias me vêm à cabeça, e acabo escolhendo a mais fácil: interpretar a garota indefesa. Se eu tentar atacar a pessoa que abrir o caminhão, posso ser rapidamente interpretada como uma rebelde ou algo do tipo. Sei o que são leis, e não há uma que impeça o meu assassinato em Absinto ou aqui. *Absinto não existe mais, sua lenta.*

Ouço passos. Vozes difusas. Quero parecer durona, mas, enquanto ninguém vê, meu rosto assume uma expressão de choro. Aguardo calada, atenta e trêmula. Então os passos se distanciam...

Os minutos se arrastam e ninguém abre a maldita porta. Não consigo mais ouvir movimentação ao redor. Preciso fazer um esforço enorme para não me perder na série de devaneios que assalta minha mente. A qualquer momento, alguém vai me achar. É o que repito para mim mesma enquanto os minutos se vão com desespero e me vejo forçada a escolher o segundo plano.

E se este caminhão for despachado para qualquer outra direção diferente das selecionadas? Não posso permitir ser levada para outro lugar além do meu destino, que é Éden. Prometi a mim mesma, a minha tia, pela minha mãe.

Mais nervosa, desaboto minha roupa encharcada de suor e arranco as botas. No calor do baú, meu corpo agradece. Escondo o caco de vidro na bandagem do meu braço, protejo os itens que minha *tinyanga* me entregou, prendo meu cabelo estragado e ajeito minha calcinha de um jeito mais... ok, sensual.

Todas aquelas garotas podem ter zombado da minha aparência ridícula. É verdade que os cortes riscam meu rosto e meus braços, mas eu não tenho para onde correr agora. Enganaram nosso povo. Nos atraíram para nosso lugar favorito como se engana uma ratazana. Puseram um pedaço de queijo no meio de uma arapuca, estalaram a ratoeira e exterminaram nossa existência. Agora que não passo de um fantasma negro, não tenho mais nada a perder.

Caminho até a porta do baú e desfiro o primeiro golpe. O segundo, o terceiro, os outros ainda mais desesperados. Não demora até que passos se aproximem.

O medo sacode minhas pernas, mas respiro fundo e lembro das palavras de minha tia. *Bruxa da morte, deusa do amor.* Esconderei meu pavor. Não deu tempo de aceitar as propostas de Ruana e me tornar uma revolucionária com uma foice ou um grilhão na mão. Entretanto, estou pronta para me juntar às outras Filtradas e seguir o destino atrás da minha vingança.

Juro que só queria esquartejá-los assim como eles acabaram de fazer com a gente.

E então abrem a porta do veículo.

# 09

## Colcha de retalhos

Focos de lanterna se espalham pelo meu corpo e ofuscam minha visão. De olhos semicerrados, não consigo enxergar a noite direito, ela não é mais do que uma brisa gélida lambendo meu corpo seminu.

— Por favor, me ajudem — choramingo, franzindo as sobrancelhas.

Ao primeiro impacto, pela forma que se entreolham pelo visor quase opaco do capacete, tenho certeza de que os três besouros foram pegos de surpresa. Cada um deles segura uma arma de calibre grosso com uma pequena lanterna acoplada. Dedos no gatilho da ARX 1866. Meu corpo quer reagir contra os olhares. Receio que minhas roupas íntimas estejam um tanto transparentes por conta da quantidade de suor...

— Me ajudem — repito. — Por favor, eu só quero...

— Mãos pro alto, safadinha — rosna o besouro mais próximo, o visor fumê mira as sombras entre caixas e bagagens às minhas costas. Sua voz próxima sai abafada por algum buraco do capacete. — Se ajoelha agora ou ganha bala.

— É só uma garota — diz um dos caras. A voz tem o mesmo efeito comprimido.

— Alguns de nós gostariam que fosse um garoto — diz o terceiro, enquanto ergo as mãos de leve e me ajoelho. Risadinhas se espalham.

— Silêncio — ordena o soldado que toma a frente. — Identifique-se.

— Eu queria participar da Filtragem e... por isso... me escondi aqui — digo, choramingando como nunca fiz em toda a minha vida. — Eu nunca deveria ter feito isso. Só quero voltar para casa.

— Voltar para aquele buraco velho e fedido? — pergunta o que suponho ser o líder, incrédulo. — Negativo. Não levamos intrusas de volta e nem adiante.

Engulo em seco. O medo de ser usada pelos homens faz com que uma gota de suor deslize pela minha espinha. Quero colocar minhas roupas de volta e tentar fugir. Pelo menos será melhor do que morrer aqui.

— Olhem bem pra ela. Toda molhadinha de suor — diz um dos imbecis, atraindo novos risinhos. — Algum dos senhores querendo ser papai?

*Nojo.*

— Vocês dois, vasculhem o caminhão e parem de babaquice — diz o homem da frente, apontando o cano da arma para o meu corpo. — É melhor que não esteja tentando nos enganar, neguinha esquisita, ou então vou deixar que os cães façam a festa.

*Neguinha esquisita.* Com as mãos atrás da cabeça, desço do caminhão e me movo conforme eles ordenam. A luz da **lua** é forte o suficiente para banhar todo o ambiente, e eu peço a ela proteção. Estamos no acostamento de uma estrada de barro ladeada por uma imensidão de capim muito alto. Com as mãos para o alto e uma arma apontada para a cabeça, caminho tentando absorver o máximo de detalhes possíveis, quando então meu queixo chega a cair ao vê-lo de repente mais próximo do que nunca... tenho certeza de que é ele... o mar.

Meus olhos levam um tempo para processar toda esta vista. A lua cheia brilha no céu e projeta um clarão sobre a imensidão do infinito molhado, brando, mas vivo, imenso, imponente. Meus dedos anseiam por desenhá-lo novamente, mas agora como o vejo, feito uma colcha negra de retalhos e vozes sobrepostas, destilando no ar o perfume do sal. É simplesmente magnífico.

Um dos besouros força minha cabeça para baixo com o cano da arma.

— Por que todas vocês ficam assim quando veem água limpa, hã? — zomba o soldado.

Obedeço o comando por alguns minutos, mas minha curiosidade não pode ser domada quando meus pés finalmente tocam a areia fofa. As Filtradas também estão aqui. Estou tão impressionada que ignoro a brisa fria estremecendo minha carne e meu olhar é capturado pelo monstro prateado e gigante equilibrado em alto-mar. Conforme minha escolta se move, observo a movimentação ao redor e adiante.

Não sei o nome das coisas, mas há pequenos suportes na beira da água. Um deles acaba de deslizar adiante, carregando os filtradores em direção ao grande edifício no meio da água. As garotas Filtradas também estão sendo colocadas em cada uma das coisas deslizantes. Imagino que também cortarão o mar em direção à... embarcação! Acho que esta é a palavra. São embarcações minúsculas em direção a uma gigante equilibrada em pleno oceano.

— Mas que diabos é isso? — pergunta um filtrador com a voz bruta assim que nos aproximamos.

— A surpresa clássica da vez, senhor — responde o guarda com a arma no meu crânio. — Encontramos essa aqui chorando nas bagagens. Uma neguinha arrependida.

Os besouros riem. O filtrador retira o capuz e revela um rosto apinhado por sardas e pintas vermelhas do queixo à cabeça navalhada. Reconheço o jovem filtrador ao seu lado, aquele que andava com Rona. Os dois são idênticos, exceto que bolsas avermelhadas ao redor dos olhos do mais novo denunciam o choro de dor pela perda do amigo, confabulo.

— Peço misericórdia. Eu queria muito participar da Filtragem, senhor — choramingo, forçando as lágrimas ausentes. *Que papelão idiota*. Sinto o olhar do filtrador mais novo sobre meu corpo e ouso tirar as mãos de trás da cabeça para cobrir os seios. — Não tenho para onde ir. Posso servir. Sei cozinhar, costurar, carregar peso. Faço qualquer coisa.

O olhar irritado do homem mais velho percorre os cortes em meus braços e rosto até me encarar. Não sei onde estava com a cabeça ao achar que minhas curvas talvez fossem interessantes a ponto de se sobrepor a meus cortes, porque agora apenas estremeço de frio ou de medo. A dureza de uma pessoa é capaz de se manifestar sem que uma palavra seja dada. Isso é tudo o que eu absorvo do homem a minha frente.

— Lá eles te chamam do quê?

— Freya — sussurro, um tanto confusa. Tento me mexer com a melhor interpretação de moça perdida até agora. Quando falo, minha voz é praticamente um sussurro. — Por favor, o senhor me ajudaria? Peço misericórdia. Se eu não puder ser escolhida ainda, ajude-me a voltar pra casa.

— Sem teatrinho, preta suja oportunista. Não filtramos com base no que está insinuando. Catorze de vocês já bastam.

O homem finaliza com um gesto e se prepara para me dar as costas, quando o outro intervém:

— Espera, pai — pede ele. Dá um passo em minha direção. Faz silêncio por um tempo, cheira o ar e me encara como se eu fosse uma porca prestes a ser servida. — Dizem que um dos nossos foi morto pela mão de uma de vocês, mas nisso eu não acredito.

*É mesmo?*

— Olha só pra vocês. Não passam de cadelas no cio — continua ele num tom malicioso. — Posso encontrar alguns machos para aliviar seu pedido, se você desejar.

— Não tenho tempo para isso, Jordan. Vá para o barco — ordena o pai.

— E o que vamos fazer com ela? Deixá-la à própria sorte?

O pai gesticula de novo e desta vez o filho obedece, afastando-se após trocar um olhar resignado comigo. *Seu tempo está acabando, Freya.*

— Senhor, por favor. Eu posso servir — imploro, com apenas um resto da voz de garota indefesa. — Os cortes no meu corpo podem ser limpos e meu cabelo pode ser bem lavado. Na minha opinião...

Mas antes que eu termine, o homem me esbofeteia com tamanha força que chego a cambalear para o lado. Pisco os olhos, assustada. Levo uma mão à bochecha ardente.

— Gente como você fala quando tem autorização — diz ele. — Sua opinião não vale de nada.

Miro o chão de areia, deixando a personagem humilhada se esvair. Respiro fundo e retorno para onde estava. Trêmula. A cabeça erguida. Pelo canto do olho, percebo que as duas últimas pequenas embarcações se preparam para deixar a praia. Em uma delas entra o filtrador filho desgraçado, junto aos últimos besouros. Na outra, as últimas Filtradas estão prestes a entrar escoltadas.

— Dê mais uma olhada nela, Mercedes — diz o besouro líder. — Ela não é de se jogar fora. Além disso, é esperta. Chegou até aqui despercebida. Nunca uma chegou tão longe.

— Não. Temos ordens de conduzir catorze dessas. Nem uma a mais, nem uma a menos. — Apesar de ríspido, o careca me avalia novamente, mas por fim parece desistir. — Com esse rosto todo rasgado. Onde vocês estão com a cabeça?

— Com o seu consentimento, podemos escoltá-la de volta para Colônia. Ela terá o mesmo fim que os sobreviventes.

Há um peso irônico sobre a palavra "consentimento". O olhar do filtrador chega a faiscar.

— Negativo. Acha que a general aprovaria sua solução, soldado? Acha certo que uma dessas desafie as palavras do Terceiro Testamento, exiba a fraqueza da sua escolha feito uma prostituta e retorne impune para contar vitória aos seus supostos sobreviventes?

O besouro responde, embora eu não consiga mais ouvir. As últimas três garotas estão entrando na embarcação miúda, ajudadas por um besouro. Meu tempo acabou e não confio nem um pouco nessa história de ser devolvida. Se os filtradores não me aceitarem agora, serei estuprada por esses besouros até desejar morrer. Então, no final, um deles vai atirar na minha cabeça, assim como fizeram com meu tio.

A última Filtrada está prestes a se juntar às outras. Curiosa, ela me observa de longe. E eu só precisava desse olhar para reconhecê-la e, desesperada, improvisar para acionar o terceiro e último plano.

— Melissa! — grito desesperada. Arregalo os olhos e, quando falo de novo, minha voz está esganiçada e partida. — Ela é minha irmã. Minha irmã. Por favor.

Melissa trava os pés e me examina de longe assustada, como se hesitasse em revelar que me reconhece. O besouro ao lado dela não a obriga a se movimentar. Todos olham para a garota e depois para mim, repetindo a sequência de análises.

Finjo que minhas pernas estão fracas e cambaleio pra frente. Ameaço despencar, cubro a boca com as mãos e começo a chorar em choque.

— Minha irmã... minha irmã...

— Levem essa filha de Cã daqui antes que eu perca a paciência — diz o filtrador, irritado ou assustado.

Ignoro a arma apontada para o meu crânio e, desconsolada, aos prantos estrangulados, dou um novo passo vacilante na direção do homem careca.

— Por favor. Pelo menos um abraço na minha irmã. Por favor. A gente não teve como se despedir. Por favor, senhor.

Mercedes recua enojado e exasperado, mas antes que ele se afaste o suficiente, puxo o caco de vidro da atadura, enlaço seu pescoço e aponto minha arma cortante na direção de sua veia mortal.

— Se atirarem, ele morre — grito. — Juro que mato!

Os besouros aprumam a arma em nossa direção. Aperto o pescoço do homem com tanta força que ele não consegue falar, apenas gesticula para que não atirem. Tento bloquear meu corpo com o dele que, com certeza, sente meu coração chutar o peito desesperado.

*Vamos, Freya. Pense. Pense melhor.*

— Coloquem as armas no chão agora. Devagar — ordeno, avaliando minhas possibilidades. Um filete de sangue escorre do pescoço do filtrador. — Estou falando sério. Eu juro que mato.

Lentamente, os besouros pousam as armas no chão. Tenho vontade de pegar uma delas, mas não consigo pensar direito. Só quero sair daqui o mais rápido possível.

— Por favor, garota estúpida — diz o filtrador numa mistura de cansaço com medo e irritação. — Você não conseguiria sobreviver nem a...

— Sua opinião não vale de nada — rosno entre os dentes, devolvendo-lhe sua citação.

Firmo o braço e arrasto o homem na direção das Filtradas. É um ato desesperado. Torço para que ninguém atire na minha cabeça. Tenho a sensação de que vão arrancar minha vida a qualquer momento.

— O que você está fazendo, sua maluca? — diz Melissa quando meto os pés na água congelada e me aproximo. Uma onda puxa meu tornozelo de leve, mas permaneço firme.

— Eles explodiram tudo. Mataram todo mundo que a gente conhece. Pega a arma dele e joga no mar. — O desespero começa a escapar pelo meu tom de voz. — Anda, Melissa. Merda!

Melissa hesita, encara o besouro que ergue as mãos e a arma para o alto, já dentro da embarcação.

— Tudo bem, tudo bem. Sem desespero — diz o besouro com a voz robótica na direção de Melissa. — Vou girar o cabo da arma para a sua direção e te entregar. Você aponta para quem achar certo, positivo?

Por sorte ele faz o que diz. Melissa toma a arma trêmula e assustada. O silêncio só é cortado pelos ruídos das ondas indo e vindo. Melissa hesita. Por um momento, penso que ela vai apontar o cano para mim, mas, por fim, ela me olha de cara feia, mira o besouro e ordena que as outras duas garotas me ajudem a colocar o filtrador dentro da embarcação, o homem ainda rente ao caco de vidro preso em meus dedos.

Reconheço uma delas, Camila, a melhor amiga de Melissa. O cabelo preto e volumoso combina com a cor da noite. A outra menina, mesmo que resolva ajudar, parece ainda mais assustada que Camila.

— Nenhuma de vocês saberia guiar até o navio. Precisam de mim aqui — diz o besouro perto demais. — Sem mim, não chegam lá.

E por que diabos eu acho que vou sobreviver a isso? Aquele monstro prateado está lotado de outros besouros, provavelmente mais truculentos do que estes. Ruana estava certa. A falta de planejamento e treinamento comem meu tempo de vida.

— Isso aqui é um motor, um guia do barco — explica o besouro. — Preciso das mãos para movimentá-lo, certo? Vou fazer isso agora.

Melissa mantém a arma em direção ao besouro enquanto ele lentamente se aproxima do que parece uma espécie de motor da embarcação.

— Não pode atirar em uma selecionada. Se tentar alguma coisa, matamos você e esse babaca aqui! — grito para encorajar Melissa, cujos braços tremem mais que um bambu ao vento.

As duas Filtradas sentam-se no banco de frente para mim, desesperadas. O besouro abaixa as mãos lentamente em direção ao motor e a embarcação não demora para soltar um ronco. Estamos nos movimentando devagar. O outro barco fica na areia enquanto nos afastamos e tenho a sensação de que seremos sabotadas a qualquer momento. O controle da situação é uma ilusão cada vez maior.

— Está de parabéns. Você daria um bom soldado — diz o besouro com a voz robótica do capacete. — Me lembra um pouco um antigo almirante que tivemos no passado. Que Deus o tenha. O que acha de se alistar para o nosso exército, hein?

*Ladainha.*

— E ser igual a você? Não, obrigada.

— Por que não? — A pergunta flui de forma natural, como se estivéssemos tomando café da manhã e batendo papo sobre os afazeres do dia. — Somos melhores do que parece. Alguns de nós, aliás. Nem todos nós ligamos para o saco de bosta que você tem em mãos aí agora, sabia?

O filtrador arregala os olhos apressado. Depois, franze a sobrancelha em clemência:

— Por favor, não.

PÁ!

O besouro é rápido demais ao sacar uma pistola de onde ninguém vê e atirar na minha direção.

O mundo pisca. O barco para no meio do caminho. As garotas gritam. Um corpo escorre por cima do meu. Sangue espirrado em meu rosto pela segunda vez no mesmo dia. O caco de vidro escapa da minha mão frouxa e trêmula. Faço um esforço para me manter no mundo real. Encaro o capacete do besouro de cabeça erguida. *Foi o que deu pra fazer, mãe, tia. Cheguei até onde deu.*

— Quando a gente chegar lá, vou dizer que esse aí morreu na execução da colônia — avisa o besouro com a pistola apontada para mim. — São uns fracos, todos eles. Convencida agora?

Não consigo falar. Nunca estive tão vulnerável. Meu corpo quer desligar. Eu não teria tempo para tirar a arma da mão da idiota da Melissa, que tem o peito subindo e descendo, prestes a morrer de desespero.

— Sabe que só podemos levar catorze, não sabe? — diz o besouro, mantendo o tom pacífico. — Não somos como os vespas que vocês conhecem. Somos chamados besouros por uma razão. Eu te pergunto: Você acha que merece viver e ser Filtrada?

*Viver como? Minha vida acabou aqui.*

— É uma pergunta, responda. Merece viver, mesmo que a vida te obrigue a lidar com as consequências dessa escolha, espertinha?

Minha voz sai rouca e fraca quando murmuro:

— Mereço viver.

Satisfeito, o besouro faz um gesto de cabeça.

— Se sobreviver e não der certo como *kimani*, procure por mim, Águia Negra, em nosso esquadrão. Você merece o título.

O homem liga o motor.

O barco dá um solavanco e dispara.

Melissa se desequilibra com a arma na mão. Tento segurá-la, mas... TRRRRRR... a força dos tiros impulsiona o corpo da garota para fora da embarcação, transformando-a em não mais do que um cadáver que apodrecerá no oceano.

# 10

## Amizade no meio do caos

Em poucos pares de minutos, as coisas que sei e que penso sobre o oceano vão e vêm dentro de mim, e talvez este seja um sinal de que estou começando a discernir sua voz. O mar é o lugar dos mortos e dos vivos. Nenhuma das cores elaboradas por minha *tinyanga* me ajudará a pintá-lo como deve ser, porque agora suas cores têm som de choro, desequilíbrio e culpa.

Conforme nos aproximamos, percebo que o monstro sobre as águas não é prateado, mas branco. Nunca vi algo tão grande em equilíbrio, cada centímetro seu branqueia e reflete a luz da lua, e enormes quantidades de panos alvos estão estiradas com cordas até o alto. Devem combinar com a cor do mundo para onde estamos sendo levadas.

Assim como as outras, a embarcação em que estou emparelha com a principal e é rapidamente içada por um sistema ágil feito com cordas e suspensórios enganchados. O vento agita meus cabelos e os fios se misturam com o sangue espirrado por todo o meu corpo. A quantidade de manchas escuras sobre minha pele me assusta, mas qualquer susto será para sempre pueril diante do corpo de Melissa alvejado, escapando de minhas mãos.

Os puxões solavancam nossa embarcação para o alto. Engulo em seco enquanto me esforço para sustentar o olhar fuzilante de Camila. A garota chega a bufar de ódio enquanto chora em silêncio. Só quero encará-la para não ser pega de surpresa, caso ela me empurre aqui de cima, como se eu fosse culpada pelos tiros que a melhor amiga dela acabou de levar.

— Bora! Bora! Bora!

Besouros apressados nos forçam a pular para dentro da embarcação gigante e, para fugir de Camila, sou a primeira a entrar. Meu corpo agradece por pisar em uma superfície sólida, mas as aparências enganam. Porque esse monstro gigante parece estável, mas a sensação de flutuar permanece e enjoa.

— Quem vomitar vai dormir no próprio vômito. — Ouço um dos besouros dizer.

Tudo é muito agitado. Uma numerosa quantidade de besouros nos enxota às pressas pela superfície flutuante, forçando nossa descida por escadas apertadas para uma espécie de porão que fede a peixe e sal. Mal consigo ver quais outras garotas estão aqui, quantos filtradores fizeram a travessia ou quem é a mulher branca que persegue cada movimento meu com um olhar azul afiado e perigoso...

**Estou enjaulada.** Aqui, as projeções do fogo nos candelabros tremulam nas paredes e os poucos lampiões garantem um rastro de iluminação, caso o vento apague todas as velas. A cal sobre a estrutura de madeira exibe seu desgaste e este é o único céu que agora posso observar, deitada sobre a cama no alto do beliche, pensando no quanto todas as histórias contadas a respeito do mundo parecem confusas.

Nunca imaginei que pudesse existir de verdade um veículo tão longo capaz de navegar sobre o mar. Meus músculos retesados reclamam por cima da espuma do colchão em que outras meninas provavelmente se deitaram, e me pergunto para que parte do mundo estamos realmente sendo levadas.

Não pude perceber se Micaela, a filha do caçador que tentou proteger a mim e Ruana, está entre a gente. Fecho os olhos e tento me lembrar melhor das feições dela, mas o único rosto que me vem em mente é o de Melissa. TTRRRR. Os tiros. O corpo dela escapando ao meu lado. O medo de ter tomado um tiro também. Estou apavorada.

— Quer parar de fazer a cama tremer, inferno? — reclama Camila na cama de baixo. — Na verdade, eu espero que você não esteja tentando dormir, sua canalha.

O estrado da cama range, sinalizando que a garota se levantou. Fecho os olhos, me preparando para enfrentar o momento que a qualquer hora chegaria. Camila não parou de chorar desde que chegou. A dor dela me obriga a lembrar das inúmeras vezes em que a vi revezar com Melissa as supervisões em Doravel, pois ambas eram veteranas da mesma época. Carne e unha, praticamente irmãs, separadas pelos tiros que me estremecem só de pensar.

Abro os olhos para encarar a fúria de Camila. Ela é alta, tem seios quatro vezes maiores do que os meus e deve ser cinco anos mais velha. Seu cabelo preto volumoso projeta uma sombra enorme na parede.

— Não era pra ser assim, não era! Você não tinha o direito de fazer isso. Se pensa que vou deixar você dormir...

— Eu não fiz nada.

— O quê? O cara matou a Vanessa por *sua* casa. Por causa da sua arrogância!

A acusação me dilacera por dentro. Apoio o corpo sobre o cotovelo, enjoada com o balanço do navio. O sangue de Melissa respingado sobre mim parece queimar. Reúno forças para continuar.

— Você está pensando como eles querem — digo.

Camila me observa incrédula.

— Acho que você não entendeu muito bem. Você passou a sua vida inteira de merda desprezando garotas como nós, que queriam ser enviadas e saber o que acontece do outro lado da cerca. Mas o mundo dá voltas e agora você não só muda de ideia, como *mata* uma de nós para conseguir o que quer.

— Eu não matei ninguém!

— Você fez pior — murmura ela entredentes. Camila se aproxima ainda mais, com os olhos inchados cravados nos meus. — Fez ela acreditar ter um poder que nunca tev...

— Não! Eu não vou aceitar isso — rebato com toda a força que ainda me resta. — Eu nunca quis que isso acontecesse. Não fui eu que apertei o gatilho e eu nunca imaginei que ele apertaria daquela forma. Eu juro. Só não tenho pra onde ir. Estou tentando sobreviver tanto quanto vocês.

Camila aponta o dedo em minha direção como se ele fosse uma arma em riste.

— Não ouse se comparar a mim, sua hipócrita. Ela era... minha melhor amiga. Não merec...

— Ei, colega — interrompe uma voz da porta da jaula. — A fim de trocar de quarto antes que a gente seja morta por causa do seu escândalo?

Um silêncio confuso se instaura. Levo um tempo para entender para quem é a pergunta, mas não preciso de mais segundos para reconhecer a garota do outro lado das grades. O cabelo dela foi raspado a navalha para que não fosse selecionada e de nada adiantou.

— Se eu continuar aqui, vou acabar me tornando igual a ela, uma assassina — murmura Camila sem olhar para a minha cara outra vez.

*Não era isso que você queria? Ser amiga da morte?*

O besouro que escolta a garota careca não parece preocupado com a sugestão de troca. Então elas o fazem e ele volta a manter trancada a grade da jaula.

Em silêncio, a garota se aproxima, escala a escadinha do beliche, analisa minha aparência e gesticula para que eu lhe dê espaço. Não tenho forças para reclamar ou puxar conversa, mesmo a reconhecendo da noite passada no telhado. A garota que burla o sistema se importou em me presentear com um caju. Sinto que estou por um fio de desabar.

— Aquele besouro babaca estava me trazendo do banheiro, que é horrível. Não recomendo.

Não consigo interagir. Não consigo fazer nada além de pressionar as mãos com as coxas para que elas parem de tremer.

— Olha, não quero parecer insensível. Só balança a cabeça pra negar ou confirmar. É verdade isso? A Melissa foi morta para que você se juntasse ao clube?

Respiro fundo e me forço a olhar para o teto de madeira. Os furinhos nas ripas, a cal descascada. Todo o horror das últimas horas explode dentro do meu peito. Minha resposta deveria ser só um balançar de cabeça dizendo que não, não e não. Eu não preciso de mais uma culpa na vida, por favor, obrigada. Mas quando menos percebo, não consigo controlar meu choro. Meu corpo inteiro treme tanto que agarro os lençóis entre os meus dedos com o máximo de força para não desabar por completo. A qualquer momento, vão entrar aqui e atirar em todas nós. Fogos e tiros. Droga. É uma crise. Estou panicando, afundando, são muitas mortes e tiros para um dia só. Eu não deveria estar viva. Será que minha mãe está? *Se acalme, Freya. Se acalme.*

A garota toca meu braço e eu me afasto depressa, encolhida feito um animal acuado. A cena é tão grotesca que ela também se assusta com minha reação inesperada, fora de controle.

— Tudo bem. Eu não ia te machucar.

— Eu sei — digo, preocupada com minha própria reação. Minha voz também tremula. *O que está acontecendo comigo? O que fizeram comigo?*

A garota nota meu estado, constrangida. Mas não se afasta, nem desiste. Silencia por algum tempo, até retomar.

— Olha, a gente não se apresentou direito. Não me chamo "a garota que o irmão vendeu". Meu nome é Lígia. E, só para ficar claro, não culpo você por nada que tenha rolado. Tá certo?

Seco minhas lágrimas, detestando demonstrar fragilidade. Mãos empapadas com o sangue de duas pessoas mortas.

— Outra coisa. A maioria das que passaram são idiotas, ok? — garante ela, ainda com a voz baixa. — Algumas do tipo que desfilam peladas para conseguir uma entrevista. Outras estão longe de serem bonitas, sério, só entre a gente. Bom, eu não deveria estar fazendo esse tipo de piada, mas eu não sei muito o que dizer para a filha da Doidinha — confessa ela.

Não fazia ideia de que ela estava tentando fazer uma piada e talvez eu nunca mais ache graça em nada na vida. Filha da Doidinha. Espera. E se as garotas disserem que eu sou a filha de Amara? Faria alguma diferença para Éden ser filha de alguém que não deu certo na metrópole?

— Precisa cuidar disso, ou vai infeccionar — diz Lígia, apontando para o corte em meu braço.

Uma pontada de dor me atinge só porque ela fala. De repente, quero gemer de dor. Seguro a onda, evito olhar para o machucado estancado e constato que de nada adiantou ter a cara cortada e a cabeça raspada.

— Seu irmão é um idiota — digo.

— Eu sei. Eu te disse. Nenhum homem é confiável. Raspei a cabeça, não como direito há dias. Achei que não fossem querer uma careca desnutrida, mas estava enganada.

Enrolo meu corpo na maior parte do lençol e espio melhor a cabeça raspada da menina. A verdade é que o rosto dela é tão bonito que a falta de cabelo só o realça. Os olhos dela são grandes e oblíquos, o nariz é achatado e os lábios carnudos. Sua pele brilha em um tom mais escuro que o meu. E sim, ela é muito magra.

— Não me olha assim — diz ela. — Não me apaixono fácil.

— Muito menos eu.

— Lembro de te ver na Cabeça do Javali. Nunca interagi c...

A voz dela se perde. O barulho da explosão estoura meus ouvidos e me lembro de como fui arremessada para longe. O silvo dos fogos. O tiro no filtrador colado no meu corpo. Nunca estive sob tanto estresse. É como se minha cabeça fosse explodir. Preciso trocar de assunto.

— Você tinha alguém? — pergunto. — Deixou alguém para trás além do seu irmão?

Ela se surpreende com a mudança, mas aceita com um sorriso esquisito.

— Já tive um dia. Mas agora eu estava sem trabalho, vivendo de caça e sobras. Não que eu seja uma boa caçadora. Ultimamente, só codorna e coelho. Eu sei, péssimo. Estava a um passo de ter que estocar farofa de tanajura.

Ela ri. Ficamos em silêncio por algum tempo.

— Bom, eu era bem nova quando perdi minha mãe — continua ela. — Depois, meu pai. Eu só morava com o irmão que me traiu e me vendeu. É uma história muito divertida e agradável, eu sei.

Suspiro com certo pesar e minha barriga ronca. A garota faz uma careta engraçada e a dela não demora para soltar um rugido maior ainda.

— Tudo bom? Nossos estômagos também querem ser amigos.

O tom é divertido, mas não consigo sorrir. Talvez por isso ela faça questão de apagar a graça do rosto outra vez.

— Olha, sei que a gente está se conhecendo e tal. Não quero que você se sinta mal com o interrogatório. Só tenho mais uma perguntinha e juro que vou para a cama de baixo. Tudo bem?

Dou de ombros.

— Te devo uma pelo caju. — *Que nunca comi.*

— Talvez — diz ela. Então, após um pigarro, continua. — Você chegou depois de todas. Forçou sua entrada aqui de última hora, não foi? Porque se for verdade, você viu o que aconteceu.

— Não se arrependa por não ter visto o que vi.

Lígia engole em seco e olha para o nada por um tempo.

— Ouvi o barulho de uma explosão. Todas nós ouvimos. Os fogos e tudo o mais — diz ela, como se escolhesse as palavras para me testar. — Se quer ter uma única amiga na vida, me diga de uma vez por todas se ele estava lá. O presidente Ádamo.

Tento repassar em minha mente as falas de Ruana, mas não passam de peças de um quebra-cabeça embaralhado. A única coisa que parece fazer sentido é a lembrança de que tudo mudou a partir do momento em que mencionei o que sabia para Ruana. As palavras de Tássio para os filtradores na noite de ontem.

— Lembra quando perguntei sobre a cobra? — pergunto, ignorando a resposta que Lígia quer. — Acho que pode ter a ver com isso. Pode ter a ver com o que o seu irmão sabia.

Uma sombra percorre o rosto de Lígia e leva embora todo o semblante de futura boa amiga. Ela dá um sorriso amargo, perdida em pensamentos silenciosos.

Não tenho certeza se ela entendeu, se pareci convincente o suficiente. Então encaro-a de perto e deixo minha voz se tornar um sussurro.

— Eu *preciso* saber exatamente o que Tássio sabia.

Ao escapar da minha boca, o nome evoca o olhar sombrio que nunca imaginei ver tão cedo na garota alto-astral.

— Não sei nada sobre esse assunto — diz ela. Então pula da cama e me deixa entender que não devo mencionar outra vez o cara que a colocou aqui.

# 11

## Bem-vindas ao *La Amistad*

Tudo explode, mas não sou impulsionada pela explosão. Não mais. Uma voz me chama pelo nome. *Freya*. Minha força de vontade me mantém no mesmo lugar, enquanto as chamas atravessam o meu corpo e dilaceram minha pele. Uma voz me chama pelo nome. *Freya*. Estou em carne viva. Tudo treme. O fogo rasga meus órgãos e estou prestes a explodir quando...

— Bora, garota! — chama Lígia.

O grito me assusta e me força a abrir os olhos, sobressaltada. Meu peito sobe e desce num ritmo descompassado. *Não estou pegando fogo. Estou viva.*

— Tirar uma soneca é legal, mas tem coisa melhor, minha filha — diz a garota com um sorriso de lado e a boca cheia de farelos. — Comida. Muita comida. Anda logo.

A palavra "comida" me coloca de pé em segundos. Lígia me oferece uma capa cinza que mandaram me entregar. Enquanto me enfio na vestimenta, equilibro os pés no leve balanço da embarcação e sigo a garota pelo corredor do porão, e então pelas escadas por onde descemos ontem, interceptada por barris, agora em direção ao banho de claridade que vai ofuscando minha visão, e as vozes agitadas no andar de cima, e... uau! O impacto da visão arranca as palavras da minha boca. De tão arrebatada, não consigo mover meus pés ou nada além da cabeça e dos olhos, na tentativa de não ser engolida por toda a imensidão do mundo.

— Aqui é o convés — explica Lígia. — Essas cordas e panos se chamam velas. O vento bate nelas e o capitão guia o barco bem ali, no leme. É fascinante, não é? Chamam isso de navio.

Mal consigo formar uma palavra.

O sol está nascendo, uma bola de fogo ardente dissipando as nuvens escuras ao seu redor, ampliando a claridade do azul no restante do céu, colorindo algumas nuvenzinhas cor-de-rosa aqui e acolá. Se quisesse pintar o que vejo, eu precisaria passar uma tarde inteira misturando tintas até encontrar as cores próximas possíveis, e ainda assim falharia.

O navio desliza lentamente na vastidão de água do mar. Ao redor está o infinito. As coisas parecem partes umas das outras. O vento que agita a capa sobre meu corpo é o mesmo que assopra um navio inteiro, e é o mesmo que empurra o curso da vida adiante. Pelo menos para alguns.

No centro do espaço que Lígia explica ser o convés, as Filtradas se juntam em torno de uma mesa. Finalmente consigo reconhecer várias delas. Vixe! Maria finalmente conseguiu entrar. Todo mundo diz que ela é garota mais bonita de Absinto e houve quem apostasse pedra preciosa garimpada ao afirmar que, dessa vez, nenhum filtrador que colocasse os olhos nela seria tonto a ponto de não a selecionar.

Trina também está aqui, a filha do carpinteiro, magérrima e mostrando os dentes até enquanto come. Também reconheço Nalanda, uma das poucas garotas com a pele mais clara de Absinto. Costumávamos brincar na minha casa quando crianças, até que um dia eu a chamei de lábios de salsicha e ela nunca mais retornou. O cabelo dela é crespo e da cor do fogo, e os lábios ainda continuam muito grossos.

Camila está falando de mim para outra garota grande e imponente como ela. Todo mundo conhece a gargalhada e o jeito expansivo de

Raquel. Ela vivia dizendo que, se quisesse, seria Filtrada. Por enquanto nunca esteve a fim, até agora.

— Por que todas as garotas já estão aqui? — pergunto para Lígia.

— Eu que te pergunto — rebate ela. — Fiquei com pena de te chamar porque depois de tantos pesadelos você deve ter dormido pouco. E você geme enquanto sonha. É horrível. Fogo na terra! Vou pedir para trocar de cabine.

— É mentira...

Tenho vontade de ir até a beira do navio para espiar o mar aqui de cima. No entanto, as laterais são guarnecidas por besouros imóveis segurando suas armas nas laterais. Entre o monte de cordas e canhões, me pergunto qual deles me ofereceu alistamento e matou duas pessoas como se fossem bonecos em vez de seres humanos.

Acompanho Lígia e chegamos perto da mesa extensa repleta de manjares, pães, geleias e fatias de coisas que eu nunca vi. Os aromas despertam minha fome ainda mais. As Filtradas se espalham ao redor, agarradas com comidas e taças com o que imagino ser suco de uva.

Assim que notam minha presença, o tom das conversas cai gradualmente. Não tenho coragem de encará-las. Imagino se os besouros ao redor poderão impedir que me arremessem oceano abaixo.

— Arrisco dizer que esse é o caldo mais gostoso que já comi em toda a minha vida — diz Lígia, aproximando-se da maior panela apoiada sobre a mesa. Ela finge que nada anormal acontece. — Será que vai ser assim para sempre ou a gente rouba alguma coisa e leva lá para dentro?

— Quem colocou essa comida toda aqui? — pergunto baixinho, tentando ignorar a atenção extra e assimilar o tamanho disso tudo. — Não sei se besouros fazem esse trabalho. Será que usam outras pessoas?

Lígia dá de ombros e se serve do caldo meio amarelado e recheado com folhas e cubinhos de alguma carne rosada.

— Finja que não estamos sendo compradas com comida — sussurra Lígia, enfiando uma colherada na boca e revirando os olhos. — *Fogo na terra!* É maravilhoso.

**101**

Analiso as comidas sobre a mesa. O cheiro me provoca delírios. Conto quatro garrafões lotados de suco de uva e não consigo ignorar o choque ao tentar calcular a quantidade de dinheiro gasta com apenas uma refeição. Mas assim que provo o caldo e o sabor me faz querer flutuar, desisto de pensar, desisto até da colher e só levo alguns segundos para entornar todo o conteúdo para dentro e tornar a encher a vasilha.

Provo pães diferentes com o máximo de combinações que consigo fazer com as geleias de frutas. Não me preocuparia em disfarçar a fome famigerada, mas, aos poucos, percebo que todas nós estamos fazendo questão de provar tudo o que foi proposto, como se nunca mais fôssemos comer na vida.

— Ei, aquele ali não é o madeireiro? — pergunta Lígia.

Até ouço o que ela está dizendo, mas é no mesmo momento em que meu olhar bate em Micaela e na garota que conversa com ela. Minha boca fica aberta e travada, não consigo pronunciar uma palavra sequer.

Além da amargura evidente, o rosto de Micaela se destaca pela uniformidade da pele extremamente escura e os olhos acinzentados, quase prateados. Por Deus! Ela é muito mais nova do que pensei. O corpo nem mesmo se desenvolveu. Comparada com a Filtrada ao seu lado, poderiam ser mãe e filha.

— O que um garoto de Absinto está fazendo aqui?

O cutucão de Lígia me puxa para a realidade dela e eu só quero perguntar quantos anos ela acha que Micaela tem.

— Quem? Garoto de Absinto?

— Ele ali — sussurra ela, apontando para um cara sentado no chão, apoiando as costas em um barril afastado o suficiente para não nos ouvir. Ninguém parece se importar muito enquanto ele morde uma fruta e me encara de volta. É um belo olhar. Com uma das mãos ele sombreia o rosto contra o sol. As sobrancelhas longas, os olhos escuros, lábios fartos e dreads curtos na cabeça. As pernas dobradas são grossas, assim como o corpo dele é grande e musculoso.

Antes que eu possa me voltar a conjeturar sobre Micaela e sua amiga, um bando de desertadas se aproximam com agilidade e começam a arremessar as sobras do banquete em cestos. Sem fazer contato visual, elas emergem de um cômodo com portas brancas no meio do navio, onde não tivemos acesso. Mexem a boca, mastigando seus chicletes de sempre. Na expressão do rosto não carregam nada. Usam o mesmo macacão branco e as pulseiras prateadas.

Nenhuma de nós consegue esconder o susto diante da brutalidade com que elas lidam com os alimentos. Não é possível que estejam considerando toda essa comida como lixo. Com suas peles brancas e coques lisos, elas não demoram muito para desaparecerem pelo cômodo de onde vieram com os cestos lotados e as panelas.

A dança milimetricamente ensaiada não termina, porque agora os besouros apertam um semicírculo em torno de nós. Nunca colocam as armas no coldre.

— É agora que vão te jogar pra fora, *Feia* — diz Raquel quase às minhas costas.

Um dos besouros ergue um estandarte com o símbolo de Éden: a árvore atrás de duas espadas cruzadas. Do cômodo onde todas as desertadas acabaram de entrar sai uma mulher esbelta, desfilando em nossa direção. Os soldados batem continência e um deles aponta a arma para o rapaz, que finalmente se levanta e vem parar bem do meu lado.

A maioria das meninas parece ter acabado de notá-lo. Estão atordoadas e, ao mesmo tempo, curiosas com a dona do barulho de ferradura de cavalo se aproximando. Cada passo é como um soco agudo no chão do navio. Ela veste uma farda nevada sutilmente afivelada na cintura. As botas brancas e impecáveis a deixam ainda mais alta e imponente. Nem consigo contar as dezenas de broches dourados agrupados pela região dos ombros e peito, imagino que simbolizem conquistas ou títulos. Os cabelos se assemelham a chamas avermelhadas e domadas com uma presilha, os olhos azulados têm a cor que já vi em uma desertada ou outra. Só que, nessa mulher, eles fazem com que eu me lembre de algum pássaro selvagem.

Um dos besouros puxa um trompete de algum lugar e ensaia as notas que conhecemos desde criança. Com a mão no peito, entoamos o hino de Éden, uma cantiga fúnebre e estúpida sobre animais, força, os elementos da natureza, glória e honra celeste, e o anseio pelo soar da próxima trombeta. Ao final, a mulher pigarreia e, quando fala, a voz é desprovida de qualquer tom amigável.

— Meu nome é Ana Lisboa, mas, para vocês, general Lisboa. Sejam bem-vindas ao Navio *La Amistad*. Como vocês dizem, atravessaram a beira do mundo. Aqui, as coisas são diferentes. Todas as vezes que qualquer pessoa acima de vocês disser "Sua vida", deverão responder com o lema da metrópole. "Obediência, lealdade e merecimento." Sua vida.

Primeiro, um silêncio. Depois, escuto fracas repetições do lema entre a gente. Estou concentrada demais nos broches de ouro reluzente. Um deles traz o símbolo de Éden, o outro, uma serpente abocanhando uma maçã, o outro...

— As palavras "Ordem e Progresso" foram substituídas, e todas vocês são obrigadas a recitar o novo lema. É uma ordem. Sua vida — repete ela.

— Obediência, lealdade e merecimento — respondemos em uníssono.

O olhar da mulher cruza o de cada uma de nós com tanta frieza que a beleza da paisagem ao redor perde o efeito. Quando se encontra com o meu, enquanto nota meu estado imundo, me recordo de quando pisei no navio e a vi me encarar. Tenho certeza de que ouvi essa mesma voz exigir que os filtradores explicassem o que uma garota como eu estava fazendo ali.

— Provavelmente nunca viram algo tão grande e majestoso na vida de vocês, certo? Nunca viram o mar, um navio, tudo vai ser novo daqui em diante. *La Amistad* representa isso, um acordo de amizade e reinserção. Então desde que entram a bordo, vocês passam a ser propriedade do Estado de Éden. Isso significa que se livraram do solo fétido de onde vieram e estão prestes a ter o trabalho e o salário que tanto desejaram, não é mesmo? Sei que muitas de vocês estão se perguntando agora como vai ser esse movimento, como serão recebidas, será que vai dar tudo certo... Eu digo que nosso trabalho é zelar pelo programa para que tudo seja realizado dentro dos conformes. Desde que sigam de acordo com as regras estabelecidas e mantenham o IPV em dia, passarão por todo o processo necessário para que sejam inseridas de forma plena e pura.

— Não entendi. O que seria o I...

Raquel tenta perguntar, mas o olhar afiado de pássaro indomável cala sua voz. A general franze a sobrancelha, exasperada com o gesto da garota.

— Deixem-me explicar algumas coisas aqui antes que tenhamos problemas mais à frente. Quando digo que estão sendo inseridas em nosso regime, significa que vocês não falam quando não têm permissão. Se de onde vocês vêm existe uma palavra chamada hierarquia, para onde vocês estão indo, reconhecer o lugar de pertencimento deve ser mil vezes mais respeitado.

"Filtradas não falam, não comem, não dormem, não se movem e não respiram enquanto não for permitido. A raça de vocês escolheu ser banida. Entretanto, estamos dando a vocês, de bom grado, a chance de serem purificadas novamente, tratadas e reinseridas em um universo de possibilidades para vocês e suas famílias. E eu quero que entendam o seguinte: vocês não têm culpa pela escolha feita por seus ancestrais. Por isso, o Trono de Tronco, o Presidente Ádamo, oferece sempre uma segunda chance obtida em Graça.

"Será concedido direito a estudo, salário e proteção. Suas famílias serão sustentadas pelo resto da vida. Não passarão mais nenhuma dificuldade. É por isso que estão aqui. Portanto, a pergunta é simples e só será feita uma única vez. Prestem bastante atenção antes de responder. Alguma de vocês gostaria de desistir e ser excluída do programa aqui e agora?"

Encaro a mulher, desacreditada.

*Não se movem e não respiram enquanto não for permitido.*

Que famílias? Que proteção? Enquanto as meninas se entreolham de esguelha para saber se alguém pensa em desistir, identifico inúmeros olhares abrilhantados. É claro que estão aqui porque desejaram esse sonho a vida toda. Estamos mais perto do que nunca de todas as promessas. Mas a que custo? O que há de errado em não falar, não comer nem dormir sem autorização?

— Acha que ela vai desistir? — A voz de Lígia sussurra baixinho em meu ouvido.

Acompanho o olhar dela de esguelha para Micaela, a única que fita os próprios pés. Está nítido que, se tivesse uma garantia de que voltaria para casa sã e salva, ela desistiria. Com certeza a menina não tem a menor noção de que está sozinha no mundo. Nenhuma dessas garotas têm porque todas saíram antes de ver suas famílias alvejadas na praça onde a gente costumava dançar, brindar, ouvir histórias e ser feliz por um momento.

— Muito bem. Assim será feito — assente a general. — É uma safra custosa e interessante. Algumas de vocês de fato se sobressaem, aposto que serão como pérolas negras em nosso programa. Outras precisarão de muitos retoques — provoca ela, examinando minha face. — Porém, no geral, tenho certeza de que nossos filtradores fizeram o melhor trabalho possível. Vocês são todas incrivelmente sadias e capazes.

"Dito isto, também devo avisá-las que, nesta edição do programa, temos uma novidade. Devido à alta exigência entre os participantes, foi necessário filtrar um negro também — ela diz, cravando os olhos em Daniel. — Ele será tratado como todas vocês e participará de todas as etapas. As figurinistas estão ansiosas para colocarem as garras nele. Aliás, em todas vocês. Há financiadores dispostos a pagar os maiores pagamentos da história pelos seus serviços. Então, inicialmente, todos terão a mesma contagem de pontos."

*Pontos e financiadores.* Espio o garoto ao meu lado, perdida e ansiosa. Aposto que ele encara os olhos de águia da mulher só para tentar se livrar do olhar curioso de todas as meninas.

— Há uma última coisa da qual precisam ser avisadas. Sei que devem ter muito apego ao nome que deram a vocês, mas ele infelizmente não tem valor civil dentro da metrópole. Depois de toda a experiência acumulada nesta que é a décima edição da Filtragem em Absinto, compreendo que o melhor é informá-las que não será permitida a menção dos nomes de nascimento nas terras da metrópole. Durante a purificação, ofereceremos um número serial para facilitar os trâmites administrativos. Depois, quando estiverem prontas, receberão um novo nome em Graça.

"Agradeçam que o clima está bom e seguiremos de vento em popa. Quanto mais demonstrarem ter o coração como uma terra preparada para receber as novas instruções, mais pontos vocês ganharão. Com isso, virá o reconhecimento e a oportunidade de proporcionar uma vida ainda melhor àqueles que vocês deixaram para trás. Sejam bem-vindas à nova vida em Éden. Sua vida."

— Obediência, lealdade e merecimento — é o que a algumas de nós conseguimos dizer.

Estou abismada com o fato de que essa vaca branca ignora o que sei muito bem. O que eu vi! E não só isso. Arrancaram meu nome. Atenderei por um serial. Um número.

A porra da metrópole acabou de apagar o nome que minha tia-avó me deu.

# 12

## Os azuis na beira do mar

Quando a general deixa o vagão, estamos todas imersas em uma quietude desconcertante e constrangedora. Daniel também. É como se cada um de nós estivéssemos descobrindo, pelo paladar, as palavras lançadas pela mulher. Em minha língua, o sabor é amargo e amedrontador.

Como todas as outras, retorno para a prisão em silêncio e esqueço de me certificar se o garoto Filtrado divide uma cela com alguma menina. Penso no quanto a seleção dele representa uma mudança na dinâmica da Filtragem na colônia. Só que não existirá outra seleção, e toda vez que eu me lembro de Absinto, minhas mãos voltam a tremer, minha garganta se fecha e me sinto prestes a entrar em pânico. Há um rombo em meu peito. Eu me sinto como um fantasma existindo dentro de um corpo que não quer mais viver.

As mentiras da general até que despertam minha vontade de falar. Penso em detalhar para Lígia tudo o que vi nas últimas horas, mas nenhuma de nós tem coragem de dizer coisa alguma enquanto o tempo se arrasta. E quando finalmente tomo coragem para dizer algo, inclino o corpo para espiá-la, mas me assusto ao vê-la com o olhar perdido dentro de si mesma.

A solitude deveria me bastar, mas a infecção em meu braço volta a reclamar. Quando menos percebo, manchas arroxeiam a pele inchada, então desço do beliche e chamo o besouro mais próximo.

— Preciso cuidar disso — aviso apontando o braço.

O soldado me avalia sem precisar se esforçar para entender o nível de urgência. Deve estar confuso ao ver uma garota capaz de resistir à dor como eu.

Em poucos minutos, sou escoltada pelo navio por dois deles. Passo pelas jaulas de outras meninas, atraindo olhares curiosos. Os corredores são iluminados somente pela luz que entra pelas janelas do navio. De vez em quando, vejo desertadas conversando ou limpando o chão, o tipo de coisa que nunca seria admitida em Doravel. Minha enjoada caminhada se encerra quando um dos besouros bate com grosseria na madeira.

Uma jovem senhora alta e branca abre a porta.

— Quem me perturba? — pergunta ela. Logo se espanta com minha aparência. — Ah, nossa! Filtraram você, querida? — A mulher branca me espia dos pés à cabeça. — Inacreditável como os tempos mudaram. Primeiro me aparecem com um garoto, agora uma boneca destruída.

Um dos besouros ri, mas toma um cutucão do outro. A mulher de coque e avental faz uma careta para eles e me empurra com os braços ágeis para dentro da sala, nos isolando.

O quarto é espaçoso, com armários velhos e uma mesa cheia de papéis. Nas paredes, bandeiras, molduras e boias penduradas compõem a decoração. O garoto Filtrado apresentado de manhã cedo dorme aos roncos em uma das duas camas.

— Estou curiosa para saber sua história, mocinha — diz a mulher, de braços cruzados. — É verdade que ameaçou um filtrador com um caco de vidro?

— Não — minto, receosa. — Você é curandeira?

A mulher sorri, desconfiada.

— Não precisa ter medo de mim. Me chamo Ângela e não à toa. Trabalho no programa e sempre trato minhas *kimanis* com mãos de anjo. Não posso dizer o mesmo das outras enfermeiras. Sente ali.

Ângela aponta uma das camas e circula pelo cômodo recolhendo itens. Dou uma olhada melhor no cômodo, encantada com a decoração, incomodada com o ronco esquisito do garoto na cama ao lado.

— Ele ficou doente?

— Ah, o clássico, né? Na verdade, é mesmo muito comum que vocês vomitem tanto, principalmente depois das refeições — responde ela.

— Eu mesma levei séculos para me acostumar. Acontece que esse aí vomitou um rio inteiro de salsichas. Valha-me Deus! Os homens são sempre piores do que as mulheres.

Pelo canto do olho, espio Daniel mais uma vez. Mesmo dormindo e roncando, consegue ser belo. Não à toa é um dos Ébanos.

— Muito bem. Agora quero que me conte tim-tim por tim-tim de como a senhorita conseguiu um corte desse tamanho, e todos esses no seu rosto. Conte direito para que eu possa ajudá-la.

Evitando vários detalhes, protejo minha história e conto o básico necessário para Ângela. Ela umedece um pano limpo em água morna e passa pelo meu rosto, pescoço e colo. Até aí, me sinto aliviada. Depois, quando ela começa a trabalhar no ferimento, apenas quero gritar e morrer. Com os dedos leves e dispostos, ela lava meu antebraço com água morna e sabão, cobrindo-o com uma quantidade absurda de sal.

Trinco os dentes, cerro os punhos e franzo a cara inteira para segurar a dor sem fazer escândalo por quase cinco minutos. Somente quando meu corpo estremece e meu rosto está coberto por dois filetes de lágrimas a curandeira torna a lavar a ferida e remover a aplicação. O corte limpo termina muito menos horrível, o inchaço diminui e o alívio finalmente me obriga a me perguntar se minha vida será assim também, se depois da dor crucial virá algum tipo de paz.

— Vamos trocar esse curativo a cada dia, certo? Vou mandar chamá-la quando for preciso — avisa ela, após passar um unguento e enrolar meu antebraço com uma tala.

— Obrigada — digo, balançando os pés pendidos no alto da cama.

— E não se preocupe com os cortes no rosto, com o banho, com nada disso. Vamos cuidar da beleza de vocês assim que chegarmos. Aliás, este é o último item com o qual vocês deverão se preocupar até que aprendam todas as técnicas profissionais de trabalho.

— Vamos nos tornar curandeiras?

Ângela acha graça. Enfia uma pastilha em minha boca com um olhar tranquilo.

— Deixe dissolver em sua língua e vai relaxar da dor — aconselha ela, abaixando o tom de voz com a boca perto do meu ouvido. — Não seja boba, a cama daqui é melhor. Aproveite.

O pó derrete entre meus dentes e o garoto puxa um ronco assustador ao meu lado. Se não fossem esses roncos horríveis, poderia dizer que a curandeira tem um bom argumento ou, pelo menos, atraente. Este cômodo é espaçoso e menos frio. Parece até balançar menos.

Ângela pede para que eu me deite, guarda alguns frascos, anota em um papel, avisa que vai nos deixar descansar e bate a porta. Ainda desconfiada, estico meu corpo na cama. *Nossa! Nooossaaa...* Suspiro relaxada e abraçada pelo colchão infinitas vezes melhor do que a espuma da bicama na jaula. Ufa. Talvez aqui eu possa descansar sem pesadelos. Dou algumas tossidas, espio o garoto ao meu lado, cheiro minha axila de leve. Quando foi a última vez que tomei um banho?

— Você não foi louca de engolir o remédio, foi?

Reajo num sobressalto.

— Que susto! Você... estava... achei que estivesse dormindo.

— Ainda dá tempo de vomitar, sério.

Franzo a testa, irritada. *Ele viu quando me cheirei?* Há quanto tempo esse idiota está fingindo doença e por que alguém faria isso?

— Você inventou uma doença pra escapar de ser a atração do momento? — pergunto.

— Atração? — O garoto ri pelo nariz e cruza as pernas ainda deitado. — Não que eu tenha para onde fugir, mas tô fazendo isso desde que cheguei. Forçando uns vômitos e tal. Não é difícil. Quer ver?

Ele faz de conta que vai vomitar, mas a demonstração não passa de um gesto patético.

— Já vi coisas piores nos últimos dias.

Ele encolhe os ombros e permanecemos deitados, quietos, lado a lado. Depois de alguns instantes, ele insiste:

— Por que não tenta vomitar o remédio?

— É problema se eu precisar de algo para apagar? — rebato. O efeito prometido parece não ser nem um pouco instantâneo.

Ele balança os ombros e nega.

— Não foi difícil para os meus velhos, sabe? — conta ele. — Simplesmente entraram lá em casa e explicaram que também estavam atrás de garotos desta vez. Aliás, de um só. Fariam um teste. Recomendaram minha casa por causa dos meus irmãos, você sabe.

*Falsa modéstia.*

— Você deve estar achando que isso é ladainha de família. Mas a verdade é que eu nunca fiz dez por cento do sucesso que meus irmãos fazem. Tento pegar carona na aba deles. Pego as sobras. Acho que foi por isso que meus pais me entregaram de bandeja.

— As sobras — destaco, sem paciência para esse tipo de ideia. — E você gostou? Não faço a menor ideia se os homens gostariam de conhecer o mundo como a maioria de nós, mulheres. Talvez sejamos estimuladas pela Filtragem.

— Por que conhecer o mundo? Pra quê? Absinto é nossa terra, nossa casa. Éden nos protege da destruição e do caos que o mundo se tornou depois do Breu. Nunca quis sair de casa.

— Protege criando uma cerca elétrica e controlando nossa energia. Protege enviando benefícios apenas para as famílias das Filtradas — argumento, virando o rosto para ele, detestando ouvir outra vez a mesma história que as pessoas repetem desde que me entendo por gente. — Realmente acredita nisso?

— É como a maioria das pessoas prefere pensar para não entrar em noia e acabar levando um tiro na cabeça. Ninguém está disposto a morrer, Freya. Talvez esse seja o nosso problema — diz ele, sem me encarar. — De todo modo, nada que meus velhos tenham feito comigo me deixou pior. Sempre fiz de tudo para agradar aqueles dois. Nunca achei que fossem me vender. Isso dói pra caramba.

A voz do garoto vai se partindo conforme fala, sumindo aos poucos, até terminar em dor. Então fico quieta por um tempo. Algo no que ele diz me desperta a memória de meu tio assassinado, porque sempre tive a impressão de que ele estaria disposto a morrer para inflamar as pessoas com suas ideias sobre uma suposta rebelião. O tipo de coisa que só fui entender depois de mais velha, colecionando migalhas de sinais cifrados nas lembranças de conversas antigas.

— Meu nome é Daniel — diz ele. — Sei que a minha barba me deixa mais velho. Mas sou o filho mais novo e acabei de atingir a maioridade.

— Falta um ano pra mim — comento. — E você nem tem barba direito.

Daniel exibe um sorriso e decide me encarar.

— Quero que saiba que ouvi muitas piadas de mau gosto sobre a sua mãe, mas nunca mexi com ela, posso jurar.

— E por que eu acreditaria nisso? Quem jura mente.

— Porque eu a admiro. Na verdade, desde que fui Filtrado, penso nela. E agora você está aqui.

Evito encará-lo e minha garganta volta a ficar ressequida. Quero tanto fugir do assunto que minha percepção do ruído do balanço do navio se intensifica. Ao mesmo tempo, levo a mão ao colar de contas em meu pescoço, quero ficar.

— O que você pensa sobre ela?

— Que eu queria ter a chance de voltar. Mas que não demorasse, sabe? Voltar agora. Dominar isso aqui.

Bufo e reviro os olhos.

— Pode acreditar. Isso já aconteceu antes — diz ele. — Há milhares de anos. Ouvi essa história quando moleque e nunca mais esqueci. Quer ouvir?

— Qualquer coisa é melhor do que se você começar a roncar.

Daniel vira o corpo de lado e se apoia com o braço na cama.

— Ouvi dizer que num passado muito distante existiam pessoas de pele azul. Ainda acredito nessa história, certo? Me julgue apenas em silêncio. Combinado? — avisa ele antes de continuar. — Os azuis eram bacanas, pobres, felizes e sabiam cantar muito bem. A voz deles era tão poderosa que fazia os frutos brotarem da terra. E quando decidiam fazer um coral eram capazes de se curar das próprias doenças.

— Você acredita na existência de pessoas azuis?

— Me julgue em silêncio — repete ele. — Bom, na terra dos azuis a comida começou a acabar, e por causa disso eles foram ficando muito fracos. Tão fracos que já não podiam mais sequer falar. Então, em uma manhã terrível de calor, centenas de homens brancos cruzaram o mar com um navio gigante, encontraram aquela terra desconhecida e aprisionaram cinquenta e três azuis. Eles disseram: "Agora vocês vão trabalhar para nós." As armas dos azuis eram fracas. Além disso, estavam famintos e em pele e osso. Todos os que se recusaram a servir acabaram perdendo a cabeça ali mesmo.

"Fácil fácil, os brancos acorrentaram todos os azuis. Homens e mulheres. Tiraram tudo deles, até mesmo comida e água. Só que ainda havia uma coisa que os azuis estavam guardando para o momento certo. Então, no meio da noite, quando todos os brancos estavam dormindo, com exceção dos dois pilotos, os azuis se juntaram e usaram o poder ainda pulsante em suas veias. Começaram a cantar. Primeiro, a música era um leve sussurro cansado, mas depois transformou-se num coro absurdamente forte. Então o mar começou a se agitar e balançar o navio. O universo revelou sua força, os músculos dos azuis tornaram-se potentes mais uma vez e eles dominaram a embarcação, mataram os homens brancos e obrigaram os pilotos a retornar com eles para casa, sãos e salvos. De volta à terra deles, os azuis viveram felizes... até serem invadidos novamente. Fim."

O final da história nos lança em um silêncio desconcertante. Quero evitar parecer frágil e boba, mas esse conto acabou de me torcer por dentro. Nunca estive tão sensível como agora. Só tenho vontade de chorar.

— Se essa história for uma verdade distorcida do passado, talvez nós possamos ser os azuis. — retoma ele. — Só não me diga que você não sabe cantar.

— Quem te contou essa história? — pergunto, cortando o tom de piada.

Ele volta a deitar de barriga para cima e cruza as mãos atrás da cabeça, fazendo-as de travesseiro.

— Dona Tildes, a senhora que me ensinou a ler. Depois que contei essa história para minha mãe, Dona Tildes nunca mais apareceu lá em casa. E quer saber? Não consigo parar de pensar no porquê. Ela não inventou essa história. Nada tira isso da minha cabeça.

— Até parece. Nunca ouvi falar de gente azul nem de pessoas que fizessem a terra tremer com a própria voz.

— O nome do navio era o mesmo — confessa ele em um tom mais baixo. — *La Amistad*. Ouvi essa história quando criança. Como podem ter o mesmo nome?

Não o conheço para saber se está preocupado ou mesmo com medo. Mas engulo em seco, pensando no terror de tudo isso. As nômades sempre diziam que uma história contada muitas vezes pode ser pintada com folhas e frutos diferentes, mas que no final das contas elas são como árvores antigas, cujas raízes não negam sua existência.

Qualquer traço de realidade nesse conto, não importa há quanto tempo essa raiz tenha sido plantada, significa que Éden está usando o nome do barco para nos afrontar. *La Amistad* debocha da luta dos nossos antepassados e reforça o que fizeram com minha mãe: vocês não têm mais voz.

— Se conseguíssemos dominar esse navio e voltássemos para casa, acha que nos receberiam bem? — pergunta Daniel. Quando fala, seus olhos se prendem a um lugar distante. — Será que meus pais se orgulhariam de mim?

A pergunta parece honesta e merece minha sinceridade. A verdade na ponta da língua congela meu estômago, mas preciso continuar.

A maldade de Éden precisa ser derramada sobre o que sobrou de nós para que, quem sabe assim, cantemos juntos para balançar o mar.

Viro meu corpo para a direção dele e, pela primeira vez, faço questão de olhá-lo nos olhos antes de anunciar a verdade.

— Mataram todo mundo. O presidente nunca chegou. Sinto muito mesmo, mas seus pais devem estar mortos.

# 13

## Verdade ou consequência

**D**e pé e sozinha, observo meu corpo em um dos espelhos na parede cravada de objetos. Por algum milagre, me sinto um pouco mais bonita. Todo resquício de sangue foi retirado da minha pele e do meu cabelo, meu corpo está mais limpo do que nunca e os cortes em meu rosto suavizaram. A tala em meu braço machucado ainda revela um inchaço, mas já não sinto as pontadas de antes.

Decido abandonar o cômodo onde fui acolhida pelo sono das últimas horas e noto que os raios de luz que irrompiam pela janela infelizmente foram embora. Por quanto tempo fiquei aqui, se o interior do navio voltou a ser mal iluminado por lampiões e candelabros de ouro velho? O cheiro de alguma comida apetitosa faz meu estômago rosnar. Apenas sigo o cheiro por um corredor e acabo encontrando com o som das meninas conversando. Nossa forma de falar é característica e familiar.

O navio balança de forma um pouco mais efusiva quando finalmente desemboco num cômodo largo, tipo um salão. Não sei se passei por aqui antes, mas a dinâmica com certeza é diferente. Sentadas sobre os inúmeros tapetes que forram a superfície, as garotas Filtradas se organizam em um círculo, rindo e conversando de modo um tanto contido, mas confortável, entretidas em algum tipo de jogo. No outro canto, três desertadas ocupam poltronas ao lado de baús e cômodas, mascando seus chicletes e conversando num tom bem mais baixo. São as primeiras a notar minha presença.

Arrasto meu corpo direto para a terceira coisa em que reparo: uma mesa retangular apoiada na parede do navio, ornamentada com flores azuis e repleta de bolos, biscoitos, jarras de suco, frituras e o caldo de algum peixe. Sem fazer qualquer cerimônia, como uma coisa atrás da outra, viro um copo de suco, engulo os biscoitos feito uma esfomeada, sem me importar com o que uma garota ou outra vai achar dessa cena. A refeição da manhã parece não ter existido, tamanho o buraco em minha barriga.

— Achei que quisesse ser minha amiga, até me abandonar — diz Lígia, aparecendo ao meu lado.

— Isso aqui estava horrível — digo de boca cheia, apontando para a tala do braço. Bebo mais um copo de suco para desentalar a garganta e só então continuo. — Já estou de volta ao inferno. Foram só algumas horas.

— Horas? Você dormiu direto por dois dias.

— Muito engraçado — digo. Decido enfiar na boca mais um docinho de massa escura, cujo nome não faço ideia, mas o sabor é de dar arrepios de felicidade. Reviro os olhos desejando que esse prazer nunca termine. Quando saio do meu delírio e volto a encarar Lígia, não há um sinal sequer no rosto dela que denote um tom jocoso sobre... — Você está falando sério? Dois dias?

Lígia confirma com um olhar.

— O bom disso tudo é que descobriram que o Ébano não estava passando mal como dizia. Colocaram ele na sua cama — diz ela. — Ele é mesmo um gato e tem sorte de eu não gostar de meninos.

— Quanta informação.

— E você? Gosta de quê?

Bebo mais um pouco de suco para desentalar e decido que basta de comida. Está difícil processar que passei tanto tempo desacordada. Agora sim, a limpeza do meu corpo, as roupas de baixo, o vestido, a fome desvairada, tudo faz sentido.

— Com certeza não gosto dele — digo, um tanto confusa. É como realmente me sinto sobre a minha sexualidade: perdida. — Quer dizer que agora estamos livres?

Uma das meninas gira uma garrafa e me ajuda a identificar qual é a brincadeira do momento. Meus olhos procuram Micaela, mas a garota não está aqui. Do lado oposto, as desertadas não fazem questão de disfarçar: cochicham sobre a gente de forma irritante. A pele delas parece brilhar mesmo não havendo tanta luz assim no recinto marítimo.

— À noite, por umas duas horas — responde Lígia, com o olhar direcionado para o mesmo grupinho que eu. — Diferentemente delas. Até aqui, num barco no meio do nada, elas se sentem superiores.

— Odeio elas.

— Eu também. Aliás, estava querendo falar com você. Na verdade, não sei muito bem como tocar nesse assunto. Não sei se ofende, mas vou perguntar. É sobre sua mãe.

— Minha mãe? O que tem ela?

— Você sabe dizer se em algum momento sua mãe falou... aliás, deu a entender... sobre o que ela fazia na metrópole? É que eu não paro de pensar no que é que a gente vai fazer exatamente.

A pergunta de Lígia me arrasta até o passado, para a época em que minha tia-avó ainda passava dia e noite conosco. Eu tinha mais ou menos sete anos de idade, quando decidi me embrenhar no meio da mata atrás da flor mais bonita e diferente que pudesse encontrar. Depois de escorregar no limo e minha perna ficar coberta de carrapichos, eu tinha conseguido montar um pequeno buquê. Uni as flores com um fio trançado feito com folhas de capim, corri toda suja para casa e entreguei o presente para a *mamana* com o sorriso mais largo possível. Feliz aniversário. Minha mãe sorriu, me abraçou e trançou meu cabelo. Eu sempre adorei senti-la mexer em minha cabeça porque era um dos raros momentos em que o amor e o cuidado escapavam pelas mãos dela. Também pela expressão que desenhava no rosto quando me via com a mesma trança embutida que ela fazia em si própria, uma das poucas coisas que ela executava com exímia destreza. Mas naquele dia as coisas foram diferentes. Não demorou muito até que eu encontrasse todas as flores no lixo da cozinha, amassadas e fedidas. Lembro de ter corrido até minha tia-avó para chorar minhas mágoas no colo dela. Então ela me perguntou se eu lembrava o que havia comido de manhã, se eu lembrava onde arranjei aquelas flores, se lembrava do que tinha brincado no dia anterior. Quando eu disse que sim, ela me disse que mamãe não. "A cabeça da sua mãe foi machucada. Ela não consegue se lembrar o que comeu hoje, o que jantou ontem ou quem a presenteou com aquelas lindas flores. Não é culpa dela. É culpa de quem fez isso com o cérebro dela." *Mamana* parecia quase sempre desorientada, gritava na cama de noite, fazia xixi em cima do sofá, parecia ter medo de tudo, e toda vez que saía de casa andava sem rumo até se perder. Saber que ela já havia sido tão saudável quanto todas as outras mães por ali partia meu coração em mil pedaços. Então quando minha avó culpabilizou alguém, me lembro como se fosse ontem do quanto eu estava disposta a tirar satisfação com a pessoa que ela acusasse. Quem quer que fosse, não deveria ter tirado da minha mãe o direito de se lembrar das coisas mais bonitas do mundo. Perguntei a minha *tinyanga* quem tinha feito aquilo com ela. E tudo o que ela fez foi prometer que um dia eu ficaria frente a frente com ele.

Penso em tudo isso para, no final das contas, apenas dar de ombros.

— Não é uma pergunta invasiva — respondo. — A mente da minha mãe é como se fosse um quadro que se apaga sozinho. Nada dura muito tempo nela.

Lígia engole em seco, me olha em sinal de condolência e tenta mudar o cenário, segurando no meu braço livre e me arrastando em direção às outras Filtradas. Com gestos breves, pede que abram caminho para nós duas. Não quero participar da brincadeira, penso em protestar e ficar de lado, mas parece tarde demais.

— Anda, Maria. Sua bunda nem é tão grande assim — diz Lígia para a garota cuja beleza sempre se sobressaiu em Absinto.

Algumas meninas riem, outras me estudam com curiosidade, outras me ignoram completamente, como eu gostaria que todas fizessem.

— Pensei que tivessem mandado você de volta, que pena — diz Maria, me olhando de rabo de olho. Camila, cujo cabelo volumoso agora está preso em tranças, me encara com ódio. Dois dias foram insuficientes para estancar sua raiva.

— Certo, meninas, minha vez — anuncia uma delas, desconhecida para mim. A menina faz a garrafa transparente girar no mesmo lugar. Espremida ao lado de Lígia, torço para que os deuses escolham me manter apenas como expectadora desse jogo infeliz. A garrafa gira. Cada vez mais acho que não levo jeito para socializações. Talvez eu queira dormir por mais dois dias. A garrafa gira um pouco mais... antes de parar.

Ufa. É Camila quem deve perguntar qualquer coisa para Nalanda, a lábios de salsicha. As meninas soltam risinhos de expectativa enquanto Camila pensa na pergunta de modo misterioso.

— Atenção para a pergunta, Nalanda — diz ela. — Você já fez um besouro atirar em uma pessoa só para conseguir passar no concurso que você dizia nunca querer fazer parte? Verdade ou consequência?

*Babaca.* Algumas Filtradas seguram o riso, cochicham entre si. Desvio o olhar para baixo com ódio. O que estou fazendo aqui?

— Espera só a minha vez — sussurra Lígia em meu ouvido, segurando meu braço para que eu continue por perto.

— Não tem graça — diz Nalanda, tímida como sempre. — Mas escolho verdade. Eu nunca faria uma coisa dessa.

— Então gira a garrafa — diz Camila, satisfeita por ter me alfinetado.

Nalanda obedece, mas dessa vez o objeto no centro dá somente umas duas voltas até que a ponta pare na direção de Raquel. É Nalanda quem deve fazer a pergunta.

— Vamos lá. Cadê a sua voz? — instiga Raquel com o deboche costumeiro.

— Você já deu para um filtrador para conseguir ser selecionada?

Choque. Silêncio total. As garotas se entreolham e não sabem se podem rir ou não, afinal, Raquel é uma presença importante aqui. Faladeira, risonha e imponente, acho que qualquer uma de nós pensaria duas vezes antes de atacá-la.

Lígia não se segura e é a primeira a cair numa gargalhada mórbida de deboche. O riso desperta a curiosidade das desertadas na outra ponta. Tenho vontade de acompanhá-la, mas me seguro.

— O que foi que você falou, branquinha disfarçada? — rebate Raquel.

— É simples. Verdade ou consequência — diz Nalanda, ainda num tom de voz minúsculo, mas cheio de coragem. — E eu não acredito que você seja capaz de peitar a consequência que está na minha cabeça.

Todas nós abrimos a boca ou arregalamos os olhos, assustadas com a atitude inesperada. Raquel ri de deboche.

— Consequência — diz ela.

Minhas bochechas estão quentes, numa mistura de constrangimento e empolgação. Olhamos todas para Nalanda, à espera do que vem. O jogo está ficando bom. Ela não titubeia.

— Duvido você ir até lá e dizer o que pensa de uma delas.

Nalanda nem precisa apontar para se explicar. Uma das desertadas, a que tem o cabelo loiro encaracolado, está trançando as longas madeixas negras de outra. A terceira, dos olhos brilhantes feito duas esmeraldas, nunca parou de olhar pra gente, mascando seu chiclete interminável e soltando comentários baixinhos que fazem as outras rirem.

— Esquece isso, Raq — implora Camila. — Não vale a pena.

— Com licença — pede Raquel. É tarde demais. Ela já está de pé.

— Isso não vai terminar bem — cochicha Lígia no pé do meu ouvido.

Por alguns segundos, troco um olhar com Nalanda, que logo desvia. Tenho certeza de que ela não sabe a merda que está comprando. Isso aqui não é uma brincadeira nem de longe. Será que ela está disposta a viver sob a consequência do que acabou de sugerir?

Sei lá. Só sei que quando Raquel chega de nariz em pé até as desertadas, a general Lisboa entra no quase cômodo ladeada por dois besouros. A mulher fardada para imediatamente, nos observando de cima, tentando entender que raios está acontecendo. O que Raquel está fazendo próximo às outras? É como se ela estivesse diante de um erro. Alguém arrumou as peças no tabuleiro de forma errada.

— Algum problema? — pergunta ela.

As três desertadas pulam sobressaltadas e empinam o corpo diante da presença da general. Nós nos vemos obrigadas a levantar também.

— Não, senhora — diz a loira. — Acho que essa *kimani* gostaria de dizer alguma coisa.

— Ela ainda não é uma *kimani*, sua retardada — diz Lisboa, ríspida. Com o olhar afiado, obriga Raquel a se explicar.

— Só estava tentando trocar uma ideia. Não vejo por que não sermos todas amigas.

— Foi dito que vocês estariam aqui pra fazer amizades? — pergunta a general.

— Não. Mas não entendo qual é o problema — insiste Raquel, sem qualquer receio. Abre um sorriso para as desertadas, molda a voz com ingenuidade e desafio. — Elas não precisam só servir a gente.

As desertadas se entreolham, ofendidas. Lisboa afia o olhar em direção a Raquel.

— E o que faz você pensar que alguém serviria *você*? — pergunta ela. — Desertados servem ao programa, à metrópole. Se quer continuar aqui, terá que aprender muito sobre o mérito do serviço. Não ensinaram isso no chiqueiro de onde vieram?

Raquel cruza os braços e levanta uma sobrancelha.

— Mas é no chiqueiro que vocês compram roupa e pedra, não é?

Lisboa esbofeteia Raquel com as costas da mão. O golpe é tão forte que me encolho enquanto a garota cambaleia para trás ultrajada. Os besouros puxam as armas dos coldres. Aperto o braço de Lígia, traumatizada. Vão fuzilá-la aqui.

— Insubordinação nunca será aceita — esbraveja a general para todas nós. E então volta a encarar Raquel de cima a baixo. Até um monte de lixo poderia receber um olhar menos desprezível. — Sua patifaria servirá de exemplo para as outras, imunda.

Os besouros são ágeis, tomam a garota pelos braços e desaparecem com ela, seguidos pela fúria da mulher fardada.

# 14

## Manjar indeglutível

Retorno com Lígia escoltada por dois besouros e parece que nunca podemos andar livres da sombra de uma arma. Sou acostumada com a truculência dos vespas e minimamente com a enxurrada de besouros que aparecem durante as Filtragens, mas agora esse movimento ganhou um novo tom e eu me pergunto se não são eles que realmente têm medo. Não medo da gente, mas de que fujamos para nos atirar oceano abaixo. Como a mulher branca disse, tem gente disposta a pagar um preço alto por nosso salário. Tudo isso começa a aumentar minha impressão de que somos, de fato, valiosas para o tal do programa.

Entramos na cela e dou de cara com Daniel ocupando minha cama. Quando nota minha presença, ele revira os olhos em um tom jocoso e pula para baixo.

— Você perdeu várias comidas gostosas — diz ele para mim. — Pelo menos isso foi bom.

Não tenho um comentário pronto. Continuo com a impressão de que vem agindo do mesmo jeito desde quando contei sobre o massacre em Absinto: evitando me olhar nos olhos. Apenas o observo trocar um aceno de despedida com Lígia enquanto os dois besouros o aguardam para nos trancafiar e escoltá-lo não sei para onde.

— Tchau, carequinha.

— Até mais, Ébano. — Há quilos de ironia em "ébano".

Lembro da história sobre as pessoas de pele azul e a vingança dentro do *La Amistad*. A história me deixa arrepiada. Gostaria que Daniel continuasse por perto, principalmente depois de confidenciar a ele o que eu ainda não havia aberto para ninguém.

Para tentar esquecer a cena horrorosa que acabamos de presenciar, conversamos sobre como era a vida de Lígia antes de ser Filtrada e ela me conta que seu maior prazer era caçar. Além de distrair, a caça garantia comida, uma combinação perfeita para ela. Lígia conta que se esforçou muito para se tornar boa, mas que é incrivelmente ruim.

Os únicos trabalhos que a interessavam acabavam sendo ocupados por homens, e isso a frustrava muito porque via sua competência ser desperdiçada só porque ela é uma mulher. Lígia jamais se alistaria para trabalhar numa fábrica como Doravel ou com qualquer outra atividade reservada para o sexo feminino. Sua única tentativa de trabalho em um dos moinhos da colônia chegou a durar quase um ano. Ela trabalhava junto com outras mulheres na moagem de grãos para a produção de farinha de trigo, mas depois de um tempo os desertados decidiram pagar os trabalhadores com sacos da ração que era formada com o farelo das sobras não peneiradas. E ela se recusou a participar desse tipo de escambo.

Enquanto ainda estou escutando as histórias de Lígia trabalhadeira, o urro de uma garota corta o ar, ecoando pelos átrios do navio. Inclino meu corpo da cama de cima e encaro Lígia assustada. Fazemos silêncio por meio minuto, até que o berro de dor ecoe mais uma vez. Meu coração congela. Por mais que o grito esteja muito distante, uma garota clama pela vida. E alguém está fazendo questão de que todas nós possamos ouvi-la.

Lígia fecha os olhos e respira fundo.

— Elas ainda estão tentando esquecer a morte horrível da Melissa. O absurdo de não podermos sequer velar o corpo — diz ela. — Estavam tentando se animar um pouco, imaginando como deve ser o trabalho do lado de lá.

— Tomara que Nalanda não seja tratada por elas como eu sou — confesso. — Quando é que essas garotas vão entender que estamos todas do mesmo lado?

Deito de volta na cama, aterrorizada com os gritos sucessivos. Quando finalmente acabam, continuam ecoando na minha cabeça. Não consigo parar de imaginar que tipo de atrocidade estão fazendo com Raquel e minha teoria de que somos valiosas se esfarinha num sopro.

Em algum momento, Lígia consegue pegar no sono e até roncar de leve. Por um momento chego a invejá-la, porque o sono não vem nem que eu o chame com todas as minhas forças. Gostaria de apagar de novo por dois, cinco, vinte dias. Mas quando fecho os olhos, carrego o peso de todas as pessoas que vi serem assassinadas nos últimos dias.

— **Acordem, princesas**. Café da manhã — chama um besouro destrancando nossa porta.

Levanto da cama de um pulo. Meu único prazer aqui é ser chamada para comer.

— Se quisessem, poderiam matar todas nós de uma vez só. Seria só envenenar a comida — diz Lígia, levantando-se. — Bom dia.

— Um ótimo pensamento para iniciar o dia — ironizo enquanto prendo meu cabelo em um coque. Ângela limpou-o como foi possível nos últimos dias, mas eu ainda preciso de um bom banho de cabeça. — Achei que estivesse dormindo.

— Espera, deixa eu amarrar meu cabelo também — brinca ela.

Pela primeira vez tento imaginar como seria o rosto de Lígia com os cabelos que ela raspou. Desde a noite em que a encontrei, com certeza alguns fios já cresceram. Faço menção de ir atrás do meu café, mas, antes disso, Lígia chega bem perto. É impressionante o quanto ela consegue abandonar o tom de piada para assumir uma expressão séria quando quer.

— Ele me contou — confessa ela em um tom tão baixo que preciso me esforçar para ouvir. — Ele me contou o que você viu antes de decidir entrar aqui.

Pelo canto do olho, espio o besouro distante. Somente a menção àquela lembrança faz um arrepio subir pela minha espinha.

— Sinto muito pelo que você viu. E sinto muito que o seu alvo não estivesse lá. Você saberia o que fazer.

Não encontro palavras para dizer à Lígia, então dou um leve aceno de cabeça para mostrar que não tem problema Daniel ter contado. E que é bom dividir ao menos um pouco desse fardo com alguém.

Tento me mover até a porta, mas ela insiste.

— Vai contar pra elas? — pergunta Lígia. — Gostaria de que escondessem de você uma coisa tão grave?

— Preciso pensar. — É tudo o que eu respondo.

Não tenho certeza de nada. No momento, só quero sobreviver. Então forço um sorriso horrível para minha companheira de cela e caminhamos juntas até o convés para o café da manhã.

Acontece que, quando chegamos lá, nem o azul mais bonito no céu poderia riscar um sorriso em nossos rostos, nem os manjares mais cheirosos poderiam nos fazer ter vontade de comer. Nada poderia causar tantos arrepios em meu corpo. Micaela, sempre quieta e ao lado de uma garota mais velha, vira o rosto e vomita no chão. Lígia arregala os olhos petrificada. Mal posso acreditar no que estou vendo.

Colocaram Raquel sentada numa cadeira de frente para a mesa de delícias. Não há como escolhermos qualquer coisa na mesa sem encará-la. E por mais que se pense em evitá-la, tamanho o horror, acabo olhando, horrorizada. Porque alguém fez furos em todo o contorno dos lábios dela. Costuraram a boca da garota com um fio branco. Lágrimas escapam dos olhos inchados dela enquanto ela evita nos encarar. Tem como única opção encarar as comidas que nunca experimentará.

# 15

## Faça pontos e sobreviva

Sentada sobre a cama, no insuportável balanço do navio, toco em bolinha por bolinha do cordão de *mamana* quase fazendo uma prece a cada conta. Tento imaginar onde as mulheres da minha família devem estar agora, mas falho miseravelmente. O besouro que me escoltou para fora do caminhão falou de sobreviventes. E eu tenho certeza de que elas estão entre eles. Se não acreditar nisso, desmorono.

Imagino se Ruana também terá fugido, se obrigaram-na a enfrentar algo pior do que Raquel. Como alguém tem coragem de costurar a boca de outra pessoa por ter falado demais? Isso não é uma brincadeira, é cruel. Estamos sendo torturadas. Não passamos de objetos na mão dessas pessoas. Daniel tinha razão ao pensar que deveríamos fugir enquanto é tempo. Mas como? Cantando alto até fazer o mar rugir?

— Acabou a vida boa. Bora, bora — apressa um besouro destrancando a cadeia e gesticulando com brutalidade.

*Vida boa? Maldito.* Respiro fundo e desço do beliche outra vez. Ao forçar o braço, não sinto mais dor em minha ferida. Ângela fez um bom curativo e, em segredo, sou grata.

Em poucos minutos, somos encaminhadas ao convés do navio, sempre às pressas. O céu coberto de nuvens carregadas parece refletir o clima instaurado entre nós depois de tanta crueldade. Para piorar, dessa vez quem nos conduz são as desertadas, nos forçam a formar uma fila reta com ainda mais brutalidade que qualquer besouro. Uma delas me separa de Lígia e eu tento entender se é uma das três que riram de nós ontem à noite. Acontece que são todas iguais.

— Atenção aqui — pede uma delas, com a voz de uma gralha. — Vocês seguirão algemadas até o Posto de Inserção, onde serão vacinadas e receberão a cidadania provisória. Depois disso, serão finalmente escoltadas até a Casa *Kimani*, na Zona 78. Sejam bem-vindas à nova vida em Éden.

Qual é o significado dessa palavra esquisita? Estamos todas eufóricas, mas, ao mesmo tempo, contidas. Adiante, não dá para entender muito bem onde estamos. Emparelhado a uma plataforma firme, o *La Amistad* balança mais do que o normal. Homens gritam comandos uns para os outros. O movimento por todos os lados indica que estão tentando amarrá-lo a estacas de concreto fincadas ao chão.

A qualquer momento vai chover. Estico o corpo na ponta dos pés para tentar absorver o máximo possível da vista. Daniel é mais alto do que todas nós, então consigo vê-lo mais à frente, logo antes de Lígia e Micaela. Estamos desembarcando perto de armazéns enormes que se repetem por todos os lados feito estátuas frias, gastas e macabras. Estruturas de ferro se erguem por pilastras logo à nossa frente criando uma espécie de passagem. Preso às estruturas, um toldo branco se estende de uma ponta à outra. No chão de concreto, tufos de mato crescem e imploram pela luz do sol. Eu me pergunto o quão distante estamos do lugar de onde viemos.

Só podemos sair do vagão após passar por uma revista minuciosa, que vai desde a cabeça à sola do pé. Assim que nos movimentamos para fora do navio, não tenho tempo de agradecer por enfim pisar em terra firme. O que acontece comigo é repetido em todas. Homens com fardas brancas e expressões de apatia enfiam os dedos enluvados entre nossos cabelos e deslizam um bastão preto por cada milímetro do nosso corpo, inclusive nas partes íntimas. Todos usam uma pulseira prateada no pulso.

O vento frio sopra em meus ouvidos enquanto somos forçadas a continuar caminhando. Mais pessoas fardadas prendem nossos pulsos um ao outro atrás das costas, com duas alças feitas de um material duro e transparente. Quando estamos todas detidas, a fila segue pela passarela e, uma última vez, olho para trás e miro o navio branco onde passei os últimos dias tendo pesadelos vivos e comendo os melhores alimentos que já provei. As letras pintadas de preto formando o nome na lateral da embarcação me afrontam orgulhosamente de volta. Dentro de *La Amistad*, a general Lisboa nos espia com o peito estufado, e mesmo a força do vento anunciando o temporal não pode bagunçar seu penteado impecável e milimétrico. Sou capaz de jurar que ela olha em minha direção e não sei dizer por que não me arremessaram longe quando fui forçada a dormir.

Antes que a chuva desabe, a centopeia de meninas negras caminha pela passagem até uma estrutura mais moderna do que os armazéns horripilantes. Aqui, tudo continua pintado de branco, como se essa fosse a cor mais importante do mundo. Somos encaminhadas até uma sala cercada por paredes de vidro, rodeada por esquisitas cadeiras de plástico nas quais somos obrigadas a aguardar nosso nome ser chamado.

No centro da sala, um leão e uma leoa esculpidos em pedra branca estão lado a lado, na iminência de caminhar. Mesmo nunca tendo visto esses animais na vida, a juba me ajuda a identificá-los. Há algo escrito no pé do monumento, mas não enxergo daqui. O silêncio é sepulcral. De vez em quando, troco olhares com Lígia e Daniel. Observo Micaela com curiosidade. A menina não esconde o olhar espantado e fico imaginando o quanto vão pagar por nós e o que, especificamente, seremos obrigadas a fazer. Faço todo o esforço do mundo para não espiar Raquel pelo canto do olho, mas, assim como é impossível, é impressionante o quanto arrancaram o brilho dela. Pela primeira vez, me questiono se minha mãe perdeu a língua logo que chegou aqui. Será que ela era uma mulher ousada, cujo brilho também foi arrancado?

— Ei, controle-se — diz uma voz ao meu lado esquerdo. É Nalanda, com as pálpebras inchadas e vermelhas. Deve ter passado o dia inteiro chorando, esmagada pela culpa que não lhe pertence.

Olho a garota de soslaio e começo a perceber o quanto minhas unhas machucam minhas próprias mãos. Estou tremendo por inteiro e há lágrimas de ódio brotando de meus olhos. Sinto vontade de agradecê-la, mas, antes que eu tente, um besouro marcha na minha direção e diz:

— Você.

Ele tira minhas algemas e me direciona até uma construção um pouco mais afastada, um cubículo branco com cheiro de álcool e tomado por um frio congelante. Quentura, frieza. Não imagino como transformam um ambiente desse jeito, mas assim que sou entregue a uma jovem de pele amarelada, também coberta por vestes claras e máscara, sou conduzida imediatamente a uma cama dura. É como se nunca me fosse dado tempo suficiente para pensar ou responder. Nunca somos consultadas, apenas obedecemos.

— Somente as roupas de baixo — ordena ela, enquanto desliza até uma mesa e mexe em agulhas e frascos de vidro.

Quando arranco a capa, o frio abraça minha pele quente, causando um choque por toda a pele. Aproveito para espiar as máquinas ligadas ao redor e as pessoas que teclam concentradas nas informações distribuídas em telas. O odor do álcool é forte demais.

Sem olhar para o meu rosto desde que cheguei, a jovem me orienta a repousar. Um anel gigante desliza sozinho em torno do meu corpo, deixando um rastro de luz azul sobre mim. Após a esquisitice, sou conduzida a uma balança e a garota me oferece uma nova capa escura, fazendo todo o possível para não tocar minha pele, mesmo que esteja usando luvas.

— Vão te dar algo que caiba melhor. Por enquanto, vista isso.

Obedeço e logo sou submetida a uma série de outras ordens como respirar fundo, colocar a língua para fora, arregalar os olhos, tossir. Enquanto faço isso, pessoas diferentes interagem comigo, encostando um equipamento duro em minhas costas, raspando minha língua com uma paleta e coisas do tipo. Todos os tracinhos dos meus dedos são copiados, coletam até mesmo uma espécie de reprodução do meu olho. Posso ver meu corpo girando com os braços e pernas abertos em um dos visores, acompanhado de diversas linhas e informações. Como se não bastasse, um homem, com a pele mais clara que já vi até aqui, enfia uma agulha em meu braço, ignora minha dor e retira amostras do meu sangue. Faz isso três vezes e, na quarta, me chama até um canto, pede para que eu sente sobre uma banqueta de alumínio e avisa:

— Vai doer.

Dou de ombros e ele aproxima algo parecido com uma pistola metálica em meu antebraço. Quando vejo a grossura da agulha, arregalo os olhos, mas é tarde demais. Preciso fechá-los com força enquanto minha visão embaça e um choque percorre meus músculos.

— Além de estar vacinada e receber soro contra a maioria dos venenos registrados pelo sistema, agora você tem um rastreador e... — Ele pega outro acessório prateado e o insere em meu pulso algemado. — Este é o seu contador de IPV. Ele só poderá ser retirado caso você seja expatriada. Entendeu?

Acompanho com atenção os números na superfície da pulseira. Ela tem um dedo de largura e é a mesma que sempre vemos nas desertadas e nos filtradores. Já desenhei esse objeto tantas vezes e em nenhuma delas havia números no visor, talvez porque eu nunca tenha chegado perto o suficiente, a não ser há alguns dias, quando conferi o braço do filtrador morto. Considerando todas as vezes que já desejei arrancá-lo de algum edense para minha coleção de itens afanados, é muito estranho simplesmente recebê-lo.

— Fizeram uma pergunta a você, FE 6541.

— Esse é o meu nome agora? — pergunto, fazendo esforço para parecer seca.

— Seu número — corrige ele. — Pode ser que te chamem apenas de 65. É uma identidade provisória. Seu rastreador funcionará para sempre dentro de você, mas é possível que algumas vezes haja uma convocação para análise e manutenção.

— O que quer dizer com "para sempre"?

O homem congela e várias cabeças se viram em minha direção. Engulo em seco e continuo encarando seus esquisitos olhos azulados. Não faço ideia se há um risco presente na questão.

— Não é permitido que você faça perguntas até que seja autorizada.

Penso na boca costurada de Raquel. Deveria ser o suficiente para me parar, mas há algo maior em jogo. Uma questão muito maior serpenteando minha mente.

— E se eu o arrancasse da minha pele? — insisto. — Então ele não ficaria para sempre.

— E por que você faria algo assim? — pergunta o homem, desentendido.

Balanço os ombros, escondendo dele o motivo de minhas perguntas. Acontece que estou pensando em *mamana*, porque nunca vi marca alguma no braço dela. O que talvez signifique que ela continua sendo monitorada por Éden.

— É só uma coisa idiota. Perd... — Solto um gemido leve quando a pulseira faz meu braço vibrar por um segundo.

O homem magro e espichado me fita com um olhar gélido. Os outros atendentes acompanham a cena com interesse.

— Tome cuidado — avisa ele. — Sua pulseira é controlada por inteligência artificial. Você acabou de perder pontos por infringir uma lei. Isso faz com que seu IPV seja reduzido e seu salário na metrópole, aliás, toda a sua vida será moldada pela quantidade de pontos.

Contemplo a verdade nos olhos do cara e é difícil saber se ele gosta ou não da minha presença, porque há certa compaixão em seu modo de falar.

Os números na pulseira estão diferentes, de fato.

2990. Perdi dez pontos.

Gostaria de fazer tantas perguntas como, por exemplo, o que significa inteligência artificial? E, se todas as *kimanis* desertadas passam por ali, será que ele conheceu minha mãe?

— Encerramos com você. Aguarde no ônibus e será escoltada com as outras da sua raça. Seja bem-vinda à nova vida em Éden.

O homem estende o braço indicando uma porta na direção oposta à que entrei e deslizo até ela pensando no fato de que minhas ações agora podem valer pontos. O que mais encontrarei pela frente?

# 16

## Brilho, perfume e proteção

Precisamos esperar que todas as garotas entrem no carro muito comprido que eles chamam de ônibus, cuja entrada é escoltada por um besouro e pelo homem de uniforme branco que retira nossas algemas e nos avalia de cima a baixo. Não consigo discernir se para eles somos amaldiçoadas ou apetitosos pedaços de carne. O automóvel robusto e pálido comporta umas quarenta pessoas, tem assentos confortáveis com revestimento de couro branco. Tudo branco, branco e branco. Quem quer que tenha desenhado a metrópole deve ter imaginado o paraíso celestial como um lugar tão claro que não é difícil perceber por que não pertencemos a ele.

— Deixa eu ver o seu — peço à Lígia, tocando no braço dela.

Ela puxa o pulso para si e cruza os braços com cara de decepção.

— Não vou servir pra isso — reclama, sentada ao meu lado. — Não gosto de ser controlada. Mostra você primeiro.

Exibo meu braço sem problemas.

— 2990? — Lê ela, sem muita surpresa. Depois, revela o seu. — 2975. Perdi 25 pontos.

— Que droga que você fez lá dentro?

Lígia relaxa um pouco mais.

— Na hora de colocar o rastreador, o idiota me perguntou se doeu e eu falei: "O que você acha?".

— Mas se ele fez uma pergunta, você não perde pontos por responder. Perde?

— Ele insistiu que nem doía tanto assim e eu pedi para ele me deixar pregar um rastreador no meio do traseiro dele para ver se ia doer. Na verdade, usei uma palavra menor, se é que me entende.

Pela primeira vez em muito tempo tenho vontade de rir, mas ainda assim me controlo. Lígia suspira desolada e se volta para uma menina no banco ao lado, cujo nome ainda não decorei.

— Ei, quantos pontos você tem? — pergunta ela.

Pouco a pouco, o clima entre as garotas vai melhorando e, enquanto aguardamos por um longo tempo, elas voltam a cochichar umas com as outras. Escuto as conversas e parece que Lígia e eu somos as únicas que perdemos pontuação até agora.

Não sou a única a vivenciar a estranha animação de habitar um mundo novo, cheio de coisas nunca vistas, como um transporte capaz de carregar tantas pessoas em conforto de uma única vez. Camila faz questão de sentar ao lado de Raquel e acariciar as costas dela, tentando animá-la. Vez ou outra, ela ajuda a garota a limpar os filetes de sangue em seu queixo.

Do lado de fora, um trovão ruge no céu carregado de nuvens cinza. É só um trovão que ninguém liga, mas torço para que nem mesmo Lígia perceba o terremoto que ele gera em minha carne quando explode, como se borbulhasse dentro do meu corpo, me deixando apavorada. *Assistir a uma chacina transformou minha vida para sempre.*

Observo Lígia e as garotas que passam algum tempo conversando sobre as pulseiras e os exames realizados, até que o besouro na escolta entra no veículo e avisa:

— Não é permitido compartilhar o IPV umas com as outras — diz ele, segurando uma arma. — Continuem fazendo isso e todas perderão pontos.

Não aguento mais a voz robótica desses filhos da mãe que se acham superiores a tudo e a todos. Mas a única opção é voltar ao silêncio.

O último de nós a entrar no ônibus é Daniel, que, com uma expressão de orgulho ferido, ignora o olhar de interesse das garotas e se assenta no banco atrás de Lígia e de mim.

— Parece até que você viu um fantasma — comento, girando a cabeça para o lado e cochichando por cima do ombro.

Daniel se achega e diz:

— Tiraram oitenta pontos de mim, aqueles filhos de uma égua.

Meu queixo cai e confiro a posição do besouro pela janela. É possível que ele esteja olhando em nossa direção, mas estou tão curiosa que não quero deixar o assunto morrer. Antes que eu fale, Daniel se inclina e sussurra:

— Um magrelo alto babaca me perguntou se eu estava preparado para usar calcinhas e eu quebrei o nariz dele.

Pela janela avisto um homem apressado surgir de algum lugar. Cumprimenta os outros do lado de fora e sobe no ônibus, secando o suor da testa com as costas da mão e enxugando nas laterais da calça esfarrapada. A pulseira no braço direito.

— Sejam muito bem-vindas à nova vida em Éden — diz ele, mas então se depara com Daniel e pisca os olhos, confuso. — Ah, bom, não eram boatos então. Certo. Seja bem-vindo também, moço. Bom, vamos lá. Assim que adentrarmos, evitem as janelas. Não façam perguntas sem autorização. Serei o motorista de vocês. É isso.

A apresentação engole minha vontade de pedir a Daniel os mais sórdidos detalhes sobre o prazer de socar a cara de alguém aqui dentro. O ônibus logo ronca e trepida. Troco um olhar com Lígia e prendo a respiração. Finalmente, depois de tudo o que encaramos até aqui, estamos sendo levadas para o lugar onde passaremos o resto de nossas vidas. Ou pelo menos até eu cumprir minha verdadeira missão. Depois disso, serei presa. Vamos nessa.

A estrada ladeada pelos armazéns é vazia e melancólica, pontuada por guaritas e guardas em pontos estratégicos. Parece mais um lugar abandonado com o capim alto aqui e ali. A tinta pálida nos muros reflete o desgaste local. Pouco a pouco a vista do mar se vai, enquanto o motorista nos conduz por uma estrada extensa sempre vazia, marcada por pequenas casas e construções, onde o abandono faz caretas horripilantes e a amplitude do vazio debocha da nossa cara. Na infinidade de campos, a terra parece até formar ondas e mais ondas.

— Olha todo esse espaço — comenta Lígia ao meu lado. — A terra aqui é menos seca.

— O ar também — atesta Daniel. — Mas sei lá, não gosto desse lugar.

Todas as meninas olham através das janelas transparentes, silenciadas pela grandeza de tudo o que vemos: a quantidade de espaço livre sem a sombra dos vespas ou de uma cerca elétrica.

Depois de muito tempo, quando já estou quase pegando no sono, aparecem árvores e morros, o clima esfria e a estrada se torna uma subida sinuosa, desbravando uma mata infinita com árvores de todos os tipos, sombreadas pelas nuvens acima, balançando lentamente de um lado para o outro como se clamassem por chuva ou cantassem cantigas tristes. O ônibus segue por um longo tempo pela mesma passagem e, de repente, sem querer, observo uma lágrima brotar dos olhos de Lígia, perdidos na direção da mata. Ela rapidamente seca o rosto e vira para o outro lado. Então deixo que minha mão deslize até a dela e a aperto para demonstrar que, seja qual for a dor que ela sinta agora, estou aqui para apoiá-la. Ela aperta os dedos em concordância um pouco antes de as meninas soltarem gemidos e se afastarem o máximo possível das janelas. Volto o rosto para a janela ao meu lado e uma pedra de gelo se derrete em meu estômago. Arregalo os olhos, mais uma vez ele está por perto, o oceano, embora dessa vez mareje muito longe dos nossos pés. O ônibus ronca por cima de uma estrada que parece flutuar enquanto o corta.

— É claro que não vai cair. — Ri Daniel, ao mesmo tempo curioso com a altura. — Esse cara já deve ter andado aqui mais de mil vezes.

Dou uma olhada no motorista e é nítido que ele não sente o mesmo frio na barriga que a gente. Faço uma careta para o oceano lá embaixo que mais uma vez parece me chamar.

— Nossa, como você é sabichão — debocha Lígia. Ela crava os dedos no assento como se a vida dependesse disso. — Todo mundo sabe que isso é uma ponte. O que a gente não sabe foi quem inventou de dar vaga de emprego para macho aqui.

O terror não passa, mas com o tempo somos obrigadas a nos acostumar, já que a tal da ponte parece nunca terminar de pairar sobre o mar escuro. Após um tempo, o esboço de uma nova distração surge à vista. Adiante, pontos espichados aos poucos vão tomando os nossos olhos, deixando todo mundo abismado com o tamanho de tudo o que se aproxima.

— Preparem-se para chegar a Éden — avisa o motorista num grito. — E tomem cuidado com as janelas.

Por um longo momento, o veículo inteiro prova o silêncio. Não somos capazes de falar, nos mover ou fazer algo além de contemplar o mundo à frente. Na saída da ponte, uma muralha gigante delimita o espaço pertencente à metrópole. Ela é gigante, robusta e o que mais me choca... é construída com as pedras da nossa Pedreira! A mineração em Absinto serve a Éden da forma mais absurda possível: proteção. Diferente de nossas cercas elétricas, com uma contenção como essa e tantos prédios ainda mais altos despontando do seu seio à distância, ninguém deve se sentir privado de nada, e sim protegido. Quem ousaria desafiar um lugar como esse, uma altura dessas? Quem são Ruana e seus amigos diante do poderio que exala de tudo em que colocamos os olhos agora? A magnitude da muralha é impossível de descrever. E, com ela, a sensação de ódio por ter vivido a vida toda exposta a tantos ruídos insuportáveis, explosões, nuvens de poeira e acidentes. Tudo isso para que Éden fosse exuberante e guarnecida.

O ônibus freia ao lado de uma guarita colada aos muros e o motorista é interpelado por um guarda. Estamos tão alvoroçadas que somos incapazes de nos manter coladas aos assentos; nem mesmo eu, que tento parecer contida e pouco deslumbrada. Andamos de um lado para o outro dentro do transporte, captando tudo o que é possível, comentando sobre a altura dos muros, tentando enxergar o que vem adiante. Até mesmo Micaela, sempre tão quieta e emburrada, arregala os olhos mirando a janela e deixa um sorriso escapar. Tudo parece muito mais intimidador do que em meus piores sonhos.

O ônibus permanece parado por um longo momento até que os portões se abram para a nossa passagem. Não entendo o que um dos guardas conversa com o motorista, mas consigo ouvir quando ele diz "Contenha as garotas, você sabe como é aqui" antes de nos liberar. O motorista fecha a cara, fica de pé e ordena que nos sentemos quietas de uma vez por todas. Feito uma figura paternal, ele cruza os braços enquanto retornamos aos nossos assentos.

— Prestem atenção, meninas. E rapaz. O ônibus está quebrado e as janelas são perigosas para gente como vocês — avisa ele. Passo alguns segundos apenas observando o quanto a pele dele não é exatamente branca, nem escura, apenas poucos tons acima do meu. — Estou fazendo o possível para que vejam alguma coisa. Minha zona é mais tranquila, mas se não obedecerem a partir de agora, vão perder pontos.

Imediatamente, nossas pulseiras emitem um leve apito. Seja lá o que for inteligência artificial, tenho certeza de que a partir de agora qualquer vacilo fará com que meus pontos diminuam.

Lígia costura os lábios com os dedos num gesto divertido, mas um movimento de Daniel a lembra do horror que fizeram com Raquel, então ela se apruma no banco e parece querer enfiar a cara no chão de tão constrangida.

O veículo ronca e trepida outra vez, atravessando o limite da muralha. Todas esticamos o pescoço e nos mexemos nos assentos para não perder os detalhes da Zona 56, como as placas verdes demarcam.

— Mais uma vez tudo branco — comenta Daniel. — Vou enlouquecer.

A pintura encardida acompanha as construções que se seguem. Prédios similares uns aos outros, construídos para abrigar várias pessoas, se erguem lado a lado pela estrada principal e pelas bifurcações, a maioria deles com muros pintados de branco e cinza, assim como os postes de luz que unem dezenas de fios um a um. O espaço adiante parece infinito e não é possível sequer ver onde a muralha termina enquanto rodeia a metrópole. Uma capela solitária chama minha atenção no meio da estrada, lembrando a igrejinha construída em Absinto, atochada com estátuas de diferentes deuses, santos e velas.

Não fossem pelas pessoas brotando nas janelas dos blocos e mais blocos de casas conforme passamos, eu poderia dizer que toda esta área estava abandonada. Algo aqui se conecta com o lastro de solitude que me acompanha. Está evidente que pessoas aparentemente abastadas, como a general Lisboa, não moram nesta zona da cidade. Talvez exista, de fato, um espaço reservado para gente mais pobre. E se eu estiver certa, é por aqui que vamos ficar.

Lígia cutuca meu braço e chama minha atenção para o grupo de crianças acenando de uma janela. As meninas no ônibus acenam de volta e o gesto acaba desenhando um sorriso em meu rosto.

— Olha essa gente — diz Daniel, baixinho. — Tem algo diferente neles.

Ele está certo e não é preciso muito esforço para perceber que não apenas o tom de pele dessas pessoas é esquisito. Pálido, meio amarelado, não sei explicar. Mas está nítido que algo mais os difere dos brancos que estamos acostumados a ver.

Cercas afiadas envolvem um campo verde com paralelepípedos pintados de branco e vários prédios aparentemente evacuados. Algumas partes são isoladas com muros mais altos do que as casas e, quanto mais adentramos a cidade, maior fica o número de residências e pessoas espichando a cabeça ou correndo até a rua para ver nosso transporte passar.

De repente, o ônibus freia. Relâmpagos anunciam o temporal que nunca chega. É estranho não poder ouvir os barulhos do céu e do lado de fora.

— É um trem! Aquilo é um trem — avisa Lígia, cutucando meu braço, ansiosa.

Um conjunto de vagões de carga interligados cruza nossa visão, atrapalhando nossa contemplação da cidade. Apesar disso, dá pra ver que as coisas vão ficar diferentes. Os prédios pontudos e gigantes estão concentrados daqui em diante, carros transitam para além da linha do trem e a metrópole finalmente parece querer mostrar toda a magnitude prometida pelas nômades. O trem termina de deslizar, mas o motorista não arranca com o ônibus. Ele aperta um botão no painel, que parece não funcionar.

— O que é aquilo ali na frente? — pergunta uma das meninas. — Quem aí sabe ler?

Estico o pescoço na tentativa de ler o cartaz que um homem irritado estende em nossa direção. O motorista levanta do assento e gesticula para o cara sair do caminho. Volta a esmurrar o botão vermelho e nada. As janelas nos isolam de qualquer barulho exterior, mas agora todas nós percebemos que os protestos do homem são para a gente.

Quando finalmente o ônibus arranca com velocidade, por um momento achamos que o protestante será atropelado. Ainda o acompanhamos com os olhos conforme o ônibus segue a todo vapor, fazemos o maior esforço do mundo para conter o alvoroço e não levantar do assento. Parece que todas entendemos que nosso salário tem a ver com os números dessa pulseira, e ninguém está a fim de perder pontos à toa.

— Religiosos exagerados — avisa o motorista, falando alto para que possamos ouvir. — Entrando na 67 e o fecho das janelas não está funcionando. Tomem cuidado, meu Deus.

Transmito meu pensamento a Lígia através do olhar: esses avisos estão começando a amedrontar de verdade. O ônibus só suaviza quando se aproxima de uma nova ponte, bem menor do que a outra, flutuando por cima de um trecho de água.

Quando as placas informam que entramos na Zona 67, o ambiente muda drasticamente. Agora o branco é realmente branco nas paredes, nos postes de luz, na pele das pessoas. Um cartaz gigante exibe o rosto de uma mulher branca de olhos azuis sorrindo com dentes simétricos. *Dentes limpos, hálito fresco e todas as portas abertas apenas pelo sorriso.* Os prédios abandonados ficam para trás e agora a altura dos edifícios assusta. Não sei como não despencam e como as pessoas sobrevivem às sombras terríveis desses monstros. Como têm coragem de escalá--los por dentro ou até mesmo morar em algo assim? As construções exibem as mais diferentes curvas e formatos, desafiando todas as leis do equilíbrio. Outro cartaz gigante se movimenta sozinho! Nele, uma mulher loira com um vestido de bolinhas lustra um móvel com um pano, até que um homem bem-arrumado abre a porta, então ela e as crianças correm até ele como uma família feliz. *Toda mulher precisa de brilho, perfume e proteção.* Daniel começa a rir às nossas costas, abismado com a vastidão da selva de pedra.

Não difiro. Sou rapidamente atraída pela elegância dos carros nas ruas, pelas luzes brilhantes mesmo no fim da tarde, projetadas em postes com uma curva elegante e tão clara que nunca nem deve ter visto poeira. Bandeiras com o símbolo de Éden são hasteadas em tudo o que é canto e estátuas de animais se espalham pela cidade inteira. Algumas meninas brincam de identificá-los: "aquilo é uma girafa", "não, sua burra, é um avestruz", "olha ali uma aranha gigante". Placas de direções trazem nomes de coisas e lugares nunca imaginados. Há tanto aqui para absorver, tantas árvores nas praças. Até mesmo nas ruas há árvores de esquina em esquina. A quantidade de verde que nos cerca é absurda, e imagino que ninguém nunca tenha sequer cuspido no chão, tamanha aura de limpeza.

— Freya, olhe aquilo ali.

Não demoro a perceber o que Lígia me aponta com uma voz assombrosa. Pouco a pouco, as meninas no ônibus vão notando, Daniel também. O motorista sua frio, conferindo os espelhos do carro, esmurrando pela milésima vez o painel. Agora que saímos das estradas mais confusas, cheias de carros e pontes, um grupo de pessoas tenta bloquear o ônibus mais à frente, e gente de todo tipo começa a correr em nossa direção, bradando e gesticulando para que nosso veicule retorne. Pelo menos é o que eu entendo.

— Acalmem-se, todo ano é a mesma coisa — diz o motorista. — Vocês vão chegar lá e vai ser pior.

— Nossa, ajudou muito, companheiro — grita Daniel de volta.

O pânico domina o ônibus feito uma fumaça tóxica da qual ninguém pode escapar. O motorista acelera, confere os espelhos fixados do lado de fora do transporte, xinga. Edenses brotam de todas as direções, nunca vimos tanta gente branca reunida, mas não só isso, com raiva. Alguém soca o ônibus próximo a mim, do lado de fora. À frente, berram avançando contra a vidraça, sem qualquer medo de serem atropelados. Algumas garotas soltam gritinhos assustados. Outras mandam o motorista acelerar. Em pouco tempo, tudo vira uma desgraça. Trina solta um berro e se enfia debaixo de um dos bancos. Micaela observa tudo com os olhos esbugalhados. Lígia xinga o motorista no assento. Raquel protege a boca costurada, quer gritar mas não consegue. O motorista se vê obrigado a reduzir a velocidade e a manada desponta chutes e tapas no ônibus. Mulheres, homens, adolescentes, gente de tudo o que é tamanho e idade pressionam as laterais do veículo, enrugando a cara com ódio, gritando palavras indiscerníveis. O ônibus balança e agora entendo por que as janelas são tão grossas e bem vedadas.

— Acelera de uma vez, cara! Vão matar a gente — implora Lígia, suando. Ela gesticula com os dedos do meio levantados para a multidão e sua pulseira vibra, descontando pontos. — Desgraçados fodidos.

Nunca vi algo tão horrendo quanto o que encontro nos olhos dessas pessoas enquanto tento discernir o que elas dizem, o que elas querem. Então, de repente, a cena que vejo consegue me atrair mais do que toda a balbúrdia e truculência ao redor. Longe da gritaria, mas perto o suficiente para ser notada, vejo uma de nós. Ou não? É difícil identificar. A garota tem a pele clara, mas os traços do rosto se destacam tanto que eu poderia jurar que ela é do povo da noite. Embalada em um delicado vestido branco que cobre seu corpo quase todo, ela carrega nos cabelos a cor de uma lua prateada, embora eu nunca tenho visto uma menina com nossos traços e, ao mesmo tempo, cabelos tão lisos e longos ao vento. Pisco os olhos para conferir se é uma miragem, mas quanto mais ela encara o ônibus, mais percebo o quanto ela é real, arrastando um carrinho de bebê coberto por um véu, carregando no olhar a expressão de quem olha o mundo, mas nada vê. De súbito, Lígia dá um grito e me puxa para baixo. Curvo meu corpo assustada por cima dela na mesma hora em que alguém arremessa uma pedra na janela em minha direção. O choque da pedra no vidro faz todas nós gritarmos.

De tanto surrar o botão no painel, o motorista finalmente solta um grito vitorioso e, no segundo seguinte, paletas se desdobram ao redor do ônibus inteiro em cascatas escuras que apagam o mundo do lado de fora e nos isolam numa caixa, de maneira que somos entregues à escuridão. Lâmpadas minúsculas são acesas e finalmente conseguimos respirar quando o ônibus parte acelerado, ignorando as chances de atropelar toda essa gente maldita. Meu peito sobe e desce de tão espantada que estou. Ainda me sinto presa à imagem da garota que acabei de ver. Será que ela veio de uma das colônias? Se aqui odeiam o povo da noite, por que diabos não a estrangularam ali mesmo? Estaria ela tentando se disfarçar?

Um pequeno tumulto começa porque algumas garotas perderam pontos por correrem para o corredor cheias de medo.

— Li a placa que aquele babaca escreveu — diz Lígia com os olhos fixos no chão, balançando a cabeça sem acreditar. — Dizia: "Não às amaldiçoadas por Cã." O que quer dizer isso, Freya?

Não faço ideia. Estou tão abismada que não consigo dizer nada.

Todos os dias costuramos roupas e trabalhamos na extração de pedras para pessoas que odeiam nossa existência. A velha história que meus avós contavam sobre o nosso povo já ter pertencido à metrópole antes de decidir migrar para as colônias nunca fez tanto sentido. Tinham razão. Migramos porque somos odiados e o pior de tudo é que não há como voltar para a casa que não temos mais.

# 17

## O gesto profano de Cã

Depois de percorrer o que calculo ser pelo menos mais trinta minutos, o ônibus para e as paletas escuras se recolhem, nos devolvendo a vista do mundo ao redor. Estamos em um corredor sombrio com o teto tão baixo que mal cabe o transporte. Besouros se aglomeram do lado de fora. O motorista desliga o motor, recolhe a chave, fica de pé, coça a cabeça e olha para o grupo uma última vez antes de sair. Por alguns segundos, enxergo um sinal de condolência em sua expressão.

Sou uma das primeiras a descer e cada uma de nós é escoltada por um besouro que nos arruma em uma fila e nos guia ao longo do cubo retangular. Gritos abafados denunciam um aglomerado de vozes em algum lugar, parece uma nuvem de gafanhotos, ou talvez seja tudo impressão. Conforme andamos, meu coração soca as costelas, minha garganta seca, todo o terror que acabamos de vivenciar mexe com a minha cabeça e de repente é como se estivéssemos sendo encaminhadas para o abate. A barreira adiante revela uma passagem, banhando o espaço com a claridade do dia e finalmente enchendo nossos ouvidos com o barulho das vozes reais.

— O que é que vocês vão fazer com a gente? — Ouço uma das garotas perguntar.

Mas é tarde demais. Outros besouros se reúnem ao comboio, duplicando nossa escolta. Conforme somos empurradas para o meio do pátio, sinto minhas pernas vacilarem. Meus pés formigam ao tocar no gramado perfeito que cobre o chão do campo gigante e oval a céu aberto. No centro, troncos de árvores cravam a terra, apresentando-se para a multidão, um mar de gente espalhado pelos incontáveis degraus que nos circundam. Como animais selvagens, as pessoas gritam e rosnam para nós com a mesma grosseria de antes, só que agora, por sorte, nenhuma delas avança ou ultrapassa os limites do círculo. *Bruxas! Assassinas! Malditas!* Quanto mais xingamentos discirno, mas clara é a fome das pessoas pela nossa aniquilação. Troco um olhar assustado com Daniel enquanto observo ao redor. As nômades chamariam isso de teatro a céu aberto ou coliseu, eu chamo de horror. O gramado verdinho cresce entre os degraus adiante, mas isso não é capaz de embelezar a visão. Os besouros agarram nossos braços com truculência, satisfazendo os uivos da multidão. Já perto de uma das árvores, giro o rosto para trás e então tudo parece parar...

A escória em forma de homem nos observa sentado em um trono feito com troncos de árvores. Mais perto do que sonhei, Ádamo cruza as pernas numa postura sublime, os muitos fios de cabelo marrom caem em um tipo de franja para o lado, a barba cheia e aparada se avoluma pelo rosto abaixo dos olhos pequenos, brilhantes e, ao mesmo tempo, sombrios. O rio denso nos olhos. Aos pés do trono, um enorme felino com os pelos marcados por pintas me encara de modo tão majestoso quanto ameaçador.

— Anda, preta. Pra frente.

Não tenho tempo de ver mais nada. Um dos besouros gira meu corpo e me empurra de costas para um dos troncos, pouco se importando com a dor que atinge minhas costas. Pessoas vestidas de branco atam meu corpo com cordas na altura dos pés e das mãos. O desespero de ser presa se assoma em meu corpo, mas ainda assim a visão de Ádamo estoura meus tímpanos, possui minha carne, enerva meu corpo. *Ele fez isso. Ele fez isso.*

Tento assimilar o que está às minhas costas, uma espécie de púlpito coberto por um dossel de folhas entrelaçadas por uma estrutura de arame, cobrindo a cabeça de Ádamo e de homens fardados. O único assentado em um trono não veste farda ou algo parecido com a gola da camisa que sempre vi naquela foto; está coberto por um vestido semelhante à pele de um bicho, talvez uma capivara, não, com certeza um animal mais poderoso.

Quanto tempo de vida eu terei se arrancar a arma de um desses besouros e atirar na direção de Ádamo? Se eu atirar em minha própria cabeça na sequência, virarei uma mártir a ser pintada por Ruana, ou serei desprezada e esquecida feito um rato imundo, esfomeado e morto no meio do jardim? Sim. Serei dissecada, partida e comida por esse bando de gente que clama pela nossa morte.

De repente, como num passe de mágica, um silêncio domina o povo.

Os besouros saem do nosso campo de visão e viro o rosto para verificar quem está amarrada à minha esquerda. É Micaela, os bracinhos ossudos presos no alto, o olhar ainda esbugalhado. À direita, Daniel tem o maxilar trincado e o olhar apertado de ódio.

Olho para o céu e encaro o peso das nuvens, cada vez mais acinzentadas e volumosas, bloqueando a luz do fim da tarde. Consigo ver com nitidez o desenho de um pássaro voando, e imagino se os céus estão a nosso favor. É estranho como nossa cabeça ainda consegue tempo para imaginar coisas assim mesmo sob tamanha tensão, quem sabe seja uma tentativa desesperada do nosso cérebro de nos oferecer um fio de esperança ao qual nos agarrar.

— Éden. — A voz se amplifica, ecoando por toda parte. Não preciso ver para saber a quem pertence. — Povo a quem foi dada uma última chance. Povo que resistiu ao apocalipse firme em um único propósito. Estamos prestes a ligar algo na terra para que também seja ligado no céu.

Fecho os olhos, cansada. Se Deus existisse, poderia mandar uma chuva de raios para nos proteger agora, uma sucessão de relâmpagos e ventanias. No entanto, nada acontece além do silêncio e das expressões de adoração à figura de Ádamo. Fervo por dentro ao tentar armazenar o tom de voz dele em minha memória, pacífico e firme.

— Por meio de curas e milagres, a bondade tem se estabelecido no seio deste jardim. Quantos de vocês são testemunhas disto?

A plateia estende os braços para o alto fervorosamente. O silêncio é sepulcral. Muitos fecham os olhos e transformam as mãos em conchas erguidas, como se algo maravilhoso estivesse prestes a cair do céu. Por um momento, penso ser a chuva.

— Os céus não nos mandam provações impossíveis de se enfrentar. Até o apocalipse foi suportável. Pelo contrário, as provações podem ser notadas como oportunidades de redenção e atos de misericórdia sem par. Quantos concordam?

O povo confirma, estende os braços com ainda mais força, todos prontos para receber.

— Diante de vocês está o pecado. O pecado encarnado. O corpo amaldiçoado por conta do gesto profano de Cã. Homem imundo, tomado pela perversão e pela promiscuidade que dominou a Terra até os últimos dias. É preciso que sejam banidas do nosso meio! — De repente, a voz de Ádamo muda. O ódio em cada sílaba se avoluma, destilando um tom de fúria entre a plateia, que começa a desenhar sombras em seus rostos. — O desprezo e a imundície de Cã o levaram à maldição e não à toa seus filhos são imundos, seus descendentes não puderam ver a luz sobre suas peles, carregam consigo esta chaga, apressaram o fim do mundo e inundaram a Terra com desculpas tolas, orgias, crimes a sangue-frio, pestes e pragas. Esta raça de víboras não merece respeito! Não haverá cura enquanto o câncer do mundo existir! Não haverá paz enquanto estiverem soltos. Não subiremos se não dominarmos o pecado debaixo de nossos pés.

A onda de ódio não pode ser mais contida. Pelo contrário. A plateia volta a gritar. Amaldiçoa cada uma de nós como nunca. Uivos e vaias chicoteiam nosso corpo exposto e amarrado. Uma mulher aponta em minha direção e berra tanto que as veias saltam em seu pescoço e o rosto se avermelha feito um tomate estragado. Fecho os olhos e crio a fantasia de que, se eu me concentrar o suficiente, poderei deixar de existir. Infelizmente, o exercício não passa de uma ilusão. *Você não tem para onde ir, Freya. É uma impura.*

É impossível não ouvir essas palavras ou não sentir a energia das pessoas infestando minha alma, tentando mudar as coisas em minha cabeça, forçando-me a me conformar com um discurso absurdo que nunca comprarei. Deveria ser um crime passível de morte, como também se faz em Absinto. Ádamo deveria estar morto, mas está mais vivo do que nunca e, quando volta a falar, o silêncio torna a imperar entre o povo.

— O povo dos últimos dias é misericordioso. Assim como o Príncipe da Paz nos deu uma última chance, sabemos oferecer oportunidade, pois buscamos ser semelhantes àquele que nos criou.

"Mesmo diante do próprio pecado encarnado, estamos aqui para oferecer perdão e purificação. Lavagem do corpo, alma e mente. Limpeza espiritual contra toda a impureza dos séculos. Estamos dando a todas essas fêmeas, e desta vez até a um macho, a chance de não abocanharem a maçã, mas a virtude, o serviço e a honestidade.

"Quem concorda de coração e alma recebe um acréscimo de pontos, pois alcançou a graça. E graça maior não há."

O povo ergue os braços ainda mais alto do que antes. Fecham os olhos, sussurram améns e assim seja. Verificam suas pulseiras e agradecem aos céus com gestos de alívio e gratidão. *Merecimento.* Por alguns instantes, ouço a risada de Ádamo, parece satisfeitíssimo com a forma como manipula a tudo e a todos.

— Chegamos ao fim. Para subir novamente e alcançar purificação, Ele levou sobre si todas as dores e enfermidades do mundo e pelas Suas chagas fomos sarados. — Assim que ele diz isso, as pessoas se remexem onde estão, colhendo sacos e pacotes em seus assentos com obediência, ansiedade e tensão perpassando cada gesto. — O pecado encarnado deve carregar toda a sujeira do mundo para evoluir. Por isso, Éden convida o povo a examinar a sombra que ainda insiste em existir dentro de nós e expiá-las aqui. Todo o pecado, toda a dor, toda a amargura e todo o ódio, apossem-se de toda a injustiça, toda a enfermidade, todo o lixo e toda a podridão da alma. Toda sombra pode ser expiada aqui e agora. Somente assim uma segunda chance será dada a caminho do estado de igualdade e purificação. Éden, filha de Sião, você está pronta?

O "sim" das pessoas é um rugido, um bramido mais estrondoso que o poder do mar.

— Soem o sino!

A ordem é obedecida e, na primeira badalada, a multidão transforma-se em um rebanho selvagem, feras indomináveis atirando em nossa direção todo tipo de lixo e podridão.

Ovos podres, bolsas de lixo, bombas de fezes, comida estragada, frutas podres. Fecho os olhos e tento mover meu corpo em vão. Nada me preparou para isso. Um pedaço de carne crua atinge meu rosto com um golpe, fecho a boca desesperadamente enquanto a podridão desliza pelo meu nariz, enquanto sou atacada em todas as partes do corpo por líquidos fedorentos, bolos de lavagem e porqueiras não identificadas. Isto é um linchamento público. Somos tratadas como a escória do mundo, mas somos nós que estamos sendo atacadas pelo próprio ódio personificado. Abaixo a cabeça desesperada, tento abrir metade dos olhos por alguns segundos e só tenho tempo de ver uma fralda sangrenta escorrer em minha perna. Meu corpo entra em choque, quero gritar, quero não existir, quero que explodam todas nós de uma vez. Só quero que tudo isso pare.

De repente, um dos atacantes parece tão alucinado que ignora os limites da plateia e avança com algo empunhado. Tudo acontece em poucos segundos. O homem dispara em minha direção feito um bárbaro e arremessa um facão.

Fecho os olhos.

A arma erra minha direção.

A plateia para. Os gritos cessam.

O homem vocifera alguma coisa, mas antes que termine de me amaldiçoar, um tiro o encontra, ele cospe sangue e cai morto.

Alguém preferiu tentar me matar, mesmo sabendo que perderia o direito de viver.

Um homem se suicidou para tentar me matar.

# 18

## Os sóis da minha imaginação

O temporal finalmente desaba e dispensa os animais que se dizem pessoas. De forma irônica, a chuva começa a nos lavar e eu, que há poucos instantes só gostaria de agredir os céus por não terem enviado a tempestade de raios e trovões na hora devida, de repente só quero agradecer por estar sendo minimamente limpa. Meu corpo parece ter virado, de fato, uma doença incapaz de se aliviar.

Antes de ser guiada de volta para o corredor de onde viemos, desviando o máximo possível da montoeira de lixo espalhado sobre a grama, encaro o trono feito de troncos, mais vazio do que eu. Estou cansada de ver mortes. Não sei o que pensar e já não faz mais sentido prometer vingança. Não passo de um monte de lixo, sem lar, sem família, sem ninguém em quem me amparar. Estou saturada de presenciar tanta matança e me arrependo amargamente de um dia desejar ter a morte como parceira. *Pare de me errar e me acerte de uma vez por todas.*

Afasto um pouco da chuva sobre meus olhos, aperto meus braços, trêmula de frio e de horror, e obedeço. O corredor se torna uma rampa que desce até a entrada de uma espécie de masmorra, onde somos trancafiados. Um lugar escuro feito de paredes de tijolos úmidos e um piso frio e gradeado.

De tão humilhadas, não temos coragem de olhar uma para a outra. Nunca me senti como agora: um animal acuado, desesperado para se livrar do toque e da presença de qualquer pessoa, desesperado para ser deixado sozinho em qualquer lugar protegido. Camila deveria parar de me agredir por não ter evitado a morte de Melissa porque em algum lugar ela deve estar me agradecendo pelo que evitou vivenciar. É possível que tenha sido ela a assoprar as nuvens até formar o desenho de um pássaro como se dissesse: "Obrigada por me libertar desse mundo horrível." É possível que tenha mandado a chuva como um gesto de verdadeira misericórdia e condolência. Eu gostaria de fazer companhia a ela onde quer que esteja, em qualquer lugar longe daqui.

Lâmpadas jogam luzes amareladas acima de nossas cabeças, revelando o chão de grades que aponta para um bueiro. Mal temos espaço para nos encolher sem acabar tocando uma na outra. A mão de alguém se fecha em meu braço e me encolho assustada.

— Sou eu, tudo bem — diz Lígia.

Quero trovejar para que ela nunca mais me toque sem autorização, mas não tenho forças sequer para existir. Daniel desvia de uma das garotas e desliza até meu lado direito.

— Tá todo mundo bem? — pergunta ele, analisando Lígia e eu. — Vocês se machucaram com vidro ou algo assim?

*Já estou morta por dentro. Que diferença faz sangrar por causa de um caco de vidro?*

— Eu estava certa — digo. — Essas garotas fazem de tudo pra vir pra cá viver esse tipo de humilhação. Parabéns.

— Olha quem fala — sibila Maria. — Não seja hipócrita, *Feya*.

— Ao contrário de você, eu não tive escolha, sua idiota — disparo. — Não sou igual você, e nunca fui doida para ser selecionada. Parece que a mais linda de todos virou uma bolsa de merda.

Me assusto com a fúria que transforma minha língua num chicote. Maria me encara com faíscas no olhar e, de repente, tudo o que eu mais quero é transformá-la em meu saco de pancadas particular. Porque todo esse tempo eu estive certa sobre a metrópole, não há nada de bom aqui e nada justifica o que fizeram com minha mãe. Mas não, a Doidinha não passa de uma insana, a filha dela é esquisita e não gosta de ninguém, vamos pregar uma peça na Doidinha e gritar "ei, maluca" quando ela passar...

Apesar de tudo, sei que uma parte do meu discurso é escorregadia. Aqui, hoje, somos iguais, sim. O programa da metrópole nos igualou. Nesse momento, sou tão suja quanto ela. E eu poderia ter escolhido algumas outras possibilidades, como me manter dentro daquele caminhão até me acharem, ter tentado me esconder na mata em Absinto, ter pagado para ver para onde os besouros me levariam naquela praia. Escolhi estar aqui porque tenho algo a fazer.

— Atenção, representantes da colônia Absinto. — A voz sai de uma espécie de rádio, uma caixinha preta instalada no alto da parede. — Vocês acabaram de entrar para o Programa de Treinamento *Kimani*, onde serão preparadas para serem inseridas como cidadãs metropolitanas. O treinamento é constituído de três fases: preparação, transmutação e testagem. Sua vida.

— Obediência, lealdade e merecimento.

A pulseira de Lígia vibra e ela fecha os olhos, irritada. Acabou de perder pontos por não responder ao lema quando convocada. Fui salva pelo gongo ao ir na onda das meninas que lembraram. Não quero repetir esse lema, tampouco me sinto salva. O cheiro de pus neste cômodo me enjoa. A carne de um animal estragado fede menos do que nós.

— Vocês serão acolhidas por famílias ao final do treinamento. Nada que remeter ao passado de vocês permanecerá. Todo o processo lavatório será transmitido para os financiadores desta edição. Lembrem-se, há pessoas dispostas a pagar um bom salário para as candidatas mais belas, vigorosas e dispostas. Nossa transmissão televisionada começará em dois minutos.

Câmeras superiores, como as espalhadas por Doravel, surgem dos quatro cantos do cômodo emitindo barulhinhos esquisitos. Maria já desistiu de brigar comigo, preferiu emplacar um sorriso brilhante no rosto, que destoa mil léguas da imundícia de merda a qual todas nos tornamos.

— Tira a camisa — sussurra Lígia para Daniel. — Aposto que assim vão querer te acolher.

— Cala a boca — diz ele.

Em minha cabeça só há espaço para pensar no sinal vermelho que não para de piscar: o cordão da minha mãe ainda está comigo. Se vamos ser lavadas ou qualquer coisa do tipo, talvez o arranquem de mim. *Nada que remeter ao passado de vocês permanecerá.* Já tive sorte demais de chegar tão longe com um objeto de Absinto.

Desesperada, varro o chão com os olhos, procurando qualquer lugar onde eu possa escondê-lo antes de entrar.

— Vocês dois, finjam que está tudo tranquilo enquanto me abaixo — sussurro.

Com um gesto simples e tranquilo, tiro o colar do pescoço e o amarro em uma das grades no chão. Não esperava sentir meus olhos marejarem tanto agora. E se eu não nunca mais encontrá-lo? E se nunca mais encontrá-la?

Levanto disfarçando o máximo possível e não respondo as perguntas desenhadas no rosto de Daniel e Lígia. Também não forço um sorriso como algumas meninas. De todas aqui me pareço mais com Raquel, que tem a marca das lágrimas desenhadas no rosto sujo, ou Micaela, com a postura ereta e o rosto completamente apático, como se calculasse como vai destruir cada centímetro da metrópole.

Uma contagem regressiva soa pelo rádio.

— Isso só pode ser mentira — diz Lígia entredentes, abismada com as garotas sorrindo ao redor. — Estão tirando sarro com a nossa cara. Rir para ser acolhida?

Sete. Seis.

Respiro fundo. Ela tem razão. Não sei por que diabos uma família interessada em me acolher decidiria pagar para me ver agora, em vez de fazer alguma coisa realmente útil contra o linchamento de pessoas inocentes. Isso é indecente. Não passamos de uma distração para esse bando de religiosos e não quero ser acolhida por ninguém.

Dois. Um.

Inúmeros chuveirinhos projetam jatos de água morna em nossas cabeças, levando a sujeira ralo abaixo. Tremo de susto. As câmeras avançam e se movimentam para captar cada detalhe de nossas reações. Piso no colar de contas, torcendo para que não se vá. Já estou perdendo tanto de mim que me sinto à beira de esquecer quem sou. Prefiro continuar imunda do que perder a única lembrança física da minha família.

— Sorriam, meninas, sorriam — diz a voz no rádio. — Conquistem o futuro.

As meninas obedecem e a chuva falsa pelo menos disfarça nossos rios de lágrimas silenciadas.

**Quando a** ponta dos meus dedos começa a murchar e a maior parte do lixo já desgrudou do meu corpo, os chuveiros param de trabalhar e somos entregues ao barulho de nossas respirações ofegantes e de alívio. Algumas de nós tentam esconder das câmeras as partes do corpo nas quais as roupas estão molhadas e transparentes, outras não se importam. A única coisa que me interessa é me certificar de que o colar continua grudado na grade de modo bem disfarçado, e a única que parece perceber isso, pela forma como movo meus pés, é Lígia.

— Por aqui, garotas. Por aqui.

Mulheres vestidas com várias camadas de roupas vermelhas gesticulam para que sigamos por um caminho de pedras que desemboca no salão mais bonito que já vi. O contraste de aromas é o primeiro grande golpe. O cheiro, que antes remetia a todo tipo de lixo, agora é substituído por uma essência de flores do campo, limão. De repente, um dia primaveril e relaxante. Cada centímetro de parede é coberto por uma pintura, como se estivéssemos adentrando uma obra de arte. Acima de nossas cabeças, nuvens e seres com asas resplandecem em tons e traçados perolados e azul-celeste. Uma fumaça fantasmagórica toma o ambiente, uma névoa aquecida destilando aromas de óleos exóticos e sais. Bacias feitas do que deve ser ouro puro se espalham ao longo do salão repletas de água quente, ladeadas por camas de aço.

— Peguei você — diz uma das mulheres, as mãos seguram Daniel como se fossem garras. — Finalmente, o rapaz *kimani*. Vou tratar do primeiro rapaz *kimani* da história.

As mulheres vão se apresentando para as meninas individualmente. Duas senhoras sorriem para mim, cada uma segura em um dos meus braços e começa a despir minha roupa.

— Não, espera.

— Tudo bem, jovem. O rapaz está sendo vendado. Não se perturbe.

Mas Daniel pouco me importava. Só não quero ser tocada, ter as roupas tiradas, tratada como se fosse uma boneca suja. Apesar disso, meus protestos morrem quando retiram minhas vestes e me enfiam em uma das banheiras, então os nós do meu corpo imediatamente relaxam de toda a tensão.

Em algum canto, um coral de meninas começa a entoar uma canção com vozes entrelaçantes e hipnóticas. Alguém deposita um comprimido em minha boca, que se derrete em questão de segundos. Tem gosto de relaxamento, é isso, apenas me entrego. Estou consciente de tudo ao redor, mas o vapor, os aromas, a música, tudo é tão envolvente e tranquilizante que não conseguiria me queixar de nada, nem se quisesse. Escovam a minha pele com buchas como se quisessem arrancar a minha cor, pincelam ácido sobre as feridas do meu rosto, depois me enfiam em um capacete com uma luz alaranjada que, para minha versão anestesiada de mim mesma, mais se parece com o pôr do sol. Enquanto minha existência se dissolve nos sóis da minha imaginação, alguém cuida da ferida em meu braço, dos cortes em meu corpo. Aparam minhas unhas, depilam meu corpo com cera quente. Lavam, torcem, apertam e queimam meu cabelo. Nunca consigo reclamar.

Penso no cordão que ficou para trás e uso o resquício de forças em mim para manter um pensamento positivo. *Você vai encontrá-lo de novo.* Então me pergunto se minha mãe esteve aqui. Será que ela passou por todo esse processo? Os delírios dançam em minha mente e volto a ser assombrada pela sensação de que *mamana* fez por merecer. Depois da dor, Éden nos trata com cuidado e prazer. Jamais nos tratariam mal. Amara pode ter arrancado a própria língua para inventar uma história horrível para crucificar Ádamo. Talvez tenha sido isso.

De repente, meus pensamentos encontram o mais puro pânico. Estou afundando e ninguém poderá me resgatar. Preciso resgatar o colar de *mamana*. Estou afundando. *Não consigo respirar.* Faço o possível para espernear, gritar, me sacudir, fugir enquanto é tempo, mas meu corpo amolecido não reage direito. Então mãos resistentes agarram meus braços, outra mão empurra um comprimido para dentro da minha garganta, outra alisa minha cabeça. Uma senhora de vermelho apalpa meu rosto e oferece um sorriso gentil.

— Fique tranquila, garota. Vamos clarear a sua alma.

É quando afundo de vez.

# 19

## Sangue de preto em cálices de cristal

Absinto está mais viva do que nunca. Estrelas cravam o céu enquanto os batuques retumbam dentro da nossa alma. Giro e sorrio. Giro e sorrio. Eia! Trocamos de par. Seu Ismael dança comigo, movendo os pés e as mãos. As flautas dão graça ao instrumental e arrastamos os pés levantando poeira no meio do pátio de sempre. Eia! Trocamos de par. Seu Ismael agora dança com a filha, Micaela. Lígia comigo. Ela parece estonteante em um vestido da cor da noite. Entrelaçamos os braços em zigue-zague, seguindo a coreografia às gargalhadas. Os tambores avançam no ritmo. Eia! Trocamos de par. Daniel gira em minha direção e sorri com o rosto a um passo do meu. Pega em minha cintura e me conduz pelo ritmo. Nunca vi olhos tão brilhantes e sedutores cruzarem com os meus a ponto de confundirem meus pensamentos, trazendo leveza e ao mesmo tempo o peso de um sentimento anuviado. Meu corpo esquenta quando o dele se aproxima. Sorrimos um para o outro. Eia! Trocamos de par. Então troco os braços de Daniel pelas garras da General Lisboa. Ela parece me assistir com um prazer indomado e um riso maquiavélico. Sua expressão mostra que há algo errado. Meus ouvidos não escutam mais a canção. Finalmente, noto a quantidade de besouros infiltrados em nosso meio. De repente, eles apontam suas armas para nós e atiram sem dó nem piedade. Fogos de artifício explodem no céu. Disparo em direção à mata. Corro e corro. Não paro, nem olho para trás. Prestes a alcançar as árvores, tropeço no chão de areia. Uma serpente amarelada brota do meio da poeira, mostra a língua por dois segundos e dá o bote. Grito, mas é tarde demais. A cobra se enrosca em meu corpo, a pele fria e pegajosa deslizando pelas minhas pernas, pela minha barriga, apertando cada parte de mim. Tremo como se estivesse levando choques e berro, berro, berro tão alto que acordo.

Ofego, apoiando meu corpo com os cotovelos, deitada em uma cama que não me lembro de ter visto antes. Preciso de alguns minutos para me recuperar do susto. Os lençóis molhados ressaltam minha angústia e a sensação se confunde com o rastro meloso e frio da serpente em meu corpo, em algum lugar parecido com uma realidade paralela.

— É um sonho. É só um sonho — repito para mim mesma.

— Já deve fazer uma hora que você está tendo pesadelos — diz Lígia. Ela se achega e divide o colchão comigo, sentada. Tomo um susto quando a percebo.

— O que é isso? O que fizeram com você?

Lígia dá de ombros, embrenha os dedos entre os cabelos brancos e curtinhos, tenta arrancá-los, mas nada acontece.

— Não sei como, mas colaram isso na nossa cabeça. Ou fizeram crescer por magia. Até que não é nada mau.

Nossa cabeça? Este é um quarto pequeno, com paredes brancas, três camas e alguns armários. Na terceira cama, uma garota pequena dorme de costas para nós. Os cabelos são tão brancos quanto os lençóis e lisos como o de qualquer desertada.

— Tente não gritar para não perder nem um ponto, sei lá — aconselha Lígia, apontando para um espelho médio fixado na parede mais próxima.

Arrasto meus pés pelo chão gelado com medo do que estou prestes a ver. Quando encaro meu reflexo, a outra versão de mim mesma arregala os olhos e cobre a boca. É uma versão sem cicatrizes, com a sobrancelha desenhada, os cílios um pouco maiores, e o mais espantoso de tudo, os cabelos estendidos, volumosos, lisos e tão brancos quanto imagino ser a neve.

A miragem traz à tona a imagem da garota negra que avistei no meio da multidão, apática e fantasmagórica como se fosse parte de um sonho. Quero falar sobre ela com Lígia, mas estou embasbacada demais. É nisso que nos transformaram. Aposto que a cor dos nossos novos fios não representa a brancura da idade, mas a purificação. Nos querem brancas, ou quase.

— Como isso pode ser possível? — A pergunta me escapa. Enfio os dedos entre meus fios, mal reconhecendo a textura do meu próprio cabelo, incapaz de entender como me transformaram em outra pessoa.

— Odeio minhas novas sobrancelhas — diz Lígia, roubando uma posição em frente ao espelho. — Ao mesmo tempo, cá entre a gente, me sinto... interessante.

Analiso a aparência de Lígia com mais atenção. As sobrancelhas deram um ar diferente ao rosto dela. O cabelo tem um corte nunca visto antes em Absinto, com fiapos escorrendo em frente à orelha e uma franja charmosa que não chega a cobrir os olhos. A pinta no rosto dela aparece mais.

De repente, algo faz sentido!

— É por isso que minha mãe tem tanto cabelo branco mesmo não tendo tanta idade — cubro a boca com as mãos, pasma. Meus olhos se enchem de lágrimas contra a minha vontade. Minha mãe não envelheceu aqui, como tantas vezes imaginei. Ela simplesmente passou por tudo que estou passando.

— Fogo na terra! Estamos parecendo com a Dona Amara — sorri Lígia, admirando sua nova imagem, mexendo no cabelo aqui e ali. — E eu gostei da sua nova versão, Freya. Não precisava ser tão liso quanto o dessas desertadas, mas admita que você está parecendo uma velha poderosa, hã? Imbatível, revolucionária.

Seco as lágrimas e sorrio com o jeito cômico de Lígia, cerrando os olhos, sussurrando as palavras e balançando os ombros. Ela agarra meus ombros e me coloca cara a cara com o espelho novamente, onde encaro meu reflexo e imagino o quanto gostaria de ter em mãos aquele panfleto desenhado por Ruana, somente para vê-la outra vez.

— Você me acha mesmo parecida com a minha mãe? — pergunto.

— Com ou sem cabelo branco, você é a cara dela — atesta Lígia. — Você não chegou a ver nenhuma imagem do seu pai, chegou?

— Eu nunca tive pai — respondo, pensativa. — Meus avós e meus tios nunca me esconderam a verdade. Souberam assim que minha mãe chegou em Absinto. Acho que foi tudo o que ela conseguiu dizer no ápice do reencontro. Na verdade não sei muitos detalhes, nem nunca me interessei. Não sou muito diferente de quem perde o pai cedo por causa de algum acidente na Pedreira.

— Acho que sua família tentou te livrar de mais um sofrimento, sabia? Perder o pai que acompanhou seu crescimento deve ser totalmente diferente de perder um homem que você nunca conheceu — pontua ela.

Concordo. Sem que Lígia sequer imagine, me pergunto o quanto tudo o que estou vivendo parece uma miragem. A conversa com Ruana, a visita aos pais de Micaela, o esquartejamento em massa, uma Freya sem cortes no rosto e com os cabelos brancos volumosos como os da mãe, que só os deuses e minha *tinyanga* sabem onde se encontra.

Instantes depois, por meio de uma caixinha prateada instalada no umbral da porta, uma voz nos instrui a nos vestirmos com roupas dispostas nos armários — e a usar o elástico para fazer um rabo de cavalo. Micaela abre os olhos como se estivesse o tempo inteiro acordada enquanto eu e Lígia tentávamos nos acostumar com nossas imagens no espelho.

— Oi. Sou a F...

— Não seja burra de dizer seu nome antigo — interrompe a garotinha, apontando para o bracelete. Antes que eu e Lígia possamos nos mover, ela recolhe um cabide com sua nova vestimenta e começa a vestir a roupa sem querer trocar mais uma palavra sequer.

Prontas e em silêncio, nos enfileiramos com as outras de nós em uma espécie de sala comunal na área que abriga os quartos. Todas fomos transformadas e agora usamos cabelos brancos de tamanhos e texturas diferentes, mas sempre lisos. Temos também o mesmo vestido, adequado perfeitamente ao corpo de cada uma. A parte de cima é semelhante a um blusão masculino, com a gola alta e abotoada escondendo nosso pescoço, deslizando pelos ombros até o pulso, onde a manga é dobrada de forma espetada, escondendo nossas pulseiras. O restante do tecido cai pelo corpo até as canelas, balanceado com pregas singelas que criam ondas suaves sem revelar nossas curvas.

— Olá, aprendizes. Sou Noemi e estou aqui para colocar ordem em vocês — vai dizendo uma mulher esbelta e quarentona, com um coque no alto da cabeça e muitos dentes na boca. Com uma vara na mão, estapeia as meninas de leve para organizar a fila de forma simétrica. — Olhem para os pés. É bom que já se acostumem porque raramente o olhar de uma *kimani* é erguido sem autorização. Você. — Ela aponta a vara para uma de nós, que enrijece os músculos na mesma hora. — Não retiramos a juba que você chamava de cabelo à toa. Faça um rabo decente!

Toco meu rabo de cavalo para conferir se está bem preso ou qualquer coisa do tipo. Não temos referência, tampouco consigo identificar de cara que esta é... espera, é Camila! Todo aquele invejável cabelo preto e volumoso foi substituído por uma peruca branca lisa, ou seja lá o que isso for. Passaram a navalha na cabeça dela enquanto dormíamos?

Depois de uma interminável série de humilhações e varetadas nas canelas porque não estamos domando os cabelos novos ou dobrando as abotoaduras do vestido como essa perfeita idiota quer, somos encaminhadas feito fantasmas macilentos por um corredor frio e silencioso até um comedouro espaçoso demais, com mesas de aço e paredes cobertas por azulejos pálidos. A beleza estonteante de uma árvore cheia de laranjas plantada debaixo de uma auréola iluminada, no meio do recinto, contrasta com a visão de quatro besouros imóveis nos cantos.

Será que eles terão coragem de atirar, caso nos recusemos a engolir o comprimido que Noemi entrega uma a uma?

— Abra a boca, 65.

O bafo quente da mulher me enoja. Gotas de saliva salpicam meu rosto enquanto ela fala. Daniel se posiciona atrás de mim assim que engulo o remédio. Tenho receio de me virar para olhá-lo e tomar uma varada de Noemi. De todo modo, algo na presença dele é inconfundível, e me espanto ao constatar que sei quando ele está por perto mesmo sem vê-lo.

A comida parece irreal. Sabor é uma palavra que se desfaz enquanto como os vegetais verdes demais, algum tipo de carne insípida e batatas cortadas em cubos. Divido uma mesa com Daniel, que é a tristeza em pessoa, além de Lígia e Trina, uma garota magra que vivia rindo de tudo em Absinto, não diferente de agora. Ouvi dizer que ela sonhava em ser astronauta, mas é melhor que desista de sonhar.

Quando Noemi sai do refeitório, todo mundo arrisca conversar.

— Não está tão ruim assim — digo para Daniel. — Você vai se acostumar. Todas nós vamos.

Mas ele não parece convencido enquanto dá uma nova colherada nos vegetais e os mastiga com uma careta.

— O problema não é a saia e sim essas mangas bufantes — reclama ele. De fato, é como o forçaram a se vestir: uma longa saia de pregas abaixo do joelho, uma blusa de gola alta, feita de um tecido absolutamente transparente, e mangas de cetim que vão dos ombros aos pulsos feito dois balões nos braços. Todo o tecido é branco e todas as meninas estão cochichando a respeito. — Meus irmãos passariam meses rindo de mim vestido com isso.

— Seus irmãos não estão aqui — lembra Lígia.

— Obrigado por me lembrar disso.

— Se for pra ficar rindo, é melhor trocar de mesa — aviso a Trina.

Ela engole o risinho irritante e voltamos a comer em silêncio.

— Pra que vocês acham que são essas pílulas? — pergunto, cochichando. — O que são essas coisas? Não estamos doentes.

— Vocês parecem doentes com esses cabelos — comenta Daniel.

Trina esconde o riso com a boca e Lígia revira os olhos para a piada.

— Não estamos doentes? É sério? — diz Lígia, então sussurra ainda mais. — Essa gente é sádica! Vocês viram como somos a própria doença para eles. Encheram a gente de porcaria pra depois nos limpar.

Um besouro troca o peso do corpo de um lado para o outro e paramos de falar por alguns segundos. Quando Trina termina de comer e leva o prato até o repositório, Daniel se inclina sobre a mesa de frente para mim.

— O que você estava tentando fazer mais cedo? — questiona ele, baixinho. — Nas grades.

Engulo em seco. Verifico os lados. Noemi não veio nos chicotear só porque conversamos enquanto comemos. Quero responder, mas e se as pulseiras estiverem gravando nossa conversa? Não quero correr o risco de revelar meus segredos tão facilmente. Decido desenhar uma palavra na mesa com a ponta do dedo, com o maior disfarce possível.

— Nada demais — digo para enganar quem esteja me assistindo, mas então olho para um lado e me sinto uma idiota, neurótica e desmiolada.

Há várias câmeras aqui. Inclusive, uma delas aponta para a nossa direção. Se estiverem me observando, saberão que escrevi uma palavra suspeita sobre a superfície gelada. Saberão que a palavra tão pequena, que ainda corta meu coração é "mãe".

*Enquanto o cordão estiver com você, sua mãe estará viva.*

Mais tarde, somos encaminhadas com Daniel para uma sala redonda cujo teto estonteante em formato de casca de ovo exibe seres com asas e um pássaro cheio de plumas douradas. Em torno do centro, cadeiras se dividem em largos degraus com balaustradas de madeira rústica, envolvidas com ramos de jiboias ou plantas parecidas. Janelas ovais circulam o alto das paredes redondas, permitindo que a luz do sol jorre para dentro e nos revele o sinal da manhã.

Depois de espalhadas e acomodadas pela sala de duas em duas — Lígia sentada ao meu lado e Daniel num único assento improvisado —, uma senhora já de idade avançada e voz cortante se apresenta como Dona Miriam.

— Imagino que já estejam entendendo como funciona a pulseirinha prateada, não é mesmo? Aos poucos vocês verão que a vida de todo edense depende dela. Vão internalizá-la como parte vital de seu corpo, como o órgão mais importante. A pulseira que vocês receberam é mais importante do que o coração batendo aí dentro.

"Aos dez anos de idade, as crianças recebem um contador de IPV. Aí estão todas as informações que integram um indivíduo a Éden como cidadão. Moedas e notas de dinheiro deixaram de existir com o Breu. Aqui, o IPV paga tudo. Você se locomove se tiver pontos, faz compras, aluga uma bicicleta, visita um templo, tudo e qualquer coisa depende dos pontos, do merecimento. Especificamente na Casa *Kimani*, acomodadoras e sacerdotisas podem... — a senhora ergue o braço em nossa direção com um pequeno objeto prateado entre os dedos — ... aumentá-las, já que estão sendo boas ouvintes."

Nossas pulseiras vibram. Dez pontos adicionados.

— Já você, 61 — continua ela, em direção a Raquel. — Está se alimentando de papas por um canudo até sua punição ser concluída. Mesmo assim, precisa ser mais cuidadosa com suas vestes. Será diminuída.

Miriam aponta o objeto para Raquel e retira pontos. Um fino rastro de molho suja a parte de cima do vestido branquíssimo da garota, que não combina nada com as madeixas brancas.

— Edenses que não conseguem ultrapassar a média de 6.000 pontos no IPV costumam morar na Zona 56. Nenhum deles teria como pagar pelo serviço de vocês aqui — continua ela, tranquila. — É gente que estudou pouco, às vezes com menos QI. Gente que não consegue subir na vida por falta de determinação.

"Já a Zona 67, onde estamos, é ocupada pelos edenses com o IPV entre 6.000 e 7.000. Seu merecimento garante melhores condições de vida, água mais limpa e a possibilidade de trabalhar nas zonas 78 e 89.

"Como vocês podem imaginar, a 78 é habitada por quem tem entre 7.000 e 8.000. Ainda não é o melhor ponto de trabalho para vocês, mas é onde estão as melhores escolas e hospitais. De lá, surgem alguns financiadores, embora a maioria deles pertença à Zona 89, onde a elite está concentrada. Quem compreende e concorda com o fundamento do nosso sistema responde com... sua vida."

— Obediência, lealdade e merecimento.

Respondo para não perder pontos, mas algo me diz que tudo isso é muito mais absurdo do que parece. Vimos o quão gritante é a diferença entre as zonas. Há um sistema vil encravado aqui, que se retroalimenta e mantém as pessoas separadas por algum motivo. Quanto mais essa vaca velha fala sobre a grande metrópole, sobre os diferentes tipos de polícias e ministérios, mais evidente fica o quanto a cidade se organiza para que as pessoas se mantenham em suas zonas e nunca acessem as áreas que não lhes pertencem. Nada nessa cidade é como imaginei. Tudo é ainda pior.

**O dia** se alonga como se o tempo estivesse dissolvido. Dentro do esquadrão não é tão fácil discernir o clima do lado de fora, tampouco temos acesso às horas. Almoçamos, estudamos, nos banhamos, fazemos absolutamente tudo conforme as instruções. Nas aulas de Amansamento Vocal, um senhor com as costas curvadas e cabelos loiros desgrenhados trabalha para remover nossa forma de falar e incorporar o sotaque da metrópole.

— Vocês não usarão a fala durante o trabalho, a não ser que precisem reportar uma informação à família acolhedora. Por isso é importante que falem com o vocabulário adequado, inspirado no Terceiro Testamento.

Enquanto o homem nos organiza em grupos para recitarmos frases, fico chocada com a quantidade de meninas que sequer sabe ler. Daniel é um dos que encontra mais dificuldade para juntar as palavras, e meu coração se apequena ao perceber o esforço do garoto para acumular pontos.

Quando suponho ser noite, vamos enfileirados até um salão magnífico onde as paredes e o teto são inteiramente feitos de espelhos.

Um carpete vermelho bordô cobre todo o piso e se estende por baixo de uma mesa de jantar exposta no centro. Do alto, a luz amarelada de um lustre em cascata se funde com a labareda das velas sobre a mesa, banhando em luz as louças de prata e porcelana, as flores ornamentadas e as frutas. Pessoas brancas ocupam as cadeiras vestidas de tons acinzentados, e preciso me esforçar para entender que estes não são os manequins de Doravel.

— Espalhem-se ao redor da mesa — diz uma mulher vestida de vermelho da cabeça aos pés.

Tomo um susto quando observo que ela é quase como uma de nós, seus cabelos brancos são longos e encaracolados, lábios volumosos, nariz proeminente e olhos grandes e redondos. No entanto, algo parece ter acontecido com sua pele. A cor lembra um tecido pigmentado que ficou muito tempo na água e perdeu o viço. Quase cinza, quase branca, quase negra. Como a garota que vi empurrando um carrinho de bebê.

— Sou Madalena, muito prazer. A *kimani* convocada para orientar vocês na imersão a nossa cultura tão peculiar. Já trabalhei com diversas famílias e posso garantir que sei o suficiente para prepará-las para o que está por vir. Para falar a verdade, nada pode prepará-las completamente, mas é de interesse da Casa *Kimani* transferir o máximo possível de conhecimento para que vocês prosperem no trabalho e na vida para além da proteção que é este esquadrão.

"O que acham que vieram fazer aqui? Sendo bem prática, como vão sustentar suas famílias de onde vieram?"

Estamos há tanto tempo sem falar que temos medo de arriscar.

— Você com certeza vai servir para dançar as coreografias mais mirabolantes com esse figurino, rapaz. Que sucesso — brinca ela, apontando para Daniel.

As meninas riem. As pessoas à mesa também não se seguram: um rapaz de cabelo emplastado que olha para cada um de nós com cobiça, uma mulher com a postura mais ereta que já vi, e uma garota aparentemente da minha idade.

— Vamos servir a eles — arrisca Lígia, trocando um olhar comigo.

— Você é inteligente — atesta Madalena, apontando o espelhador para Lígia e deslizando ao redor da mesa com elegância. — Estão aqui para servir às famílias abastadas de IPV, interessadas em garantir o bom serviço *kimani*. Hoje, permito que me olhem, mas a partir de amanhã olharão para os espelhos, depois para baixo, porque *kimani*s são pagas para serem invisíveis. Vocês não interagem sem permissão, mas precisam estar atentas a cada comando de seus senhores, principalmente à mesa.

— Alto lá, Madá. Do jeito que você fala, parece que não apreciamos a presença dessas damas em nossos recintos. São cuidadoras das nossas casas, das nossas crianças.

— Não me interrompa, Isaías.

— Como não? Estou interpretando um patriarca. Esta é minha família e é meu dever interromper.

Madalena revira os olhos, suspira e ignora a expressão do homem horripilante.

— Certo. Vocês passaram por uma cena muito difícil ontem. Aquela é a pior parte do processo, mas não se confundam, vocês ainda são tão imundas quanto antes. Éden só passa a recebê-las puras após a comunhão, quando estão aptas a cear. Até lá, haverá muita confissão de pecados. Mas depois virá a bonança. E, sim, receber pessoas como vocês será uma honra para as famílias acolhedoras. Uma honra para Éden. Mas vamos lá, vamos começar. Uma das pessoas à mesa escolherá uma, ou um, de vocês.

Com certeza será a filha. Ela parece se divertir bastante enquanto passa o olhar entre nós. Imagino que ela vá fazer algum sinal para Daniel, já que examina o garoto por um pouco mais de tempo. Mas então ela encontra alguma coisa em meu olhar que a faz apontar dois dedos para mim num gesto breve.

— Muito bem, esse é o sinal vinícolo — explica Madalena. A voz transparece certo entusiasmo, mas o olhar é o de uma caçadora atenta a cada movimento na sala. Ela gesticula para que eu me aproxime e aponta para uma garrafa à mesa. — Você deve servir sempre três dedos de vinho. Segure a garrafa como se estivesse segurando sua vida. Puxe a rolha com dedicação e de maneira singela.

Prendo a respiração, cansada dessa baboseira. Mas me esforço para acompanhar a velocidade das ordens e obedecê-las.

— O trabalho de vocês assegura melhorias de vida para suas famílias na colônia. Não façam contato visual com seus senhorios a não ser que seja requisitado.

A mulher continua ditando instruções uma após a outra, mas só consigo pensar na mentira que está pregando, no sonho que me fez gritar esta manhã, nos besouros se enfiando no meio do nosso povo e atirando para matar, perfurando nossos corpos. Não existe mais a cabeça do javali, não existem tambores, nem fogueira, nem casas, nem trabalho, nem caça, nem Doravel, nem nossas famílias, tudo foi dizimado da forma mais covarde possível porque Éden está à procura de uma líder rebelde, se é que entendi Ruana. As mentiras me fazem tremer enquanto evito os olhos esverdeados da jovem branca e derramo o vinho na taça, escarlate gotejando no mais puro cristal, o sangue do nosso povo derramado em cálices e saboreado pelos nossos inimigos. Encerro o movimento, mas uma gota de vinho escorre pela garrafa e pinga em silêncio no vestido da garota.

— Porca! — exclama ela, arremessando o vinho da taça na minha cara.

Abafo um grito, petrificada. A mancha escarlate escorre pelo meu pescoço e se alastra pela brancura do meu vestido. Pareço resgatada de um transe. A garota branca exibe os dentes perfeitos.

Madalena revira os olhos e rodeia a mesa em minha direção.

— Menos cem pontos — anuncia ela, apontando o espelhador em minha direção. Então agarra meu pulso esquerdo e puxa a abotoadura revelando a pulseira prateada. — Sabe o que acontece quando você é zerada? Você é desertada para qualquer lugar do mundo. Sua vida acaba. — Os olhos de Madalena saltam em minha direção. Sinto o calor do corpo dela, a raiva crescente. — Nunca derrame uma gota de vinho sequer. Nunca dê um motivo para morrer.

— Me desculpe.

— Nunca fale sem autorização. Não diga tudo o que viu, esqueça tudo o que sabe. Do contrário, você vai perder pontos até morrer, 65. Até morrer.

# 20

## A jaqueta velha deixada para trás

— **M**ostre a língua.

Enfileirada na porta do refeitório, obedeço a Noemi até que ela sorria satisfeita e dispense o uso da vara. Assim que o comprimido escorrega por minha garganta, sinto uma leve queimação, o mundo pisca e, por um segundo, minha pele escama, meus dedos gelam, as palmas das minhas mãos brilham e...

— 65? Adiante. Está surda?

O tom intrigado da inspetora me traz à tona. Minhas mãos e pele estão de volta ao normal. As laranjas da árvore no centro do comedouro me observam como se eu estivesse ficando louca, então prossigo para a normalidade do dia.

Depois de uma primeira refeição silenciosa, somos obrigadas a aturar mais uma aula. Dessa vez, um homem idoso com óculos em formato de meia-lua equilibrados no meio do nariz adentra a sala. Diversos rolos de papel se acomodam em seus braços, mas a altivez em seu olhar afastaria até mesmo a pessoa mais solidária do mundo. Uma estola vermelha recai sobre sua beca encardida.

— Hoje, vamos dar início aos estudos religiosos. O batismo se aproxima e é importante que compreendam o tipo de maldição que impera sobre vocês. — Ele tosse e despreza qualquer apresentação. — Vocês foram criadas em um lugar impuro, sem qualquer interesse no ensino da Palavra de Deus. Sabem por que isso é importante?

Não costumamos responder devido ao medo de perder pontos. O homem ajeita os óculos, tosse e se engasga com uma expressão rabugenta. Quando retoma, a fala está mais fanha do que antes.

— É claro que vocês não sabem nada direito. Como *kimanis*, deverão ser libertas da maldição de Cã e introduzidas em um futuro de perdão e glória. Vamos voltar alguns anos até chegarmos à Bula Romanus Pontifex.

De fato, em Absinto sabemos pouco sobre religião. Movimentos religiosos sempre foram proibidos entre nós, logo, quem quisesse cultuar algum deus ou entidade precisaria disfarçar o clamor em uma cantiga ou arrumar uma forma de agir durante a noite, com movimentos silenciosos, assim como minha *tinyanga* quando preparava unguentos, ou quando enterrávamos nossos mortos no pequeno cemitério que nos era permitido.

Aqui, a sessão de humilhação dá continuidade ao jato de vinho que levei na cara na noite passada. Éden insiste em mais do mesmo: somos sujas por causa de uma maldição bíblica propagada por um personagem chamado Noé, que, segundo uma história escrita supostamente por um profeta, amaldiçoara o próprio neto, transformando-o em negro como castigo.

Algumas de nós apenas desviam o olhar em constrangimento, enquanto o pastor estúpido nos fere com a justificativa brutal de que não passamos de meros seres condenados por uma religião que tampouco conhecemos. Encaro-o durante todo o tempo repassando em mente as perguntas que eu faria se tivesse permissão, ou tentando pensar em como farei para recuperar o colar de contas sem que as pessoas percebam.

Depois do falatório, somos obrigadas a decorar trechos do que eles chamam de Salmos do Terceiro Testamento, um livro adicional da nova Bíblia, revelado a Ádamo I, avô do Ádamo III, que se senta no Trono de Tronco enquanto meu estômago reclama das porcarias com as quais estão nos alimentando nesta prisão.

Depois de mais um almoço com carnes e vegetais insossos, temos liberação para passar uma hora em um pátio. É o que Noemi anuncia como banho de sol. Só que, apesar do espaço ajardinado onde o ar circula com mais liberdade e das árvores que embelezam o perímetro largo, oferecendo uma visão muito diferente das paredes repetidas, o céu está escondido por uma tela translúcida.

— Se vamos terminar igual àquela Madalena, aposto que nunca vão deixar a gente pegar sol de verdade — comenta Lígia enquanto nos sentamos no tronco de uma árvore deitada. — Achei que ela fosse quebrar o seu braço ontem, 65.

— Acham que essas coisas podem gravar o que estamos dizendo? — pergunto apontando para o bracelete.

— São mais inteligentes que muita gente aqui, eu aposto — diz Daniel. — Mas eu também não tô ligando, quer saber? Não tenho mais ninguém. Não tenho família, nem nada a perder. Que se foda. É tudo uma mentira.

Meus músculos se retesam de imediato. Troco um olhar com Lígia, preocupada. As palavras de Daniel provocam um alívio sem tamanho e estou doida para fazer coro, cuspir todas as sílabas entaladas na minha garganta por medo de morrer. Besouros flanqueiam o pátio pelas pontas, mas pelo menos estamos livres de mais inspeção.

— Ouviram o que ela disse ontem? — pergunto. — Não sei, vocês podem achar que eu sou maluca, mas aquela parte sobre não falar o que você viu, o que você sabe. Não consigo parar de pensar naquilo.

— Estou pouco me lixando. A garota te chamou de porca, jogou vinho na sua cara e é disso que você se lembra? Do recado da professora que não fez nada? — pergunta Daniel.

O silêncio nos aprisiona por um instante. Uma pausa constrangedora.

— Com vocês vou falar o que penso — avisa ele. — E se fizerem alguma coisa comigo, vocês saberão. Quero mais é que eles escutem o que tenho a dizer.

— Calminha aí, grandão. Não é para tanto. Não seja tão displicente — aconselha Lígia um tanto assustada. — E fale baixo.

— Dane-se o vinho. A gente já recebeu coisa muito pior — aponto. — Estou dizendo que Madalena parecia estar dando um recado pessoal. A forma como ela falou... Como se soubesse do que eu sei, do que eu vi. Entendem? — Faço uma pausa para que Daniel e Lígia se olhem e elaborem sobre minha teoria sem que eu precise entrar em detalhes. — Ela foi uma de nós, provavelmente de outra Colônia. E se ela estiver meio que...

É difícil falar, tentar dizer as coisas burlando as palavras por medo de estar sendo ouvida. Eu deveria ter contado aos dois sobre Ruana e tudo o que presenciei na casa de Alvino Tomás, o colecionador de ossos, antes de ter uma porcaria de pulseira da morte enganchada em meu braço. Revelar qualquer detalhe sobre os rebeldes pode colocar em xeque a existência de todos eles, quer Ruana esteja viva ou não. O pensamento corta uma lasca do meu coração.

— Você acha que é isso o que aconteceu com ela? — pergunta Daniel. — Foi zerada e mandada de volta?

Não preciso de muito para saber que ele se refere à minha mãe. Qualquer referência a ela é ainda pior dentro de mim, porque não faço a menor ideia de como farei para recuperar o colar, e preciso disso para saber que *mamana* está viva. Se eu demorar para consegui-lo de volta, ela morrerá?

— Não tenho ideia, mas é uma boa teoria — digo, controlando a respiração e o ódio iminente. — Não dá para querer ser desertado agora porque com certeza não seremos mandados para casa.

— Não sei. Quero dizer, acredito em você, mas tenho certeza de que minha família não evaporou — confessa Daniel, com a voz rouca.

O rosto parece ter visto uma sombra de fúria e impotência, e os punhos se fecham involuntariamente. — Simplesmente não acredito nisso. Meus irmãos são fortes, defendem nossa família como sempre. Se qualquer coisa tivesse acontecido, eles teriam achado um meio de resistir. Talvez estejam juntos com a sua família, Freya.

A pulseira dele vibra. Menos cinco pontos por dizer um nome não permitido.

— Pare. Está vendo? — rosna Lígia entredentes. — Estão ouvindo tudo o tempo todo.

— Eu não ligo.

— Mas isso nos expõe.

— Já disse que não ligo! — insiste ele, alterado como nunca o vi antes. — Não nos querem mortos. Eles lucram com a gente. Vão nos vender por bons pontos, ou você acredita nessa bondade e na graça que eles tanto falam? Por favor — sussurra.

O tom de Daniel arruína a atmosfera do banho de sol. Lígia vira o rosto e trava o maxilar, irritada. Ficamos todos presos em um silêncio constrangedor até ele dar um suspiro e tocar a mão dela com um gesto suave. Quando fala, é impressionante como sua voz assume um tom terno e manso.

— Tá difícil controlar o medo de que talvez todo mundo tenha sumido. Ou que não estejam cuidando dos feridos, que talvez não tenham enterrado os nossos...

*Fique quieto.*

Por mais que a dor de Daniel se pareça com a minha e me dilacere por dentro, sou interpelada pela imagem do homem que tomou um tiro e preferiu correr o risco de ser morto para tentar ter a chance de me matar. Procuro os besouros com os olhos outra vez, alarmada. *Não diga tudo o que viu, esqueça tudo o que sabe.* Tenho certeza de que Madalena estava querendo me dizer algo. Então pouso uma das mãos com força sobre o ombro de dele, busco seus olhos e explico com toda a calma do mundo.

— Ninguém morreu. Isso é uma coisa da nossa mente. O melhor que podemos fazer agora é trabalhar para que nossas famílias nunca mais passem fome. Entendeu?

Daniel encara meus olhos, condenado por meu gesto e um tanto sem acreditar que logo eu agirei assim. Ele sabe que sou a última a acreditar no que acabei de dizer, mas talvez ainda não tenha entendido uma coisa: não vou me permitir ser colocada em riscos desnecessários antes de cumprir minha missão. Ele vai ter que entender.

**Madalena dá** continuidade à aula anterior em uma dinâmica sobre postura corporal, serviço à mesa, códigos em gestos que precisam ser obedecidos de imediato, altura dos olhos, modo de andar e invisibilidade. Fazemos o possível para demonstrar o melhor desempenho e, quando somos ensinadas a pôr uma mesa, mesmo visivelmente abalado, Daniel se destaca ao decorar com exímia agilidade a distribuição de pratos, copos e talheres.

— Será que ele é mesmo o primeiro? — questiona Lígia, quando vestimos as camisolas para dormir, muito depois das aulas.

— Como assim?

— Estou falando sobre ter saído de Absinto. Talvez possam ter enviado outros homens para cá. Talvez tenham sido aproveitados para outros tipos de serviço sem que soubéssemos. Você nunca ouviu falar em homens que desapareceram da Colônia?

— Já, mas nunca dei muita atenção. Pareciam só boatos — digo, e, perto de Lígia, pergunto mexendo a boca sem emitir qualquer barulho: — Você acha que vai acontecer alguma coisa com ele? Pelas coisas que ele falou?

Uma sombra perpassa o rosto de Lígia. Incômodo, tristeza ou algo parecido.

— Realmente espero que não — ela diz, do mesmo jeito que eu.

De repente, Micaela levanta da cama e sai correndo em direção ao banheirinho do quarto. O barulho do jato de vômito me dá arrepios e náuseas. Várias de nós vomitamos hoje, inclusive eu.

Quando ela retorna, pergunto se está tudo bem, mas ela apenas responde questionando quando vamos parar a conversinha. Como sempre, faz questão de rechaçar todas as nossas investidas de contato. E, quando me deito, me pergunto com que cara de pau essas acomodadoras ensinam uma *criança* a cuidar da casa e dos bebês de pessoas muito mais velhas. O que acham que somos capazes de suportar?

**No dia** seguinte, tomamos mais pílulas, café da manhã, e aguardamos enquanto chamam nome por nome para a primeira sessão de confissões. Após um longo tempo de espera e silêncio, sobre a vigilância constante de Noemi, o código que inventaram para mim é recitado e, de cabeça baixa, sigo as duas senhoras acomodadoras. Dezenas de ideias percorrem minha mente sobre o que está para acontecer. Ajeito meu rabo de cavalo e passo a mão pelo vestido ansiosa, conduzida por três lances de escadas até chegar ao penúltimo andar do nosso edifício. As senhoras me conduzem em silêncio por um corredor sem janelas. Por fim, apontam para uma porta larga, trabalhada em um tipo de madeira escura com diversos ornamentos caprichosos pela superfície.

— Abra e entre sem bater — diz uma delas. — Aqui é um confessionário. Só fale ou encare a superior se receber permissão. Estaremos aqui para acompanhar seu retorno, entendido?

Sinalizo com a cabeça e abro a porta sem demora. O cômodo não tem nada de mais. Com os olhos para o chão, fica mais difícil reparar em alguma coisa além da tapeçaria rosada grampeada no piso. Um cheiro doce e enjoativo domina o ar.

— Você quer agir como um pássaro fora da gaiola. Então aja. — A voz é gasta pela idade.

Ergo a cabeça devagar. A senhora de idade avançada se senta numa cadeira no meio da sala. Um papel de parede floral cobre todas as laterais, além de estantes amadeiradas lotadas de papel.

— Seu pulso é irrelevante aqui. Eu me importo com suas palavras, certo? — diz ela. — Deve agir como seus impulsos mandarem. Escondemos nossas verdadeiras identidades por medo de perder chances, mas nem sempre deveríamos impedir aquilo que realmente somos, nossa essência.

— Eva mordeu o fruto proibido e foi punida por fazer o que bem queria, senhora.

A mulher tenta sorrir, mas o gesto não lhe cai tão bem. Faz um gesto para que eu me aproxime e me sente na cadeira de frente a ela. Não há uma janela sequer no cubículo, mas parece que vai chover.

— Inteligente. *Kimanis* inteligentes determinam onde vão trabalhar. É assim que se conquista um bom salário. Onde você gostaria? Qual zona, qual tipo de família...? Já parou para pensar?

Sentada de frente para ela, ajeito minhas mãos sobre o colo e discuto comigo mesma, tentando lembrar com qual animal ela se parece. Eu poderia desenhá-la como um sapo cheio de panos e papas. Tenho vontade de arrancar o xale com franjas cobrindo parte de seu corpo porque ele é produzido em Doravel. Tenho certeza que já tingi algo como isso. Esse xale pertence a mim. Todas essas pessoas deviam pagar pelo que estão fazendo.

— Gostaria de trabalhar para Ádamo.

A senhora arregala os olhos. Com frieza e espanto, vasculha cada centímetro do meu corpo. A voz anosa parece prestes a se quebrar.

— Isso seria impossível. O palácio não recebe *kimanis* há muitos anos. Por que se interessa tanto em trabalhar para o Trono de Tronco.

— Por gratidão — minto, rápida.

— Gratidão — repete a mulher, decidindo se acredita. — Você veio a nós com a face desfigurada, o braço ferido, arranhões por todo o corpo. Tivemos trabalho para costurá-la e cicatrizá-la. Você tomou o lugar de outra garota, jogou o corpo dela no oceano, ameaçou e matou um dos nossos, tudo isso para embarcar em *La Amistad*. De algum desses atos você se arrepende?

— Eu não matei a Melissa.

— Suas ações, não suas palavras. Suas atitudes levaram duas pessoas ao julgamento celestial. Não sou eu quem estou julgando você, menina.

— Mas eu não...

A mulher me silencia com um gesto, incomodada.

— Todo mundo tem sua hora e seu tempo. Não adianta querer controlar. O que preciso saber agora é se sua mãe te ensinou a se arrepender quando criança. O que sabe sobre o arrependimento?

Um bolo se forma no meio da minha garganta. "Minha mãe já foi uma *kimani*" deve estar escrito em minha testa. A velha está me testando. Há quanto tempo será que Éden sabe disso? O que farão comigo?

— Meus pais... sim, é claro. Eu me arrependo. Nunca quis que nada disso acontecesse.

A mulher puxa os lábios para os lados numa tentativa ainda mais horrível de sorriso. É como se me desnudasse. Como se ela pudesse pinçar e analisar cada pensamento meu quando bem entendesse.

— Se soubesse quem eu sou, nunca ousaria mentir na minha frente. O verdadeiro arrependimento não vem daí. Você *quis* estar aqui. Seria capaz de fazer qualquer coisa para entrar naquele barco, não seria?

— Mas eu não disparei o gatilho.

— Suas ações, não suas palavras.

— Eu estava com medo de ser deixada sozinha. E tentei segurá-la quando ela caiu no mar. Não queria que ninguém tivesse morrido!

— Suas ações, não suas palavras.

Fecho os olhos com força. O coração galopando.

— Queria que ele tivesse morrido. — Solto o ar, nervosa. O silêncio e o nervosismo misturado ao aroma enjoativo me entorpecem. — A morte dele não me importa. Mas a dela sim. Melissa.

Crispo os lábios, engolindo os questionamentos que não posso fazer. A mulher me contempla quieta durante mais de um minuto e, como se não bastasse, se levanta, arrasta a própria cadeira para perto, reduzindo nossa distância para apenas um passo.

Quando volta a se sentar de frente para mim, o mal-estar se espalha em meu peito, contaminando meu ser. Até a ponta dos meus dedos tremulam. *Quem diabos é essa mulher?*

— Você se arrepende da morte dele?

— Não.

— Ele tinha uma família, menina — diz ela, com a voz miúda. Parece prestes a chorar. — Um filho alistado como filtrador, trabalhando pela primeira vez nas colônias com a nobre missão de selecioná-las. Tinha um neto que nunca mais receberá a provisão do avô, tampouco será pego no colo pelas mãos dele. Uma esposa enlutada lá fora, amarga por não ter a oportunidade de se despedir. Uma família. Você atormenta e despedaça uma família. Se alguém tivesse pressionado o fio da navalha em seu pescoço para que outro alguém cravasse uma bala em sua cabeça, quem você culparia quando chegasse aos céus? Quem atirou ou quem te segurou?

Não chegarei aos céus porque serei uma assassina. Ádamo não escapará para sempre.

— Você deveria ter vergonha de si mesma. Você mente — afirma ela, com o olhar vidrado em mim. — Acha que uma *kimani* pode contar mentiras e ainda querer trabalhar no palácio?

Abro a boca para responder, mas não consigo formular uma argumentação com facilidade.

— Quer mesmo ser uma *kimani*? — interroga ela, inexpressiva.

— Sim, senhora — digo. — Eu…

— Então repense. Você mente para si mesma para se livrar da culpa, mas chegou até nós coberta de sangue. Sangue que até agora está em suas mãos e que teremos muito trabalho para verter. Se confessarmos os nossos pecados, ele é fiel e justo para nos perdoar e nos purificar de toda injustiça. Pense nesta conversa. Você está dispensada.

Até se levantar se torna uma tarefa difícil. Recuo o mais rápido possível, um tanto apavorada.

Quando coloco a mão na maçaneta…

— Freya. — É a primeira vez que um edense me chama por esse nome. — Sua vida.

Respiro fundo, espio meu IPV e digo "Obediência, lealdade e merecimento", com os desejos mais cruéis escondidos em cada palavra.

**Desta vez,** não consigo me sentar com Lígia por uma questão aleatória. Divido o banco com Daniel e jantamos pato desfiado de frente para Raquel, que toma suco de beterraba por um canudo em sua boca costurada. É impressionante o quanto a garota perdeu peso, mas, apesar disso e do olhar desesperado que lança para nossos pratos de comida, ela alega felicidade. Pelo que consigo entender, vão liberá-la da punição no próximo raiar do sol.

— Você está suando — diz Daniel. Preocupado, ele observa a quantidade de comida sobrando em meu prato, mesmo que este seja o único prato realmente saboroso oferecido até agora. — O que está rolando?

— Como foi sua confissão? — pergunto, mudando de assunto. Não sei responder o que me atinge, mas não estou bem. Um enjoo percorre meu corpo, minhas orelhas estão terrivelmente quentes e meu corpo clama por descanso.

— Responde você primeiro.

— Não sei responder. Só não me sinto bem.

— Maioria — murmura Raquel entre o mínimo de movimento de lábios possível. — 31, 66, 90, 21.

Daniel procura as meninas com o olhar enquanto prefiro encarar um ponto fixo na mesa. Nenhum desses números significam alguma coisa para mim porque não sei identificar nenhuma das garotas dessa maneira. Só quero que tudo pare de girar.

— Desculpe, mas... você terminou? — pergunta Daniel a ela. — Pode nos dar um segundo?

Raquel se surpreende com a pergunta tanto quanto eu. Ela consegue destilar entre nós uma tonelada de constrangimento apenas ao dizer a palavra "casal", antes de levar seu copo sujo para o balcão.

— Só queria me desculpar por ontem. Talvez eu tenha sido irresponsável. Só queria...

— Tudo bem — interrompo. — Sério, eu entendo...

— Escuta. Queria te contar uma coisa.

— Se não for a parte dois da história dos azuis em *La Amistad*, não quero ouvir.

Ele sorri com um olhar constrangido. Respira fundo como quem toma coragem.

— Quando eu era pequeno, minha mãe me encontrou escondido e chorando dentro do armário. Eu era um moleque muito carente e sempre me comparava com os meus irmãos. Tava chorando porque eu simplesmente nunca tinha ganhado nada que não tivesse passado por eles. Roupas, brinquedos, sempre usei tudo o que eles descartavam. Minha mãe contou aquilo ao meu pai e ele me surpreendeu. Meu velho me ensinou que nem todos os presentes que passam de mão em mão são inferiores. Ele me deu uma jaqueta dele, que eu amava, e tinha sido do meu avô. Foi com muito carinho, sabe?

Assinto, em silêncio, mesmo sem saber onde ele quer chegar.

— No dia em que eles me venderam, eu olhei nos olhos dos dois e prometi que nunca os perdoaria por terem feito algo assim comigo. Mas quer saber? Aquela mulher estranha me fez perceber o quanto eu me arrependo. Eu cheguei a olhar pra ela no armário, mas meu orgulho foi maior. E me arrependo demais. Por não ter trazido comigo aquela merda de jaqueta. Tenho medo de esquecer sua cor, seu cheiro, sua textura. Tenho medo de esquecer o rosto dos meus próprios pais. Sei que isso pertencia a sua mãe. Espero que você se sinta melhor.

Com um gesto ágil, os dedos de Daniel colocam algo entre os meus e então meu coração se derrete. Não preciso olhar para reconhecer o que voltou para mim. Nunca achei que alguém pudesse se importar comigo desse jeito.

# 21

## Como uma metropolitana

**O**s azulejos macilentos giram em torno do meu corpo largado no chão, a cabeça inclinada para dentro da privada, a boca aberta esperando o próximo jato. De vez em quando, o mundo pisca mesmo que meus olhos não fechem, tipo um curto-circuito. Até que tudo resolve se apagar. Quando acende novamente, estou de pé. Anoiteceu. Mesmo assim, alguma claridade entra pela janela e ajuda meus olhos a se acostumarem com a escuridão. Aos poucos reconheço esta casa, um barraco escuro e apertado. Alguém acende uma vela a três passos de mim.

— Quem é você? — pergunto.

— Não me reconhece mais?

A voz inconfundível faz meu coração acelerar. Minha tia-avó Cremilda crava os olhos em minha direção. A pele do rosto parece suja, o vestido esfarrapado, e na altura da testa uma mancha líquida escapa de dentro do lenço. Apesar disso, é minha *tinyanga* bem aqui. O calor de sua presença me faz questionar o quanto isso é irreal. Porque sei que estou sonhando, mas...

— O que aconteceu com a senhora?

— *Kuvabza*. Você passou a noite *kuvita*, pedindo proteção a mim, filha. Estou aqui para atender o seu chamado, mas não tenho muito tempo.

A lembrança do meu clamor é vaga, mas sim, foi o aperto em meu estômago e as pontadas acentuadas em minha cabeça que me fizeram rolar entre os lençóis, trincar os dentes, reprimir a dor, chamar pela única pessoa que poderia me curar, como se pudesse me ouvir...

Dou um passo em direção a ela, que recua e ergue um braço com firmeza.

— *Kuyingisa*! — pergunta ela. — Alguém está caçando você, deslizando entre as moradas no submundo da sua mente, pelas cavernas do seu inconsciente, Freya. Alguém procura uma entrada.

A vontade de abraçá-la não diminui quando ela usa o dialeto da língua perdida, o vocabulário que ela não só usa, como me ensinou desde criança. Ao mesmo tempo em que me emociono com o fato de ela ter atendido meu chamado, a informação me arrepia dos pés à cabeça.

Tia Cremilda diz que alguém está tentando invadir minha mente. Seria a conselheira do confessionário? Ruana? Ou será que o próprio Ádamo é capaz de mexer com feitiços da terra?

— Tenha cuidado, *mwana* — A voz dela trepida junto com a vela que perde o fulgor. Então ela se apressa. — Use sua intuição para saber que tipo de energia te persegue.

— É por isso que estou assim? *Kuvabza*?

— N'wina desperdiça o tempo, *mwana*. Pergunte melhor.

— O que aconteceu com sua cabeça? E *mamana*? Está bem?

— Está segura. Inclusive, você nunca se pareceu tanto com ela. Seus cabelos.

Sorrio por dentro.

— *Kwini*? Onde vocês duas estão? Há outros com vocês?

De súbito, a chama da vela se reduz a um fiapo, lançando uma fraca penumbra sobre a pele dela. Meu coração bate rápido. Não quero perdê-la. Quero voltar para casa. Quero ficar onde ela estiver.

— Tenho que me livrar dessa dor, vó — digo, desesperada. — O que faço agora? Como posso me curar? Podemos sair d...

— *Vo.na*! — Ela me interrompe, mandando que eu veja. — Cinco cabeças e quatro braços. Quando trilhou este caminho, sua mãe foi atingida em Vishuddha. Proteja seus canais, *mwana*. Se não se manti-ver protegida, você será uma presa fácil. Estão tentando enterrar seu acesso, suas vi...

Mas antes que ela termine, a vela se apaga e minha tia-avó se vai.

**— Certo.** Você estava falando sozinha em uma língua muito assusta-dora — diz Lígia.

Pisco assustada. Levo alguns segundos para processar o que está acontecendo. Qualquer pessoa diria que estou ficando louca. Doentes deliram e tudo isso não passa de invenção da minha cabeça. Mas a voz de minha avó era tão real quanto a de Lígia ao meu lado, aquela casa foi o último lugar em que nos vimos e aquelas paredes são tão reais quanto esta privada.

Limpo meu queixo, me despojo no chão, fecho a tampa do vaso e dou descarga. Suponho que o mundo esteja girando um pouco menos do que a espiral de água nele.

— Sério. Você é uma bruxa? — insiste Lígia. — Se for, você precisa me avisar.

— Acho que estava falando com minha avó.

— Ah, pronto. Bom, ela era uma bruxona mesmo.

— A gente precisa descobrir um jeito de parar de tomar o... — Depois de quase soltar as palavras sem querer, o medo de estar sendo gravada pela pulseira me obriga a fazer uma mímica de alguém tomando um comprimido. Acho que esse foi o último conselho antes que a vela apagasse. Proteger meus canais da fala talvez signifique que estão nos envenenando sem que percebamos.

Lígia calcula em silêncio, arregalando os olhos, indignada. Até agora ela não tem passado mal como eu, mas pode ser que cada organismo reaja de forma diferente ao que quer que elas estejam nos enfiando goela abaixo.

— Com aquela vaca acompanhando cada passo nosso, é mais fácil você recitar uma bruxaria pra nos ajudar.

— Na verdade, é possível — diz Micaela, fria como sempre, parada no batente da porta.

A presença repentina da garota me assusta. Ela faz tanta questão de se manter distante que às vezes esqueço de vê-la como colega de quarto.

— É mais fácil do que parece. Só precisam prender o remédio aqui. — Micaela aponta para o espaço entre a gengiva e o lábio superior. — Meu pai me disse para não ingerir nada de estranho. É por isso que vomito a comida.

Encaro a garota, atônita. Micaela é mais magra do que todas nós juntas. Fala como se fosse uma adulta, mas seu corpo frágil faz o uniforme parecer um balão. *Sempre* parece errado que ela esteja aqui.

— Não pode deixar de comer. — É tudo o que consigo dizer.

— Engraçado. Sou eu quem estou tonta e vomitando? — provoca ela.

Troco um olhar perdido com Lígia, que apenas aponta para o bracelete da garota com o queixo. Micaela apenas a encara, incrédula.

— Imaginei que ainda não tivessem entendido como funciona. Ele não grava, nem acumula nada para depois. As reduções são instantâneas. Posso apostar que sim. — A garota fecha os olhos, faz uma contagem com os dedos e diz. — Estejam prontas logo. O sinal vai tocar.

Eu sou a neta de uma feiticeira, mas é Micaela quem faz magia aqui, porque assim que ela deixa de falar, a caixinha preta próxima à porta emite o irritante sinal para formarmos a primeira fila do dia.

Minutos depois, o truque dá certo. Eu e Lígia mostramos a língua vazia e Noemi nem parece desconfiar de algo. Na mesa, retorno o comprimido para a língua e o retiro da boca num gesto curto e breve. Nem mesmo consigo ver quando Lígia o faz.

Para confirmar a teoria do meu sonho, Daniel não amanheceu nem um pouco legal. Tossindo e coçando a garganta, ele não tem vontade de engolir a comida. E eu lamento muito por não conseguir poupá-lo do remédio de hoje.

Passo o resto do tempo olhando para duas direções: meu prato de comida e Micaela, que reage como se dividisse o ambiente apenas com a própria sombra.

Uma cansativa aula de corte e costura toma conta do dia inteiro. Apesar de eu nunca ter gostado de trabalhar nas máquinas de Doravel, para a maioria das Filtradas este é o melhor momento desde que chegamos aqui. As máquinas modernas são como presentes capazes de despertar um brilho há muito apagado entre nós — exceto em Maria, sempre disposta e sorrindo impecavelmente. As garotas como Nalanda, que sempre sonharam em conseguir um emprego na fábrica, mas nunca conseguiram, se sentem aparentemente realizadas. Já Lígia acha tudo um tédio e teme furar o dedo a cada segundo.

Esta é a primeira aula em que retiram Daniel do nosso meio. E apesar de adorar a presença dele, ainda o tenho como uma incógnita. Não sei se ele é levado para uma outra área do esquadrão, se está sendo encaminhado para uma curandeira ou algo do tipo. Também não sei se ele finge dor como fez em *La Amistad*, ou como conseguiu recuperar o colar de minha mãe. Só sei que ele é um cara legal de verdade, e que serei sempre grata pela noite passada.

Na verdade, conforme o tempo passa, percebo que sou incapaz de discernir todas as angústias que me afligem ao longo do dia, mas tenho a impressão de que nem tudo se relaciona à doença e à saudade de minha tia-avó e de casa... sinto falta de Daniel. Minha preocupação se multiplica quando a noite cai, somos chamadas para a última refeição e ele não está. Gostaria tanto de agradecê-lo pelo cordão que escondo por dentro das vestes ou contar que consegui me comunicar com minha tia-avó. Na verdade, gostaria simplesmente que ele estivesse perto de mim e Lígia. Pensávamos ter nos tornado um trio inseparável, mas não temos controle sobre nada enquanto estamos nesta prisão amaldiçoada.

Na manhã seguinte, saio em disparada assim que a porta se abre. Daniel costuma ser o primeiro da fila e me apresso o máximo possível para ocupar o segundo lugar. Ele está aqui. Chego perto e o cheiro da pele dele é familiar. Gostaria que ele olhasse para trás, me olhasse nos olhos, mas só temos alguns segundos antes que Noemi apareça.

— Entre a gengiva e o lábio. Pare de tomar aquilo. Entendeu?

Daniel retesa as costas. Imagino que esteja assimilando a informação. Imagino que não esteja me olhando agora para não dar bandeira. Então pergunta com um chiado quase imperceptível:

— Tem certeza?

— Sim. Fizemos ontem. Muito melhor.

Ele assente.

— Onde é que você dorme?

— Na cama de Noemi — brinca ele.

A piada me faz notar que o tom de voz dele ainda é um tanto doente. Infelizmente também me faz imaginá-lo numa cama branca com a inspetora idiota. Ela usa a vara para estapeá-lo no traseiro, ele joga a vara longe e a agarra.

— Tá todo mundo legal? — sussurra Lígia atrás de mim.

Pisco muitas vezes, distraída. Finjo que não estou olhando para o traseiro redondo um tanto sobressalente na saia vermelha à minha frente. Finjo que está tudo perfeitamente bem.

Depois da refeição, sou a primeira a ser chamada para as confissões.

Quando desvio das mesas e passo por Camila, ouço-a sussurrar "Conte a ela o que você fez, assassina", e num ímpeto mais forte do que eu, viro o rosto e devolvo em alto e bom som:

— Você poderia ter atirado em mim. Poderia ter feito qualquer coisa para impedir. Não fez porque fora daquela fábrica idiota você não é *nada*. Preferiu ficar parada olhando feito uma mosca-morta. Por que não conta a ela que se eu sou culpada você também não escapa?

Um besouro apruma a arma no coldre. Noemi franze o cenho e nos encara estupefata. Mas antes que ela se aproxime, acompanho as acomodadoras e saio pela tangente, esperando o tempo todo pela hora em que ela vai apontar o espelhador para as minhas costas e me diminuir, mesmo que minha pulseira não vibre durante todo o caminho até o confessionário.

A conversa com a superior é uma tentativa de arrancar de mim o arrependimento. *Arrependam-se, pois, e voltem-se para Deus, para que os seus pecados sejam cancelados*. Na sala escura e fedendo a um bafio velho, a mulher mais uma vez aproxima a cadeira da minha e tenta torcer as verdades sobre o meu passado. Só que agora que sei o que ela quer, minto, me mostro arrependida, digo o quão preocupada estou ao saber que Rona tem uma família. Não tenho certeza se a mulher acredita, mas em um determinado momento ela se levanta, chega perto e passeia pelo meu rosto com a ponta do dedo indicador. Depois, o chupa enquanto me encara.

— Seu tom de pele é mestiço. Metropolitano — acusa ela. — Quem são seus pais?

— Roberto e Raquel. — Invento os primeiros nomes que me vêm à cabeça. Meu estômago parece uma pedra de gelo. Repito em mente minhas fracas convicções, feito um mantra. *Ela não sabe quem eu sou. Ela não sabe quem eu sou. Ela não sabe quem eu sou.*

— E quanto a mim? Sabe quem eu sou?

Posso sentir o cheiro enjoativo subir das roupas da mulher, do hálito. Não sei o que é essa droga, mas tenho certeza de que ela está ciente da sua capacidade de provocar agonia.

— Sou a anciã mais antiga da metrópole, minha querida — ela diz. — A sacerdotisa com conexão direta com o céu. Profetizo e adivinho. Se eu quiser que o Ádamo desfaça uma zona inteira, ele obedece. Se eu quiser que ele queime uma colônia e me traga todas as cinzas em um jarro de ouro, ele queimará. Se eu quiser que insiram você em Éden como uma metropolitana, não como uma *kimani*, eles o farão. Ademais, você tem um tom aceitável. Poderia ser facilmente purificada. Se pudéssemos embranquecê-la, você abandonaria suas amigas? Gostaria de ser integrada a Éden como uma garota nascida aqui?

Sinto minhas mãos tremerem e minha garganta apertar de nervoso.

Há algo vil por trás dessa pergunta. Uma armadilha. Minha mente sucumbe à primeira e única vez em que desenhei um retrato de mim mesma. Não havia uma cor de tinta que pudesse emular meu tom de pele, então me deixei da cor do papel. Posso não ter a pele escura de Lígia ou de minha tia-avó, mas carrego os traços no rosto, no corpo, no cabelo e no sangue. Lembro das vezes que cogitei ter nascido branca e com os traços finos das desertadas. Elas sempre pareceram tão imponentes com a pele clara e suave, os olhos da cor da água limpa ou do céu, e os fios de cabelo brilhosos, pesados e lisos feito seda. Sempre vi a forma como as outras mulheres olham para elas. Ter a pele da cor que dizem ter a neve. Amorosa, delicada e macia. Nunca vista como um símbolo de brutalidade. Nunca ferozes e, mesmo assim, dominadoras.

Também sempre observei como os homens da noite olham para elas. A diferença é tão visível. Cobiçam aquelas mulheres com um tipo de desejo diferente, como se tivessem outro valor. Sonham e cochicham sobre elas. Imaginam o que fariam se pudessem trepar com elas. Isso não seria proibido em Absinto se não tivesse acontecido antes.

Pisco e estou, mais uma vez, de frente para a profetiza. Ela lê meus olhos e, se lê meu pensamento, sabe o que quero. Sabe que apesar da névoa tentadora, não é assim que quero me apresentar a Ádamo. Minha luta não será apagada em troca da cidadania no inferno.

Edenses são assassinos de gente inocente. Exterminaram minha colônia. Nunca desejarei ser confundida com essa gente imunda.

— Não é o que você deseja, não é mesmo? — diz ela, antes que eu diga qualquer coisa. Franze a testa e eleva as sobrancelhas numa expressão de pena. — Talvez você devesse ser expatriada hoje à noite. Não há arrependimento suficiente. Você nunca será uma boa *kimani*.

O medo de ser devolvida faz meu coração gelar. Não vim aqui pra isso. Fui uma idiota por deixar meus pensamentos expostos.

— Serei sim — respondo, com dificuldade para cuspir as palavras. Nem eu consigo acreditar em minha própria afirmação. — E eu tenho provado isso.

— Não é o suficiente. Sua vida.

— Eu me arrependo, senhora. Eu me...

Mas não consigo continuar porque minha pulseira vibra e acabo de perder quinhentos pontos.

— Desobedecer a alguém como eu é um pecado imenso. Continue assim e vou vê-la perder a vida aqui, aos meus pés. Está dispensada. Sua vida.

Tranco o maxilar e engulo a raiva, mas as únicas palavras que consigo vomitar são as três que ela quer.

# 22

# Para momentos de escuridão

**O**s dias se passam um atrás do outro, curtos ou longos, breves ou enfadonhos, vivos ou etéreos. Estamos aqui há tanto tempo entre paredes brancas que perdemos a noção das semanas. O treinamento piora. Chego a pensar que a vontade da metrópole é impedir que tenhamos um IPV muito alto para facilitar a nossa venda. Isso porque todas nós passamos a perder uma quantidade desregulada de pontos em comparação aos primeiros dias. No que me parecem ser três ou quatro dias, chego a perder mil pontos. Há meninas em situação pior, como Raquel, agora sem as amarras na boca, Virgínia e Trina.

Com exceção de Lígia, Micaela, Daniel e eu, há algo terrível acontecendo com as Filtradas. Achamos que os remédios matutinos funcionam como um tipo de relaxante muscular. Mais do que isso, elas parecem cada vez mais suscetíveis aos absurdos cometidos aqui, mais alienadas. Nos primeiros dias, para não perder pontos, todas nós de certo modo falávamos com o olhar. Raiva, inconformidade, negação, ódio. Agora, é como se o olhar das meninas tivesse sido amansado. E assim compreendo que, antes de cortar a língua de uma pessoa, há outras formas de cortar a vontade de falar, como provavelmente fizeram com minha mãe. Tudo contribui para que fiquemos loucas e todo ímpeto de resistência desvaneça. Além disso, há outra coisa acontecendo. A pele delas está mudando. O tom do povo da noite está desvanecendo, clareando, assumindo uma tonalidade russa. Tenho certeza de que a falta de sol por si só não é capaz de provocar esse efeito tão rápido.

Se as pílulas matutinas servem para que embranqueçamos, nosso disfarce de pessoas lentas e vulneráveis como as outras Filtradas logo cairá por terra. Noemi só precisa observar um pouquinho melhor para perceber que estamos fazendo-a de otária. A cor de nossa pele também não sofreu alteração. E meu único alívio está em ter certeza de que o sistema não gostaria de perder quatro de nós de uma única vez. Talvez isso diminua a gravidade de nosso castigo futuro.

Conforme os dias se prolongam, memorizamos incessantemente os poemas do Terceiro Testamento, aprendemos a louvar, tomamos regras de etiqueta e postura, aprendemos os códigos *kimani*s, trocamos fraldas de bonecos, cantamos o hino nacional duas vezes por dia, aprimoramos a técnica de corte e costura de mantas, fraldas e tapetes — enquanto Daniel estuda sobre encanamentos e elétrica —, passamos pelo desastre de aprender a cozinhar a sopa de folhas vivas e a torta de peixe típica da metrópole, mas nada disso consegue ser pior do que as sessões de confessionário. A mulher que se diz capaz de adivinhar o futuro continua torcendo nossa alma em busca de arrependimento para a salvação. As perguntas quase indecentes reviram nosso passado e se embrenham pelas costuras da nossa vida até o aqui e o agora. Ela nunca se satisfaz com meu choro e sempre ameaça me expatriar. Conta a história de uma *kimani* que uma vez se jogou da torre mais alta do Palácio Alvo por falta de preparo emocional, e que jamais permitirá que o mesmo aconteça outra vez. Enquanto não estivermos prontas para a Cerimônia de Comunhão, nunca pararemos de encontrá-la. Todas as vezes, ela reafirma que o nosso pecado não está na superfície, mas no carnegão, que não diz respeito aos nossos traços, mas ao que está necrosado em nosso espírito, o centro do nosso tumor. E no final de uma das sessões de Lígia, preciso abraçá-la com força no banheiro do quarto enquanto ela chora descontroladamente.

— Isso é um absurdo! Eu não devia ser obrigada a perdoar uma pessoa tão merda! — diz ela, entre lágrimas.

— Não. Você não é obrigada a nada. — *Que grande mentira. Aqui você é.*

Lígia se afasta, soca a parede, o olhar desvairado parece clamar por socorro. Estão desconcertando a cabeça dela. Nunca a vi desse jeito.

— Nunca vou perdoar aquele miserável. Não importa o que elas digam. Ele é o responsável por isso tudo. Ele é o responsável pelo que aconteceu.

— Responsável por quê?

— Esquece. Nunca vou perdoá-lo. Espero que ele esteja morto.

— Você não precisa fazer isso. Esqueça o que elas dizem. Tudo isso vai passar.

Mas vai mesmo? Porque quanto mais o tempo passa, mais certeza eu tenho de que estamos presas aqui para sempre. Ninguém diz quanto tempo levará para que sejamos finalmente purificadas e preparadas para a família que nos receberá. Lígia insiste que esta é a forma mais inteligente de sairmos daqui, que seria impossível sequer pensar em fuga. Daniel não corrobora, mas fica em silêncio, que é o mesmo que concordar. Em momento algum dou o braço a torcer. Desta vez, não estamos rodeadas por uma cerca elétrica. Deve haver alguma forma. *Tem que haver.*

No dia em que finalmente temos um novo banho de sol, segundo Micaela, que aparentemente conta os dias e horários como ninguém mais conseguiria, temos um sinal de que já se passaram pelo menos quinze dias desde o último. A garota ainda se recusa a manter qualquer relacionamento conosco ou com outras garotas, e finge-se de apática alienada tão bem que às vezes chego a acreditar que as pílulas passaram a escorregar e dissolver na língua dela sem que tenha percebido.

— Tem uma coisa acontecendo — digo num tom diminuto, ladeada por Daniel e Lígia, caminhando pelo jardim como se nada além dos passarinhos soltos importasse. Pelo menos é assim que as outras meninas estão reagindo, e, nos últimos dias, passamos a imitá-las. — Duas coisas, na verdade. Alguém deixou uma coisa debaixo do meu travesseiro ontem. — A essa altura, já nos convencemos de que não perdemos pontos, nem recebemos um tratamento diferente pelo que dizemos às escondidas. Se alguém nos escuta pelos braceletes, está em silêncio.

— O quê? Como assim? — pergunta Lígia, feliz com um canário feito uma idiota. — Por que fariam isso?

— É o que estou tentando entender — digo. — É uma lanterna minúscula com uma lâmpada azul que quase não ilumina, o que torna tudo ainda mais esquisito.

Diferentemente dos pássaros que cantam e parecem sorrir para nós, Lígia franze a testa. É um pedido para que eu desenvolva. Daniel se abaixa e passa os dedos na terra de um canteiro. O sol parece radiante para além da tela translúcida que cobre nossas cabeças. Estamos tão pouco acostumadas que meus olhos reagem com mais sensibilidade do que de costume.

— Tinha alguma coisa escrita nela? Alguma instrução?

— Não. A princípio, pensei que fosse um espelhador. Mas então percebi que era só uma lanterna mesmo. Com uma luz azul e quente — explico. Se você está apenas limpando uma cama, por que esqueceria uma coisa tão aleatória debaixo de um travesseiro? — Tem outra coisa. Continuo tendo os mesmos sonhos.

Lígia sorri com suavidade, estica os braços e gira em torno de si mesma quatro vezes. Esta é a melhor interpretação de uma lunática que já vi até aqui. Ela merece um prêmio quando pergunta:

— Somos tão sonhadoras aqui — e, entredentes, pede —, explique melhor.

Daniel vira o rosto, achando graça, e estou quase imitando-o. Se o assunto não fosse tão sério.

— A víbora. Ou estou virando uma, ou sendo atacada por uma — confesso. Apenas a lembrança me traz horror, de tão viva. — Às vezes passo os dedos pelo braço e sinto minha pele fria e pegajosa. E tem horas que pareço enxergar com cores diferentes — então sussurro, verbalizando pela primeira vez o pavor: — Como se eu estivesse virando uma serpente mesmo. Isso deveria ter parado desde que... vocês sabem.

*Deveria ter parado quando paramos de tomar os remédios. Mas não: Continua aqui.*

Os dois fazem silêncio por um tempo. Lígia aponta para um dos pássaros que começa a cantar e encantar três meninas que se aproximam saltitantes e o fazem escapar. Quando volta a falar, o rosto de felicidade não condiz com a tensão escondida nas palavras.

— Está sugerindo que essas duas coisas estejam relacionadas?

— Não sei. Vocês também estão tendo algum pesadelo constante ou desenvolvendo alguma paranoia? Digam que sim.

— O cavalo chegou. Vou me afastar para nossa inteligência não dar na pinta — avisa Lígia, simplesmente se afastando e caminhando na direção de Nalanda.

Debaixo do umbral da porta, ladeada por dois besouros, Noemi observa cada uma de nós com o olhar atento de uma mãe. Cruzo os braços e me viro para Daniel antes que ele resolva se afastar para nos proteger.

— Por que eu sonharia tanto com a mesma coisa e por que alguém colocaria um objeto insignificante debaixo do meu travesseiro? Não faz sentido, mas... isso *não* é normal. Tenho certeza que não.

Daniel passa a mão pelo princípio de barba que começa a crescer. Ele gostaria de voltar a ser um cara barbado, mas sabemos que amanhã ele nos encontrará com a pele do rosto lisa porque aqui nossas vontades não importam.

— Talvez você esteja obcecada com a história do jardim do Éden e por conta do pecado, você se sinta como a cobra que enganou Eva —

diz ele, acompanhando os gestos de Noemi. E antes que ela fixe o olhar curioso na gente, antes de ele entrar num assunto sobre o cultivo de plantas em lugares onde não bate sol... — Uma lanterna é valiosa quando as coisas estão escuras. Tente mantê-la com você. Alguém está tentando se comunicar.

# 23

## Oferta de sacrifício pelo pecado

Sempre apreciei a beleza do silêncio. Quando os sons externos vão embora e tudo o que sobra são os pequenos chiados que o ouvido capta, como se fossem vibrações de dentro da gente, meu espírito parece se acalmar dentro do meu corpo. Ele está falando, tento traduzi-lo. E às vezes descubro que não suporto o que ele diz para mim. *Você não é suficiente. Você só pensa em si mesma. Nada é mais urgente do que o que você quer. Você é feia, Freya.*

As coisas se tornaram um pouco diferentes porque o único momento em que posso experimentar o silêncio por longos instantes é quando estou como agora, reclinada em cima do único fortúnio que Éden me oferece: uma cama macia. Dormir de luz apagada deixou de ser um sinônimo de sossego para mim. Talvez por isso uma das camareiras tenha deixado uma lanterna debaixo do travesseiro. Quem sabe elas nos assistem de madrugada. Vez ou outra, acordo assustada ou aperto os olhos em direção a um ponto nas sombras, tentando discerni-lo. A qualquer momento, imagino que um besouro vá brotar de algum lugar do quarto, uma saraivada de tiros ricocheteará pelas paredes e elas serão respingadas com o nosso sangue. Tudo isso é uma brincadeira de mau gosto, não existe segunda chance, nem um trabalho prometido, nada. Minha mãe sobreviveu porque fugiu e escapou. Ou é pelo menos assim que minha mente me engana enquanto espero o sono me apagar.

Penso no que Daniel disse no fim de tarde. Uma lanterna é valiosa quando as coisas estão escuras. O que isso quer dizer? Pego a lanterna embaixo do travesseiro e a repasso entre meus dedos, um costume que desenvolvi há dias. Quem quer que esteja tentando se comunicar precisa ser mais específico.

De repente, como se ouvissem meus pensamentos, as luzes se acendem.

Não como ocorre de manhã, mas piscando, em alerta. Um vermelho berrante que pulsa enquanto os alto-falantes emitem um sonido agudo e insistente.

Micaela arregala os olhos desesperada. Aposto que isso aqui está fora do roteiro dela.

— Deu merda, gente. Deu merda — diz Lígia, afastando os lençóis e saindo da cama.

Deslizo a lanterna para baixo da cama. Passos apressados surgem do lado de fora, alguém bate palmas acordando um quarto atrás do outro. É a voz de Noemi. Talvez eu preferisse meus pesadelos a isso.

— Andem, andem, saiam com as camisolas mesmo — berra a insuportável, escancarando a porta do nosso quarto e de todos os outros. — Agora!

Meus dedos correm para o cordão em meu pescoço e o escondem por dentro do robe. Estou tão assustada quanto todas as outras meninas, se encontrando aos esbarrões na entrada comunal, apertando os robes brancos em torno do corpo, a maioria com cara de sono e susto. Daniel vem direto em minha direção, vestindo um pijama pálido.

— Quem fez o quê? — pergunta ele. — O que tá pegando?

— Soaram o alarme porque você decidiu abandonar as saias — diz Lígia, olhando-o de cima a baixo, esfregando os olhos sonolentos.

De fato, é a primeira vez que não o vejo de saia desde o dia em que chegamos aqui. Já ele com certeza nunca me viu vestir algo assim, com o tecido tão fino e marcando as curvas do meu corpo. Minhas bochechas esquentam e me vejo obrigada a cruzar os braços, fingindo interesse em qualquer coisa um pouco mais distante. *Disfarce melhor, garota.*

Em poucos instantes, Noemi, enrolada em um quimono vermelho e pela primeira vez com as longas madeixas castanhas caindo pelas costas, nos força a fazer um minhocão humano, atravessando o esquadrão que continua piscando em estado de alerta. Vermelho. Vermelho. Vermelho. Ela dá a direção à frente, tão rápida que precisamos correr para manter o pique. Não há besouro algum pelos cantos e, de repente, todo esse lugar parece muito mais vulnerável do que de costume. Eu poderia tentar fugir agora, levariam muito tempo para me achar, mas não, ainda não parece o momento, porque não é Noemi, mas a curiosidade que entranha suas garras em mim e me arrasta adiante. A inspetora nos guia por corredores inabitados até alcançar uma rampa, que desemboca na entrada de uma masmorra.

As paredes e o chão são feitos de pedra fria. Tochas de fogo oferecem um pouco de luz à passagem, projetando penumbras gigantes e revelando para nós mesmas nossos rostos assustados. Nesse ponto, não somos mais uma fila, mas um aglomerado de curiosas. Daniel empurra uma das meninas para se meter entre mim e Lígia. Noemi segue em silêncio sem retroceder. De vez em quando, confere se estamos acompanhando, a cara de cavalo atenta e intrigada, os passos duros e os pés descalços. O que a tiraria da cama desse jeito? Que tipo de coisa estamos prestes a encontrar?

Seguimos firmes pelo caminho cada vez mais umedecido pelo musgo encrustado nas paredes de pedra, até desembocarmos em um portal côncavo, cavado nas pedras, ladeado por tochas e isolado por um portão gradeado. Noemi o empurra e ele ringe eriçando meus pelos. Por algum motivo, meu estômago se transforma num vácuo.

O frio aguçado arrepia minha nuca, mas é incapaz de me preparar para o que vejo.

Primeiro parece um fantasma. Conforme somos pressionadas para dentro da câmara, percebo o quanto não quero estar certa. Esbarrar agora com um ser do além seria menos alarmante do que dar de cara com uma de nós. De cabeça erguida, a *kimani* esbelta de pele russa acompanha nossos passos com o olhar. Tem os cabelos gris molhados escorrendo pelo vestido padronizado, as mãos atadas por uma corrente grossa que se estende pelo chão e uma frieza aguda no olhar.

Há outras correntes penduradas no teto. Pelos cantos, barris e poças de água. Há mais duas mulheres aqui. Madalena, vestida de vermelho, segura a ponta da corrente que prende as mãos da *kimani* e, diante das duas, ninguém menos do que a general Lisboa, encapada na farda impecável, com todas as suas pompas, medalhas e o salto de bico fino. Se a *kimani* traz gelo nos olhos, a comandante é capaz de queimar a todas nós aqui dentro apenas com a própria aura.

Noemi cai de joelhos, aos prantos. Recusa-se a olhar para a *kimani*, a participar da cena incompreensível.

— Vamos, fique de pé — pede Madalena, largando a corrente e indo de encontro à colega com passos firmes. — Nada disso é sua culpa. Tirem os olhos daqui! — acrescenta ela para nós.

Não a obedeço. Observo como ela acolhe Noemi e a leva para os fundos da masmorra, abrindo caminho entre a gente, deixando a *kimani* do centro apenas diante de Lisboa, que faz toc-toc com os saltos sem pressa, de lá para cá, quase soltando fogo pelas ventas.

— Vocês deveriam ter a chance de olhar para si mesmas agora em comparação com as galinhas pretas assustadas que conheci no *La Amistad* — diz ela. — Não planejei vê-las tão cedo, não fosse este infortúnio.

*Galinhas pretas assustadas*. Guardo a comparação. Essa mulher me dá vontade de partir para a agressão. A expressão ainda me faz lembrar de um trinca-ferro. Os cabelos domados e a impecabilidade do uniforme contrastam com a situação do restante de nós.

— Esta aqui veio de Babel — diz ela, apontando com um espelhador para a *kimani* em destaque. A voz aguda em ecos pela caverna. — Apenas dois anos antes de vocês. Revezamos o programa entre as quatro colônias. Assim, todos os anos podemos oferecer uma oportunidade para vocês de forma justa. Ela — Lisboa volta a apontar para a *kimani* sem desistir de nos encarar — passou por tudo o que estão passando. Oferecemos comida, abrigo, teto. Ungimos e celebramos um novo nascimento. — Então a general caminha em direção à garota com passos lentos e calculados, os olhos queimando a frieza. — Demos a você uma *família*. Pessoas dispostas a comprá-la com pontos altos e te oferecer proteção. E é assim que você agradece?

A *kimani* mantém a cabeça erguida. A auréola inchada em torno dos olhos revela o quanto andou chorando. Procuro os olhares de Lígia e Daniel para conferir se estou deixando algo passar, mas eles parecem tão perdidos quanto eu e o restante. A general percebe o mesmo. Dá um passo em direção às suas *galinhas pretas assustadas*, comprime os lábios num gesto ressentido e diz:

— Não costumamos anunciar isso desta forma, mas a esterilização é o último passo antes da Comunhão.

*O quê?* Não tenho certeza se ouvi direito. Apenas sinto a mão de Lígia se fechar em meu braço. Minha visão parece estremecer. Ainda não compreendo do que se trata, mas é como se eu tivesse acabado de receber o bote de um escorpião. Venenos não têm efeito imediato.

— Como está escrito, não podemos correr o risco de espalhar o pecado sobre a terra. A purificação de um povo amaldiçoado requer que ventres sejam selados. E você, rapaz, também está incluso. Selaremos sua capacidade de semear — avisa ela, apontando para o pacífico Daniel atrás de mim. — Gerar um filho e povoar o mundo não é responsabilidade de vocês, mas dos que as abençoam. Talvez tenham dificuldade de compreender agora, e eu entendo. Terão tempo para processar. Não é Éden que vos tira a capacidade de gerar um filho, é Deus quem escolhe fazê-lo através de nós. Todo o contrário é desobediência e ingratidão.

*Porquê? Exatamente porquê?* Meus braços começam a coçar e minha respiração pesa. Encaro a *kimani* à nossa frente e minha garganta se fecha. Os cabelos brancos escorridos, o vazio nos olhos... De súbito, minha mente prega uma peça em mim mesma, trocando a garota por Amara. *Mamana* pousa o olhar em mim com a dor de quem finalmente consegue explicar um segredo guardado há tanto tempo, um segredo que vazou belas beiradas da vasilha, mas que agora se derrama sobre mim. A voz de Lisboa me perturba feito o zumbido e a petulância de um enxame de abelhas em torno de um favo de mel.

— Ainda que nos dediquemos para retirar de vocês o peso do pecado, ela — a general aponta novamente para Amara, que também é a *kimani* — agiu por debaixo dos panos. Burlou a esterilização. Estão olhando para uma criminosa que seduziu o seu próprio senhor, um pai de família, pai das meninas de quem toma conta, esposo de uma alta sacerdotisa. Essa irmã se fez maldita outra vez, arreganhou as pernas e roubou de seu senhor a semente que agora está em seu ventre. Está grávida!

As garotas soltam um gemido de exclamação. Algumas cobrem a boca, o olhar se enchendo de raiva. Ou estão entorpecidas com os remédios, ou têm medo do espelhador que a general tira do bolso e aponta para nós sem nem perceber.

— Isso é inaceitável! — diz Micaela, de repente tão comovida quanto as outras.

— Inaceitável! — concorda Maria.

Os olhos de Daniel se tingem de incompreensão e fúria. Lígia parece congelada, a mão apertando meu braço cada vez mais. As outras garotas começam a cuspir palavras parecidas com as de Micaela e Maria. Inadmissível, criminosa, infernal. Os olhos da general brilham embevecidos pela anuência. Está orgulhosa de suas galinhas pretas manipuladas.

Somente algo fora do normal pode fazer com que ignoremos o que ela acabou de dizer: estamos todas proibidas de ter filhos. E, de repente, minha história está aqui, ecoando nas curvas dessa tumba. O mesmo está se repetindo. *Mamana* burlou o sistema, engravidou. Descoberta, trouxeram-na para cá, prenderam-na com algemas...

— Alguém que comete um ato de desobediência a Deus e às suas irmãs merece que tipo de punição? Você, responda — obriga Lisboa, apontando o espelhador para Daniel.

— Pontapés e socos. — Inventa ele, perdido.

— Só isso? Você, diga o que ela merece. — Aponta a general, desvairada, para Nalanda.

— Jejum eterno.

— Não. Não. Não. Não estão entendendo! Esta garota feriu as leis de Deus! — grita Lisboa numa voz aguda que arranha até o teto da caverna. Os olhos em chamas finalmente fazem a *kimani* estremecer e abaixar a cabeça aos prantos. Lisboa respira faminta, cansada, desesperada por dar à *kimani* grávida a punição que lhe cabe. Então aponta o espelhador para mim e enche a boca para falar. — Honre a sua oportunidade. Diga o que esta traiçoeira do novo sangue merece.

— Ter a língua arrancada — respondo sem pestanejar.

Silêncio.

Uma gota cai do teto e pinga em uma poça.

Ninguém respira.

As Filtradas me encaram misteriosas. Lisboa pisca. A poucos passos de distância, Amara ergue a cabeça e leva um dedo aos lábios. Shh.

Um tanto desconcertada, a general pergunta:

— E por que você daria a ela um castigo como esse?

— Ela usou a língua para seduzir um homem, como Eva — invento. Estou inflada pelo ódio. Luto para que lágrimas não me venham agora. Isso não faz parte dos planos, mas eu nem mesmo sei o que é planejar. Quero que essa desgraçada saiba quem eu sou. Quero que me olhe nos olhos e tire suas conclusões. Só preciso de dois segundos para roubar o espelhador da mão dela. *Eu te diminuirei até sua morte, vagabunda.*

— Muito bem — diz a general. — Tragam o cortador.

— Não! — implora a *kimani* pela primeira vez.

A voz da outra desperta um deleite assustador na general. Ela ergue as sobrancelhas e começa a gargalhadear. O nariz embicado enquanto anda de lá pra cá.

*Não, Freya. Isso não foi uma boa ideia.*

Estou desesperada. Noemi abre caminho entre a gente com uma ferramenta na mão. Arregalo os olhos apavorada.

— Não, não, talvez outra coisa — resmungo. — Por favor.

A general parece tão desvairada que nem nota meu arrependimento. Tudo é muito rápido. Noemi puxa a corrente que prende a *kimani*, fazendo-a cambalear para a frente com violência, agarra a garota pelo maxilar e dá um grito na cara dela. Depois de desovar toda sua fúria, ergue a ferramenta no alto. Fecho os olhos, minha pressão cai, estou prestes a desmaiar....

**Nada escuto.** O mundo embaçado demora a entrar em foco. O tempo ralentado não quer corrigir seu ritmo. As vozes tardam a aparecer outra vez.

Estou aqui. Não cortaram a língua de Amara. Esta não é Amara, é outra *kimani* grávida. Sua pulseira está no chão, quebrada. Noemi está afastada em um canto com o cortador de pulseiras na mão. A general encarando a *kimani* cujo nome pelo menos eu gostaria de saber.

— Você não merece perder pontos e morrer — diz Lisboa. — Merece pagar em vida pelo gesto imundo que cometeu. Amanhã à meia-noite vamos levá-la para o pico do monte. Ádamo, todas as *kimani*s e todas as Filtradas estarão lá para assistir enquanto você recebe o chamado de Abraão. Não pense que você será expatriada, sua porca. Prepararemos um altar. Retiraremos o seu feto e você o oferecerá a Deus em fogo ardente como oferta de sacrifício pelo pecado. Se os céus não o aceitarem, vou garantir que *você* seja queimada viva até o último fio de cabelo. *Preta*.

# 24

## Por debaixo dos panos

—**T**enho que tirá-la daqui. — Penso em voz alta, andando de lá pra cá. — Um bebê. Ela está esperando um bebê. Vão assassinar os dois!

— Freya, se acalme — insiste Lígia. Não existe nada que a gente possa fazer com a cabeça desse jeito.

— Mas isso é uma barbaridade! O que não existe é não fazermos algo para impedir. Se não for agora, quando?

Micaela continua sentada na cama imóvel. Lígia cruza os braços e se escora na parede com a mandíbula travada. Sei que está com tanta raiva quanto eu, mas não somos iguais. Já estou morta por dentro, arriscar agora é a única opção.

Nosso quarto nunca pareceu tão pequeno enquanto dou voltas, a carne estremecendo por baixo da pele. Faz mais ou menos cinco minutos desde que fomos devolvidas para cá. Daniel se despediu com um olhar tão abismado e perdido que lembrou o da minha própria mãe. Não consigo esquecer a fagulha na expressão de Lisboa. *Eles já sabem de você, Freya.*

— E se eu roubasse o cortador de pulseiras? — sugiro. — E se eu fizesse alguma coisa aqui dentro que colocasse todo mundo em desespero? Fazer os alarmes tocarem de novo?

— Aposto que estão muito mais atentas agora.

— Por quê?

— Não sei, Freya! Mas roubar um troço daqueles não parece ser uma boa ideia.

— Por que não?

— Não sabemos onde elas guardam essa coisa. E mesmo que nós soubéssemos, depois o quê? A gente vai para onde?

— Sei lá. Talvez pra lugar algum. Você ouviu o que ela disse? Ádamo estará lá. Essa é a minha chance.

— E *você* vai fazer o quê?

— Está duvidando do que eu sou capaz? Só preciso de um espelhador daqueles e...

— O seu problema é que você quer fazer tudo sozinha. Pare de falar como se só você quisesse se vingar!

— Parem de brigar! — exige Micaela, de pé.

Silêncio.

— Se não estão mais com medo dos braceletes, tenham medo das paredes e das portas — sussurra ela, apressada e irritada. — Qualquer um pode ouvir vocês duas do lado de fora. Além disso, os espelhadores não funcionam assim, na mão de qualquer uma. Você precisa ter sua voz e digital autorizada, não sejam burras. Ádamo não usa uma pulseira. Francamente, vocês não observam nada?

Lígia e eu nos encaramos envergonhadas, confusas no emaranhado de sentimentos quentes e ácidos. As sobrancelhas desenham um V na testa dela, que se aproxima.

— Só queria dizer que estamos juntas nisso. Odeio esse lugar tanto quanto você. Raspei minha cabeça, se lembra? Não seja tão individualista.

Tento engolir meu orgulho em seco, mas não desce.

Não concordo, não quero assentir, nem dar o braço a torcer.

— Não vou conseguir assistir à cena que ela falou. Você me entende? Isso é demais pra mim. Prefiro morrer tentando a viver sabendo que não fiz nada para ajudá-la. De verdade, Lígia — digo, esperando a pulseira vibrar e me tirar pontos. — Eu prefiro morrer.

**Mais uma** vez passo a primeira refeição inteira me controlando para não encarar Micaela. Não a entendo.

Quando Trina escapa da nossa mesa, Lígia sussurra para Daniel:

— É o seguinte. A gente vai sequestrar a queridona grávida e dar o fora daqui. Hoje.

Ele a encara em silêncio. Procura alguma evidência de que a fala seja uma piada. Mas não encontra.

— É por isso que você tá olhando tanto pra ela hoje? Ela não quer participar e vocês têm medo que ela dedure? — pergunta ele olhando para mim.

Bebo o suco tingido de amarelo cujo sabor nunca identificaremos e me pergunto qual é a de Micaela. Na verdade, com toda a inteligência sorrateira que ela tem exibido nos últimos dias, sendo uma garota calada, observadora, ignorada e aparentemente dopada, a pergunta que mais me corta é: por que não podemos tê-la como aliada agora?

— Acho que vamos precisar de facas — digo, antes de me preparar para levar minha bandeja ao balcão. — Tentem conseguir no almoço.

Pela primeira vez, Noemi não dá as caras. Após sermos mantidas no comedouro por mais tempo do que o de costume, somos enfileiradas e encaminhadas para a primeira aula do dia, e espero que última.

Mais fortes do que nunca, os raios de sol avançam pelas janelas no alto da sala. As balaustradas de madeira brilham e desprendem um cheiro oleoso, os assentos parecem mais limpos e a pintura no côncavo do teto resolve emitir um realce maior. Não sei se as coisas estão de fato diferentes, mas prefiro dedicar meu tempo observando os detalhes da sala que nunca mais verei, imaginando se a garota grávida acorrentada em algum lugar do prédio escolheu, no passado, ocupar o mesmo assento que eu. Pensar em qualquer coisa me parece muito melhor do que ouvir o que o velho de estola tem a dizer por horas sobre o Terceiro Testamento, o Apocalipse e sobre como Ádamo I convenceu as pessoas a erguerem os primeiros muros de Éden, encantando a todos com seu dom de cura supostamente dado por Deus.

Quando a aula termina, não somos enviadas para o almoço como sempre. Esperamos por longos minutos até que algumas meninas, mais apreensivas do que o habitual, cochicham entre si. Vê-las responderem feito manequins ontem à noite foi uma das coisas mais assustadoras. Além disso, é inegável que a pele delas embranqueceu. Éden está fazendo o possível para que não sejamos mais as mesmas.

— Ela disse que Trono de Tronco estará lá — diz Maria ao lado de duas amigas. — O próprio Ádamo assistirá ao ritual.

Por um breve segundo, Camila parece enojada com a fala, mas depois reage como se estivesse tão encantada quanto as outras. Fico presa em suas expressões, em cada milímetro de seu rosto. Até que Daniel sussurra ao meu lado:

— Tenho uma coisa para contar — diz ele. É estranho demais vê-lo falar sem o costumeiro brilho de antes. Ao mesmo tempo, é bom ver que tem mais alguém realmente abalado com o que aconteceu nesta madrugada. Quando Lígia se achega após um sinal, ele continua: — Venho pensando nisso desde que você contou sobre o lance da lanterna. Acho que alguém está tentando se comunicar comigo.

A pontinha de qualquer luz no fim do túnel já faz meu coração saltar no peito. Tento disfarçar a ansiedade enquanto ele puxa sutilmente da manga dois botões de papel. Em um deles, há um desenho de um inseto. No outro, um osso ou um bumerangue.

— Desde que eu comecei a estudar encanamento com o Barnabé, toda vez que entro debaixo de uma pia encontro um desses desenhos — conta ele, sussurrando tão baixo que é quase impossível compreendê-lo. — Depois que comecei a perceber direito, vi que aparecem disfarçados em todo lugar. Riscados em um cano, desenhados na poeira. Um ou outro. Desenhei aqui para vocês verem.

— Tem certeza que você sabe desenhar? — pergunta Lígia, sem perder a piada. — Aqui é um besouro, mas aqui...

Daniel não acha graça como de costume.

— Tô há dias pensando no que seria isso. Achava que podia ser o símbolo de um cano, mas essa curva de lado... Bom, isso aqui me ajudou a desvendar — diz ele, apontando para o besouro. Somente quando se certifica de que nenhuma das garotas está prestando atenção ele continua: — Fiquei obcecado em reparar nas armaduras deles. Agora faz todo sentido. Alguém estava me dizendo onde é o ponto fraco dos besouros — e então a voz dele vira um sussurro ainda mais baixo. — Atrás dos joelhos.

Encaro os dois desenhos com cara de paisagem, mas é como se um mundo de ideias desabrochasse em minha cabeça. Há rebeldes infiltrados aqui dentro. Será que a Cobra está fazendo alguma coisa para nos ajudar?

Penso na quantidade de besouros que mal consegui observar do alto dos telhados em Absinto por medo de ser vista. Do pavor que sempre tive de ser morta por um desses imbecis. Do prazer que sempre tive em capturar qualquer coisa deles, um prazer que desapareceu uma vez que fui trazida até aqui. Se eu soubesse do ponto fraco de um soldado antes, com um pouco de coragem, teria sequestrado um deles em Absinto ou teria sido morta tentando.

Ninguém entra nem sai da sala. De repente, sinto como se estivéssemos sendo vigiadas o tempo todo. Imagino que a qualquer hora a general Lisboa vá entrar na sala ao lado de Madalena, Noemi e dezenas de besouros. É aí que elas apontarão para mim e me levarão para uma sala de tortura, onde arrancarão minha vontade de viver. Alguma coisa do tipo deve ter acontecido com a minha mãe. Algo ainda pior nos espera e eu não estou nem um pouco a fim de descobrir o quê.

— Se conseguirmos o uniforme de alguns besouros, podemos nos passar por eles e meter o pé antes de elas executarem o plano — sussurro.

— Eu estava pensando no mesmo — diz Daniel. — Acho que podemos fazer isso. Besouros entram e saem tranquilamente. Observo-os há dias. Inclusive, acho que posso contar mais ou menos os horários das rondas.

— Só não sei como faremos Mica parecer um besouro — digo, pensativa. — Ela é baixa demais. Tenho certeza que...

— Mas meu Deus do céu, quantas pessoas você quer salvar? — questiona Lígia. — Ela já disse categoricamente que não quer fazer parte disso. Não está nem aí.

— Ela não sabe o que está dizendo.

— Vou ignorar essa parte — avisa Lígia. — Qualquer besouro deve saber onde estão mantendo a grávida. O lance é para onde vamos se conseguirmos fugir.

— Para qualquer lugar longe daqui — sussurro. — Se estão nos ajudando, alguém deve ter um plano pra gente.

— Alguém quem? Eu não confiaria em alguém que não mostra a cara.

— Acredite você ou não, alguém está nos ajudando. Primeiro a lanterna, depois isso. E os sonhos... A gente pode se esconder em um daqueles prédios abandonados na última zona. Sei lá.

— Precisamos planejar melhor — aponta Daniel.

— Com que tempo? — ressalto. — Vocês viram o quanto a Lisboa se sentiu desafiada. Qualquer sinal de perdão agora vai demonstrar a fraqueza do programa, que qualquer uma de nós pode burlar as regras e sair impune.

— Ah, não — diz Lígia, fechando os olhos e sussurrando um palavrão. — Estamos esquecendo de uma coisa.

— Putz. — Daniel deixa escapar, acabando de se lembrar. — Os rastreadores.

Os dois murcham ao mesmo tempo. Daniel continua:

— A não ser que tivéssemos como queimar o que enfiaram na gente, esqueçam.

*Bingo!*

Reprimo um grito e preciso controlar a vontade de dar um pulo de animação. Não me deixaram apenas uma lanterna. O laser azul mais quente do que o normal desliza como a peça restante do quebra-cabeça. Se eu estiver certa, só quero agradecer mil vezes a quem quer que seja meu ajudador.

**Noemi entra** na sala apressada e gesticula para que saiamos em fila sempre como se fôssemos crianças incapazes de nos mover até o comedouro sozinhas, ou um rebanho de animais que precisa de um guia. Enquanto desço os degraus da sala, cruzo o olhar com a inspetora a tempo de notar uma sombra curiosa em sua expressão. Juro que vejo uma fagulha de interesse brotar no olhar dela, embora se vá mais rápido do que eu possa contar.

A inspetora caminha entre as mesas enquanto comemos em silêncio. Mesmo assim, Daniel consegue esconder uma faca dentro da gola bufante da camisa num gesto astucioso. Não temos tempo de repassar o plano mais vezes, ou de sequer analisar em conjunto os furos visíveis.

Retornamos para mais uma longa aula de sotaque e os mínimos intervalos são os únicos espaços de tempo úteis para trocar alguma informação útil.

— Será que ela está prevendo que não vai dar certo? — pergunto.

— Esquece Micaela. Ela nem olha para a nossa cara — murmureja Lígia, sentada ao meu lado, tentando incorporar o sotaque edense. — Só espero que ela mantenha o bico calado.

Não acredito que ela vá nos dedurar. Corro os olhos pela sala e observo o quanto, no final das contas, nenhuma das garotas deu com a língua nos dentes. Por mais que me julgassem mal há alguns dias, nenhuma delas, em momento algum, se atreveu a revelar que sou a filha da Doidinha. Se essas mulheres estão prestes a matar uma criança e sacrificá-la apenas por ser filha de uma *kimani* com um edense, nem imagino o que serão capazes de fazer quando descobrirem que uma mestiça exatamente assim sobreviveu.

A família do meu suposto pai deveria ser a primeira a me acolher aqui. Oferecer um lugar seguro para irmos agora, bater nas portas dessa prisão e exigir que me soltassem. Nos escombros do meu pensamento, onde ninguém pode sequer suspeitar, me pergunto se eles de fato me ignorariam ou fariam coisa pior se soubessem da minha existência. Provavelmente sim.

A aula seguinte é a que aprendemos o sotaque edense. Mas antes que comece, Camila se apressa em minha direção e, decidida, pergunta com a voz baixa.

— Você estava mentindo naquele dia?

— Que dia?

— Na praia. Você segurava um caco de vidro no pescoço do filtrador. Disse que mataram todo mundo que a gente conhece. Lembro muito bem. Era mentira ou verdade?

A pergunta me arrasta de novo para a cena que agora parece ter tanto tempo. A água gelada do mar junto à tensão de tentar sobreviver desfibrilavam um choque por todo o meu corpo. O medo de receber uma bala na cabeça a qualquer instante. Automaticamente, lágrimas tomam meus olhos e não é preciso responder com palavras.

De repente, Camila me envolve com seus braços grandes, sem se importar que qualquer uma das meninas veja. Surpreendida, mal consigo mover meu corpo e tenho vontade de desabafar quando a ouço falar, na minha orelha, num sussurro quase inaudível.

— Mandei mal. Estava errada sobre você. Faça o que tiver que fazer.

# 25

## Corpo feito de instintos

No intervalo maior, no início da noite, antes da última aula que termina em um jantar, os besouros mudam de turno nos corredores do andar de dormitórios. Daniel também concluiu que a melhor forma de fugirmos é andando pela porta de saída, já que todos os carros são rastreáveis.

Assim que chegamos ao quarto, eu e Lígia nos enfiamos no banheiro com a lanterna. Micaela nos acompanha com o olhar e não chego a tentar convencê-la uma última vez. Posiciono a luz azul do objeto em direção à marca ligeira do furo por onde o rastreador foi inserido. Minha pele esquenta, mas mantenho a luz acesa e resisto. De repente, a lanterna projeta uma luz verde e fria. Meu rosto floresce em um sorriso para Lígia, que repete o mesmo procedimento. Apesar de ainda termos uma pulseira e precisarmos de todo o cuidado do mundo para não sermos diminuídas até a morte, estamos irrastreáveis! Ou enganadas.

Certo. Segunda parte do plano. Com o coração em ritmo de batucada, ignoro as câmeras e caminho pelo corredor em direção ao comedouro. *Relaxa, garota, ande como se esta fosse a coisa mais normal do mundo.* Se for pega, direi que me perdi. Chego a engasgar de nervosismo, mas sigo. Nenhum besouro, acomodadora ou instrutora esbarra comigo. Ando livremente até o banheiro dos fundos do segundo andar. Daniel escolheu esse lugar porque é o menos movimentado e fica um pouco mais longe das câmeras.

Assim que entro no banheiro masculino, a ponta de uma faca espeta meu pescoço. Travo os pés e arregalo os olhos atônita. Depois de dois segundos, o garoto abaixa a arma e respira aliviado.

— Você me assustou. Bom, deu certo. Ah, consegui cordas.

— Obrigado por não me matar.

Pelo amor de Deus. Uma hora eu vou acabar tendo um ataque do coração. Minhas pernas e braços estão rígidas de tensão pelo deslocamento. Mal posso respirar. *Vamos lá, Freya. A pior parte nem chegou.* Saco a lanterna de dentro do vestido e tomo a liberdade de levantar a manga da roupa de Daniel. Enquanto queimo o rastreador encravado na carne, disfarço ao me pegar observando a grossura e aspereza da mão calejada. Tique-taque. Tique-taque. O tempo parece tomar horas. Daniel repara em meu rosto de pertinho. Tique-taque. Tique-taque. O calor da tensão momentânea me irrita. Então finalmente a luz da lanterna brilha um verde esperançoso.

— Demais! Obrigado — diz ele, segurando minha mão num gesto rápido e marcando-a com um beijo. — Agora é torcer para aparecer um logo. Este é o banheiro que eles usam. Tenho absoluta certeza.

Daniel abre a porta de uma cabine, segurando-a para que eu entre primeiro. Elas são apertadas demais para nós dois. Se eu estava constrangida antes, agora vai piorar porque a coisa mais inteligente a se fazer é dividir uma dessas e aguardar.

— Fala logo que vai ser difícil resistir — sussurra ele em tom de brincadeira.

— Nossa, estou alucinada — rebato, seca. Agora sim ele parece ser irmão dos Ébanos, os garotos mais galanteadores da Colônia. Espero que estejam vivos e ajudando os feridos no extermínio.

Apertados no cubículo, aguardamos o tempo se arrastar. Quando estamos prestes a desistir e ir à caça, uma maçaneta faz barulho.

Daniel puxa a faca da cintura, mas eu a tomo de sua mão antes que ele proteste.

Isso é por Ruana, a assassina de filtradores. Por não ter conseguido protegê-la quando a morte não passava de uma pessoa distante. De lá para cá, a morte tentou me assombrar tantas vezes que meu medo de ferir foi embora. Ela me encobre todos os dias e noites; basta que apontem o espelhador para mim e removam todos os meus pontos. A morte esfriou meu sangue e não há como voltar atrás. Ainda prefiro ferir, mas se for preciso, mato.

Deslizamos em silêncio para fora da cabine enquanto o besouro leva um tempo até tirar parte da armadura e urinar. Quando ele dá o segundo passo para fora, sem tremer ou suar, enfio a faca com toda a força na parte de trás de seu joelho. Dito e feito. Não há proteção ali para impedir meu golpe. Daniel aproveita que o guarda está sem capacete e basta um soco seu para desacordá-lo. *Ele sabe como bater*.

Instantes depois, o segundo besouro repete o mesmo procedimento. Quando sai da cabine, se assusta com uma arma apontada para a sua fuça. Toma um susto tão grande que não me vê agachada.

— Tire o capacete — obriga Daniel, vestido de besouro. A voz saindo do próprio capacete é robotizada como a de todos os outros. — E não tente ativar a transmissão de voz, se não atiro.

O besouro obedece e arranca o capacete devagar, revelando o rosto de uma mulher.

— Onde está a *kimani* grávida?

— Vai mesmo atirar e disparar o alarme em todo o quarteirão?

Levanto devagar, deslizo para trás da cabine e encaixo a ponta da faca gelada na garganta da mulher branca, que simplesmente sorri.

— Tinha que ser você, meia cinco. Sou sua fã. Bela entrada no *La Amistad*.

— Colabore.

— A garota está presa no último andar. Quarta porta depois do primeiro corredor à direita. É tudo o que sei. Não me oponho. Faça o que precisar fazer, mas faça com estilo.

Daniel troca um olhar comigo, mas depois de uma resposta dessa, não tenho nem coragem de feri-la.

— Deita no chão — comanda Daniel. E então, para mim, ele diz: — Vamos amarrá-la.

A besouro colabora em silêncio enquanto Daniel a amordaça rasgando a manga da própria camisa. Quando ele me entrega a Apolo Z15 para concluir sua obra de arte, é impossível não observar o quanto meu antigo fascínio por algo que tantas vezes desenhei foi completamente embora. Tenho nojo das armas que exterminaram o meu povo. E minutos depois, quando prendo meu cabelo, encaixo o capacete e me transformo em um besouro, estou ridiculamente agoniada por me parecer com meu próprio agressor.

As roupas dos besouros não ficam perfeitas, mas cabem em nós.

— Resgatamos a garota e depois vamos pra onde?

— Alguém vai nos encontrar — murmuro, incomodada que um dos besouros amarrados às privadas possa nos ouvir, ainda que minha voz saia como a de qualquer besouro que já ouvi na vida.

— Ei, faça alguma coisa engraçada com essa roupa.

— O quê?

— Anda, vai. Talvez seja nossa única chance — diz ele.

Hesito, pensativa. Meu coração bate tão forte que uma risada agora talvez pudesse aliviar a tensão. Decido dar um giro com as mãos na cintura e pergunto:

— Gostou?

Daniel começa a gargalhar. Depois é a vez dele, que mostra todo um gingado num rebolado sensual besourento. Esta é a coisa mais engraçada que já vi em muitos anos. Não sei por que exatamente, mas explodo de tanta risada. Chego a prender a respiração quando ele me pede silêncio desesperado. Mal consigo me segurar.

Se tivermos que morrer, talvez possamos fazer isso sorrindo.

**Nos primeiros** passos como soldado, tenho a certeza de que qualquer pessoa vai me enxergar através da armadura e me obrigar a parar. Depois, conforme avançamos por alguns deles com toda tranquilidade do mundo, começo a me sentir invisível. *É assim que eles se sentem!* Ser a ameaça e não o ameaçado.

Como é normal vê-los em dupla, esse será o menor dos problemas. Daniel aponta para um reloginho preso no pulso por baixo da armadura. Imito o gesto e encontro o meu. O visor aponta 19h10. Levo um susto, a aula de Madalena deve estar acontecendo.

Em continuidade ao plano, marcho até o meu dormitório e tremo de nervoso ao ver uma das senhoras acomodadoras na entrada do recinto.

— A meia nove se encontra? — pergunto, incorporando os gestos de um besouro.

— Sim. Por quê? O que querem com ela?

— Não é da sua conta. Entre no quarto.

A mulher enruga o rosto ultrajada.

— Desde quando vocês me dão ordens?

— Entre.

Relutante, a senhora não encontra alternativa além de entrar no aposento comigo e Daniel.

— Ela está ali dentro há horas — aponta a senhora para o banheiro. — Uma bomba barulhenta atrás da outra.

Daniel deixa o riso escapar, mas logo se esforça para mantê-lo.

— Meia nove, temos ordens para levá-la.

— Vão levá-la desse jeito?

Lígia sai do banheiro, dá um sorrisinho para a mulher e nos acompanha. Passo os olhos por cada canto do lugar, me despedindo do cativeiro. É a última vez que piso aqui. Se tiver que voltar, voltarei para incendiá-lo.

Mal posso acreditar na fragilidade desse plano de merda. Estamos seguindo a indicação de uma soldada que disse ser minha fã. Além disso, escoltar Lígia piora tudo. Por algum motivo, tenho certeza de que compartilhamos a impressão de que essa tentativa de resgate vai acabar mal. Mas até chegarmos no andar superior, ninguém tem coragem de verbalizar o que está coçando na língua. *Deveríamos ir embora enquanto é possível.*

Aqui, no andar de cima, a distância entre o chão e a parede é menor. Tudo chega a ser ainda mais silencioso. O teto ornamentado em arcos semicôncavos combina com o carpete vermelho e com a mogno escuro que cobre as paredes até a altura do umbral das portas.

Dois besouros passam por nós, observam Lígia, trocam um aceno de cabeça conosco e se afastam.

— Nunca vi isso aqui com tão poucos besouros — comenta Lígia.

— A esta hora estamos em aula. Não dá pra saber — diz Daniel.

Quero que ele evite falar. Quero mandar que Lígia cale a boca e torça para dar tudo certo. Quero fingir que está tudo bem, que a besouro não quis nos enganar. Mas fico apenas em silêncio, numa pilha de nervos.

Viramos o corredor à direita, seguindo as instruções. Daniel lidera, contando as portas. Na quarta, respiro fundo, passo à frente, forço a maçaneta. Está trancada.

— Vamos dar o fora — pede Lígia. — Não tem como entrar, nem voltar atrás.

— Precisamos encontrá-la — imploro.

Tudo acontece em no máximo três segundos. Um barulho na outra extremidade chama a nossa atenção. Eu e Daniel apontamos para a direção dos besouros, que também apontam para nós. No meio deles, a *kimani* grávida tem as mãos algemadas ao lado de Lisboa.

A Apolo Z15 pesa mais do que eu imaginava. Está destravada, mas nunca atirei antes. Posso ser rápida e corajosa, mas não tenho certeza sobre mirar e atirar. Com o coração acelerado, pior ainda.

— Eu me lembro da sua mãe. Bem parecida com essa aqui — diz a general, dando passos lentos em nossa direção. O nariz inclinado pra cima ressalta sua altivez. A cara de ave raivosa. — Poucos pecados se alastram tanto quanto a promiscuidade. Estamos todos pagando caro por isso. E agora q...

— Não interessa o que você acha — corto, erguendo a voz, lutando para parecer firme. *Improvise melhor do que da última vez.* — Deixe ela em paz. Estamos saindo fora.

A mulher pisca, surpresa. Depois solta uma gargalhada estridente.

— E o quê? Para onde você pensa que vai? Entendo que você tenha a mente pequena, mas aqui não é Absinto. Se você comete um crime, precisa pagar por ele.

— Expatrie todos nós então. Não temos interesse em continuar aqui. Mas por favor, mande a gente para um lugar que exista. Sei o que vocês fizeram com a colônia. Eu escapei.

Mais um vulto surpreso perpassa o rosto da mulher. Ela trava os pés, me analisa de cima a baixo. Depois, escrutina Lígia e Daniel.

— Acha que vocês três teriam chegado até aqui se eu não permitisse? Eu criei a porca da sua mãe. Bati os olhos em você naquele navio e te reconheci desde o primeiro momento. A cena de ontem só serviu para me dar certeza de quem você é filha.

Um dos besouros troca de posição. Em vez de apontar a arma para a gente, se inclina na direção do próprio parceiro e diz:

— Abaixe a arma.

É uma pena que Lisboa não possa ver meu sorriso. Estou contente por ela saber quem sou. Além disso, estamos em número maior por um breve instante. Perder tempo aqui significa ter menos chance de fugir.

Quando a sua vida é encurralada pelo medo de morrer e você tem armas apontadas para si, é estranho o quanto não se doma o corpo. Por um breve instante, você está nu e seu corpo é feito de instintos. A falta de experiência pesa. Uma falha puxa outra. E eu não sou boa em planejar.

Lisboa lê meu olhar e tira a arma do coldre num gesto rápido. Mas antes que ela possa me arrancar do mundo, atiro. O mundo pisca. As luzes se transformam em breu. Tiros ricocheteiam à frente. Lígia me puxa para baixo e a visão do capacete entra em modo noturno.

Uma sirene soa. Feixes de lanterna surgem à frente.

— Anda. Vocês não têm muito tempo! — diz o besouro.

Não tenho tempo de questionar. Seguimos o besouro que gesticula logo à frente. Pulo o corpo da general caída feito morta e estou horrorizada, sem a certeza de onde o tiro pegou. O segundo besouro estrebucha sobre o carpete. Acabei de matar uma pessoa.

Lígia dispara em direção à *kimani* grávida, que logo se afasta.

— Me deixem aqui.

— Não! — protesto, me aproximando da cena. — Podemos levá--la. Vam...

— É parte do plano. Deem o fora. Anda! — sussurra ela, irritada.

Estou em choque com a resposta. Confusa demais para processar tanto. Mas não dá tempo de pensar, Daniel nos puxa, descendo as escadas alucinadamente. Luzes vermelhas acendem e passos apressados estalam de tantas direções que não consigo ter a menor ideia de como escaparemos.

Não tenho certeza se o besouro que nos ajuda lidera a corrida com algum caminho em mente, mas prefiro confiar na condução dele porque os outros não demoram muito para nos encontrar. Estalos ricocheteiam atrás de nós pelo corredor.

— Eu posso ouvi-los pelo capacete — diz Daniel. — Estão nos chamando de besouros em traição.

— Não estamos a sós — diz o besouro ajudante, nos empurrando para trás de uma parede. — Estão fazendo nossa cobertura.

Os tiros voltam a estalar e prensamos as costas na parede, aguardando uma trégua. Não tenho a menor noção de onde estamos.

Avançamos depressa após um comando do ajudador.

— Me dá isso aqui — diz Lígia, arrancando a arma que escapou das mãos do besouro caído no chão. Ela atira com mira perfeita em uma câmera próxima ao teto. — Daqui a pouco eles vão d...

*Ah!!* Dou um grito quando um estalo soa e Daniel vai ao chão. Viro a arma para trás e atiro de volta. Descarrego a arma irracionalmente. Até que ele se levanta e diz que está bem repetidas vezes. Voltamos a correr pelos corredores, mas a verdade começa a me amedrontar. O primeiro andar da construção é como um quadrado perfeito. Não há para onde fugir. Estamos cercados.

De repente, o barulho de uma explosão provoca um abafamento do som ao redor.

— Não tem como sair daqui! Estamos mortos — diz Lígia.

— Nem de longe — diz o besouro à frente. — Continuem me seguindo.

Os tiros voltam a ecoar na companhia das ordens de comando. "Rendam-se agora!", "Parados onde estão!", "Soltem as armas!".

— Estão livres dos rastreadores?

— Sim! — avisa Daniel.

O besouro finalmente nos empurra para um pequeno corredor sem saída, solta duas granadas na ponta, uma para cada lado, e aponta para uma grade no chão. Daniel manca em direção a ela e Lígia o ajuda a arrancá-la. Novos tiros ecoam.

— Anda, entrem logo. É só pular, anda, anda.

— Não consigo me mover direito — assume Daniel.

O soldado volta para a ponta do corredor preocupado e atira, assumindo a cobertura.

Lígia pula. Lá de baixo, ela se apressa em me ajudar a mover o garoto pela passagem. Uma perna dele está comprometida. Daniel geme de dor, mas só descansa quando desaparece pelo buraco.

— Vem! — grito para o soldado.

— Não. Eu fico — diz ele, com a arma empunhada. — Procurem por Mila a pedido de Abraão. Rua 17, cabelereiro rosa. Vou disfarçar a saída de vocês. Anda!

— Quem é você? Quem está nos ajudando?

O besouro não responde. Os tiros avançam.

— Você não vai sobreviver! — insisto.

Habilidosamente, o besouro puxa duas granadas de um bolso, aperta uma parte do capacete e o arranca. Mesmo em meio à escuridão consigo notar, com espanto, o brilho da sua pele. Tem o tom mais escuro que o meu.

— Eu não disse que iria.

O soldado faz as granadas rolarem e eu pulo para dentro do buraco sem saber o que esperar.

**225**

# 26

## Pink hairdresser's

Os minutos parecem horas, enquanto nos esgueiramos pela escuridão dos túneis. Eles são largos, escuros e repletos de canos. Todo barulho ecoa, inclusive a sirene da Casa *Kimani*. As saídas acima são bueiros que projetam a luz vermelha pulsando dentro do esquadrão. As grades em que pisamos vez ou outra me fazem imaginar que existe uma cidade subterrânea por debaixo de Éden.

Um novo barulho de explosão e tudo treme. Apesar de distante, travamos por alguns segundos antes de retomar os passos com ainda mais pressa. Lígia vai à frente, cheia de adrenalina. Já Daniel tem o movimento de uma das pernas comprometido e preciso servir de suporte.

— Ainda estamos perto. Velocidade, gente — apressa Lígia.

Não consigo parar de pensar no quanto a *kimani* grávida instaurou a sensação de que somos apenas peças de um plano maior. Não temos sorte de estarmos vivos. Nada disso é sobre sorte. Tivemos ajuda.

Suportar o Ébano pesa. Nós nos arrastamos às pressas por mais longos minutos até fugir do sonido dos alarmes. Cada vez que ele reclama, uma sensação de pena explode em meu peito. Penso várias vezes em futucar esses capacetes e tentar controlá-los em busca de ouvir alguma coordenada ou saber se outros besouros entraram no mesmo túnel que a gente.

— É aqui? — pergunto para Lígia, que para a alguns passos de uma grade banhada por uma luz amarelada. — Acha que é aqui? Ele disse que é uma porta cinza na Rua 17 e um letreiro de salão de beleza.

Lígia abaixa a arma. Os feixes iluminados me permitem enxergar a sujeira no corpo dela, o braço direito escorrendo sangue. A garota é uma resistência ambulante e parece perigosíssima com essa arma na mão.

— Nunca vamos saber daqui — atesta ela.

— Posso ir atrás de ajuda enquanto você fica com ele? — pergunto, e explico para Daniel antes de ouvir seus protestos: — Você não tem condição de correr. Se a gente for perseguido lá fora, vai ser impossível sobreviver... Meu disfarce de besouro está melhor.

— Também não acho que seja uma boa ideia eu sair por aí parecendo uma *kimani* — atesta Lígia, desanimada.

— Exatamente — concordo, passando o braço escorado de Daniel do meu ombro para o dela. — Será que podemos confiar mesmo nessa informação?

— Você não falou que ele é um de nós? — resmunga Daniel, gemendo e recusando o apoio de Lígia. Decide se encostar na lateral do túnel.

— Vá logo — apressa Lígia. — Se acontecer qualquer coisa aqui, vamos fugir e procurar o mesmo lugar, ok?

— Certo — digo, apreensiva. Gostaria de lembrá-los de atirar a qualquer sinal de perigo, mas parece demais só porque agora talvez eu seja uma assassina. *Meu Deus. Eu matei Lisboa? Alguém deveria mesmo merecer a morte como recompensa?*

Subo as escadinhas na lateral do túnel, arranco a grade com muita dificuldade e minha cabeça brota no chão de uma rua. As lâmpadas dos postes brancos jogam luz pelos caminhos, assim como os letreiros iluminados sobre as lojas fechadas. Se há movimento de pessoas, não consigo ver.

Escapo pelo bueiro sentindo o corpo tenso e procuro o número da rua depois de colocar a tampa no lugar. *Consegui fugir. Consegui!* Ainda que eu talvez esteja muito próxima da Casa *Kimani*, conseguimos escapar daquele presídio insano. Até algumas horas atrás isso parecia impossível. *Meu Deus do céu.*

É impressionante que, por mais que imaginemos o futuro com o máximo de detalhes possíveis, a realidade não obedece os desenhos da nossa mente. As lojas fechadas emudecem a rua. No segundo andar de cada uma, a iluminação amarelada das casas debocha da minha existência. Tudo o que contaram para a gente sobre o racionamento de energia na metrópole era mentira. Aqui eles não sabem o que é viver sob o toque de recolher. Absinto só viu energia à noite quando foi dizimada. Mas aqui... tudo parece tão perfeito que uma falsa sensação de liberdade chega a me entorpecer.

O letreiro de uma loja fechada com grades de ferro diz que estou na Rua 15. A calçada um degrau mais alta do que a estrada é feita com as nossas pedras. Tenho certeza de que elas vêm de Absinto. Trabalhamos para que as pessoas que nos odeiam tenham um chão bonito onde pisar.

Além do vento frio varrendo a calçada e criando redemoinhos de folhas secas, nada se move. Escolho um dos lados e viro para a rua transversal. Lembro de andar mais rígida, como um besouro. *Salão de beleza, salão de beleza, onde você está?* Com mais algumas travessias num passo apertado, acho a silenciosa Rua 17.

De repente, tenho a impressão de que estou sendo acompanhada. Não há ninguém à vista, então sigo caminhando até que...

— Ei.

Um sussurro me atinge pelas costas e me faz prender a respiração. Deslizo uma das mãos até o coldre e giro metade do corpo para trás.

A mulher magrela aponta uma pistola branca na minha direção. Tranças se enrolam sobre a cabeça, contidas em uma faixa alaranjada. Um letreiro rosado com as letras PINK HAIRDRESSER'S ilumina metade do rosto mestiço.

— Revele o rosto — ordena ela. — Mãos lentas.

— Quem é você? — pergunto.

— Mila Santos. Quem enviou você?

— Abraão.

— Onde estão os outros? Seja rápida e revele o rosto.

Ergo as mãos bem devagar e retiro o capacete. A arma nem chega a tremer na mão dela. *Se não é minha inimiga, por que continuo na mira?*

— Abaixe a arma.

A mulher me analisa e pressiona os lábios escuros um contra o outro.

— Você é ela. A filha de Amara — diz ela, sem me obedecer. — Onde estão os outros? Estamos aqui pra ajudar.

Um sentimento desconhecido cresce em meu peito ao ouvi-la chamar minha mãe pelo nome.

— Em um bueiro na Rua 15 — respondo. — Abaixe a arma.

Mas ela simplesmente atira em meu pescoço e o mundo se apaga.

# Parte 3

# 27

## Quando a água começa a ferver

A primeira coisa que percebo é o cheiro de terra abafada, parecido com aquele que emana da Pedreira em tempos de chuva. Depois, a lâmpada fraca pendurada no centro do teto chapiscado. Os móveis sombrios no quarto apertado. A placa dura e gelada em que estou deitada. O barulho de turbinas a ventilar.

Lembro do tiro que tomei nos últimos segundos de sobriedade, mas quando levo a mão ao pescoço, não há proeminências ou sinal da ferida. Foi o tipo de agulha que fez Ruana desmaiar.

Não sinto dor quando me levanto. Uma faixa branca e limpa envolve meu braço na altura do rastreador. Estou embalada em um vestido reto quase da cor da minha pele.

*Preciso me mover.* Saio da cama dura sem saber se ela é de fato uma cama. Um resquício de fraqueza transpassa meu corpo quando dou os primeiros passos. O cheiro de mofo me faz ter vontade de espirrar. Indecisa se quero continuar me movendo ou não, me vejo parada em um corredor mal iluminado. Dois besouros homens sem os capacetes surgem em uma ponta e se aproximam conversando e trocando sorrisos. Eles acenam para mim conforme passam, mas nunca os vi bem-humorados e não consigo retribuir.

*Que lugar é esse? Como vim parar aqui?*

Eu me arrasto até o cômodo de onde ambos vieram, tentando adivinhar onde estou. Fios e tubos incontáveis percorrem o teto baixo. Um grupo de pessoas conversa sentado em um círculo no chão cimentado. A maioria é de pele clara. Entre elas, uma jovem do mesmo tom que eu se levanta ao me notar. Tem o corpo gordo, o cabelo bem curto e muitas tatuagens pelos braços e pescoço.

— Freya — chama ela. Apesar da pele escura, o cabelo não é branco como os de todas as meninas que vi nas últimas semanas. — Você está bem? Que bom que acordou.

A segunda coisa que reparo é que ela não tem uma pulseira prateada. *Fogo na terra!* Também não tenho mais a minha em meu pulso.

— Não precisamos delas aqui — ela diz, adivinhando meus pensamentos.

— Conheço você — digo, desconfiada. Minha voz sai como a de uma enferma assustada. — Você é de Absinto. Você costurava. Fez uma manta para minha tia em troca de algum remédio.

— Sim. Até ter sido Filtrada. Sou Suzana. Pode me chamar de Suzi. — Apertamos as mãos num gesto breve, e ela continua falando: — Você quer conhecê-la logo, certo?

— Conhecer quem?

Suzana se aproxima e abaixa o tom de voz.

— Núbia Asmos, este é o verdadeiro nome dela. A Cobra da Fraternidade. Tenho certeza de que ela vai tentar te dar todas as explicações de que precisa, beleza?

*Núbia Asmos.* Finalmente tenho um nome. Respiro fundo e tento ajeitar melhor meu corpo. Quero perguntar onde estão Lígia e Daniel e saber se tudo deu certo. Quero perguntar tantas coisas que mal consigo controlar a questão que me escapa:

— O que aconteceu com meu braço?

— Retiraram o chip queimado. No futuro, vai ficar assim. — Ela mostra uma leve cicatriz no lugar onde recebeu o chip como eu. Nunca reparei o mesmo em minha mãe.

Suzana me conduz pelo lugar claustrofóbico. A falta de janelas e os múltiplos tufões que não dão conta do calor me conferem a certeza de estarmos debaixo da terra. As três pessoas que passam por nós dizem "Freya" para mim e é, no mínimo, desconcertante não reconhecê-las. *Como sabem meu nome?* Por um momento, parece que continuo sonhando.

O corredor desemboca em uma câmara com uma cavidade no lugar da porta. Suzana me encaminha para dentro da sala e finalmente vejo a mulher procurada pelos besouros em Absinto. A mesma cujo nome mencionado fez Ruana se arrepiar e entender que a chegada de Ádamo não passava de uma armadilha para apreendê-la. Por fim, diante de mim.

Núbia estuda uma folha larga sobre uma mesa de madeira, erguendo a cabeça assim que nos ouve chegar. O cabelo dela mede um centímetro. É crespo e dourado, da mesma cor que a listra que risca o rosto dela, cobrindo inclusive os olhos e as sobrancelhas com o mais puro ouro. A pintura contrasta com o brilho da pele escura e uniforme. As maçãs do rosto despontam e os lábios carnudos são riscados por outra listra dourada, que desce até o queixo na vertical. Uma gargantilha de ouro cobre todo o seu pescoço. Colares feitos de ossos e pedras caem por cima do busto coberto com um xale de seda estampado com mandalas. Nos olhos, a mulher condimenta um brilho esverdeado hipnotizante. Nunca vi um olhar assim. Escaldado e ameaçador, como o de uma serpente pronta para dar o bote. Apesar de vê-la finalmente pela primeira vez, sinto que a conheço, como se ela já estivesse presente mesmo que somente em meus pesadelos noturnos.

— Freya — diz, deslocando-se ao meu encontro. Nos lábios, o princípio de um sorriso sem dentes. — Obrigada, Suzana. Gentileza da sua parte.

Suzana agradece e se despede assim que Núbia me estende uma mão para um cumprimento.

— Núbia Asmos — apresenta-se ela com um aperto firme. O timbre de voz lembra um tanto da impostação de uma nômade. Núbia é tão alta e imponente que o emaranhado de raiva que tenho dela se esconde debaixo da mesa. — Peço perdão pela forma como trouxemos você aqui. Um tiro anestésico não é a melhor das soluções. Precisamos tomar as precauções necessárias. Protocolos.

Detesto ter sido trazida dessa forma. Ela deixa evidente que seja lá o que for esse grupo, não confiam em mim. Depois do aperto de mãos, fico meio sem saber onde enfiá-las.

— Ah, por favor, se aproxime — convida ela, voltando com passos breves para a mesa e dobrando páginas de um planejamento desenhado a lápis. — Imagino que tenha muitas perguntas. No seu lugar, eu estaria inquietíssima.

Passo os olhos pela câmara quente e observo as diversas caixas de papelão lotadas de folhas de papel. Canudos deles são agrupados em um móvel antigo e a mesa da líder não harmoniza muito bem com o restante da sala. *Quando eu ficar mais velha, algum dia terei uma voz tão forte e imponente assim?*

— É um lugar esquisito, não é? — comenta Núbia, sentando de lado em cima da própria mesa. — Sabe onde estamos?

— No subterrâneo de algum lugar.

— Éden. Debaixo da Zona 45. Quer se sentar, Freya? Por favor, fique à vontade. Aqui você pode fazer escolhas.

*Não quero, obrigada.*

— Como se sente sem a pulseira? —pergunta ela.

— Livre — respondo, reflexiva. Passo um dedo pela marca ainda presente em minha pele. Nunca mais meu corpo tremerá se alguém apontar um espelhador para mim. Nunca mais me permitirei ser forçada a viver algo parecido.

Quando um corte divide, o corpo se regenera e deixa uma cicatriz. Quanto mais profunda for a chaga, maior é o custo do corpo para fazer cicatrizar, mais profunda é a cicatriz. Periga nunca mais sumir e é isso mesmo que eu quero. Colecionarei em minha pele todas as cicatrizes dessa vida de sofrimento e prisão. Minhas cicatrizes pertencem a mim. São os meus riscos e de mais ninguém. É direito meu mantê-las em meu corpo para que me lembrem o custo da minha regeneração. E, no fim das contas, só começamos a entender a extensão da opressão à qual estamos subjugadas à medida que nos libertamos.

— Os edenses não sabem mais o que é isso — diz Núbia. — Praticamente perderam a memória da vida que tinham antes do contador. É curioso saber que estão aqui em cima, a uma camada de distância.

— Não existe Zona 45.

— Não existe mais. Foi desativada há muitos anos. Aqui em cima era onde os nossos ancestrais costumavam fazer suas casas. Estamos ocupando, temporariamente, o subsolo de um quartel desativado. Não é o melhor lugar, mas é necessário agora.

— Isso é muito arriscado — aponto. Condeno com o olhar. É isso o que Núbia faz? Arrisca vidas? A sensação de que Ádamo, Noemi, Madalena e todos os nossos opressores estão no andar de cima aumenta meu desejo de aniquilá-los.

— Tomamos as precauções necessárias minuto a minuto — ela responde, perscrutando meus movimentos com as pupilas de um verde indomável. Após uma pausa, acrescenta: — Não é proibido perguntar aqui. Você é livre. Pergunte o que quiser.

Permaneço em silêncio, experimentando a raiva e a admiração ao mesmo tempo. Doso o tom de cada palavra, mas minha desconfiança costuma vazar.

— Onde estão Lígia e Daniel? Vocês acharam eles?

Ela me oferece uma expressão simpática, crispando os lábios.

— O garoto está se recuperando com mais dificuldade porque perdeu muito sangue, mas está bem. Até que para um homem ele é bastante forte e vai se curar rápido. — Ela dá um sorriso de lado e encara os anéis nos dedos. — Lígia foi a primeira a acordar. A última notícia que tenho sobre ela é que estava aprimorando os hábitos de escrita com Suzana, aquela que trouxe você.

— Ela é uma *kimani*. Como vocês con...

— *Foi* uma *kimani* — conserta Núbia. — Não mais. Livre. Lutamos para conquistar isso. Todos os dias.

— Por que não libertam a *kimani* que engravidou? Ela conseguiu escapar.

— Ela nunca esteve grávida. Era parte de um plano maior.

— Plano maior — escapa de minha boca. Fui eu quem vi naquela *kimani* a história de minha mãe. Revelei à Casa *Kimani* quem sou. Tornei-me uma presa fácil e vulnerável para tentar resgatá-la. A troco de quê? — A gente arriscou a vida para salvar ela. A gente... Como assim plano maior?

— Ainda não posso revelar a dimensão desse plano porque exporia todos os envolvidos. Mas Tamiris nunca engravidou de verdade. Está conosco há um tempo. Não se preocupe, nenhuma daquelas ameaças a atingirão. Ela está segura agora.

— Vocês não podiam ter avisado?

— Estive tentando fazer contato desde o primeiro dia em que você chegou. Em seus sonhos.

Sim. Agora as palavras de tia Cremilda fazem sentido. Apesar de impressionante, a descoberta não gera um efeito positivo em mim.

— Aquilo é fazer contato? Usar vodu pra entrar na minha cabeça e me deixar perturbada? Você poderia ter evitado toda essa exposição ao...

— Se Tamiris não tivesse contado aquela história e a raiva de Lisboa não tivesse sido incitada, você e seus amigos teriam saído? Estariam aqui, livres, sem pulseiras e irrastreáveis?

A pergunta espeta minhas costelas. É óbvio que não teríamos.

Desvio o olhar, relutante. Um tanto envergonhada.

Penso na lanterna, no ponto fraco dos besouros, na cobertura de Abraão e de outros besouros que correram um risco absurdo para que chegássemos até aqui. O contador de IPV agora é uma marca, o rastreador, uma cicatriz. Estou diante de uma mulher negra como a noite mais bonita que já vi, com mais ouro nos pulsos e no pescoço do que sequer já presenciei em minha vida de perto. Eu deveria ser mais... grata.

— Lisboa está morta? — Inexplicavelmente, é o que escolho perguntar.

— Quem me dera. Demônios não morrem com facilidade — responde ela. — Você atirou no ombro dela. Ela está se recuperando. A operação não saiu como queríamos. Foi uma das piores ações em décadas. Mas conseguimos libertar *você*. Todo custo vale a pena.

Não consigo agradecer. Apenas encaramos uma à outra. Então ela continua a falar:

— Nasci e fui criada em Avaé, a menor das Colônias para gente como nós. Menor em gente, muito maior em terra. É de lá que vem o gado que se come aqui. Faz quase trinta anos que sou a líder da Fraternidade. Somos cada vez maiores, Freya. A Fraternidade, hoje, está fortalecendo suas alianças. Apoiamos os movimentos em Babel e temos espiões infiltrados em quase todos os ministérios de Éden, dos besouros aos grandes barões.

— Como isso é possível?

— Ser invisível? Para ser conhecida como Cobra, você tem que abrir mão de muita coisa — ela diz, apoiando-se melhor na mesa e suspirando com certo pesar. Uma ruga aparece em sua testa e, por alguns segundos, fica claro que os pensamentos da mulher voam para bem distante. — Você poderia estar se perguntando, por exemplo, o porquê de não interceptarmos o sistema das *kimanis* e trazer todas as Filtradas de Absinto pra cá. As poucas meninas que conseguimos resgatar não dizem, mas querem saber o mesmo.

— Isso não seria possível — digo. — O plano que a gente escolheu era suicida e a gente quase morreu se não fosse por... vocês. E nós éramos três.

Núbia me encara com interesse.

— Além disso, as pílulas vitamínicas não só embranquecem vocês, mas alienam. São feitas das mesmas substâncias que os chicletes distribuídos de graça, só que num volume mais intenso.

"Foi difícil fazer as coisas saírem como o planejado, e não, elas não saíram. Estamos avaliando as consequências dessa missão. Quanto mais arriscada a missão, mas difícil se torna se esgueirar sem ser descoberta — Então ela me encara, pensativa. — Temos pouco tempo aqui. Você tem alguma outra pergunta?"

Núbia movimenta a cabeça para os lados com leveza, esticando o pescoço como se tentasse relaxar. De repente, um fio esperançoso se acende como um pavio.

— Você conheceu minha mãe?

— Não pessoalmente.

Meu coração palpita mais forte.

— Ela fez parte do seu grupo?

— Da Fraternidade? Bom, há pelo menos vinte anos, quando ela foi enviada para Éden, éramos mínimos. Nunca havíamos conseguido resgatar sequer uma garota naquela época. Nossa primeira *kimani* foi resgatada há oito anos. Este trabalho é muito difícil, Freya. Você não imagina o quanto.

Encaramos uma à outra por um momento e, depois de um tempo, ela balança a cabeça e crispa os lábios.

— Eu soube da história da sua mãe quando ela já era conhecida como Doidinha. Uma história como nenhuma outra. Você sabe quem foi seu pai?

— Nunca tive pai.

— Seu progenitor, quero dizer — corrige ela.

— Sei que ele morreu antes que minha mãe partisse. É tudo o que sei. Quando eu era bem pequena cheguei a me importar com isso. Porque minha mãe não tinha nem respostas, nem forças para tocar nesse assunto. Então passou. Minha família é pequena, e muitos morreram antes do tempo. Por doença ou pelas mãos dos vespas. Meus avós e minhas tias eram tudo de que eu precisava.

Núbia assente, analisando cada fala pronunciada.

— Quando chegou aos meus ouvidos que uma *kimani* havia sido enviada de volta em estado de demência, busquei entender qual fora a trajetória dela em Éden. Acontece que o apagamento em torno das Filtradas é forte demais. Tudo o que sei é que sua mãe teve uma vida complicada, arriscada demais. Ela foi uma *kimani* muito valiosa. Usada como moeda de troca entre barões de alto escalão.

Núbia me dá um tempo para absorver as palavras. Não só sugo como me agarro a cada sílaba na intenção de montar o passado que me trouxe aqui.

— Você sabe por que está aqui? — pergunta ela, mantendo toda a calma impressa no tom de voz. — Você não foi Filtrada. Não tem o perfil buscado. Sabemos o que fez para chegar até aqui. Acompanhamos a sua vida há muito tempo, Freya. Mas adoraria ouvir o que *você* tem a dizer.

A resposta sobre minha vingança está na ponta da língua, mas de repente parece haver outra coisa. Um assomo de dor apertando meu peito, soterrando um sentimento que não quero revelar.

Ser a razão pela qual minha mãe foi mandada embora ainda grita dentro de mim. Se eu não tivesse nascido, talvez minha mãe não tivesse sido torturada, tratada feito uma doente pelos quatro cantos de Absinto, tido a memória arrancada, perdido a fala e a capacidade de entender as coisas mais comuns do mundo como o fato de que o leite borbulha e cresce na panela quanto atinge uma certa temperatura, ou que os vegetais não são brinquedos que você esconde atrás dos armários para vê-los cheios de fungo. Minha mãe entenderia que um abraço faz falta. Conseguiria engolir sua comida com tranquilidade, fazer suas necessidades fisiológicas no lugar certo ou deixar a luz entrar pela janela sem ter medo de que alguém invada a casa a todo momento. Tudo seria diferente.

A consciência de que jamais conseguirei pagar esta dívida me atormenta. Mais do que nunca, o peso dessa culpa está me ressecando por dentro.

— Você estava lá naquele dia? Viu o que fizeram? Mataram toda Absinto porque você e sua Fraternidade não planejaram as coisas direito.

A Cobra crava os olhos em mim e me observa com atenção durante um longo e silencioso minuto. Sinto como se minha alma estivesse sendo queimada e amargurada pela culpa e, ao mesmo tempo, quero transferi-la para alguém mais forte do que eu. Deve existir alguém no mundo capaz de lidar com os desafios que rejeito. Chego a imaginar que Núbia vai estender as mãos para mim e me dizer que assumirá a autoria do meu tormento e de todos os pesos que preciso carregar, mas é claro que ela trai minha imaginação quando volta a olhar para um tempo distante.

Os segundos se arrastam enquanto ela permanece quieta. Até decidir falar:

— Há muito tempo, antes mesmo do Breu, um líder extremamente importante para a libertação de pessoas como nós em uma província distante daqui disse uma coisa. Isto ouvi pelas mulheres que me criaram e desde então nunca esqueci: "Quando a água começa a ferver é tolice apagar o fogo."

Núbia volta a olhar para mim e enxergar o presente, o aqui e agora. Mais uma vez, seu olhar intimidativo me despe, me açoita e me revela para mim mesma.

— Exterminaram Absinto por um motivo ainda desconhecido. A Fraternidade por lá era mínima, insípida. Nunca fomos o motivo, mas aqui vai um conselho.

"Se parecer que a vítima tem culpa do horror que a atingiu, duvide. Os atos do Trono são tão cruéis que nem mesmo nossa maior inteligência aqui consegue discernir suas motivações. Não sabemos por que destruir uma cidade inteira que te provê tantos benefícios, mas sabemos que a água está fervendo, e não temos a menor intenção de deixar que apaguem o fogo — diz ela. — Nós somos o fogo, Freya. Ontem, eles nos mataram. Amanhã os queimaremos. A pergunta que eu te faço é a seguinte: você está conosco?"

# 28

## A garota que eu sempre quis ser

Ainda me sinto invadida pelo olhar de Núbia enquanto Suzana me conduz de volta pelo corredor subterrâneo. Uma mistura de sentimentos me aflige. Admiração, vergonha, ânimo, gratidão, demérito, expectativa. Saudades de Lígia e Daniel também.

Suzana explica pacientemente como funcionam os mecanismos de circulação de ar e de que maneira estocam alimentos aqui. Por ser uma instalação clandestina, os cuidados são redobrados nas entradas e saídas. É preciso estar dentro de uma missão específica e urgente para permanecer aqui. Há protocolos para análises de qualquer tipo de arquivo ou planejamento, e uma rota de fuga rápida.

Quero saber mais sobre a Fraternidade, como quais são essas missões diárias e como conseguem confiar em tantas pessoas, se deslocar dentro da metrópole sem serem vistos. Além disso, a quem os besouros servem, de fato? Não sei se é a primeira vez que eles traem a metrópole abertamente, mas com o episódio da fuga na Casa *Kimani*, não deve haver mais como esconder a fissura militar em Éden. É quase impossível acreditar que estamos bem debaixo dos olhos cruéis de Ádamo.

Raízes de erva daninha criadas no solo de seu jardim profano pintado como santo.

Suzana me convida para almoçar num espaço onde o barulho das turbinas é mais alto e contínuo. O comedouro é um cubículo improvisado, com paredes de tijolos em ruínas e ocupado por pequenas mesas de ferro cercadas por cadeiras sem encosto. Dois homens mestiços enchem um prato de algum tipo de caldo quente, com um suave cheiro de vagem. Trocam um carinho e se isolam em uma mesa ao canto, cumprimentando Suzana e a mim com um gesto de cabeça assim que nos servimos.

— Estão tentando adotar uma criança de Babel — cochicha Suzana, baixinho. — Não seria incrível?

— Não tenho certeza se ouvi direito.

— Ah, as turbinas. Sugam o cheiro, a gordura e o vapor — explica ela, falando um pouco mais alto. — Precisamos revezar para almoçar porque o comedouro é pequeno demais.

Sirvo meu prato com uma concha, indecisa se gosto do aspecto da sopa. Depois, nos sentamos ao redor de uma mesa e experimentamos a refeição, que é mais saborosa do que aparenta. Observo a forma como os dois ao canto se olham apaixonadamente enquanto comem e conversam. Parece quase indecente assistir. Se entendi direito, desejo que consigam ser bons pais.

— Você conheceu uma garota chamada Ruana? — pergunto.

— Ruana? Não lembro de ninguém com esse nome.

— Ela morava em Absinto. Não sei muito bem o que fazia ou onde morava. Na verdade, eu era meio...

— Antissocial.

— Não — nego. *Sim. Você ainda é, Freya. Admita.* — Talvez. Nunca soube muito bem como interagir com as pessoas.

— Está indo muito bem.

Prefiro encher a boca de comida do que falar e parecer ainda mais constrangida. Depois que engulo, continuo:

— Quando cheguei aqui na metrópole e vi o tamanho disso tudo, as coisas começaram a mudar. Como é que eu morava em um lugar tão menor e não conhecia as pessoas, entende?

— Todo mundo meio que se conhecia em Absinto. Mas às vezes esse conhecer não passa de uma ilusão, Freya. Conheci você, por exemplo, mas sabia o básico sobre sua vida, o que todo mundo sabia. A filha da Doidinha.

Desvio o olhar para o prato ao lembrar de como me chamavam. A melancolia nessa memória me obriga a lembrar dos fogos, dos tiros, do horror. Fecho os olhos enquanto minha cabeça resolve dar leves fisgadas. *Mude de assunto.*

— Sabe o que fizeram com Absinto, não sabe? — pergunto.

Um vulto acompanha a expressão da garota. Ela engole a comida e respira fundo.

— Sei. Daria tudo para estar lá agora, tentando resgatar os feridos ou quem quer que tenha escapado. Todos os dias rezo para que minha família esteja viva — a voz dela embarga, os olhos marejam e ela os seca com a ponta dos dedos. Então assume um tom de voz parecido com o de antes, tentando se libertar da dor que a memória lhe causa. — A Fraternidade entende que se envolver numa missão como essa seria perigoso para mim. Além disso, tenho outra incumbência aqui.

— Espera. É o que estão fazendo? Tentando resgatar as pessoas? Há sobreviventes?

— Sei que há, mas não sei muito mais.

Suzana quer encerrar, mas meu coração não para de acelerar.

— Como consegue ficar sem saber se as pessoas com quem você trabalha encontraram sua família ou não? — pergunto, mas quero saber da minha.

— Isso não é um trabalho para mim, é minha vida — explica ela, com um sorriso inadequado. — Para manter uma instalação como essa aqui, pra gente sobreviver, Freya, é preciso muito sigilo. Informações aqui são tratadas a sete chaves. Núbia sabe que perdemos pessoas.

Todos aqui já perdemos. No tempo certo, a gente vai encontrar respostas para o que procuramos. Tente pensar assim, viu? Vai ajudar.

Suzana termina de comer rapidamente, verifica um relógio de pulso e se adianta para uma reunião importante. Pede para que eu descanse ou, caso esteja entediada, aproveite para dar uma volta na pequena biblioteca, um improviso para aliviar a mente de quem precisa passar horas e horas enfurnado aqui.

Assim que ela sai e minha comida esfria, me sinto presa no último momento em que toquei em um livro. Foi naquele fim de tarde em que a assassina de filtradores chegou bem perto de mim e se comunicou comigo como se não reparasse na feiura dos cortes em meu rosto, sem se importar com o fedor e aspecto do meu cabelo. Parece que faz séculos desde o dia em que Ruana me apresentou suas obras de arte, me chamou de artista e me disse todas as frases que nunca esqueci, sobre como uma história é poderosa para mudar o destino de uma geração. Já tive vários pesadelos com o momento em que uma agulha perfurou o pescoço dela e, agora que uma perfurou o meu também, me fazendo acordar aqui, tento aliviar minha culpa por não ter resgatado o corpo dela e alimento as esperanças de que Ruana não esteja morta ou nas mãos de qualquer pessoa cruel.

Sozinha, passo um tempo fantasiando uma história linda de irmandade e superação protagonizada por minha mãe e minha tia-avó, duas sobreviventes encontradas pela Fraternidade que agora descansam em algum lugar. Elas se tornaram amigas dos Ébanos, que as ajudaram a fugir e encontrar o acampamento da Fraternidade e dos pais de Daniel.

Quando giro a sopa na cumbuca com a colher, imaginando o momento em que Núbia tem misericórdia das minhas afrontas e me envia para uma missão de resgate onde os sobreviventes estão sendo mantidos, Lígia entra no cômodo conversando animadamente com um rapaz mais velho, de óculos, barba e bigode espessos. O cara é tão alto que, por pouco, não se curva para caminhar.

—Freya! Fogo na terra! — exclama ela, meio que correndo até a minha direção com os olhos espantados e um sorriso no rosto. Apoia os braços sobre minha mesa e me olha como se esperasse um abraço.

— Quando você acordou?

— Hoje — respondo sorrindo. — Você ficou linda assim.

Lígia mexe os ombros e faz uma cara engraçada. Um lenço vermelho esconde a maior parte de seus cabelos platinados e ela parece charmosa em um conjunto pálido de calças cor de terra e blusa de botão.

— Eu só precisava ser liberta daquelas vagabundas, Freya. Agora eu posso dizer o seu nome quantas vezes quiser. Freya, Freya, Freya. Não é maravilhoso?

*Sim*. É maravilhoso. Um sorriso genuíno me escapa. Estou imen samente feliz em revê-la.

— Como em algumas horas você já arranjou um namorado? — *Nossa, você fez uma piada.*

— Que engraçadinha — debocha ela, escondendo um sorriso. Quando continua, sussurra perto de mim: — Ele está de olho em uma outra ex-*kimani* de Absinto, mas desconfio que ela não goste da fruta. Você provavelmente a conhece.

Imagino que ela esteja falando de Suzana. Examino melhor o rapaz que permanece a distância, visivelmente tímido.

— Não saia daqui — pede ela. Então corre até o rapaz, eles se despedem e ela retorna animada, enchendo uma cumbuca de sopa e sorrindo.

O casal apaixonado termina de almoçar, lava os pratos numa pia e sai. Enquanto come, Lígia me põe a par de tudo o que aconteceu até agora. Sobre como ela e Daniel foram encontrados no bueiro da Rua 15, sobre terem levado tiros anestésicos também, sobre todos os tipos de pessoas legais que fazem parte da Fraternidade, como desertados que foram resgatados, edenses sentenciados à morte, besouros, lojistas, refugiados e *kimanis* espiãs.

Enquanto ela fala, me pego imaginando por qual motivo minha mãe não quis se aliar ao grupo que acabou de me salvar. Não consigo encontrar respostas, mas ainda que esta seja uma instalação nova e provisória, sempre retorno à sensação de que tudo isso parece arriscado demais, soa esquisito aos meus ouvidos que estejamos dentro da própria metrópole. Se conhecia a resistência, talvez *mamana* a achasse perigosa demais.

— Sabia que estão tentando resgatar sobreviventes em Absinto? — pergunto.

— Sim! Ouvi dizer. Queria saber mais, queria saber tudo.

De repente, percebo que nunca tive a chance de contar para Lígia o pouco que eu já sabia sobre a existência de um grupo rebelde. Por mais que tivéssemos resolvido ignorar o fato de que o bracelete talvez armazenasse nossas falas, sempre achei arriscado mencionar algo do tipo. Precisava proteger Ruana e a existência dessas pessoas porque elas significavam um feixe de luz no meio da minha escuridão.

Conto a ela tudo o que aconteceu. Como levei aquele caju que nos uniu à casa de Ismael, como conheci a família de Micaela, como Rona tentou nos atacar e terminou morto, como depois fui parar numa instalação provisória dos rebeldes dentro de Absinto e como Ruana quis me alistar. Finalmente explico que o irmão dela passou a informação para filtradores e besouros de que Núbia Asmos, a Cobra, líder da Fraternidade, estava ali na Colônia. E que esta é a mesma Cobra que tentou usar de feitiçaria para se comunicar comigo em sonhos, assim como minha *tinyanga*.

A conversa muda. Uma nuvem cinzenta se instala na cozinha, escondendo a solaridade dela em poucos minutos. De testa franzida e semblante distante, Lígia permanece em silêncio por muito tempo. Quando volta a falar, a voz fraqueja.

— Não me surpreende. É bem a cara daquele miserável fazer esse tipo de coisa. Tássio vivia assim, de rolo. Nunca teve respeito por nada nem por ninguém.

— Acha que ele conheceu Núbia, os rebeldes ou algo assim?

— Aquele idiota? Não sei. Mas era o que ele fazia por profissão. Ele se esgueirava dia e noite para descobrir como jogar uma pessoa contra outra, fazer jogo com informações. Quase foi morto por causa disso várias vezes. É tão vergonhosa essa merda.

Consigo me recordar da cara do irmão dela inchando, o pescoço esmagado pelas mãos de Rona. O outro filtrador, cujo pai morreu alvejado em cima do meu corpo, bancando o valentão, chamando-o de macaco.

— As informações foram muito embaralhadas naquele dia. Ruana não teve tempo de me explicar nada direito — confesso, então confiro os lados e abaixo o tom de voz. — Eu achava que a Cobra, aliás, Núbia, tinha atraído aquela chacina para Absinto. Não sei como cheguei a essa conclusão direito, mas achei que a matança era Ádamo tentando apagar os infiltrados da resistência.

— Isso faz sentido?

— Não mais. Não tanto. Núbia me disse que outras colônias também foram dizimadas.

— Você falou com ela? Agora?

— Sim. Você não?

Lígia nega com um gesto. Com outro, pede para que eu continue.

— Parece que Babel se rebelou contra Éden. Talvez a metrópole quisesse acabar conosco antes que fizéssemos o mesmo: revidar.

— Revidar? Isso nunca aconteceria naquele lugar.

— Eu não teria tanta certeza. Quem sabe um dia, com a ajuda da Fraternidade...

Lígia reflete. Enquanto isso, penso na imagem impressa numa folha de papel: minha mãe e eu de mãos dadas a favor da revolução.

— Suzana me contou o que aconteceu com Babel por alto. Ádamo visitou a colônia um pouco antes de eles se rebelarem — diz Lígia. — Ele sabia que *aquela colônia* estava ruindo.

— O que quer dizer com isso?

— Que talvez o tenham convencido de que a presença dele poderia reverter as coisas — explica ela, tentando montar as peças.

— Mas não reverteu nada. Ele não conseguiu dobrar Babel.

— Mas ele viu uma colônia de perto. E também não sabíamos nada sobre a colônia vizinha. Talvez ele quisesse garantir que estivéssemos sob as rédeas da metrópole porque, afinal, a Pedreira tem valor para Éden. E todo o nosso trabalho. É por isso que nos mantinham lá.

— Não sei por que ele tentaria isso outra vez. Só sei que ele não foi. — Lembro com ódio. — A informação de que Núbia e gente importante da Fraternidade estavam infiltradas lá deve ter chegado nele num estalo. Talvez por isso ele tenha mantido o evento com uma estratégia de massacre. Acabar com Absinto antes que se rebelassem como em Babel.

— E a Fraternidade foi incapaz de perceber os planos dele?

— É o que parece. Lembro da surpresa de Ruana, do próprio Rona — digo. — Se o que você está dizendo aconteceu e ele foi a Babel um pouco antes, por que duvidariam? Havia carros e mais carros de Éden naquele dia. Eu mesma vi. Não tinha por que duvidar.

— Quem sabe Núbia não pensou em acabar com ele naquela noite? — pergunta Lígia.

— Não sei. Seria muito difícil. Tinha muitos besouros e vespas reunidos naquela noite. Quando descobriram que era uma armadilha, era tarde demais.

— Seria muito difícil, mas você tentou.

*Mas falhei.* Levo os dedos ao meu colar quase que imperceptivelmente. É estranha a forma como sou inundada pela vontade de pintar as cores de tudo o que vi naquela noite. Os fogos de artifício reluzindo contra o chão de terra batida e os nossos sendo exterminados à queima-roupa. É uma vontade absurda e irrevelável.

— Tem uma coisa que não entendo. Se Babel se rebelou, como estão sobrevivendo? — pergunta Lígia. — Como ainda não foram massacrados?

— Eu me pergunto isso também. Por mais que aqui tenham alguns besouros, não somos páreo pra Éden, Lígia. Você consegue nos ver entrando numa guerra de verdade? Olha para o tamanho disso tudo. Não somos nada. Além do mais, Éden arranjará outras pessoas para trabalhar naquela Pedreira.

Lígia se aquieta. Desvia o olhar para a comida e, por um minuto, parece pensar em algo distante do curso da conversa. Aguardo até que ela queira compartilhar.

— Sabia que toda a vez que fala em Absinto você agarra seu amuleto? — pergunta ela, evitando me encarar. Quando menos percebo, meus dedos estão mesmo segurando o colar.

— Acho que nem me dou conta — respondo. — Não sei como Daniel conseguiu recuperá-lo sem ser visto, mas sempre vou ser grata a ele. Minha tia me disse que enquanto esse cordão estiver comigo, minha mãe estará viva. Além disso... — Vou passando pedrinha por pedrinha do cordão, até chegar na única bolinha que destoa das outras. — Isso aqui é uma pílula. Está vendo? Tem uma combinação de ervas e pó aqui dentro. É uma porção de cura a longo prazo. Ela me deu para me proteger num momento em que eu sentisse a morte se aproximar. Não sei por que não engoli em nossa fuga. Estivemos a um passo de morrer.

— Eu sei por quê. A garota estava certa quando desenhou você e sua mãe e tentou te convencer. Você é diferente.

— Diferente.

— Sim. Vou te contar uma coisa — diz ela. Pigarreia e respira fundo algumas vezes, antes de continuar: — Quando eu era criança, meu pai me levava com ele para caçar. Ele me dizia que não caçávamos porque odiávamos os animais, mas porque precisávamos sobreviver. Dizia que um dia, quem sabe, moraríamos em um lugar longe dali, onde ninguém precisaria matar o outro para ficar vivo. Dizia que esse lugar já existia e que ele não morreria sem que eu e meu irmão chegássemos lá.

"Bom, eu nunca fui boa com o arco, mas aprendi a me esgueirar sem fazer barulho, a identificar pegadas e esconder meu rastro. Foi assim que te achei quando te conheci. Naquela noite, eu tinha dado a sorte de matar um coelho, mas a verdade é que nunca aprendi a caçar como ele. Amava ir à mata para lembrar dele, para senti-lo mais perto."

— O que aconteceu com ele?

Ela umedece os lábios e hesita antes de prosseguir.

— O Tássio vivia mexendo onde não devia, procurando informação para vender pelas ervas que ele mesmo não conseguia caçar sozinho e fumar. Ele descobriu alguma coisa sobre o meu pai. Sei disso porque ouvi os dois brigando uma noite. Eu era muito nova e nunca consegui me lembrar do que eles estavam falando exatamente. Só sei que no dia seguinte meu pai desapareceu, saiu de casa à noite e nunca mais voltou.

— Meu Deus — reajo, constrangida. Sinto muito. Não encontro palavras para expressar o quanto me compadeço da dor de Lígia. O pai dela foi morto ou faz parte do número de pessoas que simplesmente desapareceu da Colônia? — E depois?

— O corpo dele nunca foi encontrado. A única conclusão a que cheguei foi de que ele encontrou um jeito de desaparecer. Não sei por que ele me deixaria, Freya. Mesmo assim, eu sempre tive esperança de encontrá-lo algum dia.

O rosto de Abraão, o besouro que nos deu cobertura na fuga da Casa *Kimani*, brota em minhas lembranças. Torço com todas as minhas forças para que esteja vivo. Um homem da noite disfarçado entre os brancos da metrópole. Como é possível viver escondido assim por tanto tempo é a pergunta que não quer calar. Um homem como ele tem permissão para morar em Éden? Ou ele fugiu de alguma colônia e disfarçou-se aqui?

— Você acha que talvez ele fosse um rebelde? Será que seu pai conhecia a Fraternidade?

Lígia balança os ombros, triste.

— Meu irmão nunca falou sobre aquela noite. Só me lembro do meu pai dizendo que ele não deveria ter se metido em nada daquilo, que era um assunto perigoso e que a vida de todos nós estaria em risco — conta ela, me olhando nos olhos. As palavras saindo bravias, marcadas pela dor. — Você disse que falou com a própria Núbia. Se me derem a honra de falar com ela, quero contar a minha história para saber se o nome do meu pai faz algum sentido aqui.

Assinto devagar. Não fazia ideia do tamanho da dor de Lígia. Lembro de quando apertei a mão dela no ônibus a caminho daqui. Foi a primeira vez que a vi chorar e lembro que o olhar dela estava cravado nas florestas que cruzávamos. Deve ter pensado no pai. Imaginar que ela compartilha do mesmo desejo ardente de que sua família esteja viva nos ata em um laço invisível.

— Núbia disse que somos livres para perguntar o que quisermos. Eu mesma perguntei o que me incomodava, e sinto que ainda tenho tantas perguntas a fazer.

— Por isso eu digo que você é diferente e que a menina estava certa quando desenhou você e sua mãe naquele papel. Entendeu?

— Definitivamente, não.

Lígia franze as sobrancelhas, intrigada. Afasta o prato com o resto de sopa fria e segura uma das minhas mãos.

— Meu pai era um herói para mim. Eu o amava muito e, mesmo que ele tenha me abandonado, nunca deixei de desejar encontrá-lo, Freya. Só que nunca tive coragem de mover uma palha em prol disso. Você não. Mesmo quando descartava a ideia de ser Filtrada, você estava fazendo alguma coisa, correndo atrás do que podia, fazendo o possível para realizar sua vingança, espiando nossos inimigos à noite, se isolando de todo mundo para se concentrar no seu objetivo. Tudo o que você enfrentou até entrar naquele maldito navio, tudo o que você fez... Se não fosse pela sua determinação nunca teríamos chegado aqui, garota — afirma ela. É a vez de ela apertar minha mão, me encarar com firmeza a cada palavra. — Antes de te conhecer, eu era só uma bobona que me conformava com o cheiro da mata porque me lembrava do meu pai. Ainda tenho meu pessimismo e muita dificuldade de acreditar em mim mesma, mas hoje sinto arder dentro de mim uma coisa que nunca achei ter o suficiente. Talvez esta seja a coisa mais importante. Eu ganhei fé, Freya. Fé em mim mesma. E é você quem está me ensinando isso. Quando todas aquelas meninas descobrirem o que você fez e como saiu de lá, seu nome vai virar uma lenda. Ninguém jamais fez algo parecido. *Você* é a garota que eu sempre quis ser, mas nunca tive coragem. Esqueça o desprezo do povo da noite. Eles não tinham como ver o que a gente está vendo aqui. Se vissem, você seria a faísca necessária. Pode acreditar. Ninguém seria mais capaz de incitar uma revolução entre o nosso povo do que você.

# 29

## Um pesadelo no meio da noite

Mergulho o pincel recém-lavado no tinteiro. A ponta beija um novo tom de vermelho e retorna para a folha presa no cavalete. Arrasto o pincel desenhando um círculo em torno da massa amarronzada e crio novas camadas do que representa o sangue. Meus dedos parecem desacostumados ao exercício e não me dão mais o mesmo prazer de antes.

Lígia disse coisas para me agradar, quando não deveria. *Você é a garota que eu sempre quis ser, mas nunca tive coragem.* Como é que eu inspiro coisas boas nas pessoas se por dentro sou um caos? É um discurso bonito, não vou negar. Mas quando me olho no espelho, não vejo uma pessoa capaz de incitar revolução alguma. Na verdade, nem preciso de um espelho para isso. As pessoas não deveriam ouvir coisas que não merecem porque poderia fazê-las acreditar numa imagem distorcida de si mesmas.

Molho o pincel outra vez e agora o aperto no quadro sobre a parte marrom, deixando que gotas de tinta escorram livremente pela tela. Enquanto deslizam, contemplo com tristeza e agonia o quanto minha arte se perdeu. Aquela garota capaz de desenhar qualquer coisa que visse agora se tornou o quê? *Será que você não se reconhece mais no mundo? No que você está se transformando?*

O pigmento vermelho sangra sobre a tela, uma lágrima sangrenta. As acusações se avolumam em minha cabeça enquanto encaro o desenho com toda a raiva que posso reunir dentro de mim. Isso sei fazer, raspar todo o ódio encrustado na superfície da minha alma, raspar tudo, esfregar minha mente com cacos de telha. Juntar toda ira que se acumula dentro de mim me faz querer explodir. Assim, quando a raiva me transborda, soco a pintura com tanta força que o cavalete voa longe e se espatifa no chão, quebrando em três partes.

Tento controlar minha respiração. Lembro que estou cercada por uma imensa quantidade de livros proibidos. É um dos lugares mais animadores que eu poderia encontrar. Todas as palavras estão disponíveis para mim.

*Você não deveria se sentir assim. Controle-se.*

— Freya.

A voz de Lígia me pega desprevenida. Ela me olha de forma assustada, como se eu estivesse doente. Rapidamente, junto os tinteiros e tintas caídos que conseguimos uma hora atrás para tentar passar o tempo. Arrumo-os em cima de um banco, separo os pincéis para serem lavados, seco os dedos com um trapilho encardido e borrado em cores secas.

*Tudo isso é desnecessário, você precisa se controlar.*

— É um desenho lindo. Você é boa — diz Lígia, aproximando-se da tela pintada.

— Fala sério. Não tem nada demais aí.

Lígia franze a sobrancelha.

— Tem sim. Você desenhou um feto dentro de uma barriga. É lindo.

A palavra me irrita. Feto. Agora me sinto mais exposta do que deveria.

— Aliás, estive pensando no que aquela *kimani* grávida falou e...

— Ela não estava grávida — interrompo, crua. — Aquela encenação era parte de um plano da Núbia para tirar a gente de lá. Um plano ótimo que me fez ter certeza de que minha mãe foi expulsa porque engravidou de mim. Provavelmente mataram meu pai por isso. Provavelmente nada aconteceu como minha tia-avó acha que sabe.

Lígia aquiesce e pendura a pintura em algum lugar enquanto junto os pedaços do cavelete quebrado. Estou assustada por ter falado com facilidade de um espinho encravado. Não sei mais o que pensar sobre a minha própria história porque todas as minhas bases parecem tão frouxas quanto as deste cavalete. Quantos remendos um objeto desse é capaz de suportar até que nunca mais possa ser consertado?

— Eu te ajudo a montar isso — diz Lígia.

Instantes depois, estamos sentadas quietas no chão, tentando encaixar as peças soltas e montar o objeto outra vez. Agradeço-a por me jugar calada. Às vezes, o silêncio é o melhor amigo dos medrosos.

**Sentada numa** cadeira aconchegante, revezo entre aproximar o livro do nariz e ler suas páginas. Elas foram comidas pelo tempo, inclusive a capa feita de papel mais duro, alaranjada e ilustrada com o rosto do mesmo homem repetidas vezes, sempre com o olhar riscado. O autor conta a história de um homem chamado Heleno que havia esquecido a última vez que chorou. Enquanto leio o livro datado de muito antes do Breu, me pergunto se algum dia, assim como ele, secarei por dentro.

Um pouco mais afastada, Lígia pratica exercícios de português em um caderno oferecido por Suzana. A ex-*kimani* andou ajudando-a a aprimorar sua habilidade de leitura e escrita.

— Opa.

A voz que desconcentra Lígia e eu vem de um homem parado na entrada da saleta. Alto e forte, ele parece ter idade para ser nosso pai. Tem a pele escura como a de Lígia e o charme de um cavanhaque bem aparado.

— Não queria assustar as senhoritas. Passei para avisar que o rapaz está fazendo progresso. Temos uma enfermeira bastante criteriosa aqui. Só que ela vai zelar pelo descanso dele com todas as forças possíveis, acreditem. Isso inclui um não bem grandão a visitas.

Troco um olhar empolgado com Lígia. A menção a Daniel faz meu coração saudoso, principalmente ao lembrar do quanto ele parecia tão mal consigo próprio da última vez em que nos vimos, depois de tudo o que enfrentamos juntos. O homem se despede com um aceno de cabeça, mas, antes que saia, Lígia já está de pé o chamando.

— Você por acaso foi de alguma colônia?

— Não. Sou um besouro.

O impacto da frase substitui minha lembrança de Daniel em um segundo. É como Abraão. Homens como a gente se alistando é algo fora da imaginação. Não faz sentido.

— Pensando bem, você parece um deles pelo porte — atesta Lígia, observando-o melhor. — O fato de você ser um besouro só prova que somos leigas sobre qualquer coisa a respeito da vida fora das colônias — assume Lígia. — Bom, mas se você é um besouro infiltrado, será que já ouviu falar de um homem chamado Joel, o caçador?

— Sobrenome?

— Só isso mesmo.

— Como assim? Todo mundo tem um sobrenome.

— Não nas colônias.

O besouro longe das armaduras encara Lígia consternado. Oferece a mão para um aperto.

— Bom, sou André Neves, mas todo mundo me chama de Barbicha. Prazer. — Os dois apertam as mãos e ele me oferece um novo cumprimento.

Relutante, deixo o livro de lado enquanto ele se aproxima, cruza os braços e pergunta se pode sentar na terceira e última cadeira acolchoada da sala.

— Tenho grande curiosidade pela vida nas colônias. Nunca fui mandado para nenhuma delas. Podem me ensinar alguma coisa?

— Mas você não disse se conhece algum Joel — ressalta Lígia. — Talvez ele tenha fugido de uma colônia e se tornado um besouro infiltrado. Conhece alguma história assim? Talvez ele tenha mudado de nome, não sei.

— Posso falar com alguns amigos e ver se descubro alguma história assim. Mas por quê? Ele era importante?

— Nada de mais. Promete que me avisa se descobrir algo?

— Besouros não fazem promessas — diz ele, sorrindo.

— Por que não? — pergunto, interessada. — Conte sobre vocês e contamos sobre Absinto.

Barbicha me devolve um olhar com certa admiração, se ajeita na cadeira e pergunta.

— O que querem saber?

— Um de vocês nos ajudou. Ele nos...

— Ei, você não sabe se pode contar isso — interrompe Lígia.

— Não, tudo bem. Eu estava lá também — revela ele. — Estava pronto para atirar caso não conseguisse, Freya.

— O quê? Do que você está falando?

— General Lisboa. Quase atirei nela. Minha missão era proteger Tamiris, a *kimani* que vocês tentaram libertar. Foi uma missão caótica. Estava na cobertura de vocês.

Lígia e eu nos entreolhamos em choque.

— Não discutimos detalhes de missões fora de sala. Mas éramos poucos naquela noite, estávamos em desvantagem, não podíamos nos comunicar livremente com vocês e tínhamos que cumprir as apostas do jogo.

— Ele sobreviveu? Abraão — pergunto.

— Nós o perdemos.

Fecho os olhos, transtornada. A maioria das pessoas ao meu redor morre. Abraão estava bem do meu lado quando implorei para que ele fosse embora conosco. Nunca teríamos sobrevivido sem a cobertura dele.

As perguntas da profetisa no confessionário me assombram. Lembro com agonia do quanto ela me pressionava a encontrar arrependimento pela morte de Rona. Será que Abraão tinha família? Será que eu poderia ter evitado?

— Ei, não fique mal por isso — pede Barbicha, erguendo as sobrancelhas. — Abraão era nosso parceiro e que os deuses o tenham. Ele não poderia ter tido uma morte melhor. Nós, besouros, somos ensinados a ver a morte de forma diferente. Quando uma missão faz sentido para a gente, estamos prontos a dar a vida por ela, se preciso.

— Besouros tiram as vidas. — Não consigo controlar. Simplesmente escapa.

— Sim. Não dá para entender — corrobora Lígia. — Nunca conhecemos um de vocês que fosse bom. Você disse que jamais esteve em uma colônia, mas aposto que sabe o que fazem conosco, como metem medo na gente. Patrulhar nossas ruas à noite quando não temos eletricidade? O caramba. Vocês sempre estiveram lá porque para vocês aquilo é terra de ninguém. Fumam nossas ervas, roubam nossas hortas, tocam o terror, atiram em nossos telhados, fodem com garotas e garotos, fazem o que bem entendem sem nunca sequer vermos os seus rostos. E aí, de repente, vocês também são como a gente? Como o povo da noite?

A indignação de Lígia me orgulha, a forma como ela se inclina em direção ao besouro, não dando a mínima para o fato de ele ser um infiltrado ou não. Ao soldado só resta suspirar com pesar, inclinar as costas e apoiar os cotovelos nos joelhos robustos. O rosto desconsolado.

— Positivo. Veja bem. Não somos a maioria, mas estamos em um número interessante e, o mais importante, somos nós quem abrimos o caminho para que a Fraternidade se infiltre. Ninguém melhor do que a gente para isso — diz ele, numa tentativa de redenção. — Como acham que a resistência transita? Comerciantes, nômades e besouros são os facilitadores mais preciosos do jogo.

— Nômades? — questiono desacreditada.

— Nômades. Você não acreditaria na quantidade de informação que elas negociam por aí em troca de teto e comida. São verdadeiras espiãs dos dois lados. Da metrópole e da Fraternidade. O tipo de ser humano mais difícil de se confiar.

— O tipo de ser humano mais difícil de se confiar deveria ser o fugitivo da colônia que se transforma em besouro, não? — insiste Lígia.

— Não somos fugitivos de lugar nenhum a não ser daqui mesmo.

Preciso de uma pausa. Tem muita coisa nova acontecendo. Primeiramente, sempre imaginei as nômades como anciãs neutras. Agora, se são capazes de usar o poder das histórias para sobreviver, sou obrigada a imaginá-las ainda mais poderosas do que antes.

Em segundo lugar, se Barbicha tem todos os nossos traços, mas não escapou de uma colônia, isso só pode querer dizer uma coisa...

— Vocês são os mestiços da última zona — digo. — Há outros de nós aqui.

Barbicha dá um sorriso sem graça.

— Não é tão difícil de perceber, mas acho que vocês não conhecem nossa história — diz ele. — No começo, éramos todos vespas, um exército misto composto por gente de todas as etnias. Os vespas não usavam o nome "exército" ou qualquer outro semelhante. Na época do primeiro Ádamo, não existiam colônias nem nada do tipo. Éden começou com um grupo de sobreviventes do Breu tentando se proteger do que havia sobrado do mundo. Não existia IPV. A promessa do líder era que todos viveriam em uma comunidade igualitária. Foi no governo do segundo Ádamo que o jogo virou. Os vespas precisavam ser brancos e puristas. O resto deveria ser enxotado.

— Purista? — pergunto.

— Acreditar na maldição de Cã, nas ideias de pureza propagadas nos templos do jardim. Vocês sabem do que estou falando. Viveram isso na pele aqui dentro.

— Ele não conseguiu o que queria — aponto.

— Por muito tempo, sim. Pouco a pouco, como se ninguém estivesse notando, os vespas pretos foram dispensados do dever à pátria até que não sobrasse nenhum. A serventia, a devoção, a paixão pelo que faziam não significou nada, entendem? Só que, no fim das contas, o exército de Éden nunca se recuperou desse baque. Já ouviram falar no almirante Armadilha?

Eu e Lígia negamos.

— Pois deveriam. Ele era, como vocês dizem, um homem da noite. O maior de todos os vespas, a paixão de qualquer soldado e, ao mesmo tempo, uma ameaça para Ádamo.

Barbicha traduz em nossos olhos a sede de ouvir mais. Se o cara se tornou uma lenda por ameaçar Ádamo, quero saber tudo sobre ele.

— O Armadilha não só discordava dos ideais da metrópole como se posicionava contra. Se não ouviram, ainda ouvirão bastante sobre ele, um líder venerado aqui dentro. Há até quem sustente que a maldição de Cã foi um pretexto para expulsá-lo do poder, pela forma como tudo aconteceu. Nunca foi visto na história depois do Breu um homem com tamanha influência a ponto de fazer com que grande parte dos soldados, agora composta apenas por homens brancos, agisse a seu favor. Levavam e traziam informações, juraram obediência a ele na surdina. Armadilha dividiu os vespas de forma tão incisiva que todos, puristas ou saudosistas, acabaram influenciados pela sombra da independência, esse ar quase emancipatório dos besouros, a vontade de funcionar como um aparelho que independe das leis de Ádamo, embora ainda seja preso à metrópole. Tudo isso vem dele e agora é instigado por Núbia. Ela saboreia esse caos. Quanto mais fraco Éden for militarmente, mais quebrável será.

Há uma peça que ainda não se encaixa.

— Então se você é como nós, significa que nem todos fomos expulsos do serviço? — questiono.

— Depois do Novo Êxodo, a metrópole conseguiu o que queria, se tornar branca. Mas adivinhem por quanto tempo? Dá pra contar no dedo. Filhos mestiços cresceriam, mulheres brancas foram deixadas grávidas, ainda havia uma negrada debaixo da sombra de Éden. Gente mais escura como eu, gente mais clara. Nós brotamos em Éden em todas as partes, principalmente na 54 e na 45, para onde as pessoas de cor foram forçadas a ficar um pouco antes do Êxodo.

"De vez em quando, um pretão ou uma pretona sobressaíam. Então essa gente medíocre continuava cobrando os ministérios, até que Ádamo tornou o alistamento obrigatório para todos nós, de pele escura.

No começo, a gente resistiu porque todo mundo sabia que esses vespas seriam mandados para acampamentos distantes, pra dizer o mínimo. Mas quando você está dentro dessas muralhas, resistir é uma escolha que mata. Alguns de nós começaram a desaparecer, outros foram diminuídos nas pulseiras até o zero. Zero pontos. No final, tornar-se um vespa passou a ser a melhor opção. Foi aí que os vespas ganharam um novo nome.

"Besouros nunca tirariam seus capacetes e uniforme em público. Também devem se dedicar ao celibato. Não querem que nos proliferemos nem apareçamos, entendem? Até hoje, a vida militar nos cobre e nos afasta. Somos enviados para resguardar terras devastadas, patrulhar trens de carga e vilas de desertados, abandonar nossas famílias e viver em acampamentos para além das muralhas. Não somos muitos, mas estamos vivos e fortes. Costumamos dizer que somos as ervas daninhas que brotaram no jardim do Éden."

— Foi isso que aconteceu com você? — pergunto, transtornada e compadecida. Reconheço o que se passa pelos olhos de Barbicha quando ele diz "abandonar nossas famílias".

Um segundo depois, me arrependo da pergunta que me escapou. Não quero parecer uma sádica ou lembrá-lo de sua dor. Apenas jamais sequer imaginei que esse lado da moeda pudesse existir. Também passei por algo assim. E Lígia também, que foi abandonada.

Barbicha assente em silêncio. Encosta na poltrona, respira fundo e passa as mãos no rosto para afugentar seus fantasmas. Quando fala, a voz denota o cansaço.

— A idade levou meus velhos. Meu bisavô foi enviado para uma das colônias. Minha bisa nunca nem soube qual. Ninguém aqui tem noção do que acontece em qualquer um desses lugares — diz ele.

— Antes que a gente fale sobre como uma colônia funciona, tenho uma pergunta — se adianta Lígia. — Como a Fraternidade chegou até vocês?

— De muitas formas. Apesar de falharem ao tentar rastrear Núbia, todo besouro sabe que ela existe e que há outros que trabalham para ela — diz ele. — Você nunca pode confiar que todos ajam da mesma forma, mas a verdade é que há muitos de nós que não se importam. Chamamos esses de besouros-titanus, são soldados que beiram a emancipação. Se divertem com boas missões e de vez em quando se mostram a fim de foder com o sistema. Não servem para o nosso objetivo aqui. Estamos aqui para destronar Ádamo e derrubar Éden. Muitos de nós ainda temos o sangue de Armadilha. Se tivermos que dar a vida para um dia ver o grito dele ser cantado de volta no alto dessas muralhas, assim será feito. Só assim vou parar de ser uma sombra na vida da minha filha. Hoje, senhoritas, sou um pesadelo que só pode aparecer no meio da noite. De tudo o que eu falei, o que mais me corta são elas.

Barbicha enfia a mão no bolso, puxa um pedaço de couro enrolado do qual retira um papel e entrega a Lígia. Enquanto o observa, o olhar dela se transforma em tristeza. Quando meus dedos tocam o papel, a imagem de uma mulher e uma garotinha brancas sorriem para mim.

— Minha mulher insiste que eu preciso parar de aparecer no meio da noite. Sei que ela diz isso porque tem medo do que possam fazer comigo, ou pelo que Diana possa dizer aos colegas. Hoje, toda criança de cinco anos é treinada para dedurar qualquer coisa suspeita. Até os pais ganham pontos por isso. Minha mulher tem medo do que vai sentir quando eu finalmente tiver que sumir de uma vez por todas. Mas não pretendo abandoná-las. Elas são minha vida, entendem?

— Núbia não pode fazer nada para te ajudar? — pergunto, ressentida.

— Núbia? Núbia já fez — afirma Barbicha, perplexo. Durante um tempo, me encara como se tentasse me desvendar. Depois, quando continua falando, fixa o olhar em mim. — Sei que não é o que você pensa, mas Abraão, eu e os outros besouros, nenhum de nós nos arriscamos naquela noite por causa de você. Fizemos por nós, nossas famílias, nossa história, nossa honra. Isto é o que Núbia está fazendo. Trabalhando para dar a uma garotinha o direito de ver o papai pela manhã. Trabalhando para dar a nós, soldados da noite, a chance de poder mostrar o rosto. Estamos aqui por isso. Vamos viver e morrer se for preciso. Vocês não estão mais sozinhas.

# 30

## As paredes têm ouvidos

**O** quarto onde dormimos me lembra o de *La Amistad*, exceto que não flutua nem estamos trancafiadas. Desta vez, durmo na cama de baixo do beliche. Lígia na parte de cima. Há apenas duas outras camas. Na parte de cima de uma delas, um homem magro e alto ronca feito o motor de uma maquinaria pesada. Não sei como Lígia consegue dormir.

Os acontecimentos do dia me perseguem a cada minuto. São muitas novidades em pouco tempo e desenvolvo uma agonia pela dificuldade de respirar ar puro ou ver a luz do sol. Agarro meu colar com mais frequência do que o habitual. A ansiedade é tão grande que em um determinado momento preciso me sentar no colchão duro, com medo de deitar e, estranhamente, ser tragada pela velocidade dos meus questionamentos. Isso não é liberdade. Apesar disso, Núbia disse que sou livre para perguntar o que quiser.

Visto um dos casacos pendurados para uso comunitário e caminho para fora do cubículo escuro sem porta. Evito olhar para os canos e fios expostos acima, irritada com o lugar — quando deveria estar grata pelo acolhimento. Não quero acordar Lígia para enchê-la com minhas perturbações, além do que ela não pode me dar respostas. Não me resta outro destino a não ser Núbia Asmos.

Determinada a tentar a sorte e encontrá-la aqui mais uma vez, caminho sorrateira pelos corredores vazios do território sempre muito estreito e comprido, até chegar ao espaço isolado ao qual Suzana me trouxe algumas horas atrás. Mas então meus pés travam ao ouvi-las conversarem em voz baixa, Suzana e Núbia:

— Ele é o pai dela — cochicha Suzana. — Se ela souber disso e decidir fazer parte, pode estragar tudo.

— Discordo. É exatamente por isso que ela tem o direito de saber.

Suzana dá passos apressados na direção de Núbia. Quando volta a falar, preciso me aproximar um pouco mais para acompanhá-la. Um arrepio percorre minha espinha e meu coração dispara.

— Você sabe muito bem o que aquele monstro fez, Núbia. Pelo amor de Deus. Isso é pesado demais para uma garota de dezessete anos. Não a conhecemos como você pensa. Se ela perder o controle, tudo o que construímos até aqui se...

— Não ouse me aconselhar desse modo, Suzi — corta a outra. — O que a gente quer estabelecer aqui é uma relação de confiança para os dois lados. Não podemos confiar nela se ela não puder confiar em mim.

— Só que ela é a única *kimani* que fugiu do treinamento. Como você pretende...

A voz de Suzana morre. Núbia fecha os olhos, numa expressão de arrependimento ou cansaço. De costas para mim, Suzana retesa o corpo e gira nos calcanhares com os olhos arregalados.

De repente, minha barriga parece vazia. Borboletas no estômago. O mundo está tombando enquanto faço cara de paisagem.

— Nossa! A gente estava falando de você agora — diz Suzana, incapaz de disfarçar o constrangimento. Olha para o único gesto que Núbia faz com a mão e franze as sobrancelhas numa expressão de pena. — Me desculpe.

É tudo o que ela diz antes de me rodear com um pesar terrível e partir. Não sinto nada direito.

Núbia senta na própria cadeira, exausta. Nas mesas, além de papéis e cristais, uma bela xícara de porcelana repousa sobre um pires.

— Se tiver um rastreador no próprio nome, é melhor explicar como ele funciona — diz Núbia. — Isso seria de uma utilidade inimaginável.

— Posso voltar outra hora.

— Fique. Não sei o quanto você ouviu, mas estava mesmo para te chamar — diz Núbia, com um longo suspiro. — Por favor, sente-se dessa vez.

Caminho até a cadeira de aço e me acomodo. O olhar de Núbia continua atiçando o desconforto. A voz dela parece feita de mil encantos capazes de tremelicar meu corpo, secar minha garganta, marejar meus olhos.

Tenho um pai?! Por que minha mãe mentiria? Será que ele sabe da minha história? Será que me procurou? De repente, sou atingida pela lembrança de Barbicha carregando a imagem da esposa e da filha. *Não pretendo abandoná-las. Elas são minha vida, entendem?*

— Ele é uma boa pessoa?

Tento formular outras perguntas, mas minha garganta trava, me impedindo de terminar. Núbia também parece controlar os ânimos. Apoia o cotovelo da mesa, seca a boca, desvia o vislumbre sombrio no olhar, respira fundo e volta a me encarar.

— Ele é o homem que supostamente devolveu sua mãe para o Governo.

*Não.*

— Josué Amorim foi da família acolhedora de sua mãe por alguns anos. Ele a obteve do primeiro comprador. Era um imbecil obcecado por ela. Alucinado por sua mãe de um modo insano. Achava que a privilegiava, que a amava. Josué foi o homem que pagou mais caro por uma *kimani*, Freya. Por isso todo esse assunto é delicado. Trazer você aqui e despejar um balde de verdades na sua cabeça sem que você tenha tempo de sequer descansar. Percebe?

A pausa me massacra tanto quanto a verdade, porque, quanto mais os segundos se passam, mais imagino as coisas que Núbia relata. Não tenho lágrimas. Somente raiva. Não quero que nada disso seja verdade. Prefiro a história que minha *tinyanga* sempre me contou. Quero sair daqui, voltar no tempo e fugir de todo esse inferno que é a realidade além da beira do mundo.

De repente, a sala inteira me enoja e tudo começa a girar aos meus olhos. Inclino a cabeça para baixo. Fecho e abro os olhos, aturdida. O redemoinho desacelera um pouco, mas insiste em continuar.

— Por que estavam falando sobre ele? — pergunto, lembrando do que entendi por alto. Se eu estiver certa, Núbia tentava convencer Suzana de que eu merecia saber a verdade enquanto Suzana achava que uma garota de dezessete anos não estava pronta para isso. — Suzana achou que eu poderia perder o controle. Estão me escondendo mais o quê?

Núbia me encara por um tempo. Parece ponderar se quer continuar.

— Josué é um homem importante da 89. É um homem da confiança de Ádamo, os dois sorriem diante da desgraça da mesma forma. Encabeça um ministério cujo acesso é fundamental para o nosso trabalho. Uma casa em que a Fraternidade nunca conseguiu se infiltrar completamente — explica Núbia. — A casa de Josué é um ponto de contato para acessarmos o servidor da metrópole. É o motivo de estarmos aqui. É a missão que precede nossa saída. Espetar a rede com um parasita digital para hackear a metrópole.

— Hackear?

— Invadir o sistema, desativar pulseiras, se infiltrar no sinal digital e dominar o Canal da Redenção. Todo edense tem um televisor com os canais no Governo. Queremos usá-lo a favor da Fraternidade. Coincidentemente, isso envolve sua família paterna.

— Não tenho família paterna. Família é muito mais do que compartilhar o mesmo sangue.

Núbia ajeita os braceletes dourados no antebraço, alisa o xale impecável em seu corpo e permanece em silêncio.

— Eu mereço saber minha própria história — insisto. — Por favor, me diga tudo o que preciso saber.

Núbia me sonda em silêncio. Quero colocar qualquer sensação forte à frente das minhas fragilidades para parecer um pouco mais respeitável. Estou prestes a levantar e sair em silêncio, quase desistindo de ter vindo aqui.

— Sei somente o que sei. Você não chegou a ver como *kimanis* são realmente tratadas dentro da casa de uma família acolhedora. — Ela diz a última palavra com uma frieza assustadora. — São escravizadas. Limpam, cozinham, lavam, passam, servem, dormem trancafiadas em verdadeiros calabouços. São crianças governando o lar de mulheres adultas, tomando conta de seus filhos e, quando ninguém está por perto, sendo abusadas pelos homens da casa.

Eu sabia! Podia imaginar. Sempre esteve nas entrelinhas e nenhuma daquelas vacas brancas teve coragem de nos falar. É por isso que nos esterilizam e ainda inventam a desculpinha de que os céus não querem que procriemos.

— Quando a mãe branca enjoa de uma *kimani* ou mesmo quando o patriarca se cansa, elas definham e são jogadas na sarjeta. Hoje, nós as encontramos e tentamos reincluí-las em um plano de vida melhor. Naquela época, sua mãe se virou sozinha. A lei da esterilização não funcionou para ela...

As sobrancelhas de Núbia se mexem como se quisessem desenhar uma pirâmide. De repente, ela me olha com pena.

— Há inconsistências na história. Isso é tudo o que sei. Josué descobriu que Amara havia engravidado. Ele é casado com uma mulher estéril. Poderiam se esforçar para manter o bebê, mas, caso fossem denunciados, a pena para isso é a deserção. Eles perderiam tudo o que construíram, mesmo que Josué já tivesse forte influência em Éden. Ao que tudo indica, Amara foi denunciada e expatriada. Não tenho certeza de como a manobra aconteceu, mas livrar um homem de culpa nunca foi difícil.

268

Crio uma imagem em que besouros aparecem do nada e algemam minha mãe. Ela esperneia e grita, mas Josué apenas a observa enquanto eles cortam a língua dela ali mesmo. Sangue empapa sua boca inteira e escorre pelo queixo como uma cachoeira escarlate.

— A culpa nunca será dela — sussurro pra mim mesma.

— Nunca. Josué tinha uma fantasia doentia de que estava apaixonado por Amara, mas ela foi forte o suficiente pra resistir por você até o último segundo. Ela sabia que você era a única coisa que nem os piores torturadores poderiam tirar dela. Ela lutou por você. A resistência dela está no seu sangue, Freya.

Conheço a tortura porque é o que faziam com os garotos que tentavam bancar os espertos e atravessar as cercas de Absinto. Os vespas os amarravam em fios e os eletrocutavam até que desmaiassem. Meu tio Greyson morreu defendendo-os.

Fecho os olhos e me forço a não imaginar essas cenas. Fui torturada ainda no ventre da minha mãe enquanto ela perdia a sanidade mental. Torturaram uma mulher grávida, mesmo conscientes da condição dela. Que tipo de martírio uma pessoa precisa receber até que as informações em seu cérebro se tornam um branco? Éden não é uma metrópole que só quer viver segundo seus ideais puristas e religiosos. Éden é cruel. Ádamo não é Deus. Ádamo é o diabo. Nada do que os testamentos ensinam é levado em consideração quando estraçalham por dentro uma mulher grávida.

— Eu quero ver este homem — digo. Nunca estive tão certa de algo. — Queiram vocês ou não, vou atrás dele.

— Metade de nós não é favor de envolvê-la em algo assim — afirma ela, fria. — Suzana tem um bom ponto. Isto é demais para você. A Fraternidade vive o vértice de um momento histórico. Qualquer deslize agora pode representar nossa queda.

— Mas esse assunto é meu. Ninguém que eu conheça em Absinto foi tão longe em busca de vingança. E eu não vim até aqui para ficar escondida debaixo da terra. Estou aqui para ter a minha vingança.

— Sua vingança sem medida na ponta de uma faca contra Josué nunca será uma boa opção porque isso te tornará uma patricida, e esse tipo de fantasma é imortal, Freya. Comerá os seus órgãos, suas vísceras e tudo o que encontrar até que você se sinta pior do que os vermes que te comerão. — Como uma cobra peçonhenta, Núbia não pisca.

— Acontece que essa é a minha história. Minha e da minha mãe. Se sou importante para vocês, por que não me dão a cobertura que eu preciso mais uma vez? Eu *mereço* tirar a minha história a limpo. Eu imploro.

Além de nunca ser meu pai, Josué denunciou minha mãe porque não queria ser exposto. Denunciou a *kimani* que cuidava de seus filhos, de sua casa. A *kimani* que passou pelos mesmos rituais que eu, obrigada a confessar pecados inexistentes, tratada como a escória do mundo, forçada a acreditar que uma família a acolheria no final de tudo. Uma *kimani* que provavelmente nunca o quis, nem o amou. Este homem merece saber o peso que está sobre suas costas. Estou aqui para isso.

Meus lábios ressecados clamam por pelo menos um gole de água. Não é fácil sustentar a expressão de Núbia pensativa, até que ela decide procurar um papel na gaveta e repousá-lo sobre a mesa. Reconheço-o de imediato, e meu coração se aperta.

— O cofre estava aberto quando pegaram Ruana — diz ela. — Você deve ter tido tempo de ver isso. Sabe o que significa, não sabe?

— Onde ela está?

— Ruana foi detida junto aos outros de nós. Estavam sendo mantidos em cativeiro, em terras sem lei, mas um esquadrão da Fraternidade conseguiu encontrá-los. Estão a salvo. A única preocupação deles é a mesma que a nossa: sair daqui com todas as vidas que interessam.

— Você estava lá quando fizeram aquilo? — pergunto, sem coragem para nomear o extermínio do nosso povo.

— Ádamo jamais exterminaria mão-de-obra barata para chegar na Fraternidade — confessa a comandante. — Você não faz ideia do quanto ele ganha explorando o nosso povo. Mas para te responder, eu estava tentando entrar em Absinto. Era eu quem deveria ter feito o papel de Ruana. Tentar convencê-la. Só que os eventos calharam de acontecer ao mesmo tempo. A minha chegada e a de Ádamo. Coincidência ou não, a Fraternidade foi pega de surpresa tanto quanto vocês. Ficamos de mãos atadas. Mas mantemos a esperança. O que planejávamos a longo prazo era muito mais consistente. E você se encaixa perfeitamente com o que temos em mente. Precisamos de você sã e convincente. Vamos transformá-la em uma porta-voz. Falhamos uma vez. Não falharemos outra.

Nunca senti meu coração tão apertado no peito. A pressão dificulta minha respiração. O carinho por Ruana invade meu ser sem muita explicação. Mais uma pessoa torturada na mão da metrópole que diz amar a Deus.

Ainda não sei como Núbia espera fazer de mim uma porta-voz. Saber que a procura por ela não foi o motivo da chacina que destruiu minha colônia parece um alívio. No entanto, será que ela não está se ouvindo? Minha história é horrível. Estou exposta, vulnerável e tola. Não sou porta-voz de nada. Sou fruto de uma relação entre um homem branco e a mulher que ele escravizava.

— Vou atrás dele — aviso. Não há mais a dizer. Nem é um pedido. A Fraternidade não pode me manter aprisionada aqui. — Me inclua em sua missão. Se me ajudar, posso te ajudar de volta.

A mulher me observa quieta. Vasculha minhas intenções com o poder do olhar.

— Josué dará uma festa em dois dias — revela ela. — A Noite das Insígnias é a oportunidade perfeita para colocar nossos planos em prática, mesmo que haja vigilância redobrada na casa.

Meus olhos brilham diante da possibilidade.

— Se quiser ter sua vingança, ela deverá ser feita em silêncio. Se realmente se importa com o que estamos prestes a fazer pelos refugiados, você não deverá revelar sua identidade, tampouco confrontá-lo — diz ela. — Vejo em seus olhos que você quer o confronto, mas é preciso aprender a guardar o combustível para explodir na hora certa. Se o usarmos de forma inteligente, salvaremos centenas de pessoas vulneráveis. Poderá salvar a si mesma.

# 31

## *Tusajigwe*

Quando você está presa em um esconderijo debaixo da terra e corre o risco de ser morta, ou coisa pior, caso decida subir até a superfície, revoltar-se com o mundo não parece ser uma escolha muito inteligente. Na verdade, escolha é uma palavra que nunca combinou tanto com a minha vida. Escolher sempre será difícil mesmo se um dia eu tiver toda a liberdade do mundo.

Escolho ir atrás de Daniel. Ando pelos corredores da base improvisada com o coração na mão. No que imagino ser noite ou início da madrugada, os corredores estão mais vazios do que nunca e as luzes apagadas tornam o lugar mais sombrio do que ele já parece.

Não demoro até descobrir onde Daniel está sendo mantido, num dos únicos quartos com porta e cheiro de álcool. Uma senhora e um jovem vestidos de branco dormem em camas improvisadas, diferentes das camas dos enfermos, que são ocupadas por Daniel, outro homem e uma *kimani*. Eu me aproximo sorrateira e meu coração parece se aliviar um pouco quando o vejo deitado. Sem a saia vermelha, a blusa bufante ou mesmo a vestimenta de besouro, Daniel fica mais parecido com alguém que veio do mesmo lugar que eu. Uma beca com terra cobre seu corpo, realçando o peito forte e se esticando até o meio das canelas. Por alguns segundos, imagino o que aconteceria se eu resolvesse deitar ao lado dele, me fingir de morta e tentar esquecer meus problemas.

Na cabeceira ao lado, uma bala repousa num copo de plástico. A perna de Daniel está enrolada em bandagens. Ele pulou para dentro daquele bueiro e caminhou às pressas com uma bala encravada no corpo. Talvez o ferimento tenha infeccionado ou algo do tipo.

Como se notasse minha presença, ele se mexe.

Paro de respirar por alguns segundos, em um silêncio completo, até me certificar de que ele continua adormecido, como todos ali. São apenas pessoas cansadas. Não devo atrapalhar o descanso de ninguém. Sendo assim, olho para Daniel uma última vez e resolvo deixar a sala pisando na ponta dos pés, intrigada com o entrelaçado de afetos que confunde meu peito quando me aproximo do garoto.

De volta aos corredores, volto a perambular. Não vou conseguir deitar numa cama e esperar o sono chegar porque ele virá acompanhado de uma projeção de Josué, e estou cansada de ter pesadelos. Procuro qualquer lugar vazio onde possa ficar sozinha e respirar melhor. Onde não haja quem me observe ou saiba da minha história.

Meus pés se arrastam pelas áreas da base não apresentadas a nós. Cruzo limites onde eu não deveria estar. Nada disso me importa. Tateio as paredes angustiada. Até que um pequeno corredor sem saída chama a minha atenção. Ele termina a poucos passos de distância, mas está nítido que esconde uma sala muito mais iluminada do que todas as outras. O aroma floral preenche minhas narinas e, quando me aproximo, dou de cara com uma estufa que representa a antítese dos meus sentimentos.

Sob um teto de luz forte, fileiras de flores delicadas se estendem pela sala, enraizadas em um canteiro de terra preta. Todas as pétalas são escuras como carvão, perfeitas nos mínimos detalhes. Cada ramo desabrocha em diversas pétalas suaves e bordadas nas pontas. Há pelo menos cem cravos, olhando para mim como se pudessem dizer que a vida pode ser bela, mesmo quando soterrada. São do mesmo tipo que Ruana trazia na orelha. A assassina de filtradores que sobreviveu.

Deixo a ponta dos meus dedos acariciar a natureza. A suavidade do toque é tão contrária à dureza que me preenche que tenho vontade de chorar, mesmo sem saber como.

Meu pai não morreu coisíssima nenhuma. Minha *tinyanga* ou minha mãe decidiram me contar outra história. Tenho certeza de que elas apenas quiseram me proteger, mas não se deve editar a história da vida das pessoas esperando que elas sofram menos do que já sofrerão na vida. Não parece certo.

Apesar de querer participar da missão, quanto mais a verdade se assenta em mim, mais despreparada me sinto para dar o próximo passo. Eu deveria estar feliz pela oportunidade de fazer vingança contra o homem que desertou minha mãe. Mas a verdade é que sinto como se nunca fosse encontrar felicidade alguma.

As dúvidas me consomem por todos os lados e tudo o que eu desejo é que as informações parem de girar. Alguém precisa me dizer que tudo não passa de uma piada de mau gosto. Não quero ser o centro de nada disso. Não quero ser usada por ninguém.

— Eles são lindos, né?

A voz me assusta. Ao meu lado, Suzana desliza os dedos queimados pelas pétalas de um cravo. Gostaria que ela me deixasse em paz por um tempo, mas respiro fundo e volto a contemplar os cravos.

— Sabe o que são? — pergunta ela.

— Cravos — respondo, seca e sem contato visual.

— Eles foram batizados de *Tusajigwe*. Pode ser que amanhã, quando você chegar aqui, eles estejam de uma cor completamente diferente. Estão assim há algum tempo, mas houve outras cores no passado.

*Legal. Eu só quero ficar sozinha. Vá embora, por favor.*

— Nunca ouvi falar de flores que mudam de cor.

— Dizem que está ligada ao tempo, como se *Tusajigwe* pudesse prever o que está para acontecer. Só precisamos interpretar as cores.

Sorrio com ironia. Tudo fica em silêncio durante um tempo.

— Você não acredita — afirma ela.

— Como isso poderia ser possível?

Suzana balança os ombros.

— Essas flores vieram das zonas radioativas. Foram coletadas lá. Tudo pode ser possível.

É a primeira vez que olho direito para ela desde que entrou aqui.

Eu era apenas uma garotinha quando via Suzana oferecendo tecidos de porta em porta. Ela era uma daquelas moças que ficavam com os cortes que Doravel jogava fora. Costurava-os e transformava-os em lenços, toalhas, mantas e cobertores. Trocava seu artesanato por comida, semente, ou alguns dos benefícios que as fábricas de vez em quando nos entregavam, como sabão e enlatados. Agora estamos aqui, uma de frente para a outra, onde nunca imaginamos estar. E a sensação de que estamos descoladas do espaço e do tempo aflora.

— Você veio do mesmo lugar que eu — diz ela. — Ouviu as mesmas histórias. As mesmas nômades. Aquela que a gente chamava de mulher da pele de cacto dizia...

— Ter visto pedaços da lua nas estradas a caminho das zonas de radiação — completo.

— E o velho Alberto, pinguço toda vida, que sempre que bebia contava a mesma história na Festa da Cabeça do Javali, do dia que ele pulou a cerca e encontrou canibais. Ele quase foi parar num caldeirão. Um belo de um mentiroso.

Não consigo escapar do riso frouxo. Tudo o que eu mais queria agora era o poder de voltar no tempo. Sentar ao redor do fogo com as outras crianças em uma das noites mais esperadas, ouvindo histórias que mal me deixariam dormir. Histórias que me fariam fazer xixi na cama como minha mãe. Então nos tornaríamos parecidas em alguma coisa além de um pouco da aparência.

— Você gostava de sentar do lado de Nalanda, não era?

— Eu gostava dela porque ela interagia sem falar muito — confesso, nostálgica. — Os garotos xingavam a Nalanda de desertada do cabelo enferrujado. E já que eu era a filha da Doidinha, acho que a gente tinha uma ressonância.

**275**

— Quanta criatividade — ironiza ela. — Bom, quem diria. Eu, você e Nalanda fomos todas sequestradas pelo mesmo sistema e estamos, ao mesmo tempo, longe de casa.

— Quem diria — digo, reflexiva.

De repente, noto as queimaduras nos dedos de Suzana. A pele enrugada e repuxada parece fruto de um castigo oferecido pela general Lisboa.

— Foi minha família acolhedora — diz ela, logo que retiro os olhos. — Faziam coisas muito piores quando eu deixava alguma coisa cair e quebrar, quando eu passava mal e me recusava a trabalhar ou quando eu não queria tocar onde não sentia a menor vontade. Depois do treinamento, as coisas pioram.

— Que absurdo — comento baixinho, lembrando do dia em que derramei uma gota de vinho e aquela vaca branca jogou uma taça inteira da bebida na minha cara. Madalena avançou em minha direção, diminuindo meus pontos. — Conseguem piorar o que já é horrível.

Um sorriso amargo tinge o rosto de Suzana.

— Conseguem. Você ficaria horrorizada com o que somos obrigadas a enfrentar. Depois de tantas confissões e remédios, somos vencidas pelo discurso. Você só quer sobreviver, só quer que tudo passe e não tem para onde ir. Ouviu falar do confessionário público?

Nego com medo do que estou prestes a ouvir.

— Elas nos obrigam a fazer um juramento diante da bíblia, da árvore sagrada e de Ádamo. Somos obrigadas a confessar um pecado em público. Só depois somos batizadas. Passam a gente por um portal da santidade, nos obrigam a entoar um cântico idiota e os sacerdotes dizem que finalmente estamos purificadas da nossa maldição. Acontece que nos entregam para algo pior: as famílias acolhedoras.

Imagino a cena nos mínimos detalhes, até ser seduzida por uma ainda mais interessante. Frente a frente com Ádamo, atravessaria a garganta dele com uma faca roubada da cozinha. Sangue espirrado sobre as estolas dos sacerdotes. A queda do Trono de Tronco. Sem seu imperador, Éden entraria em colapso, a Fraternidade atacaria, quebraríamos as pulseiras das pessoas, dominaríamos a cidade e convocaríamos todo o povo das colônias para habitar aqui. *Caia na real.*

— Fui comprada pela família de um homem cujo nome não menciono — conta Suzana. — Enquanto eu trabalhava, ele vivia jogando provocações para mim em frente à esposa. Dizia que ela deveria comer mais até ficar gorda como eu, que as mulheres boas têm carne para oferecer. Até que um dia fiquei sozinha com ele em casa. Estava lavando o chão do banheiro quando ele me atacou. Parti para cima de volta e ele resolveu me punir de verdade. Em vez de diminuir meus pontos, aquele verme me trancou na despensa por muito tempo. De vez em quando, mandava pão e água. Eu não sabia quantos dias se passavam, porque toda hora alguém apagava e acendia a única lâmpada do quarto. Podem ter sido semanas ou meses, Freya. Meses.

Olho para ela, atingida pela dor.

— Ele me cortou, me amarrou, enfiou objetos dentro de mim — continua ela. — Dizia que faria comigo o que quisesse porque tinha uma taxa altíssima de IPV descontada de seu salário mês a mês. Até a esposa dele não aguentar mais conviver com aquela situação, eu virei um animal, um brinquedo vivo na mão dele.

Encaro Suzana, horrorizada.

— Como você encontrou a Fraternidade? — É o que consigo perguntar, enjoada.

— Não encontrei a Fraternidade. Eles me encontraram.

— Como?

— Não fui como você, Freya. Tomei todas aquelas pílulas até o último dia — diz, buscando o nada com os olhos. — Fugir é uma coisa impossível depois que você tem a identidade alterada, quando você, de fato, se torna uma *kimani*, acredita que nasceu para isso e que não há saída. Elas treinam você para que acredite nisso. Fodem sua mente e te viciam naquelas drogas para que você relaxe e não queira reagir. É como se não houvesse mais nada a fazer. A droga é melhor do que tudo. Depois da tontura, vem o alívio e a capacidade de suportar qualquer coisa.

Suzana para de falar. As feições encontram um pavor. É como se a alma tivesse se esvaído pelos olhos para reencontrar o passado maligno, como se ela ainda soubesse como manter o corpo sob efeito da droga. Por algum motivo genético, mesmo ingerindo os remédios, a pele dela não foi clareada como a das outras. Recuperar a própria identidade deve ter sido um dos maiores desafios para ela.

— O homem que mandava em mim ofereceu a Noite das Insígnias em casa, exatamente como essa que vai ter agora — ela diz, com o olhar distante. — Ouvi os gritos no andar de cima, do quarto deles. A mulher guinchava como uma porca em abate. Aquilo atravessou minha alma. Era como se eu estivesse me ouvindo. Então fui até lá. O homem matou a própria esposa com uma surra. Daí ele me viu. Foi atrás de mim. Ele me jogou no calabouço e me espancou com um pedaço de ferro. — Suzana engole em seco e respira fundo. — Ele quebrou meus ossos. Perdi muito, muito sangue. Estava prestes a morrer, até que ouvi um barulho na porta. Alguém chegou perto e quebrou minhas correntes. Pensei que já tinha morrido e um anjo estava pronto para cuidar de mim, mas aí eu vi o rosto dela. Era um anjo com uma linha dourada pintada nos olhos. Núbia Asmos aprendeu a encontrar as *kimanis* à beira da morte. É assim que ela consegue resgatar a gente.

Comprimo os lábios, aterrada. Uma chama condolente se move dentro de mim. Um assomo de esperança e respeito por Núbia. Um desejo de que minha mãe tivesse sido resgatada antes de ser destruída.

— Se me dessem a chance de voltar à casa do homem que quase me matou, eu não pensaria duas vezes em viver minha vingança. Sonho com o dia em que aparecerei diante dele, introduzirei nele todos os objetos que ele enfiou em mim e o deixarei definhar até a morte — diz ela, encarando-me com toda calma no olhar. — Nunca quis que você fosse poupada de saber a verdade sobre o seu pai. Só não concordo com a sua participação na operação, porque cada passo precisa ser invisível aos olhos de Josué. Ele não pode desconfiar de nada, nem por um segundo. Mas você será capaz poupá-lo da morte se tiver a chance?

# 32

## Salto alto não é telhado de casa

Nos últimos dois dias, o clima na base improvisada muda drasticamente. Agora que já conhecemos todo o espaço subterrâneo, ele sempre parece pequeno demais para suportar nossa presença e a sensação de que seremos surpreendidos a qualquer momento nunca passa. Os sorrisos desaparecem quase que por inteiro, os poucos besouros não retornam e o sopão passa a ser servido em intervalos maiores. Nas vezes em que encontro com Suzana, tenho vontade de perguntar por detalhes, mas não é difícil sacar que esse tipo de pergunta não é bem-vinda no grupo. Quando precisar saber sobre uma operação, você saberá. Ponto final.

Eu e Lígia visitamos Daniel duas vezes por dia, mas nunca damos a sorte de pegá-lo acordado. Os dois enfermeiros que se revezam entre os abatidos da sala dizem que ele está sendo sedado enquanto se recupera. O Ébano teve um ataque de pânico quando recobrou a consciência e, apesar da notícia nos preocupar, somos tranquilizadas pelas garantias, tanto da enfermeira mais velha quando do enfermeiro mais novo, de que nosso amigo está melhorando. O curativo da perna, que chegou a inflamar, finalmente cicatriza bem. Em breve, Daniel estará novo em folha.

Quem gostaria de tomar um sedativo sou eu, afinal hoje é um dia importante. Hoje conhecerei o desgraçado que denunciou minha mãe, e eu não poderia estar mais nervosa. Além de visitar Daniel, tudo o que eu e Lígia temos feito nesses últimos dias tem sido ocupar a biblioteca andando de um lado para o outro, confabulando e trocando as cargas de ansiedade por causa da Operação Josué. Ah, e estou tentando me equilibrar em sandálias de salto alto, pois precisarei dessas porcarias em minha missão.

Desde que Núbia aceitou me colocar dentro do esquema, só consigo pensar em pelo menos duas coisas novas: como me manterei de pé sobre essas sandálias e como provarei o meu valor para a Fraternidade.

Mesmo fora da operação em si, Lígia fica sempre ao meu lado. Nas duas vezes em que encontramos Núbia para discutir as nuances do plano, trocar ideias e instruções, ela insistiu que a comandante a colocasse no meio do perigo ao meu lado. Acontece que só uma *kimani* experiente poderia participar da operação. Para me manter na ativa, Núbia meteu a colher no jogo, forçando a minha entrada no lugar da rebelde anteriormente escalada.

— Minha filha, salto alto não é telhado de casa. Você ainda não sabe fazer isso. Seu equilíbrio está péssimo — aponta Lígia. — Também não imagino como vão pintar seu rosto a ponto de disfarçar sua aparência. Isso é muito perigoso.

Reviro os olhos porque já perdi a conta de quantos empecilhos Lígia arruma de hora em hora a respeito da minha insistência em participar.

— Não tem mais como voltar atrás.

Com a bateria do nervosismo ligada dentro de mim, arrisco desfilar devagar dentro da biblioteca. De vez em quando, meus pés tremelicam sobre os saltos e preciso abrir os braços por alguns segundos. Ainda assim, e mesmo que minha única amiga não assuma, tenho certeza que melhorei consideravelmente.

— Apesar de toda essa parte horrorosa, ir até essa sala misteriosa e espetar um chip em uma máquina parece fácil — diz Lígia. — O problema é quando você olha para o tamanho disso aqui. O que esse cara guarda em tantos quartos?

Lígia se debruça sobre a mesa e, pela trigésima vez no dia, analisa a planta do casarão que sediará o evento. Pensar em como seria fácil para Éden ajudar as colônias sem fazer esforço é inevitável. Acabar com os privilégios dos políticos ricos resolveria o caso. Ao mesmo tempo, não queremos nada de Éden além de implodi-la.

— Às vezes é para a filha adotada. Eles são ricos, Lígia. Podem comprar uma colônia se quiserem — ironizo, fazendo Lígia me medir de rabo de olho.

— Ninguém pode me comprar, querida.

Lígia arregala os olhos e volta a encarar o mapa e as anotações por um momento. Apoio um livro na cabeça e tento caminhar com os saltos em uma linha reta. O objeto cai fazendo um barulho estrondoso, como sempre.

— Suzana disse que eles bebem gim nesse evento. Talvez você possa alegar que está bêbada — comenta ela, sendo insuportável. — Aliás, qual será o sabor de gim?

— Se é uma coisa que um monte de homens se reúne para beber, acho que já odiamos — digo, desistindo de causar tanto sofrimento ao livro e devolvendo-o para a estante.

Taí algo em que não gosto de pensar. A famosa Noite das Insígnias é uma festa reservada apenas para homens. Os mais importantes da cidade, como militares, ministros e barões, que se reunirão não só para beber o melhor gim da metrópole, mas para fazer negócios. Inclusive *kimanis* poderão ser negociadas da mesma forma que um carro ou qualquer outro objeto de valor. A noite acontecerá daqui a pouco, na mansão de Josué, um dos homens mais afortunados da Zona 89. Esta é uma das operações mais arriscadas da Fraternidade e eu preciso ser lembrada o tempo todo de que não devo tentar matar o pai que eu não sinto ter.

— Às vezes acho que você deveria dar cabo de sua vingança aqui — diz ela, apontando para o mapa. — Você deveria fazer o seu nome ser conhecido. Como é que ele pode viver depois de ter cometido uma violência dessa? Sinto muito, mas é um filho da put...

A voz de Lígia fica presa quando a cabeça de Daniel brota na porta encostada. Levanto as sobrancelhas e ele abre um sorriso, mancando em nossa direção.

— Vamos fazer de conta que alguns homens se salvam — brinca Lígia, levantando e dançando de uma forma hilária na direção de Daniel e tascando um abraço apertado nele que o faz bambear enquanto sorri desajeitado. — Que saudades!

Daniel olha para os meus saltos e, de repente, sou coberta por uma vergonha imensa de tentar me equilibrar nesse par horrendo. Não penso duas vezes em tirá-los, antes de puxar uma cadeira para o garoto que apoia o corpo sobre duas muletas.

— Você perdeu uns quilos, neném — observa Lígia. — Que desperdício.

Daniel parece esperar para me abraçar antes de se sentar, mas como logo me ocupo procurando um lugar para as sandálias — ou uma desculpa para, não sei por quê, escapar — ele decide se acomodar. Os olhos estão fundos e o rosto um tanto pálido.

— Não me olhe como se eu estivesse morrendo — protesta ele. — Foram me visitar?

— Não, tínhamos coisas mais importantes com o que nos preocupar — diz Lígia. Depois sorri e diz que é brincadeira.

— Precisa de ajuda com isso? — pergunto, ajudando-o a apoiar as muletas em um canto.

Quando por fim puxo uma cadeira e nos posicionamos em torno da mesa, somos o trio completo.

— Levei um tiro e vim parar debaixo da terra. Quem vai me atualizar?

— Isso vai levar horas — digo.

De forma resumida e com a voz baixa, Lígia conta as principais partes do que aconteceu até aqui. Ela deixa espaço para que eu fale o que compete a mim, sobre a descoberta de Josué, o que ouvi de Suzana e minhas primeiras conversas com Núbia. Repassar a maioria dos detalhes é como tocar em feridas mal cicatrizadas, mas faço o possível para compartilhar o que dá porque Daniel está nessa conosco. Lígia deixa a Operação Josué para o final. Quando termina, ele vira o rosto pra mim e diz.

— Não entendi exatamente o que ela quer que você faça lá. O que significa invadir o sistema?

— Núbia quer refazer o Breu, só que no sistema digital de Éden. A Fraternidade acha que poderia desativar as pulseiras, zerar o IPV das pessoas, causar o caos que a gente precisa para desestabilizar a porra toda — explico o que já aprendi nas últimas horas. — Se conseguirem zerar a pontuação das pessoas, não haverá mais ricos e pobres.

— Além disso, pode ser que eles consigam acessar o sinal dos televisores e enviar uma mensagem da Fraternidade para a casa das pessoas.

— E começar uma guerra? — pergunta ele.

— E quando não estivemos numa guerra?

Daniel coça a cabeça mais pálido do que antes.

— Eu vou com você.

— Vai... aonde?

— Para a festa —responde ele, inseguro. Olha para Lígia em busca de ajuda, mas tudo o que ela faz é observar o rosto do rapaz em silêncio.

Franzo a testa e me faço de desentendida. Não quero acreditar que ele esteja dizendo isso porque acha que precisa me proteger.

— Mas para que você quer ir? Não faz sentido.

— Porque a gente é melhor quando está junto — responde ele, com convicção.

— Mas esse plano não é igual ao nosso. Aqui é uma operação estudada há mais tempo, com um plano de fuga equilibrad...

— Você colocou um caco de vidro no pescoço de um filtrador — contraria ele, irritado. — O mesmo caco que usaria para matar Ádamo. Quem garante que não vai querer acertar as contas com o seu pai?

— Eu garanto — afirmo. — Isto é diferente. Se eu revelar minha identidade, comprometo toda a operação. O que pode ser ruim para a Fraternidade inteira. Precisei de muito esforço para que Núbia confiasse a missão a mim.

— Não importa. Eu quero muito ir. Vou falar com ela.

Lígia ri.

— Você não pode ir comigo — explico, deixando que os dois percebam o cansaço em minha voz. — Você é o primeiro homem treinado para ser um *kimani*. Foi demandado e reivindicado. Seu rosto não é esquecível.

*Sem contar que agora você precisa de muletas para andar.*

Daniel murcha instantaneamente quando percebe a obviedade em minha fala.

— E por que não mandam outras *kimanis* para o serviço? Por que tem que ser você? — questiona.

— Não *tem que* ser eu. Eu *quero* que seja. Eu que pedi a Núbia.

— Mas e se estiverem te procurando, Freya? Depois do que aconteceu na Casa *Kimani*, você deve ser, no mínimo, famosa.

— A Fraternidade saberia — respondo o que já foi dito nas duas reuniões. — Parece que a metrópole não quer exibir as feridas do programa. Ninguém está falando sobre o que aconteceu de fato. Deram um jeito de abafar o episódio.

— Mesmo assim, estão preparando uma pintura incrível que disfarçará a beleza de nossa amada Freya — diz Lígia, de deboche. — Se quiser ajudar em alguma coisa, macho, vamos repassar o plano juntos, procurar falhas e ter ideias boas. Faltam algumas horas e é só o que eu e você podemos fazer agora.

A fala de Lígia me faz desviar os olhos para o chão e depois encarar os dois pensativos, debruçando-se sobre a planta. Daniel não parece nem um pouco convencido. Lígia começa a explicar as movimentações ensaiadas, e eu percebo que, apesar de tudo, ela está a favor da minha proteção. São os melhores amigos que eu poderia ter agora. Espero não decepcioná-los mais tarde.

\* \* \*

**Suzana me** maquia para a execução do plano. Ninguém descobriu problemas ou soluções novas analisando porcaria de mapa algum. Então, para tentar relaxar, penso no cenário que visitei mais do que a Daniel nos quase dois dias. Aliás, observar os cravos negros tem me trazido tanto alívio que não tive coragem de compartilhar a existência desse lugar com Daniel ou Lígia. Esta sou eu sendo egoísta e guardando um pouco da individualidade que me resta.

Suzana é ótima com essa coisa de pintura, cobrindo os sinais do meu rastreador arrancado, retocando minhas raízes brancas e encaixando uma pulseira falsa em meu pulso, o que me apavora. Meu rosto está tão retocado que pareço outra pessoa. Quem sabe uma mulher mais madura, apesar do tamanho.

Calada, a ex-*kimani* me ajuda a entrar no vestido branco e entender como dançar movendo os cortes da saia para chamar mais atenção. A cauda da vestimenta vai até o chão, mas é transparente o suficiente para deixar que o público imagine com facilidade o que permanece escondido.

Depois de trançar meu cabelo, colar pedrinhas brilhosas em meus braços e contornar meus olhos e boca, Suzana se escora em uma parede e desata a chorar. A princípio, o gesto me assusta. Depois, me quebra. Eu me aproximo para demonstrar algum apoio, mas ela logo se esforça para se recompor.

— Desculpa. Desculpa — pede ela, secando os olhos. — É só que eu já estive numa festa como essa. É horrível estar te preparando para algo assim. Você é só uma garota inocente que...

— Eu sei o que me espera — interrompo. — Núbia disse que somos como moedas trocadas. Sei que corro o risco de ser vendida de verdade. Mas mesmo que isso aconteça, vão me tirar de lá — repito tudo o que me foi dito nos últimos dois dias.

Suzana se ocupa tampando frascos de maquiagem, evitando me encarar.

— Não tenho certeza se Núbia te contou o que acontece nessa festa exatamente. Mas acho que você pode imaginar, se só há homens e *kimanis*.

Os dedos de Suzana, cheio de cicatrizes, erram as tampas, deixam os objetos caírem. Ela se apoia no balcão ao lado, tenta se segurar, mas parece difícil engolir o choro. Mesmo que tudo me assuste, é tarde demais para recuar.

Seguro as duas mãos da garota, tocando a pele enrugada pelo fogo. Quando falo, sou apenas sinceridade:

— Estou fazendo isso por nós duas. Descreva o homem que fez isso com você e, se ele estiver lá, esfolo ele vivo como vingança.

Ela estremece e pisca. Aperto as mãos trêmulas e aguardo ansiosamente pela descrição. É o mínimo que eu posso fazer por ela.

— Seria ótimo, mas eu não posso. Não é parte do plano — responde ela, puxando as mãos para si com suavidade. — Precisamos que você mantenha o foco. Nada além disso. Promete?

Ainda preciso buscar nos olhos de Suzana para saber se é isso mesmo que ela deseja.

Alguns minutos depois, Suzana me encaminha para a escada que nos levará de volta à superfície. Nem Núbia, Lígia ou Daniel estão por perto. Não há tempo para despedidas. Fui arrancada dos meus amigos sorrateiramente e não tenho certeza se nos encontraremos mais uma vez. Tudo pode acontecer agora.

Suzana me acompanha por uma escadaria apertada e despontamos numa salinha nos fundos de um galpão entregue à escuridão. Além do barulho de gotas caindo em poças d'água, só há o eco dos nossos passos apressados anunciando o vazio. Além da lanterna de Suzana, não há outro foco de luz e tudo o que consigo avistar são pilastras e poças. Um rato foge do nosso caminho.

— Vamos repassar — diz Suzana, enquanto nos apressamos até a sombra de um carro adiante. — O motorista leva você até a transferência. Você conhece Jacques e entra na 89 com ele e a outra. Se qualquer coisa der errado, volte para o último carro...

— E vá para o Plano C — completo, ciente de que, se nada der certo, devo me desvincular do disfarce e correr até a integrante da Fraternidade na fronteira da 78 com a 89. — Eu sei. Vai dar tudo certo.

— Freya — diz Suzana assim que alcançamos o carro. Sua mão se fecha em meu braço com força e é a primeira vez que a vejo usar um tom de ameaça. — Eu tentei te dizer. Você vai ver atrocidades hoje. Aqueles homens poderão tocar você ou qualquer uma das outras. Não tente ajudar nenhuma *kimani*. O que estamos construindo juntas é para salvar todas elas no futuro. Está me ouvindo? Está escutando? Somos uma equipe agora.

— Não sou uma idiota — respondo, puxando o braço. O vento sacode minha saia brilhante e até o cabelo trançado. Sinto o pendrive da Fraternidade colado na parte interna da minha coxa, próximo à virilha. — Da próxima vez que você me vir, terei cumprido a missão.

Suzana me encara pouco convencida.

Para o meu desespero, ela acaba de perceber algo de errado em meu pescoço. Estende a mão em minha direção e ordena:

— Me entregue o colar, Freya.

— O quê? Não posso, ele era da m...

— Da sua mãe? Por isso mesmo. Se ele denunciar quem você é, estamos todas fodidas. Entregue agora ou a outra falsa *kimani* assumirá o seu lugar.

Encaro-a incrédula. Meu coração dispara. Não quero me afastar outra vez da lembrança de *mamana*, mas a mão dela continua estendida. Tenho vontade de ignorá-la. Porque ela não vai ceder e a verdade é que, sem a Fraternidade, não faço ideia de quanto tempo levarei para cumprir minha missão.

Contrariada e consumida pelo ódio, devolvo o cordão.

— Cuide disso como se fosse sua vida. A vida da minha mãe está nas suas mãos.

# 33

## A Noite das Insígnias

O material de que é feita essa pulseira permite que enxerguemos os números do visor no escuro. Basta um leve movimento e lá estão eles. Seis mil e setecentos é o meu novo IPV. Ele me faz lembrar o quanto eu tive medo daqueles espelhadores malditos. O pavor de dizer alguma coisa, ser ouvida e ter a língua arrancada em plena noite.

Enquanto o carro desliza pela escuridão da zona abandonada, lembro-me de quando cheguei aqui aterrorizada. O motorista alarmando sobre as janelas, o fascínio em nossos olhos, a realidade superando as referências forjadas pelo ócio da infância. As crianças acenando e os adultos nos limites da pobreza da metrópole, vigiando nosso ônibus cientes de que estávamos apenas trocando de cativeiro.

Um besouro silencioso toma conta do volante e conduz o automóvel sem pressa. Em pouco tempo, os faróis baixos do carro iluminam uma sombra deformada. Aperto os olhos para enxergar que tipo de animal é tão grande quanto este, revirando um latão e abocanhando lixo com uma gana assustadora. Quando o carro passa ao lado da figura, arregalo os olhos ao reconhecer a figura de um homem!

— Ei, pare! — peço ao motorista. — Não há nada que a gente possa fazer para ajudá-lo?

— É isso o que estamos fazendo agora — diz o besouro com a voz robótica do capacete.

Engulo em seco. O carro não para. Nunca vi nada parecido, nem mesmo nas colônias. Como uma cena dessa pode ser possível aqui? Será que a fome poderá matá-lo antes que consigamos fazer alguma coisa útil na prática?

Seguimos adiante e um veículo patrulheiro como o nosso se aproxima. O besouro sinaliza para que eu me abaixe no banco de trás por questão de segurança, mesmo que os vidros tenham uma camada protetora. Então os dois condutores trocam nada além de um cumprimento e, depois de um minuto, posso respirar aliviada. Deslizamos em velocidade reduzida, como se estivéssemos procurando pela mesma coisa. Talvez estejam caçando o primeiro trio que fugiu da Casa *Kimani* bem debaixo de seus narizes.

Atravessamos a primeira ponte e entramos na mesma muvuca de prédios monstruosos e espelhados que vimos no primeiro dia. Só que agora o céu está escuro e as luzes tomam a cidade feito estrelas caídas do céu. O cenário é arrebatador. Carros deslizam, um casal de namorados se abraça na calçada, buzinas soam, letreiros piscam e se movimentam. Em um deles, um homem branco montado em um cavalo acende um cigarro com uma binga moderna. Do objeto, uma chaminha de fogo se ergue e acende o cigarro frouxo nos lábios do cara. "Nicotina mata o templo. Cigarros de Sal, não. Charutos para homens que acreditam na família."

O motorista solta uma risadinha e freia como os outros poucos carros.

— Queria mesmo era poder trocar essa lata velha por um desses aí — diz o besouro, com o rosto virado para o automóvel ao lado. Imagino seu olhar apaixonado por trás do capacete, contemplando o carro esquisito que ele nunca vai pilotar.

Desvio o olhar do carro que mais se parece com uma coisa capaz de voar para o grupo de jovens na calçada ao meu lado. As meninas enroladas em casacos e cachecóis caminham aos risos à frente de um trio de rapazes mais velhos.

— Por que todo mundo mastiga o tempo todo? — pergunto, irritada com o movimento que os edenses fazem com a boca. É o mesmo que as desertadas faziam em Doravel desde sempre. Esses parecem mais felizes do que nunca, enquanto o outro mastigava lixo.

— A metrópole distribui esses chicletes de graça. Todo mundo é viciado neles. Você sabe o que causam nas pessoas. Amansam e embranquecem.

Da janela escura, através da qual ninguém pode me perceber, arregalo os olhos enquanto arrisco observar melhor a pele que envolve as caras pálidas. Como a maioria dos brancos, todos têm os olhos brilhantes e assustadores. Os narizes são finos e na pele carregam a esquisita aparência alvacenta. Ostentam roupas de luxo, dão gritinhos e sorriem como se a miséria não existisse. E eu posso jurar que, por um segundo, a ideia que me foi oferecida, de pedir para descer aqui, ser branca, feliz e sorridente como todas as pessoas que encaro pela janela esfumada é uma das coisas mais tentadoras que já passou pela minha cabeça, por mais estranhas que essas pessoas de fato pareçam.

Quase uma hora se passa até cruzarmos toda a Zona 78 e alcançarmos a 89, ainda não consigo acreditar que estou longe do colar de contas. Assistir ao espetáculo da meritocracia chega a dar embrulhos no estômago. Qualquer um que caminhe da zona abandonada até o coração de Éden questionaria o que acontece aqui. A diferença grita na sua cara, constrange o seu corpo, abaixa a sua cabeça e te impede de sequer desejar o que não foi feito para que você alcance.

Conforme mudamos de zona, o barulho da noite se vai, o brilho hipnotizante dos prédios enormes nos abandona e somos entregues a um silêncio quase sepulcral, cercado por muitas casas muradas e pela organização da cidade que assume um tom muito jardinal. É proposital criar uma cidade evoluída no meio do que cada vez mais se parece com um grande jardim. Árvores abundantes em folhas, canteiros pelas calçadas, casas enormes com telhados branquíssimos, bandeiras de Éden hasteadas e um silêncio tão confortante quanto assustador.

É no meio de uma dessas ruas residenciais que o carro, finalmente, para. O motorista silencioso desce, dá a volta no automóvel e destrava a porta ao meu lado. A brisa gelada me saúda e preciso carregar as camadas do vestido para deixar o carro sem me sujar.

O choque com a realidade de tudo que está acontecendo tão depressa é como um golpe de ar. Levo uma das mãos ao peito em busca do colar de contas, como se por um instante ele pudesse me ajudar a lembrar que não sou essa pessoa maquiada feito as garotas brancas que acabei de ver, com os cílios pesados, as vestes esvoaçantes e impecáveis, o cabelo numa trança branca feito uma serpente, a pele limpa como se nunca tivesse visto um corte ou imperfeição.

— A transferência.

Volto para a operação, verifico os lados e as janelas das casas enquanto torço para não cair e sapateio até o carro preto à minha frente. Assim que me aproximo, um homem corpulento e de pele clara sai do veículo com pressa e esbofeteia a minha cara.

Desprevenida, desequilibro dos saltos e me apoio no carro. É incrível que a paz do ambiente ainda me cerque mesmo enquanto o tapa arde em minha bochecha. Miro os olhos azuis do homem e tento entender se a cena faz parte do plano.

— Faça-me esperar outra vez e você vai dormir com os cavalos — rosna ele. — Entre no carro.

*É parte do plano. Você está exposta. É bom que seu dono provisório apague qualquer sombra de suspeita.*

Todas as aulas de comportamento *kimani* fogem da minha cabeça e só penso em avançar no pescoço desse idiota. No entanto, decido confiar e obedecê-lo, logo percebendo que dividirei o assento com a outra *kimani*, conforme o combinado. Ela me cumprimenta com o olhar e o homem bate a porta ao meu lado. Um instante depois, assume o banco ao lado do motorista e, assim que estamos a sós, diz:

— Desculpe pela agressão, garota. Faz parte do plano.

Não consigo responder ou ser simpática, mesmo quando as sobrancelhas dele se envergam em um pedido de desculpas.

— Sou Jacques Iskarov, prazer.

— Leco, no volante — diz o motorista com um tom de animação.

Aceno com a cabeça e eles me veem pelo retrovisor do meio.

— Me chame de Rute — diz a *kimani* ao meu lado, roubando minha atenção.

O vestido dela é semelhante ao meu, a não ser pelos tons um tanto mais prateados. Ela deve ser quinze anos mais velha, mas preserva a juventude por trás do olhar maquiado. No colo, carrega um lindo ramo de flores vermelhas com folhas tão verdes que espalham seu aroma suave pelo espaço fechado.

— Você era de Absinto? — pergunto.

— Eu trabalhava nos moinhos, mas também já servi o almoço nas Pedreiras. Eu me lembro de você.

— Acho que eu também. — Claramente! Se não fosse pela maquiagem, teria identificado Rute à primeira vista. Conheço praticamente todas as Filtradas desde a penúltima Filtragem. Ela desapareceu na mesma leva de Suzana. — Você é filha do Seu Patrício, da loja de ferragens. Seu nome... Pensei que seu nome fosse outro.

Ela desvia o olhar para o ramo no colo.

A atmosfera nos ata ao silêncio e o carro desliza pela rua com mais velocidade do que o anterior. Depois de um tempo, a mulher ao meu lado, mesmo sem me encarar, resolve voltar a falar:

— Continuo dizendo para mim mesma que ele está vivo. Ele, minha mãe e meu irmão. Sei que estão.

Quem vai saber? Procuro entrementes alguma promessa feita por minha tia-avó naquela noite assustadora, mas nenhuma palavra de consolo me vem. A ideia de que as palavras estão se apagando em minha mente simplesmente me apavora.

A falsa *kimani* mostra que o ramo de flores é, na verdade, uma linda coroa que deverá repousar sobre minha cabeça. Após me oferecer o adorno, ela toca a trança do próprio cabelo branco e me espia dos pés à cabeça.

— É horrível dizer isso, mas é uma pena que você esteja tão bonita assim — comenta Rute, pesarosa. — As flores significam que você está à venda. Se tudo der errado e você for vendida, ofereça as flores para seu novo patriarca. A Fraternidade resgatará você sob qualquer circunstância. Mas lembre-se, tudo pode acontecer esta noite. Tudo.

Meu estômago esfria como se armazenasse uma pedra de gelo. Prefiro que joguem essas flores no enterro do meu corpo do que ser vendida a qualquer homem na face da Terra.

**A movimentação** de carros de luxo é pacífica e silenciosa. Os postes de luz são brancos e serpenteados por adornos de ouro ou plantas trepadeiras. Não há sujeira em canto algum. Não vejo comércio ou lojas. A Zona 89 é o suprassumo da riqueza. Tudo o que vejo pelo vidro do carro são os muros e os portões imensos, escondendo as mansões da elite.

É de frente para uma delas que o carro para e Rute me avisa com um sinal de cabeça que acabamos de chegar à residência de Josué. *Foi aqui que minha mãe morou. Nunca estive tão perto de executar minha vingança. Desta vez, tenho um alvo a mais.*

Jacques quer repassar o plano, mas Rute corta a conversa:

— Não temos tempo.

Antes de sair do carro, faço um esforço para memorizar o rosto do motorista, caso eu precise dele por algum motivo. Do lado de fora, o ruído de uma música anuncia a festa. O vento acaricia meu corpo e faz as finas camadas do vestido esvoaçarem com elegância.

Em dias de festa, somos exibidas pelas famílias como troféus valiosos. Aqui, deixamos o vestido de serviçal e o rosto desprovido de expressão para assumir um jeito de andar esbelto, o bom equilíbrio nos saltos e a beleza em dia.

Só percebo o movimento do meu vestido quando noto o corpo de Rute se aproximar do meu. Ela desliza exatamente da forma como

Suzana tentou me ensinar. Detesto me lembrar de que precisarei copiar tudo isso.

Jacques troca um olhar conosco antes de avançar em direção à recepção no portal escuro. O que vem adiante é o chiado das pessoas conversando e uma subida feita com degraus de pedra, ladeada com plantas e focos de luz baixa. Preciso me apoiar nas paredes para me manter equilibrada enquanto subo. Dois besouros nos inspecionam apenas com o olhar e uma mulher esbelta vestida de vermelho libera nossa entrada.

Jacques se dirige à frente. Como *kimanis*, a regra de conduta é que andemos, aproximadamente, sete passos atrás do patriarca. Ele se comunica conosco por códigos em gestos com a mão, de costas. Chegamos a aprender algo parecido com Madalena. O dedo indicador em riste significa que devemos parar. Um movimento breve com dois dedos é um sinal de aproximação. Os outros gestos não faço a menor ideia.

*Respire, Freya. Vai dar tudo certo.*

A escadaria de pedra nos leva para um ambiente exuberante que deveria me tirar o fôlego, mas me faz querer desistir. Os homens, sempre de pele clara, dividem mesas redondas espalhadas pelo quintal da mansão; uma espécie de jardim com árvores iluminadas, estátuas de gesso, grama verde por toda parte e ornamentos com pequenas chamas bruxuleantes.

Meu trauma crava garras em meus braços e me força a travar os pés. *Essa gente te odeia. Sucumbirão à mais crua selvageria assim que te notarem. Arremessarão suas podridões em você, como da última vez.* Apesar da expectativa não se concretizar, não relaxo. Chego a estremecer por dentro enquanto tento me equilibrar nos saltos, nunca distante de Rute. Jacques distribui sorrisos para as pessoas e acena a distância.

— Nunca me acostumei com aquilo — sussurra Rute, chamando minha atenção para um espaço à direita. — Eles chamam de piscina.

Piscina é um buraco enorme no chão lotado de água límpida. Não faço ideia da serventia disso ou da razão pela qual as bolas iluminadas boiam pela água. Só sei que nunca vi um reservatório tão grande de água limpa. Isso poderia matar a sede da minha Colônia por um mês.

De repente, uma mão grossa e quente acaricia minha barriga. Minha primeira reação é tremer assustada. Arregalo os olhos e um homem branco e barbado me encara. Desvio o olhar para baixo e prendo a respiração. Meus ouvidos se fecham. Eu devo ter ficado muito tempo admirando a piscina. Os pés de Rute estão ao meu lado. As mãos do homem escorregam para abaixo da minha barriga. Todo o barulho está abafado e eu me tremo. A voz de Jacques ecoa em algum lugar. Tento olhar para as mãos dele e procurar os sinais. Estou fora do meu corpo. Estou fora de mim. Os fogos estão explodindo. Uma mulher sacode o corpo como se estivesse dançando, mas está sendo metralhada por um besouro.

— Freya! — chama Rute aos sussurros.

Volto a ouvir as coisas.

Noto o vinco na testa dela, a expressão de incômodo.

— Seja forte — diz ela. — Núbia confiou a operação a você.

Engulo em seco e tento entender o que aconteceu. Olho rapidamente ao redor e percebo que o monstro barbado já não está mais tão próximo. Ele troca risadas com outro cara fardado. Meu Deus do céu, o que foi isso? Eu não estou pronta para isso. Não estou pronta.

— Merda — falo, ainda sentindo a mão que deslizou pelo meu corpo sem autorização. Não tenho certeza de que vou conseguir fazer isso. Estou a ponto de sair correndo. — O que fazemos agora?

Rute fica me olhando por alguns segundos. Deve estar claro que sou uma decepção. Se não consegui suportar a proximidade com um homem que nunca conheci, imagina só se esse homem é o meu próprio pai.

— Está tudo bem — diz ela, voltando a perseguir Jacques com o olhar. Ele caminha pelas mesas cumprimentando pessoas. — Um comprador traz suas *kimanis* para uma festa para demonstrar poder. É possível que sejamos tocadas de muitas formas. Se outro homem se interessar, poderá fazer uma oferta de troca temporária ou definitiva ao nosso patriarca.

— Sei disso — falo. Tudo foi dito enquanto discutíamos o plano. — É só que...

— Eu sei, não é fácil — concorda ela. — Só não deixa de abaixar a cabeça e seguir o protocolo.

Assim que ela diz isso, começa a deslizar pelo chão em direção a Jacques. Sigo logo atrás, tentando copiá-la e, ao mesmo tempo, detestando cada nuance. O pendrive roça em minhas pernas a cada movimento. Sobre os saltos, faço o possível para não me tornar um vexame.

Evitar o rosto das pessoas não impede que eu seja violada pelo olhar perfurante dos homens que me desejam. Uns disfarçam, outros fingem normalidade. A coroa atrai as cabeças como se fosse um ímã e, conforme o vento se agita sobre as camadas do vestido, a situação me constrange num nível cada vez mais perturbador.

Rute passa pela mesa que Jacques escolhe e logo desvia os passos para fora do quadrante de convidados. São nos cantos em menor evidência que as *kimanis* devem ficar, empoleiradas feito estátuas, enquanto os convidados da Noite das Insígnias comem, bebericam das taças, acenam uns para os outros e fazem negócios. Dois dedos deslizam sobre meu traseiro quando passo e preciso fechar os punhos para não extirpar o imbecil por inteiro. O medo só diminui por alguns segundos quando assumimos nosso posto e paramos concentradas em qualquer gesto que nosso patriarca possa fazer.

— Isso é um absurdo — murmuro em baixo som, ao lado de Rute. Naquele posto, temos autorização para erguer a cabeça e olhar para as pessoas na festa. Podemos até flertar com homens, a pedido de nosso patriarca, para conseguir bons acordos.

— Há poucas *kimanis* hoje — Rute observa, fazendo com que eu procure as outras com os olhos.

Nossas sombras são tão estratégicas para não ficarmos em evidência que mal consigo perceber as outras. Uma delas, que usa um vestido em tons brancos e dourados, está congelada atrás de uma árvore; outra tem os seios quase à mostra em um tecido transparente. Todas nós ficamos em ângulos que, de alguma forma, indicam a mesa do nosso comprador. Consigo ver mais uma *kimani* com a pele clareada, vestida de branco e coroada com flores roxas. A trança de fios alvos vai quase até o chão.

— Você o viu? — pergunto a ela. — Sabe quem ele é?

— É claro que sei — responde ela, com o olhar sempre voltando à mesa de Jacques. — Deve estar lá dentro. Precisamos ser vistas aqui do lado de fora.

Não entendo essa parte. Há muitos convidados ocupando as mesas aqui e ao redor. Um bom anfitrião deveria falar com seus convidados. Além deles, há besouros guarnecendo cada perímetro do jardim. Entre eles, apenas três são infiltrados da Fraternidade.

As horas se arrastam enquanto seguro a vontade de roer as unhas e procuro alguma semelhança notável no rosto de todos os homens que se aproximam de Jacques. Procuro tantas vezes e com tanta ansiedade que chega um momento em que essa ideia parece absurda. Passei a vida acreditando que meu pai havia morrido. Fora o que minha *tinyanga* e meus avós me disseram com todas as palavras. Se não mentiram para mim, nunca interpretaram o que minha mãe quis dizer. Outra hipótese muito aceitável é a que ela mesma não se lembre do passado. Os ramos em minha cabeça pesam e me pergunto quantas vezes ela precisou sustentá-lo enquanto era trocada entre patriarcas da metrópole. Será que Josué poderá me contar esta noite?

De repente, um homem atarracado caminha em nossa direção com um sorriso enviesado. Corro o olhar para Jacques, mas ele parece entretido numa conversa com dois velhos brancos.

— Finalmente, uma flor rara — comenta ele, observando meu rosto e meu corpo com desejo.

Meus dentes travam. Uma faca, uma arma, um caco de vidro, um soco, clamo por qualquer coisa que o arrebente. Nunca, em toda a minha vida, permiti que homens se aproveitassem de mim. Foda-se o protocolo e o que prometi. Se esse monstro ameaçar me tocar, será o fim da operação.

— Mas vocês pertencem a Jacques Iskarov — diz ele, esboçando uma expressão de surpresa desagradável. Ajeita um botão no terno, solta um pigarro e volta a me olhar.

— Uma gracinha como você deveria ter um patriarca melhor. Será que é você quem vai me dar uma rosa? — pergunta ele, levando um dedo até um dos ramos da coroa e soltando um caule verde com florzinhas brancas na ponta. O homem desliza a ponta do raminho pelo meu rosto, provocando cócegas. — O destino não foi bom para você. Veja bem, seu patriarca é viúvo quase como eu. Digo quase porque aquele é um filho da mãe que só sabe cobrar caro por qualquer coisa. Não vale o que come. Aposto que é por isso que não tem uma mulher. Vocês têm pouca carne, mas não são de se jogar fora.

Ele desliza o ramo de flores para meu pescoço, meu corpo... Desvio o olhar para a mesa de Jacques e noto seu vislumbre de preocupação comigo. Se ele não fizer nada, eu farei.

Meu olhar faz com que o homem repugnante espie a mesa do meu patriarca por cima do ombro e retorne para mim com um olhar provocador e a mão enrugada avançando para o meio das minhas pernas. Estremeço por inteiro como se estivesse tomando um choque, mas, um segundo antes que ele me toque, todas as luzes da festa se apagam.

# 34

## Você está gelada

O desgraçado se afasta interessado no movimento e nos barulhos dentro da mansão. Estou trêmula e espumando por dentro. *Obrigada, avó. É você quem me protege de onde quer que esteja.* Jacques pede licença aos dois homens, se levanta todo pomposo e se aproxima com a tentativa de um sorriso apaziguador. Não consigo encará-lo, nem a ninguém.

— Preciso ir ao banheiro, meu senhor — digo alto e bom som, como o combinado.

Ele me libera com um gesto displicente, mas antes que eu me afaste, aperta os dedos em meu braço. Sou forçada a encará-lo e ler o movimento dos seus lábios dizendo: "Você tem sete minutos."

Transito de cabeça abaixada entre as mesas e cadeiras espalhadas pelo jardim. O rastro do movimento do raminho em meu rosto ainda formiga.

O som de uma flauta tenta tranquilizar os convidados e disfarçar a eventualidade. Não fazem ideia de que a Fraternidade causou um curto-circuito para que eu possa agir. Enquanto a maioria dos convidados se movimenta para fora do casarão, meu caminho é o oposto. Ignoro a todos e deslizo para o saguão. Os saltos sob meus calcanhares interferem em minha agilidade. Se não tivesse olhado tantas vezes para a planta do local, não saberia onde estou.

Um besouro parece acompanhar meus movimentos. **Não sei se é coisa da minha cabeça, mas o gesto me atordoa tanto que esbarro com uma *kimani*.** Ela me olha assustada, sorri e oferece um cumprimento de cabeça. Sorrio de volta, mas sigo em frente, mesmo que ela pareça querer puxar assunto. O besouro desapareceu. Meu pé direito dobra para o lado e preciso esticar os dois braços para me equilibrar. Paro por alguns segundos.

Se eu não estiver imaginando coisas, um senhor vestido de preto caminha em minha direção apoiando uma bandeja prateada sobre o ombro. A forma como me encara é esquisita. Na verdade, ele me olha como se me reconhecesse. A pele não chega a ser escura, mas ele com certeza não é branco. Tem os olhos acinzentados e uma pinta discreta no rosto. No colarinho do bolso do blusão branco, o nome de um dos profetas que estudávamos no treinamento.

Tento desviar, mas o cara me acompanha, para em meu caminho e estende um pedaço de bolo espetado com dois talheres sobre um pratinho de porcelana.

Trocamos um olhar confuso. Uma *kimani* não deveria comer na frente dos convidados. Mesmo assim, estendo a mão, aceito a oferta e o homem continua caminhando adiante, agora como se eu fosse um fantasma. Só me resta seguir meu caminho.

Os homens tranquilos conversam de pé, muitos ainda sentados em suas mesas, segurando taças com bebidas, dando risadas espalhafatosas. Alguém acende uma vela sobre uma mesa. Um grupo de homens mais jovens ri. Talvez sejam filhos dos ricões. Então finalmente, desapareço do saguão para o corredor mais escuro à direita, depois o da esquerda. *Você está perto, anda logo.*

O barulho da música e das pessoas fica cada vez mais distante. Desencravo um dos talheres de cima do bolo e, para minha surpresa, descubro uma faquinha afiada. Congelo. Isso não é parte do plano. Não faço ideia de quem me presentou com o instrumento de uma assassina. Será que Núbia o enviou para que eu mate meu pai? *Não, Freya. Isso não faz sentido. Siga o plano.*

Droga, estou perdendo tempo. Deixo o bolo no chão, guardo a faca no elástico em minha coxa onde está o pendrive, tiro as sandálias do pé e acendo a microlanterna com um foco de luz bem suave que permite ver apenas o necessário adiante. Dois lances de escada, corredor reto até o final, porta um, porta dois, porta três... Na escuridão que tenta me engolir de todos os lados, passos parecem ecoar. Movo a lanterna, apavorada, mas não vejo ninguém. Alcanço a maçaneta certa, passo os dedos no visor, digito a senha memorizada há dois dias, uma luz verde destrava a porta e entro.

**O ar** frio lambe meus braços e desenha uma máscara gelada em meu rosto. Não sei como a energia aqui funciona independentemente do curto-circuito no prédio. Além disso, o quartinho é menor do que imaginei. Lâmpadas roxas projetam uma luz fria no ambiente, onde armários com portas de vidro guardam máquinas pretas com muitas luzinhas piscando, além de cabos espetados.

As batidas aceleradas em meu peito me alertam que devo ter um minuto sobrando. Só me lembro que o colar de contas não envolve meu pescoço quando levo os dedos até ele e não o encontro. Descolo do corpo o que eles chamam de pendrive e procuro com os dedos onde espetá-lo. Conto o espaço como me ensinaram, insiro o parasita minúsculo e respiro aliviada. *Consegui! Fim.* Não acredito. Foi mais fácil do que pensei. Não tenho tempo de calçar as sandálias. Escondo a lanterna, saio pela porta, o ambiente quente em contraste com o frio, breu em contraste com o roxo. Sigo pelo corredor com passos rápidos, e quando viro em direção a escada, esbarro em um corpo assustado. As luzes se acendem e duas mãos fortes se fecham em torno dos meus braços.

— Você está gelada — diz o homem, a voz com uma nota de confusão e sedução.

Se não fosse pela respiração ofegante, eu poderia dizer que o susto e o medo me congelaram de verdade. O homem está tão colado comigo que sinto seu calor. Fios brancos se rebelam espetados em seu cavanhaque e no bigode cheio.

— Me perdi, meu senhor — minto, lutando para desviar o olhar, torcendo para que ele me solte. Estou gelada por conta da sala secreta de onde acabei de sair. Preciso ser um pouco mais convincente. — Estava apreciando a casa quando as luzes se apagaram.

Os olhos azuis do homem perpassam as flores em minha cabeça e estudam meu rosto com uma fome há muito tempo adormecida. Algo em seu sorriso me diz que o conheço de algum lugar. Do... espelho? Este homem é...

— Já que tem gosto por arquitetura, podemos fazer um tour pela casa. O que acha?

Minha garganta seca e meu corpo inteiro formiga de tensão.

— Uma *kimani* linda como você não recusaria o pedido do anfitrião, certo?

— Não, senhor — digo, desviando o olhar para o chão. Será que ele sabe quem eu sou? O desespero faz minhas pernas vacilarem mesmo sem os calçados.

Josué solta meus braços agora com delicadeza, observa novamente o arranjo no topo da minha cabeça e me oferece um sorriso singelo. Ele é esbelto, tem uma cabeleira grisalha presa num rabo de cavalo e vincos da idade na testa. O mundo parece parar enquanto encaro os dentes dele, a curva dos lábios, a forma de sorrir que é apavorantemente igual à minha. Lágrimas de ódio dão aviso.

— Como você se chama?

— Lia.

— Lia — experimenta ele. — Você deve ter a idade da minha filha, Lia. Vem cá. Vamos começar por ali.

*Por que infernos o destino é tão cruel comigo? Isso só pode ser uma brincadeira de péssimo gosto.* A pele do meu rosto queima. Tenho tudo para recusar e dizer que meu senhor me espera lá embaixo, o que não seria mentira. A energia voltou e é possível ouvir os chiados da festa no primeiro andar e pelo quintal. Não importa o que ele queira me mostrar, caminhar ao lado do cara que entregou minha mãe é arriscado para a Fraternidade inteira. Além disso, pode ser que ele saiba quem eu sou. Sujo como é, pode estar me atraindo para uma arapuca. Vai me denunciar também.

Quando menos percebo, estou me arrastando em silêncio pelo corredor deserto, quase atrás do homem que me espia de segundo em segundo com um olhar esfomeado. Todo o ódio que direcionei a Áda-mo por toda a minha vida parece encontrar seu destino aqui e agora. É mais forte do que eu. Tento lembrar do mapa e entender para onde ele está me levando, mas agora meu cérebro foi entorpecido pelo ódio e nenhum traço desenhado faz qualquer sentido em minha memória.

O porco elegante abre a porta de um quarto e gesticula para que eu faça as honras.

— Estamos prestes a trocar os móveis da casa inteira — diz ele, enquanto adentro o recinto com passos lentos. — Não sei se você sabe, mas tudo o que descartamos aqui, itens de muita qualidade, é claro, costuma ser enviado para as colônias. Presentes para as famílias das *kimanis*, de todo o coração.

Acreditando na própria gentileza, ele fecha a porta do quarto e se apressa em direção às minhas sandálias, tomando-as de minhas mãos e colocando-as num canto.

— Aqui vamos trocar tudo. Cama, armário, mesa. Tudo. Então, se gostar muito de alguma coisa, posso mandar embalar como presente para você. De qual colônia você vem?

— Absinto — respondo, dilacerada por dentro.

Os bens que recebemos não foram feitos para nós? Eu deveria ter imaginado que tenho em minha casa as sobras dessa gente podre. Meu estômago não para de reagir vazio e gelado. É como se meu corpo avisasse que não suportará passar mais um minuto na presença deste homem. Cada gesto dele me apavora. A forma como senta na ponta da cama, cruza as pernas e oferta um sorriso galanteador, esperando que eu me deleite com a honra de receber um móvel usado como pagamento.

— Deixa eu ver se entendi: você não gostou do estilo — arrisca ele, divertido.

— Gostei, sim.

— Mesmo? Fique tranquila em negar, mas olhe com carinho. Aqui nós passam...

— É o quarto da sua filha?

— Não, imagina — diz ele, movendo as sobrancelhas. — Se eu entrasse no quarto de Leah sem autorização, ela sairia da casa das amigas e apareceria aqui em questão de minutos. Pode apostar.

— Por que ela saiu?

Por um momento ele parece confuso.

— Nem ela, tampouco minha esposa, suportam a ideia de que estou enchendo esta casa de homens. Tenho para mim que estão certas. Abra o armário, por gentileza

Avalio o quarto e minhas possibilidades de luta e fuga. Uma janela, uma porta, objetos pesados. Me esforço para não parecer tão nervosa ao obedecê-lo. Uma gota de suor se desprende da minha cabeça e escorre coroa abaixo. Meus movimentos estão trêmulos e comprometidos. Minha mãe trabalhou nesta casa, abriu este armário, dobrou e passou cada gravata pendurada aqui, cada peça de roupa mofada. Talvez não tenha tocado nesses vestidos, porque eles pertencem à filha de Josué, e ela foi adotada depois que ele engravidou minha mãe e a denunciou. Se tivesse assumido a criança de Amara, ele seria meu pai. O cheiro deste guarda-roupa seria familiar. Todos estes vestidos seriam meus. Tudo isso. Os corredores, as janelas da casa, as camas, os empregados, os pratinhos de porcelana com bolo, as garrafas de gim, tudo.

Não sei quanto tempo passo pensando nisso, só sei que a cama avisa que o homem se levanta, os passos lentos sussurram a aproximação, o calor do rosto toca meu ouvido, até que ele murmure:

— Absinto faz mulheres lindas. Esse quarto pertenceu a alguém especial para mim e você me lembra ela. Por gentileza, escolha um para vestir.

— Com muito prazer — respondo, escolhendo uma gravata, sentindo todo o meu medo escoar em questão de segundos. Enlaço o imbecil pelo pescoço, giro para as costas dele e espremo a garganta com toda a minha força por longos e saborosos minutos. Quando o verme para de respirar e desaba aos meus pés, vou à loucura. Este é despertar da Freya sádica que durante todo esse tempo morou dentro de mim.

# 35

## A mesma cabeça de sempre

Jacques e Rute devem estar desesperados com o meu sumiço. Daqui a pouco, alguém dará falta deste porco também. Não me importo. Observo-o nu sobre a cama, amarrado com gravatas e cintos pelos pulsos e tornozelos. As veias do corpo chegam a riscar a pele macilenta, o pênis murcho pendendo para o lado implora para sentir o toque da faca que brinca entre meus dedos. Núbia jamais me perdoará, mas ela deveria saber que meu maior objetivo sempre foi chegar aqui. Foda-se Suzana.

O homem finalmente abre os olhos que, rapidamente, se tingem de pavor quando percebe o objeto pontiagudo em minha mão, a nudez desconcertante. Tenta balbuciar alguma coisa, mas não passa de um babaca. Rodeio a cama calma e, ao mesmo tempo, ansiosa.

— Se você gritar, se mentir, se não fizer o que quero, eu corto essa merda fora — aviso, pontando para a nojeira no meio das pernas dele. — Diga o nome da mulher que você denunciou.

— Não sei do que está falando.

— Não sabe? Interessante. Por que acha que me pareço com ela então? — A faca em meus dedos parece ter sido amolada para o agora.

Preciso ter cuidado enquanto brinco com ela. — Sabe quantos anos tenho? Dezessete. Isso faz algum sentido para você?

Saboreio cada mudança de expressão do homem. Uma sombra escurece o azul dos olhos dele.

— A-a-a-a-amara?

— Amara? — imito-o com deboche. Meus olhos faíscam.

O imundo perscruta cada detalhe do meu rosto. Balbucia novas palavras indiscerníveis. Os olhos tomados pelo horror de quem não compreende como ou porquê vai morrer.

— Achei que fosse só uma coincidência. Você e Ama, meu Deus do céu.

— Quero que você confesse o que fez.

O homem olha para o teto como se clamasse por ajuda divina. Ao mesmo tempo, parece contemplar o passado. Lágrimas irrompem de seus olhos. O rosto pálido se avermelha. A carne tremendo, primeiro devagar, depois numa espécie de crise histérica.

O momento abala minha frieza. Tudo isso é tão horrível quanto qualquer um dos meus pesadelos. O silêncio me angustia e me tensiona, rompido apenas pela forma como o homem se contorce e derrama lágrimas. O sedutor se transformou em um bebê indefeso. Por alguns segundos, chego a pensar que peguei a pessoa errada. As informações de Núbia não devem bater com a realidade. Só quando percebo o que iça o olhar dele para qualquer lugar longe do meu, volto a ter certeza que estou diante do meu progenitor: a vergonha.

— É impossível. Isso é impossível — murmura ele, repetindo as mesmas palavras dezenas de vezes. Impossível, impossível.

— Impossível é mandar uma mulher grávida à morte.

— Eu? Eu não mandei... não mandei nada... não... entendo.

— Não entende?

— Ama está viva? Me diga que ela está viva — ele reúne forças para dizer.

*Canalha. Isso é um absurdo.*

Apoio um joelho na cama dura e aproximo a faca do pescoço dele.

— Não chore por ela. Suas lágrimas não vão salvar minha mãe. Tenha a dignidade de me contar como você a entregou. É o mínimo que você pode fazer agora.

Josué finalmente me encara em silêncio. Nossos olhares, em nada semelhantes, se percebem tão de perto, que começo a perceber que, além do sorriso, há outra coisa dele em mim: a forma como sabe ler e compreender o silêncio do outro. Essa percepção me enoja.

— Sua mãe foi minha primeira e única *kimani*. Quando eu a empreguei, ela tinha flores vermelhas na cabeça, como as que você tem agora. Um barão importante, David Arques, havia pagado caro por ela. E eu paguei mais caro ainda porque me apaixonei por ela desde a primeira vez que a vi. Nunca a destratei. Nunca a forcei a nada. Empreguei Ama e fui respeitoso por todos os dias em que ela viveu comigo. A gente se apaixonou um pelo outro. A gente... se amava. E aí...

— Você é maluco? — uivo, dando um tapa tão forte na cara do homem que ele reage assustado. Tento controlar o tom de voz, mas estou espumando de ódio. — Pare com essa história de família acolhedora. Minha mãe nunca poderia amar um filho da puta que *comprou* ela. Ela tinha nojo de você. Você *entregou* ela.

— Eu não fiz isso — confessa ele, sem conseguir me encarar. — Você não sabe como aconteceu.

Josué reluta para conseguir me encarar. Taciturno, tenta observar melhor meu corpo, como se estivesse à procura de sinais verdadeiros de quem sou. Na verdade, parece tão perdido quanto no começo da conversa. A revolta toma seu semblante. Está óbvio que não passa de um pervertido.

— *Como* ela sobreviveu àquilo? — pergunta ele. — Vi sua mãe pendurada pelo pescoço. Morta. Muita gente viu — revela ele, com a voz estrangulada. — Amara pendurou uma corda no pescoço e se jogou do alto da torre do palácio.

Franzo a testa, tentando decidir o quanto quero acreditar na alucinação desse homem. Mas então me lembro que já ouvi uma história parecida antes. Além disso, o tom de voz massacrado é real demais para uma invenção.

— Minha mãe foi torturada e enviada de volta para Absinto. Não adianta tentar me enganar.

— Sua mãe nunca quis engravidar. Ter um filho seria uma insanidade para qualquer *kimani*, você sabe muito bem. Apenas aconteceu. Nunca imaginamos que algo assim pudesse acontecer... um filho. Ou melhor, uma filha. — As lágrimas de Josué finalmente secam. Ele se divide entre admirar as feições do meu rosto sem acreditar e calcular as informações que demora a dizer. — Amara era o amor da minha vida.

— Pra começar, você era casado.

— Um casamento não é um verdadeiro impedimento para duas pessoas que se amam.

Mais uma vez o silêncio nos ata de modo claustrofóbico. Caminho até a janela e movo um centímetro da cortina para observar a movimentação lá embaixo. No jardim dos fundos, nada se mexe. Preciso de mais tempo para pensar no que fazer e extorquir minha história deste homem repugnante.

— Sempre achei que eu a amasse mais do que ela a mim. Agora tanto faz. Fui eu quem insisti para que sua mãe não te matasse. Era o que ela queria. Arrancar você de dentro da barriga, tomar alguma coisa que desse um fim naquele impedimento.

*Impedimento.* As palavras de Josué cravam pequenas estacas dentro de mim enquanto me volto para ele enojada.

— Ela só não queria ser assassinada ou mandada de volta — insisto. Mas será só isso mesmo?

O homem vira o rosto para as pontas da cama e observa as amarras que fiz. Move os pés com força, mas eles não saem do lugar. Verifica a porta. Imagino que temos pouco tempo até que decidam procurá-lo, e ele sabe disso melhor do que eu.

— Dizem que filho único é privilegiado. Eu nunca fui — revela ele.
— Meu pai era um homem tão amargo que a amargura dele virou um

câncer. Nem o dom de Ádamo o curou. Ao contrário dele, eu sempre quis ser pai. Sempre quis ter um filho para dar o que eu não tive.

— Você é um pai maravilhoso. Posso comprovar. Nada melhor do que receber de presente os vestidos da época em que minha mãe foi sua escravizada.

Josué engole meu sarcasmo e continua:

— Você ainda é uma criança. E Ama nunca foi escravizada por mim. Ela trabalhava na minha casa — diz ele. — Minha mulher nunca pôde parir. Então quando eu soube que Ama carregava um filho meu, bolamos um plano. Ela contou para Joana que havia engravidado de um rapaz qualquer. Ofereceu você à minha mulher para que fôssemos seus pais. Só que mesmo que já tivéssemos conversado sobre adoção tantas vezes, Joana foi além do que eu podia imaginar. Simplesmente não aceitou. Não aceitava a ideia de que cuidaria do filho de uma *kimani*, ainda que Amara abrisse mão de ser mãe.

— Abrir mão? — indago, perplexa. — Como você acha que ela abriria mão se no fim das contas ia sobrar para ela? Ela *pertencia* a vocês. A gente é treinada para cuidar dos seus filhos, das suas casas, do papel que limpa a bunda de vocês. Ainda assim, você a entregou.

— Se soubesse o quanto eu a amava, entenderia que nunca a entreguei dessa forma — diz ele, com os olhos lacrimosos outra vez. — Joana foi como Eva e me forçou a fazer o que eu não queria. Tive que envolver ele... o Trono.

Os olhos de Ádamo ardem em minha mente. Meu passado relampeia à tona.

— *Mamãe* — disse, abrindo a porta do armário da cozinha.

*Naquela época, ela ainda tentava falar. Não tinha a língua na boca, mas repetia as palavras a seu modo. Inacreditavelmente encolhida e esmagada no compartimento do armário, acuada em um buraco escuro, socada entre as próprias fezes e urina, minha mãe repetia a frase que jamais esquecerei.*

— *Ele fez isso comigo. Ele fez isso comigo. Ele fez isso comigo.*

— Joana me deu uma semana para resolver o problema. Tentei insistir, mas nunca tinha visto minha própria mulher tão irredutível. Dizia que preferia ser desertada a passar por tanto constrangimento público. Eu posso entender a parte que...

— Corte essa besteira e fale de Ádamo — ordeno. — Como é que o Trono está envolvido?

Josué suspira, cansado, e aponta com o queixo para o antebraço. Por um momento, caio na ilusão de achar que aquela marca é a mesma que eu carrego graças à Fraternidade, que arrancou meu rastreador queimado. Mas então percebo que a conheço de outro lugar. Um xis no antebraço significa algo muito específico.

Quando eu era uma garotinha, desejei muito ter uma marca desse tipo. Um xis representa um pacto de sangue com seu melhor amigo. Um juramento de Fraternidade, comprometimento e proteção. Nunca tive alguém que quisesse estabelecer um laço comigo, como vários melhores amigos faziam, com direito a ritual na beira do valão e tudo. Então, em algum momento da minha infância eu passei a odiá-la. Me achava diferente demais para ter algo como aquilo. Inventei para mim mesma que nunca seria possível confiar tanto em uma pessoa a ponto de criar um pacto tão pessoal. Mas a verdade é que eu só queria aliviar a dor de não ser desejada.

— Vocês são como irmãos — digo.

— Fomos. As coisas nunca mais foram iguais depois que Ama se matou... Aliás, é isso o que agora estou tentando entender. Por que se ela não se matou, alguém está mentindo e, se não é você, é ele.

— Ou você.

Meus olhos faíscam e volto a rodear a cama brincando com a faca. Arrancar o órgão desse maldito que penetrou minha mãe sangrará muito? Conseguirei escapar daqui sem ser revelada?

— Ele foi seu melhor amigo?

Josué esboça um sorriso azedo.

— Ádamo e eu crescemos juntos. Ele tentou curar o meu pai como se fosse o pai dele. A gente subia na Árvore Sagrada à noite, quando ninguém via, roubávamos docinhos de uva em festas, bebíamos vinho que sobrava nas taças. Fizemos o pacto para jurar que protegeríamos um ao outro em qualquer circunstância. Mas na noite em que levei Ama até o palácio, as coisas entre ele e eu haviam mudado. Ser quem ele é sempre exigiu muito dele. Essa cicatriz ficou, mas a nossa relação passou com o tempo, como qualquer relação que ele já teve. Mesmo que a gente jurasse o contrário na infância, quando Ádamo ocupou o trono, tudo aconteceu exatamente como o previsto. Ádamo vive para o Reino. Só que a gente ainda tinha a esperança de que isso aqui significasse alguma coisa. — Ele aponta novamente para a cicatriz. Estou imersa na história, mantendo meu silêncio para que ele continue. — Sempre soube que por mais distante que a gente tivesse, ele nunca ia negar um pedido de socorro. Foi por isso que apelei para o Trono de Tronco como um último recurso. Pedi cobertura. Pedi que a Polícia da Moralidade não tocasse em Ama. Contei tudo a ele, cada detalhe do que a gente viveu. Que a gente tinha se apaixonado, que Joana ia denunciar nossa *kimani*, que o melhor amigo dele não podia ser desertado por conta de uma história de amor. Então, em segredo, ele abriu o palácio para sua mãe. Ele a acolheu.

Tirando a parte do acolhimento e a ilusão amorosa, a história faz sentido para mim. Estou imersa e cada vez mais perto de descobrir o que procuro. Nunca estive errada, tampouco odiei Ádamo à toa. Sei o que minha mãe conseguiu emitir para mim. Lembro do arrepio que ela teve quando entendeu quem visitaria Absinto, do desespero no olhar. Que tipo de coisa ela passou nas mãos dele depois de comprada? Acolhimento com certeza não foi.

— Ela foi a única *kimani* dele?

— O palácio foi o primeiro lugar onde as *kimanis* começaram a trabalhar.

— É por isso que *kimanis* não trabalham lá... porque uma delas se matou — digo, lembrando do que a profetisa me disse na minha primeira visita ao confessionário. — Mas se você diz que a amava, por que largou ela lá?

— Também não foi assim que aconteceu. É complicado — diz ele, um tanto travado. — As coisas foram mudando. As notícias começaram a circular e ele tentou conter o que pôde. Para abafar a história, o Trono proibiu minha aproximação. Eu perdi o juízo, fiquei insano. Nem Joana me reconhecia mais. Eu não queria viver. A única coisa que me importava era Ama. Queria ter a certeza de que ela teria aquele bebê, independentemente das promessas de Ádamo. Queria ver com os meus próprios olhos. Queria cuidar do bebê, nem que fosse a distância. Não importava se o próprio Trono de Tronco me proibisse. Aquela era a mulher que eu amava.

Encaro-o sem sentir nada além de inconformidade e frieza. Josué sustenta a história de que a amava como quem realmente acredita, mesmo já tendo uma esposa. Tem tanta fé que qualquer coisa que eu diga será inútil para acordá-lo para a realidade de que ele é um homem desgraçado, e que *kimani*s não se apaixonam por opressores. Elas são estupradas por eles.

— Cheguei a vê-la duas vezes. Não quero que você se sinta mal, mas é importante dizer para que você entenda. Sua mãe nunca quis ter um bebê. Ela tinha total aversão à ideia, e, mesmo quando a encontrei por duas vezes dentro do palácio, mesmo que ela estivesse aparentemente bem e tranquila, Ama ainda conseguia partir meu coração com todas as letras ao dizer que não queria ter o bebê, como se ele tivesse arruinado a vida dela comigo. Foi por isso que acreditei na notícia da tragédia. Acho que a vida foi parando de fazer sentido para ela. Ama quis terminar com tudo de uma vez.

— Minha mãe não se matou, nem tinha uma irmã gêmea para ser confundida — lembro a ele, engolindo as frases feito sal na ferida. *Sua mãe nunca quis ter um bebê. Ela tinha total aversão. Ama quis terminar com tudo.*

— Se não foi ela, pode ter sido qualquer outra *kimani*, em plena luz do dia para que todos vissem. Agora me tire daqui, por favor.

Josué está suando. Ignoro seu pedido. Tento adiar o que me rasga, a sensação de rejeição e desprezo. Há algo mais urgente aqui, uma peça que não se encaixa.

— Você a viu num caixão? — pergunto.

— Como você não sabe disso? Apenas *kimani*s velam *kimani*s. Minha presença nunca seria permitida, mesmo que eu implorasse ao Trono.

Calculo se conheço alguma *kimani* da mesma época que ela. Deve haver alguém que possa confirmar o que viu. Quem foi enforcada no lugar de Amara e porquê?

— A gente sempre achou que fosse ser um garoto — ele volta a falar. — Ama queria que ele se chamasse Pedro. Mas no fundo eu queria que fosse menina. E aí está você. Qual o seu nome, minha filha?

As palavras de Josué flutuam pelo cômodo apertado e desvanecem sem fazerem o menor sentido. Não despertam nenhum sentimento bonito, tampouco conclamam emoções escondidas que eu pudesse ter quando descobrisse que tenho um pai vivo. Eu tenho ojeriza total a esse homem. Meu nome é muito preciso para pousar na boca dele.

— Preste atenção. Meu tempo acabou — digo, apontando a faca na direção dele. — Ádamo te traiu. Ele torturou minha mãe ainda grávida, e enviou-a de volta para a colônia, onde nasci. Minha mãe perdeu a memória, perdeu a capacidade de pensar, de falar. A mente dela é um branco. Ele arrancou a língua dela. Você jura que não sabe nada sobre isso? Jura que me contou apenas a verdade?

Josué faz silêncio. Parece processar cada frase ao seu tempo.

— Não acredito que ele tenha feito algo assim. Ele não faria.

— Acha mesmo que estou inventando? — pergunto.

Com certeza ele não acha. E quanto mais a ficha cai, mais a expressão dele se anuvia. Respeito o tempo dele, porque quero que o ódio a Ádamo se expanda até consumi-lo por inteiro.

— Por muitos anos me senti culpado por tudo aquilo — confessa ele. — Por muitas noites fui atormentado com a forma como ela morreu. Como matou o bebê. Quase tirei a minha própria vida.

— Gente como você não se importa com gente como eu — destaco. É impossível me segurar ao ouvir uma coisa dessas. —Você é ainda pior do que seu rei. Ele pelo menos não finge se importar. Você diz que ama, que se apaixonou, mas olha só como a sua linda história de amor terminou. Nem para se matar você serviu.

— Não fale assim. Você é minha filha. Eu l...

De repente, começo a rir de nervoso.

— Esquece essa besteira. Nunca mais repita isso, certo? Não pague esse mico outra vez — peço. — Você não é homem para sobreviver no lugar onde fui criada. Você é um homem branco e covarde. Não sabe nada sobre mim.

— Posso comprar você de qualquer quer que seja sua família acolhedora.

— E depois o quê? Vai dizer para a idiota da sua esposa que eu sou a filha que ela se recusou a acolher? Vai me aprisionar e depois dizer na minha cara que sempre me respeitou e nunca me tratou mal?

Dou uma pausa para que ele absorva o peso da realidade obliterada por sua capa de homem apaixonado. Não posso acreditar que ele insiste em ter algum tipo de relação paternal comigo. O homem que há dez minutos queria me possuir.

— O seu mundo é um mundo de fantasias. Você não fez nada para ajudar minha mãe de verdade. Pelo contrário, você quer se livrar da *sua* culpa, mas foi *você* quem a s...

— Eu estava fazendo o possível para que ela não tirasse você.

— Eu não estaria aqui se ela tivesse tirado. Não precisaria ouvir sua voz asquerosa. Não passaria por nada que fui obrigada a enfrentar. Se quer se redimir, ataque o homem que mentiu para você.

Josué sorri e aperta os olhos.

— Não me rebelo contra autoridades colocadas por Deus — diz ele. — Se Ama está viva, vou encontrá-la do meu jeito. No seu lugar eu também estaria com ódio, mas tenho certeza que isso vai passar. Você é minha filha, goste ou não. E você foi feita com muito amor.

Não. Meu tempo acabou. Encaro Josué, desacreditada. Este cagão definitivamente nunca será considerado meu pai. Esse posicionamento finalmente revela que nunca a amou coisíssima nenhuma. Josué não defenderá Ádamo por causa de uma cicatriz idiota, mas por que se importa com os seus privilégios, com sua mansão e com a vida rica que tem, explorando pessoas como eu e o povo da noite. Não sou filha do amor entre duas pessoas. Sou filha de um estupro e não será ele que me fará pensar diferente.

Preciso terminar com isso. Sento na cama pela última vez e passeio pelo corpo nojento dele com a ponta da faca.

— Tenho um remédio aqui comigo. Se eu fizer você engolir, você vai desmaiar tão profundamente que não sentirá quando eu arrancar esse verme. — Aponto para o órgão dele com a faca com o meu olhar mais frio. — Meu veneno se dissolve na água, no gim, num prato de comida. Entende?

Pressiono a ponta da faca com força o suficiente para dividir a pele do homem e deixar um rastro de sangue por onde passa. Josué arregala os olhos e tenta encolher o corpo como se estivesse levando pequenos choques. O prazer em rasgá-lo é tão delicioso que preciso me controlar.

— Se contar a qualquer pessoa que me viu, eu saberei. Mesmo se for ao Trono de Tronco — invento. — Se denunciar meu comprador, se mencionar minha existência, se fizer qualquer movimento na minha direção, eu saberei. E aí, muitas pessoas vão ganhar um reme-dinho. Joana, sua filha... eu vou matar todas elas. E, depois, a gente vai se reencontrar. Quem sabe assim você não conseguirá finalmente se matar? — digo com tranquilidade para que ele veja a frieza em meus olhos. A Freya sádica. — De onde eu vim, a gente aprende a fazer o outro pedir pra ser morto. Sei andar pelas sombras. Chego aonde quero. Não me obrigue.

O desgraçado tenta balbuciar uma nova palavra, mas dou um murro tão forte na cara dele que ele tonteia. Com mais dois, ele apaga. Mas não o quero morto agora. Continuo querendo num prato a mesma cabeça de sempre.

316

# Parte 4

# 36

## Antes que seja tarde

Se Leco dirigisse com a pressa que me impõem, o carro estaria disparando pela metrópole. No banco de trás, Rute me ajuda a enrolar e esconder o cabelo numa espécie de boina. Troco o vestido por um conjunto escuro. No banco da frente, Jacques mantém o olhar adiante enquanto repete as mesmas perguntas, tentando entender os detalhes dos meus últimos minutos na mansão de Josué. Não se atreve a me dar qualquer sermão ou comentar sobre minhas escolhas. Mesmo assim, está nitidamente perturbado.

— Mas como você manteve um cara daquele preso por tanto tempo?

— Já disse, amarrei ele numa cama. Usei uma faca para fazer o show.

— Você o feriu? Tem DNA dele em você?

— DNA? — pergunto, ocupada demais tentando enfiar minhas pernas numa calça sem tirar o vestido todo. É claro que estou omitindo detalhes. A nudez, a sordidez da minha história e a fala que me apavora: que a minha mãe fez o possível para que eu não nascesse. *Não acredite nisso, Freya.*

— Ele quer saber se tem sangue do homem em você — explica Rute.

— Não. Fiz um trabalho limpo. Ele só vai falar de mim para alguém se quiser perder a filha e a mulher.

Rute e Jacques trocam um olhar cifrado pelo retrovisor no meio do carro. O motorista dirige em silêncio. Eu me liberto dos últimos ramos de flores em minha cabeça e imagino a pessoa que encontrará Josué pelado, amarrado e com uma linha de sangue no corpo. Pouco me importa a desculpa que ele terá que inventar.

O que aconteceu depois que deixei Josué para trás foi sistemático. Retornei para a festa como se o anfitrião não tivesse desaparecido e alertei Jacques sem delongas. Em poucos minutos, o homem se despediu de um ou outro e nos encaminhou para o carro que agora desliza como se nada tivesse acontecido. Aposto que ninguém quer chamar atenção para o crime que acabei de cometer.

Rute termina com o cabelo e cobre meu rosto com o capuz da capa cinza que me envolve.

— O que acontece agora? Por que isso tudo? — questiono.

— A Fraternidade conseguiu um carimbo de deslocamento para mim — explica Jaques. — Estou teoricamente viajando para a região das cachoeiras. Meu personagem tira férias lá. Preciso ser visto saindo daqui com *uma kimani*.

Olho para Rute em seu disfarce. Só há uma *kimani* aqui.

— Não se preocupe — adianta Jacques. — Rute entra de novo amanhã. Ela vai ser a *kimani* que ficou. E você a que partiu, caso procurem por você ou qualquer coisa do tipo.

Tento acompanhar as informações, mas é difícil pensar rápido. Eu me pergunto como a Fraternidade conseguirá colocar Rute para dentro sem que ela seja vista. Provavelmente da mesma forma como Núbia faz para entrar aqui, rastejando pelas sombras.

Seguimos o restante do caminho em silêncio. As estradas desertas e escuras anunciam a madrugada. Leco acelera um pouco mais, até que entra em um beco apagado e para o carro.

Do lado de fora, a silhueta de um homem encostado num poste acena.

— Você fica aqui, Freya — avisa Jaques.

Rute dá um leve aperto em minha perna em tom de despedida e estica o braço, abrindo a porta do carro e me apressando com as mãos. Estou assustada demais com a pressa e a falta de explicação. Meus pés me mantêm travada mesmo depois que o carro me vomita e desaparece. *Você não passa de uma peça no tabuleiro.*

Largada no breu, a passos de um completo desconhecido, fumaça se desprende da minha boca quando exalo, revelando o frio da noite. Um perfume amadeirado chega segundos antes do homem branco e alto, que passa um braço pelos meus ombros e me força a caminhar como se fôssemos melhores amigos.

— Na verdade, nem precisava esconder o cabelo, gata. Algumas pintam perucas de branco para fazer ponto assim. Fetiche dá grana — diz ele.

A proximidade com um desconhecido agora me apavora. Tento acompanhar a velocidade dos passos do estranho, que se equilibra em um salto alto como nunca consegui.

— A gente já se conhece?

— Quem eu sou depende da hora. Agora me chame de Pompadour, de manhã Obadias — responde ele. E, no meu ouvido, ele imprime uma voz mais calma e segura. — Um carro por lá a essa hora chamaria atenção demais. Fique tranquila. A gente tá se conhecendo agora. Mas se tá comigo, tá com Deus.

As palavras dele não me confortam. No entanto, não tenho opção a não ser ver onde isso vai me levar. Conforme caminhamos pelas ruas desertas e sombrias da cidade, meu coração se tranquiliza um pouco mais. Pompadour a costura por becos e vielas escuras demais para que eu conheça as cores da metrópole. Pelas ruas silenciosas, não há nada além de casas e prédios sonolentos, um cachorro latindo aqui ou ali, moradores de rua dormindo ou assoviando e bandeiras edenses tremulando nas varandas das residências quando o vento bate.

Para variar, sou um redemoinho de sensações confusas e paradoxais. O ar triunfante de quem cumpriu a missão me preenche, porque de certa forma essa é uma vingança contra a metrópole inteira. Ao mesmo tempo, estou cortada pelas palavras que não quero elaborar. As sílabas ditas pelo porco regurgitam em minha garganta, não descem de jeito algum. O nome de Ádamo volta a gritar em minha mente, somado à única imagem que tive dele pessoalmente, no dia da minha humilhação pública. *Eu devia saber que tudo voltaria para você. Eu devia saber.*

Ainda entre becos e cortando ruas sem saída, seguimos depressa até o início da última zona. Mas ainda pareço distante do terreno escuro e abandonado onde surgi com Suzana há algumas horas. Aqui, casas pequenas e quase idênticas constituem o vilarejo amontoado. Não há tantas bandeiras de Éden, mas elas ainda pendem em uma janela ou outra, feito lembretes de quem nos domina. Paramos em frente a uma das casas de dois andares e, para acentuar a sensação de que os olhos da metrópole estão sobre nós o tempo inteiro, tenho certeza de que vejo um movimento brusco na cortina da janela da casa oposta.

Não sei se Pompadour também vê. Só sei que ele solta meu corpo por um momento, retira uma chave do casaco e pede para que eu confie neles por pelo menos uma noite.

— **Eu** jamais sobreviveria sem meu ventilador à noite. Jamais.

Por mais que a frase seja ridícula, Ester sabe dizê-la de forma engraçada. Ela apoia o corpo com uma das mãos sobre o balcão e pendura uma toalha no ombro. Carrega a barriga inchadíssima de quem está prestes a parir. Na bancada, um pequeno ventilador sopra sobre um tabuleiro espalhando um cheiro magnífico que faz minhas entranhas revirarem. A cozinha é minúscula, mas tem a coisa mais rica do mundo: energia funcionando em plena noite. Louças, panelas, talheres, frutos, bacias e utensílios se amontoam por toda parte, os azulejos amarelados pedem limpeza.

Reprimo um sorriso ao observar a praticidade do que eles chamam de ventilador. A energia aquece um motor que gira pás e provoca vento feito um mini moinho. O povo da noite em Absinto seria capaz de matar por um objeto capaz expulsar o calor ou os mosquitos.

— Gata, não faz o menor sentido cortar a luz à noite se de manhã vocês tem a luz do sol — repete Pompadour sentado numa cadeira de madeira. Estamos separados por uma mesa onde Ester distribuiu pratinhos e canecas com leite pela metade. — Na verdade, não faz sentido cortar a luz sob hipótese alguma. Eu realmente não sabia que podiam cortar a energia desse jeito.

— Eles mentem — digo. — Para nós sempre foi como se a metrópole racionasse da mesma forma. Mas não existe toque de recolher aqui.

— Tadinhos — diz Ester. — E outra, energia é cara, Obadias. Os filhos da puta estão tentando economizar.

— Você está usando o nome matutino dele — arrisco brincar.

Ester ergue as sobrancelhas, sorri para o rapaz e pede o lugar dele com um gesto. Achando graça, ele não demora para obedecer a grávida, arranjando um banquinho para continuar junto.

— Pompadour é a piranha que consome Obadias de manhã, de tarde e de noite.

— Ei, menos. O que ela vai pensar de mim? — indaga ele. É curioso observar as bochechas dele se tingirem de vermelho. Essa gente é proibida pelo próprio corpo de esconder os sentimentos mais viscerais. — Faço isso porque preciso. É o meu trabalho.

— Isso o quê? — pergunto. Pela roupa que ele esconde debaixo do casaco, dá pra saber que tem a ver com sexo esquisito. — Bom, não é da minha conta.

— Tá tudo bem. Pompadour é um prostituto de elite há quatro anos — diz Ester, com um tom um pouco mais sério. — Mas é também o melhor irmão do mundo. Desde que perdeu o emprego, tá fazendo o possível pra gente conseguir se alimentar e sobreviver nessa cidade de merda.

— Obrigado pela parte que me toca.

Ela alisa o ombro do irmão, que eu imaginava ser esposo.

— Mas me diga, você foi tocado hoje?

Ele sorri de volta, revira os olhos e me deixa imaginar que tipo de coisas ele enfrenta para colocar comida na mesa. Algumas garotas se prostituíam em Absinto em troca de pão, sabão ou escova de cabelo. Nunca ouvi falar de homens que fizessem sexo para sobreviver.

— Não imaginava que rolava disso aqui — confesso. — As pessoas acreditam em Deus e na religião de uma forma esquisita. Na Casa *Kimani* ensinam que prostituição é pecado.

— As pessoas não acreditam em Deus — corrige Ester. — Não é Deus. Essa gente acredita no que quer, no que cai bem, no que faz sentido para manter isso tudo funcionando — diz ela com gestos um tanto agressivos. — Eu mesma acredito em Deus e nunca considerei uma palavra sequer do que aquele cretino diz. Trono de merda.

— Mas eu entendo o que você quer dizer — diz Pompadour, novamente de pé. Ele desliga o ventilador e começa a cortar a torta com uma faca. — Se quer saber, hoje, nem se eu quisesse ganharia um ponto sequer. Sabe onde os meus clientes estavam, gatinha? Na festa do grandão lá. Noite das Insígnias. Esse é o tipo de gente que paga para foder comigo. Se esses caras soubessem que sou o pior pesadelo que eles já tiveram...

As palavras dele reverberam mais do que o cheiro delicioso da torta repartida.

Bando de hipócritas que utilizam um discurso falso para enganar as pessoas. Eu deveria ter soltado uma bomba no meio daquela festa e exterminado metade do câncer dessa cidade. A outra metade está sentada no trono.

Pompadour serve a torta em pratinhos. Ester rejeita, mas espia cada movimento meu enquanto assopro e experimento a receita de legumes, aprovada com um arregalar de olhos.

— É a coisa mais gostosa que eu já comi — digo com sinceridade.

— Especialidade da casa — diz a grávida, satisfeita. — É só juntar os restos de tudo o que encontrar na geladeira. Fazemos uma graça de dois em dois meses. A gente acaba enjoando da ração que o Trono envia. São cinco cabeças aqui, mais o bebê que vem chegando.

— Cinco?

— Isso. Nossa outra irmã e duas crianças adotadas — explica Pompadour.

— Adoção é uma coisa comum por aqui? — pergunto, interessada.

Os irmãos se entreolham. Ester começa a mascar um chiclete imaginário.

— É complicado — diz Pompadour. — Pra você ver, mamãe foi desertada porque cometeu o que eles chamam de crime. Na verdade, ela roubou para a gente ter o que comer dentro de casa.

— Desertada? Para uma colônia?

— É o que eles dizem, mas como a gente vai saber, gata? — diz ele. — Minha mãe nunca mais voltou. Vai levar oito anos para cumprir a pena. Muita gente vai e não volta, ou, quando volta, chega exaurido do trabalho braçal, doente. É um horror.

— Mas ela vai voltar bem — garante Ester, com os olhos vagos. — Ela é uma guerreira.

Beberico o copo de leite para tentar desfazer o nó na garganta. Aposto que nada parecido atinge os homens reunidos na casa de Josué. Enquanto a elite da metrópole desperdiça comida, mulheres são enviadas para longe de suas famílias por tempo indeterminado por tentar alimentá-las.

A imagem do homem, que pensei ser um animal, revirando uma lata de lixo atrás de restos acende em minhas lembranças. É para cá que todas as garotas quase se matam para vir? Um inferno disfarçado de céu.

— Papai morreu de uma doença que ninguém soube o nome — continua Ester, levando uma mão ao pescoço. Masca o chiclete imaginário com cada vez mais força. — Foi bem aqui. A papa dele encheu. O coitado morreu de dor. Tentou se matar, mas poucas pessoas conseguem fazer isso depois do apocalipse. Tiraram de nós até esse direito.

— Espera. Não tenho certeza se entendi. As pessoas não conseguem se matar?

— O apocalipse e o Breu são a mesma coisa — explica o rapaz. — Dizem que o barulho antes do apagão foi insuportável. No meio da noite, as sirenes tocaram em tudo o que é canto do mundo. Acontece que não eram sirenes. Eram as buzinas anunciando a volta do filho de Deus. As pessoas que desapareceram foram com ele. Ficamos porque somos umas putas safadas.

Ester dana de rir e Pompadour precisa lembrá-la que tem criança dormindo no andar de cima. Sorrio um tanto perdida. As aulas do treinamento ecoam em minha cabeça, misturando-se à história dele.

— Na verdade, quem não foi arrebatado ganhou uma segunda chance — explica ele. — É nisso que todo mundo acredita. Que a gente precisa ser o mais correto possível porque quando as sirenes tocarem de novo, amor, a gente vai ter que subir de qualquer jeito.

— Você não sobe nem fodendo, Oba. Você é sujo!

— E você é o quê?

— Eu não subi porque nem estava viva — diz ela, revirando os olhos convencida. — Vem cá, não contam essas histórias para vocês nas colônias.

— Contam muitas. Tantas que já nem sei mais o que ouvi. Não passam de histórias, não é mesmo? Quem sabe de verdade o que aconteceu?

— Sei o que aconteceu com meus pais — diz ela. — Com essas crianças que um dia bateram aqui raquíticas, mortas de fome, pedindo um pedaço de pão. Acabaram ficando. Pai doente, mãe desertada, família que enriquece e vai morar lá pros jardins, gente morrendo aqui e sabe o que a gente faz? Bolha de chiclete.

Ela levanta um vaso de flores de plástico e tira uma pequena embalagem com pílulas brancas. No mesmo instante, Pompadour retesa os músculos como se ela tivesse revelado um revólver. Os dedos de Ester tremem sobre a mesa e ela observa a cartela como se essa fosse sua punição. Depois, a esconde de volta debaixo do vaso e puxa minha mão para cima da barriga dela.

— Tá de cabeça para baixo. Prontinho pra sair. Não dou cinco dias para esse bebê nascer e a primeira coisa que eu vou fazer depois de segurar meu *baby* nos braços vai ser voltar para o vício que eles nos deram. Isso aqui faz a gente esquecer os problemas, Freya. Façam alguma coisa antes que seja tarde demais.

# 37

## A luta silenciosa dos bebês

As migalhas de sono que consegui aproveitar durante a noite não completam nem uma hora. Apenas me revirei no sofá confortável, desacostumada com o local, azucrinada pela quantidade de informações para uma noite só. Os olhos cravados na porta reagiram a noite toda de acordo com os pesadelos que me assombravam. Uma garota insegura, metida a segura, transtornada pelo medo de que Josué e uma nuvem de besouros arrombe essa casa à minha procura.

A decoração acumuladora da sala aguça minha sensação claustrofóbica. Além disso, o acolhimento dessa família me esvazia. É horrível bater de frente com a sensação de que estou sozinha no mundo. O que é que Ester espera que eu faça por ela, se não consigo fazer o mínimo por mim mesma?

Na verdade, consigo. Josué que o diga. Eu deveria ter terminado meu trabalho com ele, se fosse um pouco menos inconsequente. Semanas atrás, quando minha sede de vingança era tola e irracional, eu teria feito mais. Teria usado a faca sem pensar duas vezes. *Afinal, Josué não é seu pai. Agarre-se nisso.*

Nas primeiras horas da manhã, as cortinas pesadas continuam escurecendo o ambiente, mas uma leve espiada me permite ver que o dia está claro e cinza. A saudade da claridade do céu e da chuva deveria pertencer a uma prisioneira, não a mim.

Ester e Obadias, que só à noite é Pompadour, acordam as crianças no andar de cima. Em poucos instantes, ouço pés afundarem os degraus de madeira e é dada a largada na correria matutina.

— Bom dia, princesa. Dormiu direitinho? — pergunta Obadias, com metade da cara amassada. Ele se aproxima, me oferece um sorriso e um beijo na bochecha. Os gestos me surpreendem.

— O sofá é confortável — confesso.

— Não é? Acredita se eu te disser que alguém jogou essa belezura fora? Achamos no lixo — diz ele, afastando-se com duas palminhas. — Pois é. Vamos tomar café?

O carinho de Abadias não é o único a me abraçar, a atmosfera da casa faz este serviço aos poucos. O rapaz não se opõe ao meu ímpeto em lavar a louça. Enquanto isso, emplasta manteiga de ervas em pedaços de pão seco e esquenta e coa os grãos de café que só chegam às colônias na mão de comerciantes. O aroma me arrebata, a risadaria das crianças no andar de cima também. É Ester quem grita ordens pra cima e pra baixo, administrando a rotina de banhos, uniformes, preparação dos materiais escolares e tudo o mais. Uma adolescente alta desce as escadas aos pulos e me saúda com um sorriso tímido. Anda para lá e para cá, ajudando a colocar o café na mesa e chamando Lucas e André da ponta da escada. Um deles esconde com um boné o cabelo meio liso, meio crespo. O outro carrega muitas sardas no rosto esbranquiçado. Ambos me olham com curiosidade no primeiro momento, mas se apressam em fingir que não existo. Acho que os pirralhos estão proibidos de fazer perguntas para a proteção deles mesmos. Afinal de contas, sou uma rebelde foragida.

Como não há cadeiras para todos na cozinha, a irmã de Obadias recusa o café, enfia um chiclete na boca e me puxa para a sala. Enterra o dedo no botão do televisor de frente para o sofá e, assim que nos sentamos, Ester, aparentemente mais grávida do que na noite anterior, se aproxima com um pedaço da torta de legumes e uma caneca de café.

— Aqui você tem que comer — diz ela. — Não caia na onda dessa aí que quer ser modelo.

Agradeço pela comida oferecida, mas é impossível deixar de notar que sou privilegiada. Enquanto o cheiro da torta enche a casa, as outras crianças estão comendo pedaços bem pequenos de pão torrado.

— Pior que estou sem fome mesmo, obrigada.

— Não senhora. E nem tente recusar a ordem de uma mulher grávida.

A adolescente ao lado revira os olhos e me vejo obrigada a obedecer a Ester. No televisor, o símbolo de Éden é substituído por imagens da cidade. Os garotos à mesa se agitam.

— A Ana ligou a televisão!

— Deixa a gente ver, tio.

Ester retorna para eles, controlando-os em segundos.

Na tela, carros deslizam por uma das pontes que já conheço, um casal de homem e mulher se beija e sorri rodeado por crianças felizes, uma garota acena para um segurança ao entrar por uma porta de vidro, uma senhora escolhe um vegetal vermelho numa pilha de outros à venda numa feira, dois cachorros brincam com duas crianças com muita fofura e sorrisos. Um homem com um uniforme branco dirige um carro, freia no meio da rua, sai do carro alvo e cruza os braços um pouco à frente. Faz tudo isso dizendo o quanto nós precisamos fazer a nossa parte para garantir a segurança de Éden. "Denuncie à polícia da moralidade qualquer situação que perturbe o seu conforto. Não acolha pessoas que não são bem-vindas. Não..."

A garota desliga o aparelho no mesmo instante em que Obadias aparece na sala com um olhar alarmante. Ralha com Ana usando gestos. As crianças não devem ouvir esse tipo de coisa! Aliás, o olhar no rosto dele e no de Ana, ao me evitarem por alguns segundos, denotam o mesmo: a metrópole está falando sobre a resistência, sobre mim.

— Esses idiotas — diz Ana, quando Obadias volta à cozinha. — Essa hora começava o programa de receitas que eu gosto. Não passavam esse comercial antes. Foi mal.

Digo que está tudo bem. Ela se levanta chateada e sou deixada sozinha na sala, ouvindo o barulho dos degraus rangerem.

Passo o restante do tempo comendo a torta e bebendo meu café sozinha no cômodo. Ouvir Ester e Obadias conversarem com as crianças sobre qualquer coisa aleatória soa como a ilusão de estar de volta a uma família. Aposto que estão tão entretidos que não perceberam que minha companhia é a televisão desligada. Gostaria de religá-la e descobrir o que mais estão dizendo sobre nós. A existência de um aparelho televisor que pode distrair as pessoas com um programa de receitas é fascinante, seja lá o que isso for.

Findado o café e a escovação de dentes, Obadias e Ana dão chicletes para os meninos e os enrolam em casacos.

— Anda, anda, anda, que estamos atrasados — canta Obadias, abrindo a porta e apressando os garotos com um gesto.

Os dois me dão uma breve olhada antes de acenar em despedida, mas está claro que evitam ser pegos com os olhos onde não devem. Obadias me dá uma olhada sem graça e, com a porta entreaberta, espera Ana trazer um cachecol do andar de cima. A brisa invadindo a casa revela a frieza do dia. Até que, numa última despedida, a casa finalmente se esvazia.

Meus dedos coçam para ligar a televisão, mas antes que eu tente, Ester se arrasta para a sala e divide o sofá comigo, exausta. Os pés inchados calculam cada passo, a barriga enorme parece pesar horrores, as mãos presas à lombar. Quando senta, ela mantém as pernas o mais abertas possível.

— Essas crianças vão me matar um dia — reclama ela. — Você saiu da Casa antes da esterilização? Diga que não.

Confirmo que sim com um gesto.

— Mas não quero ter filhos. Nunca quis — confesso, um tanto surpresa comigo mesma.

— Esse é o meu primeiro e eu vou te dizer. Por mais que eu ame o bebezinho aqui dentro, ele é a porra de um parasita — diz Ester, apoiando as duas mãos na barriga e fazendo uma expressão engraçada. — Um bebê não para de sugar tudo o que você tem e mais um pouco. Não é uma gracinha. É terrível. Não vejo a hora dele sair logo.

Franzo o cenho, estranhando a sinceridade nunca ouvida por uma mãe antes. Observo a barriga prestes a explodir. Deve ser de gêmeos.

— Já tem nomes em mente?

— Ter até tenho, mas isso aqui é uma loucura, menina. As pessoas são obrigadas a colocar nome bíblico. Se não estiver na bíblia, é como se o destino daquela criança fosse ser amaldiçoado. O que não faz sentido algum.

— Sério? Todos os nomes?

Ela faz uma careta de que sim, óbvio. Obadias, Ester, Madalena...

— Queria colocar um nome tipo o seu. Freya. É diferentão. Quem escolheu?

— Minha tia-avó. Ela poderia fazer o seu parto se você estivesse em Absinto. Na verdade, não sei se ela já fez o parto de alguém como você. Quero dizer, vocês... nascem da mesma forma que a gente?

Ester leva um tempo para entender minha pergunta. De primeira, ri com a naturalidade de quem é atingido por uma piada. Depois, o riso vai se apagando, o olhar assumindo distância.

— Você tem razão — afirma ela. — Dizem que as mulheres da noite não choram quando parem. Não sentem dor. Como se a maldição de Deus para Eva não pegasse em vocês.

*O quê?* É a minha vez de sorrir frouxo. Assim como não sei tanto sobre os edenses, está nítido que eles tampouco sabem sobre nós. As mulheres da noite acordam a colônia inteira aos berros quando parem uma criança. Mas antes que eu responda alguma coisa, Ester pede que eu pegue o chiclete no esconderijo da cozinha.

Obedeço e, quando retorno, ela passa a brincar com a cartela entre os dedos. Só o movimento já parece ser o suficiente para aplacar sua abstinência.

— Não entendo essas histórias direito, de verdade — confesso. — Se Deus é bom, por que amaldiçoaria Eva? Ela não fez nada de mais.

Ester dá de ombros e reflete em silêncio.

— Qual é o problema em querer saber o bem e o mal? O certo e o errado? — insisto, pensando nas aulas que tivemos. — Se estivesse morando no maior jardim do mundo e uma única árvore fosse restrita, eu nem precisaria da lábia da cobra para comer o fruto. Uma pessoa que é amor não deveria sair amaldiçoando os outros assim.

Ester continua encarando a cartela e fazendo movimentos silenciosos. Na noite passada, ela disse que acreditava em Deus. Não estou aqui para colocar a crença dela em xeque. Só quero entender uma história que ainda não faz sentido para mim.

— Olha, quando você lê um suposto terceiro testamento escrito por um cara que com certeza não era santo, as coisas parecem erradas. Não consigo acreditar em Ádamo e em nada do que ele diz — recomeça Ester, com a voz diminuta. — Isso não significa que eu não acredite em Deus. Se eu não tivesse fé em alguma coisa, não teria aguentado minha gravidez por tanto tempo.

Por um momento, nenhuma de nós fala. Ester não percebe que às vezes os olhos chegam a brilhar de desejo pelo chiclete. Porém, ela se controla. Afasta dos olhos uma mecha de cabelo e lança um sorriso amargo em minha direção.

— Nunca tive tanto medo de alguma coisa como agora — confessa. — A gente já abrigou outros de vocês aqui, sabe? Por mais que seja arriscado pra caramba, nada disso se compara ao medo de ver essa criança sair pelo meio das minhas pernas. Às vezes, fico apavorada.

No lugar dela, eu também estaria.

Bebês podem ser culpados por estragar a vida dos adultos. *Bebês como eu.*

— Vai dar tudo certo.

Ela ri de novo, incrédula.

— Ninguém tem tanta certeza disso, não é mesmo? As crianças não nascem mais como antigamente. Antes da merda do apocalipse, milhares de crianças nasciam saudáveis. Hoje elas morrem dentro da gente, morrem quando saem, morrem o tempo todo. Nas colônias também é assim?

*Afaste-se dessa conversa sobre bebês.* Não quero me lembrar das palavras de Josué, do estrago que elas estão fazendo em silêncio na minha cabeça. Ele fez questão de enfatizar o quanto ela nunca me quis e talvez por isso eu sofra tanto por dentro. Não sei o quanto um bebê pode absorver sentimentos no ventre da mãe. Se pode, e se Josué estiver certo, absorvi desgosto e sofri torturas.

— A maioria das mortes lá é por doença — digo.

— Doença. Aqui também dizem isso. — Ester cospe as palavras com nojo. Quanto mais fala, mas enojada e odiosa parece. — Doença. Quantos bebês saem da barriga da mãe chorando e minutos depois morrem por doença? Doença. Que doenças são essas, Freya?

— Do que você está falando exatamente?

Ela balança a cabeça para os lados, se recusando a continuar. De repente, amassa a cartela de chiclete entre os dedos, cerra os punhos cheia de raiva, trinca os dentes e fica quieta por um tempo até controlar a raiva e voltar a falar:

— Éden odeia bebês negros. Eles morrem nos hospitais de todo tipo de doença. Mas isso é o que *eles* dizem. Má formação dos ossos, anencefalia, varicela, hepatite... Quem acredita nisso?

Franzo o cenho, sem acreditar.

— Está dizendo que mata...

— É. Por que vocês são tão ingênuos? — indaga ela, exaltada. — Como é que vocês esperam fazer algo por nós sem conhecer o que realmente acontece aqui?

— Mas eu não moro aqui — respondo, seca. — Está sendo injusta. Éden controla tudo o que sabemos sobre a beira do mundo. Nas colônias não somos nada. Ou você acha que as nossas casas são assim? Com sofá, televisão, ventilador?

Ester se cala, tensa. Segundos depois, joga o corpo para trás e pendura a cabeça nas costas do sofá com longos bufos, tentando relaxar.

— Perdão. É que o que eles fazem aqui me deixa maluca — diz ela.
— Mamilo escuro, genitálias, gengiva... Eles analisam assim. Quando os indícios são fracos, entregam as crianças para as mães, que dissolvem essa merda aqui num copo de água e molham a língua das crianças desde o primeiro dia de vida. — Ela aponta para a cartela de chicletes detonada entre os dedos. — Se nasce escuro, fica doente no hospital e então, buuf, morre no mesmo dia, oh que coincidência. É claro que eles inventam um tipo de doença, e ninguém pode falar nada.

Engulo em seco, apavorada. Tudo isso deveria ser considerado um crime! Estão matando bebês da noite para embranquecer a metrópole. A cidade que se declara santa é assassina de recém-nascidos.

Uma atrocidade como essa deveria incendiar as pessoas contra o tal do Trono de Tronco. Mas, em vez disso, preferem continuar odiando *kimanis* anualmente recém-chegadas para servi-los. Hipócritas.

— O que acontece com as mães? — pergunto.

— São desertadas. Éden sabe abafar um crime. Você viu o cabelo do Lucas? — pergunta ela. — Já tentei deixar liso de tudo que é jeito. Já até queimei a cabeça dele e nada. A gente vai ter que raspar, mas cabelo cresce rápido e o moleque gosta do cabelo maior. Só que isso é uma sentença de morte. E ele não tem mais pais. Somos a única família dele agor...

Ester não consegue mais continuar. Os olhos da garota são tomados por lágrimas grossas que caem pesadas sem rolar pelo rosto. De repente, ela desaba em um choro alto e histérico. E dez segundos depois, recupera o controle, seca o rosto, funga, vira pra mim e diz:

— Não. Eles não vão levar meu bebê. Vou parir aqui. Não vou dar um pio, mas ele vai nascer aqui, vai crescer aqui. Não vou deixar que inventem uma doença para ele, Freya.

Ester faz um esforço para se levantar. Mesmo que ela recuse ajuda, a acompanho de pé sem saber o que dizer. Se ela é branca e teme pelo assassinato do próprio filho, é possível que tenha tido relações com um besouro. Talvez tenha conhecido um homem da noite da Fraternidade. Não sei. A situação é aterrorizante como tudo aqui o tempo inteiro.

— Se o pai é como um de nós, ele vai te ajudar — minto, desesperada para dizer algo que faça sentido e amenize a dor dela. — A Fraternidade também pod...

— Não é o pai — interrompe ela.

Então ela se move até a gaveta logo abaixo da televisão, descola um fundo falso de onde tira um pedaço de papel e me entrega. No papel brilhoso, há uma imagem feita do mesmo material que Barbicha mostrou a mim e Lígia um dia desses. Só que agora a imagem de uma garotinha me encara assustada. Por um momento, reconheço os traços do rosto e a pele marrom. Ela se parece com...

Meu Deus.

Estou segurando uma imagem de Ester quando criança.

Só que ela era mais escura do que eu.

Ester era escura como qualquer garota da noite.

# 38

## Sorrisos no meio do caos

O som da sirene me faz correr para a janela e observar o lado de fora por uma nesga de espaço na cortina. Um carro da Polícia da Moralidade, como o que vi na televisão mais cedo, se apressa pela rua até a zona onde estamos. Cabeças brotam nas janelas das outras casas, ávidas para tomar conta do acontecimento. De repente, noto que alguém na casa em frente olha em minha direção com uma espécie de luneta. Assustada, fecho a cortina depressa. As batidas do meu coração aceleram e me pergunto várias vezes se tenho certeza do que vi. Embora não tenha coragem de olhar outra vez. *Denuncie à polícia da moralidade qualquer situação que perturba o seu conforto. Não acolha pessoas que não são bem-vindas.*

A família se agrupa na sala à espera de mais um capítulo de Chagas da Alma, a novela mais famosa da metrópole. Pompadour passou a tarde me contando os detalhes do programa, que parece ter sido recuperado das heranças novelísticas do mundo antes do Breu. Acho **mágica a** forma como os televisores funcionam. Uma antena no teto da casa capta as informações emitidas por ondas eletromagnéticas, muito parecido com as ondas de rádio. Pelas informações traduzidas em imagem e som, pode-se contar todo tipo de histórias. E como Ruana me disse, histórias manipulam as pessoas. Agora imagino o porquê de Núbia querer dominar essa ferramenta.

Ana bisbilhota minha posição, como todos os adultos fazem sempre que me aproximo de uma janela. Ela divide o sofá com Ester e um dos meninos. O outro senta no chão com Pompadour e conversa sobre qualquer coisa que não entendo.

Por um momento, desejo que Barbicha bata à porta e venha me buscar para o esconderijo da Fraternidade. Não pertenço a essa família. Mais do que isso, nunca tive tanta saudade de casa. De sentir o cheiro dos chás que minha *tinyanga* preparava, de misturar cores de tinta para trabalhar em um novo desenho enquanto minha mãe faz uma das coisas que mais a deixa inerte e tranquila: pentear meus cabelos. O cheiro da terra molhada quando chove em Absinto. A beira da mata cheia de vida, sombra fresca, musgo e insetos. O pé apertando o pedal da máquina de costura e o *tec tec tec* enquanto costuro uma roupa.

Tenho dúvidas se quero mesmo continuar pagando o preço da liberdade. Só queria fingir que o passado era bom o suficiente para que eu vivesse nele feliz para sempre. Por que nos exterminaram?

— Vai começar!

— Senta aqui, tem espaço — fala o menino ao lado de Pompadour.

Estou bem. Não quero me integrar tanto à família, apesar de adorá-los. A imagem da pessoa com a luneta na casa oposta ainda me perturba. Talvez não passe de uma curiosa como eu. Acontece que o olhar preocupado das crianças me dá a impressão de que esta família não está tão acostumada assim com uma ronda na porta de casa. A interpretação é pouco convincente. Os três irmãos mais velhos tentam usar a indiferença para sinalizar às crianças que está tudo bem. Mas estamos todos mentindo.

O símbolo de Éden para de reluzir na tela e dá lugar a duas mulheres que começam a interagir. Quando a novela de fato começa, é mais fácil puxar uma cadeira para se sentar e aceitar que nada existe além das sequências de ação. A família gruda os olhos na tela com um hipnotismo estranho. Reagem a cada cena. Um homem com um fiapo de planta na boca faz piadas dentro de um estábulo evocando os risos de todo mundo. Ana ri tanto que cospe o chiclete sem querer. Pega do chão e volta a mastigar, assim como o garoto de boné. Depois, uma cena mais tensa. Duas mulheres brancas com os cabelos pretos cortados iguais, na altura do queixo, começam a brigar. A família se encolhe ou vibra a cada fala. Uma mulher estapeia a outra na cara. Pompadour leva a mão ao rosto como se fosse o dele. Todo mundo geme de dor. A atriz reage e as duas se engalfinham. A família grita. O menino no chão ao lado de Pompadour se levanta contorcendo o corpo. A bermuda dele está encharcada. Olho para o sofá e acompanho a expressão aterrorizada de Ester. As reações parecem descompassadas com as cenas da televisão. A bolsa acaba de estourar.

**Um tesourão** repousa no fundo de uma panela, imerso em água fervente. A fumaça aos poucos toma a cozinha e a bolhas não descansam. Cada uma delas tem menos de um segundo de vida. Parecem um mar de pessoas falando ao mesmo tempo, urgindo, desesperadas para explodirem e morrerem, uma atrás da outra. O barulho me traz de volta para o oceano, para o corpo de Melissa escorregando em direção ao mar, para o corpo do filtrador esburacado em cima de mim, para o medo de que a qualquer momento me arremessassem do *La Amistad*.

Estou aqui há mais de vinte minutos, observando a água secar. Pompadour disse que precisamos esterilizar a tesoura para cortar o cordão do bebê. Ana insistiu algumas vezes para levar a irmã ao médico, mas foi vencida pelo olhar da mulher inchada, que, com todas as letras, já tinha dito preferir morrer do que ver seu filho nascer para a morte nas mãos da metrópole. Desde então, ela anda pra lá e para cá desesperada, falando sozinha, enfiando as mãos entre os cabelos. Acho que nunca viu alguém parir.

Pompadour desistiu de tentar fazer as crianças abandonarem o quarto e agora todos ocupam a beira da cama, tentando tranquilizar

Ester. Dividem muitas sensações no rosto, animação e medo. Enquanto isso, o irmão mais velho seca o suor da irmã, segura a mão dela a cada contração e observa a dilatação vaginal.

Desisti de acompanhar a cena. Agora eu só queria desaparecer. O medo faz cócegas em meu corpo e desperta uma estranha vontade de rir das coisas, só porque estou apavorada. Ester está fazendo o possível para segurar o grito, mas às vezes ele escapa. Qualquer passo em falso pode atrair atenção de gente errada. E uma família que abriga rebeldes deveria desejar tudo menos isso.

Como se o mundo fora da minha cabeça ouvisse meus pensamentos, alguém bate do lado de fora. Meu corpo gela. São batidas apressadas.

— Você ouviu algo? — sussurra Pompadour do alto da escada.

Mais batidas apressadas.

Engulo em seco.

Pompadour desce as escadas pulando alguns degraus o mais silenciosamente possível. Faz um gesto para que eu me esconda, mas a tensão não me permite. Queimarei com água fervente quem tentar me levar. Usarei as facas da cozinha, o que for preciso.

A casa mergulha em silêncio e apreensão. Pompadour respira fundo por alguns segundos para afastar a angústia do rosto, busca um ar de normalidade e abre um pedacinho da porta.

— Pois não.

— Boa noite — a voz pertence a uma mulher de idade avançada. — Precisam de alguma ajuda?

— Ajuda? Pra quê?

— Não sei... Eu posso entrar?

Torço para que Ester consiga engolir todas as vontades de gritar. Ela está em trabalho de parto há pelo menos duas horas e as vezes que gemeu foram raras, comparada aos partos que já vi em Absinto. Ela sequer tem uma parideira capaz de acalmá-la com sua experiência ou uma *tinyanga* para abrir os caminhos do bebê. Ainda assim, não está desesperada.

— Não. Não vai dar. Tá tudo bem. Você precisa de ajuda?

— Eu? Ajuda? — devolve a voz, mordida. — Ah, bom. Pensando bem, um frasco de azeite não faria mal. O meu acabou.

— Só um momento.

Pompadour bate a porta e retorna aflito. Não acredito que ele resolveu ajudar alguém que obviamente só veio xeretar. Se nos denunciarem para a Polícia da Moralidade, estamos ferrados. Mesmo assim, o rapaz derrama um pouco de azeite em um pote velho, troca um olhar silencioso comigo e retorna para a porta.

— Aqui está.

Mas não há resposta de volta, tampouco ninguém à porta.

Entregues ao silêncio sinistro, a noite nunca pareceu tão amedrontadora.

**Ester aperta** minha mão, arregala os olhos, espera a contração chegar outra vez e retesa todo o corpo por longos segundos. Uma veia salta em sua testa suada e ela arreganha a boca mais do que as pernas, berrando sem fazer som algum. O movimento se estende por segundos de desespero até que a contração acaba e ela volte a respirar cansada, ofegante, desesperada para que aquilo acabe.

— Tá quase. Tá quase vindo — invento, sem ter a menor noção.

Ela afrouxa os dedos sobre meu braço e eu sinto como se estivesse drenando a energia dela. Estamos conectadas por um laço invisível. Estou diante de uma mulher prestes a se tornar mãe, e me pego imaginando quais palavras tia Cremilda usou para acalmar uma mulher mentalmente doente parindo uma criança que deveria ter nascido morta, ou talvez nem ter existido.

— Só mais um pouco, Tezinha. Só mais um pouco. Tá coroando já — sussurra Pompadour de joelhos na cama, segurando as pernas da irmã, pronto para segurar o bebê nos braços.

Observo os cabelos do rapaz colados na testa, a camisa encharcada de suor, as manchas vermelhas pelo rosto e pescoço. A forma como bloqueia a visão das crianças que aguardam ansiosas na beira da cama. Diferente dos homens de Absinto, que costumam desmaiar só de imaginar um bebê coroando, Pompadour lidera o movimento com coragem e afinco. A cada minuto, inspira Ester a controlar a respiração e tenta enxugar a angústia da irmã assim como eu, só que com o olhar.

Uma nova contração está chegando. Mais atrás, Ana anda de um lado para o outro. Ester volta a cravar as unhas em meu braço. Um gemido agudo escapa da boca dela e faz com que eu estremeça.

— Empurra. Empurra — imploro, aos sussurros. Minha testa também pinga suor. Repito tudo o que já ouvi sobre nascimentos de bebês. Empurra. Respira. Força! — Vai, Ester. Empurra. Você consegue. Você consegue, garota.

Ester morde o lábio inferior e franze o rosto, empurrando com toda a força.

Respira por dois segundos.

Empurra com tudo outra vez. As unhas cravam fundo em minha pele, me fazendo descobrir que isso não importa. Mesmo que me faça sangrar, minha dor tampouco existe. Porque eu nunca quis tanto ser testemunha de uma cena como esta. Cada pedaço de mim anseia que o bebê de Ester nasça. Está prestes a chegar. Uma vida no meio de todas as mortes que já vi até aqui. Por mais egoísta que seja, eu mereço ver uma vida nascer. No meio de todo o caos das últimas semanas. Pelo menos uma vida. Eu mereço.

— Anda. Empurra! — imploro. — Empurra.

Ester obedece. Joga a cabeça para trás e faz força. Range os dentes. De novo e de novo.

Pompadour leva as mãos em direção à fonte da vida. Balança com força a cabeça, mais vermelha do que um tomate. Sorri, pede que ela empurre, empurre, ande, empurre. Faço coro a ele. Ester obedece. Solta meu braço e estremece por inteiro. Por um momento, acho que ela vai berrar ou morrer. Ela fecha os olhos, puxa os lençóis, trinca os dentes e empurra com tanta força que o bebê sai.

Ester está a ponto de desmaiar. Revira os olhos e se deixa levar pela respiração cansada. Corro para perto de Pompadour, onde a cama está encharcada de sangue e água, e um bebê minúsculo se contorce nos braços dele. A vida venceu. Pelo menos uma vez. Uma torrente de alegria invade meu peito. Sorrisos me enchem no meio do caos mais sombrio. Não consigo acreditar.

— É um menino — anuncia Pompadour.

As crianças correm para perto. No rosto, as expressões misturam a alegria ao nojo. Com a pele retorcida e todo esse líquido esbranquiçado, não os julgo. Um dos garotos desiste de olhar. Como se sentisse a ofensa, o bebê de cabeça amassada começa a chorar.

— Meu bebê. Me dá ele. Me dá — pede Ester, ofegante.

Então, para desespero de todos nós, o último som que gostaríamos de ouvir ressoa: as sirenes da polícia.

O bebê chora ainda mais alto. Uma sombra de desespero atravessa o rosto de Pompadour. Por mais que esteja envolto nos fluidos corporais, não há dúvidas de que este bebê será escuro como a noite. Sabemos o que isso significa.

— Núbia pode ajudar — sussurro.

— Me dá meu filho. Me dá meu filho — implora Ester, desesperada. Mal consegue se mover na cama além de estender os braços.

— Façam ele parar! — implora Ana. Ela surge às pressas, segurando a tesoura quente com uma toalha.

Pompadour tenta sair da cama e, ao mesmo tempo, tampar a boca do neném, que chora ainda mais. Grita como se estivessem o matando. Berra sabendo que, se a metrópole puser as mãos nele agora, será melhor que não tivesse nascido.

Ana toma o bebê, apoia-o sobre a colcha e, com as mãos mais trêmulas do que nunca, corta o cordão umbilical.

— Não vou entregar o meu filho. Me dá o meu filho.

No andar de baixo, alguém surra a porta. O mundo parece ralentar diante dos meus olhos, até que meu corpo é sacolejado pelas mãos apressadas de Pompadour.

— Disseram que você é nossa única esperança — diz ele. — Não podemos perder duas pessoas esta noite. Está entendendo?

Engulo em seco. Ele fala como se o bebê já estivesse morto, mas o choro da criança enche a casa mais vivo do que nunca, mesmo que Ana tente silenciá-lo. Um dos meninos perde o controle e também desata a chorar. Uma nuvem de agonia explodindo em gritos de desespero dentro do quarto.

— O que vai acontecer com vocês?

— Não interessa, Freya. Você tem que sumir daqui. Não importa o que acontecer, só apareça quando ouvir minha voz outra vez. Quem sabe você salve mil outros bebês que vão nascer caso consiga se esconder agora.

O cheiro do sangue nas mãos dele, e agora nos meus ombros, me enjoa. Tudo se multiplica em minha mente. O cordão umbilical cortado, o berro abafado do bebê, o pranto da mãe, o ódio por quem denunciou essa família, as bolhas de água na panela com uma tesoura, o barulho da porta arrombada no andar de baixo...

**As crianças** finalmente pararam de chorar. Posso ouvir os chiados da televisão ligada. Continuo lutando contra a vontade de sair de baixo dessa cama.

Pompadour parece exagerar no tempo de retorno. Tenho certeza de que faz mais de uma hora desde que levaram Ester, Ana e o bebê. Mesmo assim ele não retorna para o quarto e não sei se posso aparecer.

Essa casa virou um lugar suspeito demais para continuar. Quanto tempo a Fraternidade levará para me tirar daqui? Por que não estão fazendo nada pelos bebês assassinados na colônia? Isso é um crime. Nunca pensei que alguém pudesse ter coragem de fazer uma coisa dessas. Nunca senti minha barriga gelada por dentro por tanto tempo. Se matam bebês, matam qualquer tipo de gente.

Os policiais subiram até aqui e dominaram Ester e seus berros histéricos. Insistiram que se ela continuasse a resistir perderia tantos pontos que jamais conseguiria viver por mais de um mês. Desacato à autoridade é um crime que deserta edenses, não importa se acabaram de se tornar mães ou o caramba.

343

Pompadour insistiu para ser levado junto ao hospital, mas os policiais o impediram. Insistiram que o bebê deveria ser levado com urgência às incubadoras. E deixaram que Ester pelo menos carregasse o filho para a morte nos braços.

Não suspeitaram da minha presença, tampouco procuraram por invasores na casa, o que por um lado me entristeceu, uma vez que eu só queria olhar para a cara dos dois homens e cortá-los tão rapidamente quanto Ruana, a assassina de filtradores, fez com Rona. Mesmo sabendo que talvez eu não fosse tão ágil.

A mim só resta aguardar na escuridão, presa no cheiro do parto e da vida que em breve se tornará um decesso. Em posição fetal, perdida entre lágrimas silenciosas e nas palavras de Josué sobre mim, relembro que minha mãe tinha todo o direito de não querer me ter. Fora das colônias, gerar uma criança simboliza o fim. Se tivesse me abortado, Amara poderia ter me poupado de viver para morrer por dentro todos os dias.

# Parte 5

# 39

## A vida é feita de poucas certezas

Sentada na cadeira de convidados, inalo o cheiro de ferro velho da sala, esperando que Núbia retorne com alguma resposta sobre o pendrive instalado ou notícias do bebê de Ester. Será que de fato eu consegui o que eles queriam, ou passei do ponto? Após ter descoberto na pele o terror que é a Noite das Insígnias e depois de todo o horror que acabei de presenciar na casa de Pompadour, não estou a fim de levar um sermão.

Os minutos se prolongam por um período interminável. Tenho fome e vontade de tomar banho. Meu corpo implora para apagar, mas, quando fecho os olhos, o choro proibido do recém-nascido me desperta e me arrasta para aquela casa outra vez.

Pompadour não suspendeu o lençol ou chamou meu nome. Diferentemente de como imaginei, o rapaz se enfiou debaixo da cama e se arrastou para o meu lado em silêncio. Os olhos dele ainda não estavam acostumados com o escuro, então talvez não tivessem percebido que testemunhei as lágrimas dele rolarem pelo rosto antes mesmo que ele começasse a fungar e se tremer. Naquele momento, depois de já não ter pranto em mim, abracei-o como nunca havia feito com nenhum garoto. Ele sacudiu o corpo aos soluços por um longo tempo, como se estivesse convulsionando. Debaixo da cama, éramos monstros escondidos, expurgando nossas vulnerabilidades.

— Aí está você — a voz de Núbia me desperta.

Fecho os olhos e espero a mulher desfilar até minha posição. Os passos da cobra são contidos. Quero culpá-la pela falta de assistência a Ester só porque preciso que alguém se responsabilize pelos erros do mundo. Ao mesmo tempo, estou certa de que ela não merece carregar as falhas do nosso maior inimigo.

Pela primeira vez, a comandante pousa a mão áspera sobre meu ombro. O toque me faz estremecer de susto, e ela ergue os dedos como um reflexo.

Núbia mal chega e já parece roubar todo o ar da sala. É como se a existência dela ainda causasse algo difícil de deglutir ou se acostumar. Enquanto circula em direção à cadeira de sempre, percebo o quanto a líder parece cansada. Pelo menos nisso é humana. O tecido que envolve seu busto é outro, os cordões de ossos e a gargantilha dourada no pescoço não estão mais presentes. Apenas a faixa dourada pintada no olho e riscando a boca já a tornam tão diferente como antes.

— Demoramos mais do que o previsto. As patrulhas estão dificultando, mas vão acabar em breve — promete Núbia. — Transferiram você bem?

Confirmo com a cabeça. Um besouro vira-casaca retornou comigo para o mesmo lugar de onde saí. Desde então segui para cá e aguardo levantarem minha cabeça ou puxarem um membro da marionete que posso ter me tornado.

— Ataquei Josué. Fiz ele contar a verdade sobre minha mãe.

Núbia absorve a informação em silêncio. Com certeza nada disso é surpresa para ela. Agora que estou verbalizando o que aconteceu, até parece que tudo foi fácil.

— Nunca disse nada sobre o pendrive — acrescento. — Ele contou a versão dele sobre minha mãe e sobre mim. Não dei meu nome nem nada. Não sei se isso vai me ligar ao que aconteceu na Casa *Kimani*.

Núbia aperta os olhos em minha direção e reflete por mais um tempo antes de dizer algo.

— É bom ouvir você dizer sua versão do que aconteceu. Mas para ele você é a *kimani* de Jacques. O máximo que ele pode descobrir é que o seu patriarca se retirou daqui com você naquela mesma noite.

— Ele foi ameaçado. A esposa também. É um covarde. Ele não faria nada.

— A vida é feita de poucas certezas.

— Sei quando uma pessoa tem medo — adiciono, convicta. — Ele nunca vai querer que minhas promessas se realizem.

Núbia exibe um sorriso estranho no canto da boca. Não importa se ela não acredita em mim. Não estou nem um pouco a fim de discutir. Quero que ela me deixe descansar, mas o que acontece é o contrário. A comandante pede detalhes sobre Josué, tudo o que ele me disse pode ser importante para a Fraternidade agora.

Respiro fundo, engulo a vontade de cortar todos os fios da marionete e resumo para ela tudo o que Josué pintou sobre como defendeu minha mãe, sobre o pacto de sangue, sobre o suicídio da *kimani*. Quando termino, Núbia parece ainda mais exausta do que antes. Finalmente reparo nas rugas que ela esconde atrás da pintura dourada. Por muito tempo seus olhos ficam vagos e me fazem achar que ela consegue viajar para outro lugar fora do corpo.

— Há dezessete anos, a Fraternidade era muito mais tímida. Contávamos com os seguidores do almirante Armadilha e os rebeldes das colônias tinham medo de agir nas sombras, fazer as informações circularem. Não podíamos sequer usar uma frequência de rádio, como hoje. Apesar disso, essa notícia chegou a Avaé — diz Núbia, contemplativa. — Uma *kimani* havia amarrado uma forca na torre do palácio e pulado. Diziam que ela vinha de Absinto. Mas naquela época era muito mais difícil tomar a identidade das garotas inseridas no programa. Nunca pude me aprofundar nessa história, que, confesso, nunca me pareceu suspeita.

Entendo. A vida das *kimani*s é tão opressora que qualquer uma que se recuse a tomar as pílulas e ser amansada poderia desejar pular de uma torre.

— Mas agora saber cada detalhe dessa história é importante, Freya. Sua história é parte da nossa estratégia. Uma ponta solta na mão de Ádamo pode ser o nosso fim. Você entende?

Não preciso de uma estratégia da Fraternidade para me interessar por minha própria história. Mas se isso deixará Núbia ainda mais disposta a cavoucar o passado, que seja.

— Ádamo poderia ter mandado minha mãe para a colônia e ponto final. Fim da história — digo. — A única coisa que explica ele mentir para Josué é um pacto de sangue. Talvez fossem amigos mesmo. Então Ádamo pode ter feito uma *kimani* de Absinto se jogar para manipular a verdade, ou pode ter aproveitado uma história que aconteceu.

Núbia sorri sem gosto.

— Você é boa em juntar as peças. Isso vai ser muito útil, se quiser continuar conosco. Vou te dar mais uma: ninguém sabia que aquela *kimani* estava grávida. Aliás, a palavra "ninguém" generaliza. O que posso dizer é que o boato da gravidez não correu entre o povo. Isso significa que...

— Ádamo inventou uma história para convencer seu melhor amigo — continuo. — Quero falar com alguma *kimani* da época. Alguém tem que saber de alguma coisa.

— Esse é um bom caminho para trilharmos *juntas*. Prometo honrar a memória da sua mãe. A Fraternidade deve isso a você. Conte conosco — promete ela. É fácil acreditar nas palavras de uma mulher poderosa como essa, com olhos tão sinceros e inquietantes. — Devo confessar que o envolvimento de Josué me preocupa. Se ele levar esse evento para o Trono, então nossa presença aqui está mais ameaçada do que nunca.

— Ameaçados estão os bebês da noite que nascem aqui dentro — não consigo segurar.

O desespero de Ester me atinge em cheio. O bebê ensanguentado. A cabecinha mole. A pele escura. O cordão ligado à placenta. A sirene da polícia. A mãe implorando pelo direito de proteger o próprio filho.

— Eu vi um bebê nascer. Pessoas como nós que nascem aqui são descartadas como uma coisa inútil, uma comida estragada. Núbia — é a primeira vez que a chamo pelo nome, há uma nota de desespero em minha voz —, a gente tem que fazer alguma coisa agora. Não me importo se Josué vai contar o que sabe para Ádamo. Quero mais é que o Trono saiba da minha existência. Minha vingança não é mais só pela minha mãe.

Núbia me encara. O olhar brilha e se aperta de leve.

— Não posso esconder o quanto estou satisfeita — diz ela. — No entanto, o Trono não deve saber de nada agora porque é assim que a Fraternidade ganha tempo e vantagem.

— Que seja. Se não fui ameaçadora o suficiente, vocês podem fazer um reforço. Fazer uma mensagem minha chegar até Josué, ameaçar a esposa, meter mais medo.

Núbia me observa indecifrável.

— Não se preocupe. Nossas cobras dentro do sistema garantirão nosso tempo. Vigiamos cada movimento de Ádamo. Se Josué se aproximar do palácio, saberemos. Você acaba de provar seu valor para a Fraternidade e é por isso que eu prometo, faremos de tudo para honrar a você e a sua mãe. Esse compromisso é nosso.

— O que acontece agora? — corto sem querer parecer grossa. — O pendrive funcionou?

Um sorriso fino e rápido cobre o rosto da líder.

— Estamos no sistema. Depois de muito custo, a Fraternidade conseguiu um aliado que receberá todos os refugiados das colônias que conseguirmos transportar, além dos mestiços de Éden que quiserem ser libertos, se conseguirmos transmitir a mensagem. Saudosistas brancos também serão bem-vindos — acrescenta ela. — Não é o lugar perfeito, mas é feito por outros irmãos da noite. Gente como a gente.

Estão nos oferecendo moradia, oportunidades de trabalho e de obter uma nova cidadania fora de Éden. Queremos que nos acompanhe, será uma honra.

Um rubor percorre meu pescoço. A ideia me incomoda. Considerando a estrutura de Éden, há, no mínimo, um milhão de empecilhos contra esse plano. Por mais que todos repitam sobre a fama de Núbia, se ela não tiver poderes mágicos contra Éden, como conseguirá realizar algo tão grande quanto isso?

— Desculpe, mas é só que eu não consigo visualizar — confesso, meio encolhida, meio constrangida com meu pessimismo que me lembra o de Lígia. — Como é que a gente vai sair daqui sem chamar a atenção? Sei que sempre estivemos em guerra, mas... transportar as pessoas para fora daqui não parece arriscado demais?

— A guerra está à nossa porta — retruca ela, franzindo as sobrancelhas. — Ela é inevitável e vamos abraçá-la, se for preciso, no momento certo.

— A Fraternidade tem força militar para lutar contra Éden? — pergunto, desacreditada.

— Temos inteligência. Esse é apenas mais um pequeno passo em direção a um objetivo maior — diz ela, pacientemente. — É difícil, não vou negar. A cada dia, esbarramos em um imprevisto. Simples detalhes podem comprometer toda uma operação. Mas nunca avançamos tanto.

— Não tenho certeza se inteligência é o suficiente num tiroteio.

Núbia nega com a cabeça. Faz um desenho com os lábios, como se eu não estivesse entendendo onde ela quer chegar.

— Acha que chegaria até aqui se não soubesse pensar? Quantos tem uma arma para lutar, mas morrem pela falta de estratégia? Estratégia de combate, de fuga, de sobrevivência — diz ela, com um olhar sombrio. — A Fraternidade não viverá mais nas sombras. Vamos para a luz. Vamos evitar a guerra até onde der. Evitar perder o máximo possível de pessoas. Mas se nos atacarem, e vão nos atacar, vamos revidar. Não temos como tomar a metrópole agora, mas isso não significa que estamos recuando. Estamos avançando.

As palavras dela me agitam por dentro, mas a sensação de ansiedade não é bem-vinda.

Que lugar é esse para onde vão nos levar? Mais uma vez, me vejo presa e claustrofóbica. A imagem de batalha me causa desespero e desperta lembranças calcadas em meus pesadelos mais vivos. Ao mesmo tempo, isso é o que minha vida virou.

Levo os dedos aonde o colar deveria estar, por um segundo esqueço que não o tenho comigo. Mesmo que eu me sinta traída pela história falsa sobre ter tido um pai assassinado, tudo o que mais quero é ver minha mãe e minha tia-avó em segurança novamente. Mesmo que voltássemos a Absinto, de onde talvez eu nunca devesse ter saído. Quase trocaria o presente pelo passado. No passado, eu ainda podia tocá-las. No presente, tudo o que posso tocar são os dedos do homem que entregou minha mãe. Apenas a lembrança me arrepia.

— Você sabia disso? — pergunto com a voz falha. — Do que eles fazem aqui com os bebês?

O olhar de Núbia se perde. É como se ela não pudesse controlar. Algo a puxa para longe. Um pensamento ou memória que a parte em pedaços, já que os lábios dela tremem, os dedos também, os olhos marejam e ela parece prestes a desabar.

Um tanto ultrajada, um tanto envergonhada em assistir à dor dela, engulo em seco quando ela me dispensa com um gesto. Levanto da cadeira com movimentos silenciosos e não quero me perguntar o motivo de minha pergunta desestabilizá-la, não quero saber de nada que não devo, ou só quero que ela tenha tantos traumas com nascimentos indesejados quanto eu.

Ainda de costas para ela, na saída da sala, ouço a voz da comandante ecoar com firmeza.

— Estamos prestes a dar um fim nisso. Vamos levar todos os refugiados conosco. Nunca vão conseguir nos apagar.

Gostaria de me agarrar em mais uma promessa boa, mas, dessa vez, nem ela mesma parece aderir à fé de que tudo vai ficar bem.

# 40

## Uma descoberta no bolso

A grama molhada amortece meus passos e não faz cócegas em meus pés. Talvez eu esteja aflita demais para reparar. Nuvens espessas e cinzentas transformam o céu em uma ameaça constante. Os dois caixões de ferro repousam, fechados, sobre o gramado, a poucos passos. Um para minha mãe, outro para minha *tinyanga*, imagino.

Reúno todas as forças para abrir a tampa do caixão da direita. Assim que consigo, um bilhão de libélulas coloridas irrompem de dentro dele, livres para provar as alturas. O corpo que repousa em silêncio é o de minha mãe. A barriga se mexe sutilmente. Estufa e relaxa embalada pelo sono profundo. De alguma forma, sei que ela está viva.

Viro o rosto para o outro caixão, mas, de repente, engulo um gemido de susto. O homem sentado em cima da tampa de ferro usa um terno preto e uma cartola. Reconheço seu rosto em partes.

— Quem você acha que está aqui, *kimani*? — A voz dele é como um sibilo apavorante. — A feiticeira de sua família? Ou será seu pai?

Reúno todas as minhas forças para dizer:

— Eu não tenho pai.

Tenho quase certeza de que sei quem ele é... estou quase lembrando...

— Talvez seus amigos, ou a cobra. Talvez o bebezinho de sua nova amiga viciada em mascar chicletes. Talvez você mesma? Acertei? Não se pode escapar da morte, menina bonita. Logo em breve ela abraçará alguém que você muito ama.

O homem gargalha e, quando finalmente arregala os olhos para mim, o choque do reconhecimento percorre meu corpo inteiro. Seu sorriso amarelado beira o horror. Flores coroam minha cabeça. Relembro que esteve perto de tocar minha genitália. O homem que me violentaria se as luzes não tivessem se apagado. Grito assustada e abro os olhos no ápice do nervoso.

— Tudo bem — uma voz me acalma aos sussurros.

Meu peito sobe e desce, o corpo estremecendo por si só.

Transtornada pelo pesadelo, levo uma eternidade até relembrar onde me encontro e o que estou fazendo aqui. Por um segundo, penso que estou deitada entre os mortos assassinados na praça, em torno do monumento da árvore sagrada. Ainda bem que o cheiro semelhante a álcool invade minhas narinas. É assim que sou resgatada do pesadelo vivo e percebo que estou na enfermaria improvisada, onde acordei pela primeira vez quando chegamos à base.

A voz ao lado pertence a Daniel. Ele e Lígia dividem o espaço do chão comigo e mais um casal de desertados com cabelos vermelhos.

Lígia se mexe, mas não desperta do próprio sono. O casal dorme abraçado, semelhante a uma única estátua roncante. Aos poucos, me sinto aliviada por ter gritado somente no pesadelo.

— Sonhou com a missão? — pergunta Daniel, do meu lado direito.

Volto o rosto para ele e percebo que está apoiado sobre um braço, enquanto me olha como se eu fosse desmaiar a qualquer instante. Tento afastar os ecos do pesadelo, mas a pergunta dificulta. Aquele homem nojento que me chamou como se eu fosse uma propriedade à venda.

Seco o suor da testa, deito de barriga para cima. Nesse momento, por algum motivo a proximidade com Daniel é desconcertante. O senso protetor que demonstrou da última vez que nos vimos me incomoda e eu começo a pensar que, por mais que ele tenha sido alistado para ser um *kimani*, será mesmo que passaria por metade do que passamos? Um patriarca o trancaria em um quarto a pão e água por meses, depois o surraria com uma barra de ferro? Quem saberá?

Uma lâmpada fraca ilumina o cômodo, finalmente, sem enfermos. Lembro de ter encontrado os dois dormindo aqui depois de muito procurá-los mais cedo. Simplesmente encontrei um espaço e adormeci junto.

— A missão deu certo — sussurro de volta. — Com imprevistos.

Daniel sorri e volta a se deitar, de frente para mim.

— Lígia precisa saber logo — diz ele, mantendo o tom de voz bem baixo. — A gente quase morreu de preocupação. E ninguém conta nada para a gente aqui. Que bom que você está viva.

Acho bonita a forma como ele junta as palmas e as coloca entre o chão duro e a cabeça. A barba crescida lhe dá uma sensação de maturidade, além da beleza. Apesar dos questionamentos, um assomo de gratidão por revê-lo surge em meu peito.

— Tive um pesadelo horrível. Alguém me dizia que uma pessoa próxima a mim está prestes a morrer. Foi muito real — conto. *Não era minha mãe. Estou com medo.*

— Foi só um pesadelo. Tente pensar em alguma coisa boa.

Não consigo me lembrar de nada bom. Não há qualquer memória bondosa na qual eu possa me agarrar agora. O bebê de Ester ainda está berrando para não morrer. Tudo o que está acontecendo ao nosso redor é um inferno com altos e baixos no meio de um jardim supostamente sagrado. As palavras de Núbia chicoteiam minha cabeça como a saraivada de tiros que destruiu Absinto.

— Ela disse que vai ter uma guerra aqui. Núbia — repasso. As sílabas escapando pelos meus lábios. — Não sei se tem como fazer o que ela quer de forma pacífica. E eu não me sinto pronta para passar por isso de novo.

— Eu sei. Conversaram comigo e com Lígia hoje à noite. Foram bem específicos. Queriam nos ensinar a atirar.

— Aqui? Sério?

— Não chegamos a disparar nem nada, mas aprendemos como as armas funcionam, como recarregar, como sustentar o peso da escopeta — conta ele, aos sussurros. — Para onde vão nos levar, Freya?

— Ela não deu detalhes, mas disse que vamos receber reforço. Não sei de quem ou como — confesso. — Não gosto disso. Não sei explicar, mas tenho um pressentimento de que...

Minhas palavras se perdem. O pesadelo recente me infecta. Não sei por que inferno acredito em cada palavra do assediador em sonho. *Nada disso é real, Freya.*

Saber que estão ensinando meus amigos a atirar tensiona minha mente ainda mais. Não temos preparo para sobreviver a uma guerra civil aqui e agora. Se Núbia quer mesmo que carreguemos gente mestiça que não sabe metade de como é a vida fora dessas muralhas, estaremos em uma missão suicida.

Em um determinado momento, Daniel pousa a mão sobre a minha num movimento leve e confiante.

— Ela falou algo sobre resgatarmos as outras meninas? — pergunta ele. — Porque elas foram tão enganadas quanto nós.

— Ela não fala sobre tudo comigo. Eu não sei. Na verdade, não sei da maior parte das coisas.

— Com certeza você sabe mais do que eu. E eu posso te garantir que não há nada pior que ser o último a saber. Isso me incomoda, mas a gente não tem muita opção.

— Eu sei.

É tudo o que consigo dizer. A mão dele continua sobre a minha. É um gesto estranho ao qual não sei muito bem como reagir. Acho que ele nota o quanto, porque volta com a mão para debaixo do travesseiro e olha para qualquer lugar por um longo intervalo de tempo.

A ideia de que Micaela, Raquel, Nalanda, até mesmo Maria e Camila, que tanto me perturbaram, sejam deixadas aqui, na mão desses malditos, é tão horrível que azeda meu estômago. Lembro da quantidade de palavras não ditas presas no abraço de Camila no dia em que partimos. Será que a Fraternidade fará por elas o que fez por mim?

Viro de lado, de frente para ele, e me pergunto se algum dia imaginei viver a vida ao lado de um dos Ébanos e de Lígia, tendo dois amigos de verdade, coreografados por uma comandante da resistência que planeja me usar como peça-chave em seu plano para a derrubada de Éden.

— Lembra de quando a gente colocou aquelas roupas de besouro pela primeira vez? — pergunto. — Você dançando daquele jeito engraçado.

*Já te vi dançar comigo em meus sonhos.*

— Foi a primeira vez que você me viu dançar?

Franzo o cenho pela obviedade da pergunta.

— Sim.

Ele sorri com um olhar um tanto constrangido.

— Não foi a primeira vez que *eu* te vi dançar.

— Claro que foi. Eu não danço.

— Dança, sim. Já te vi dançar na Festa da Cabeça do Javali. Raridade. Você costumava ficar sentada perto da fogueira e ocupar as mãos com qualquer coisa para que nenhum garoto ou garota te tirasse. Mas, às vezes, alguém ia até você. E eu podia ter a sorte de ver a filha da Doidinha dançar, rodar, sorrir.

*Pelo amor de Deus.* Minhas bochechas estão mais quentes do que nunca. Não sei o que dizer agora e tenho medo de engasgar, de parecer uma bobona. Na verdade, estou... não tenho nem palavras para me engasgar porque...

— Não precisa dizer nada — diz ele, sorrindo.

Até quero dizer, mas só consigo acompanhar o olhar do garoto estudando meu rosto. Sou péssima com isso.

— Você sem graça fica muito bonita.

— Que bobeira.

Sorrio de volta e finjo estar com sono. Essa é a forma mais detestável que encontro para fugir do assunto. Fecho os olhos por um longo instante, e quando finalmente os abro e posso observá-lo dormindo, ou talvez fingindo, a última coisa que ele disse ressoa em meus ouvidos como uma falha tentativa de dissolver meu último pesadelo.

E se eu estiver prestes a perdê-lo?

**Abro os** olhos novamente e Lígia é a única pessoa presente no cômodo. Sentada em cima de uma placa de metal, ela sorri com um livro preso entre os dedos. Infelizmente, não há uma janela com um resquício de sol sequer para provar que amanheceu.

— Você já precisou reler a mesma coisa mil vezes para entender? — pergunta ela. — Bom, acho que é porque tem alguma coisa acontecendo. Está tudo muito tenso. Estou nervosa. Tem certeza de que deu tudo certo?

— Acho que sim.

— A gente achou que você tinha sido pega, que estavam mentindo para a gente. Dois dias, garota. Você caiu do salto?

Encolho os ombros, sem saber por onde começar. Não demoro para caminhar com minha amiga até o comedouro, contando o horror que é a Noite das Insígnias. Daniel encontra a gente dentro da cozinha improvisada e preciso repetir algumas partes. Coletamos o pão do dia e o suco com gosto de não sei o quê, torcendo para que ninguém além de nós apareça aqui agora. Evito detalhes sobre o velho que apareceu em meus sonhos, principalmente porque Daniel está presente. E enquanto ele se demonstra vidrado em minhas descrições sobre o risco que corri para encurralar Josué, me pergunto se as palavras dele nesta madrugada foram parte de um sonho. Sim, consigo me perguntar coisas ao mesmo tempo em que estou contando que os objetos enviados para as colônias são o resto dos ricos, e que ameacei arrancar a genitália murcha de Josué.

— E onde você esteve durante todo esse tempo? — pergunta Lígia. — Por que demorou tanto para voltar?

— Ah, eu vi os televisores! As pessoas são vidradas naquilo. Eles filmam as pessoas e chamam as histórias de novelas. São obcecados por elas. Demorei porque me mandaram para a casa de uma família.

Passo mais cinco minutos relatando o quanto Pompadour, Ester, a irmã e os meninos adotados são uma família realmente acolhedora. Enquanto falo, me surpreendo com a força com a qual meu coração se esmaga pela preocupação a respeito da sobrevivência de todos. Minha voz embarga quando reconstruo a cena do parto e resumo o que fazem com os bebês em Éden. No final, os dois pouco respiram. Daniel tem o rosto mais pálido do que nunca e Lígia fica segundos sem sequer piscar.

— Tá na cara que mandaram você para lá de propósito — diz Daniel. — Queriam que você soubesse o que o povo daqui realmente sofre.

— Você acha? — pergunto, um tanto chocada. Nada parecido tinha me ocorrido.

— Com certeza. Elas nos manipulam— diz ele, em um tom mais baixo. — Mas acho que é por uma boa causa. Você não sente o mesmo?

— Não sei se é manipulação — digo. — Precisamos de uma boa liderança.

— Mas e o Josué? — pergunta Lígia, baixinho. — Você se parece com ele?

Nego com a cabeça, mentindo.

— Só serviu para clarear o tom da minha pele — digo. — Acho que talvez o sorriso.

— Espera, é muita coisa ao mesmo tempo — pede Lígia, desconcertada. — Não acredito que as pessoas perdem os bebês e ninguém faz nada. Aqui não é como na colônia. Por que as pessoas não se juntam para fazer alguma coisa?

— Eu não tenho certeza se para algumas pessoas viver aqui é tão diferente de viver lá — confesso, com a voz diminuta. Nunca achei que pudesse pensar parecido. — No sentido de que, pelo menos, podíamos ter nossos filhos em paz. Criar uma família. Eu sei, nós nunca tivemos liberdade na colônia, mas essa gente aqui... Ela era uma garota da noite. Eu *vi* uma imagem dela. Há muitos como nós aqui.

— Isso é assustador — sussurra Daniel, preso em pensamentos. — E ela não deu nenhuma dica sobre que lugar é esse pra onde a gente vai? Tem certeza?

Mas antes que eu possa responder, Lígia agarra meu braço com força e arregala os olhos.

— Fogo na terra! Quer me matar de susto? — reclamo.

— Freya, descreve outra vez como foi o homem que te ajudou. Quantos anos aparentava ter? — pergunta ela.

— Mais de quarenta, com certeza. Cabelo e barba bem aparados, olhos escuros e...

Assustada, silencio. É a primeira vez que me ocorre que talvez aquele homem tinha uma pinta no rosto exatamente onde Lígia tem. *Calma.* Disfarço. *Você não tem certeza.* É muita responsabilidade dizer isso agora e alimentar nela a esperança de que aquele homem talvez seja... *Meu Deus, será que o pai da Lígia me reconheceu e me ajudou?*

— Nenhuma pinta no rosto? Ombros largos? — pergunta ela.

Demoro para continuar, indecisa. Mas minha demora é o suficiente para aumentar as fagulhas no olhar dela.

— Como assim você não sabe? Você não viu? Ele não falou com você?

Nego com a cabeça, assustada com o quebra-cabeça que se encaixa.

— Ele não disse palavra alguma, mas eu vi o nome dele bordado no bolso da camisa. O nome do seu pai é... Joel?

Não preciso de uma resposta em palavras. Lígia tampa a boca com as mãos, arregala os olhos marejados e começa a tremer em desespero.

O pai dela me reconheceu e me ajudou.

# 41

## Uma reunião inusitada

Acalmar Lígia é uma tarefa difícil. A garota tem uma crise ansiosa e quase não consegue completar sequer uma palavra. Daniel oferece água e eu aperto as mãos dela, dando o tempo necessário. Quando retoma a fala, Lígia faz perguntas e mais perguntas que não consigo responder. Se ele for mesmo o pai dela, o encontro foi muito breve para que eu captasse algo a mais. Se me reconheceu, por que não me seguiu? Será que ele consegue chegar aonde estamos? A Fraternidade o conhece? Ele conseguiu entender que, segundo meu disfarce, trabalho para a família de Jacques?

Enquanto ainda tentamos acalmá-la, Suzana interrompe a conversa.

— Preciso que venham comigo agora. Os três. — E então... — Aconteceu alguma coisa?

Trocamos um olhar em trio que confirma o mesmo: não vale a pena falar disso agora.

Há uma tensão nos movimentos de Suzana. Ela dá algumas ordens para Daniel, que logo se despede para nos reencontrar daqui a pouco. Enquanto a seguimos pelo corredor principal, ela permanece à frente, calada. Em uma sala, oferece a Lígia e a mim uma roupa escura, grossa e apertada, como se fôssemos sair daqui para um combate.

No banheiro, a água também é racionada e o banho é trocado por um pano molhado esfregado pelas partes sujas do corpo. Depois ela arruma meu cabelo platinado em um rabo de cavalo e penteia o de Lígia, cujas raízes escuras cresceram muito nos últimos dias.

— Por que seus olhos estão tão inchados? — pergunta Suzana, conferindo o penteado de Lígia.

— Por que eles não estariam? — devolve ela.

Suzana nos observa por alguns segundos, mas desiste de entender o enigma que escondemos.

— Você está com o colar? — pergunto a Suzana assim que ela confere meu penteado satisfeita.

— Não tenho tempo para isso agora. Mais tarde te entrego. Agora preste atenção — diz ela, ríspida. — Você será apresentada a pessoas importante agora. Sabe o que é diplomacia?

Franzo a testa em resposta.

— Bom, só precisamos que você seja o mais simpática possível. A Cassiopeia precisa acreditar que você é a pessoa ideal. O ícone da rebelião. Tudo certo?

Não gosto da forma como ela me corta, cruza as informações e evita me encarar. O silêncio e o mau humor dela impedem que eu ou Lígia adicionemos mais perguntas. Portanto, questiono em minha mente que raios seria a Cassiopeia e quanto tempo levarei para me acostumar à ideia de ser um suposto ícone para alguém. Logo eu. *Não vamos entrar nessa agora, traumatizada.*

Alguns muitos depois, encontramos com Daniel outra vez. A vestimenta dele lembra a de um caçador experiente, ressaltando seus músculos, e, ao contrário de Lígia que, mesmo mal-humorada, o chama de gostoso com a maior facilidade do mundo, preciso piscar e desviar o olhar.

Por fim, Suzana nos encaminha até a sala onde já nos reunimos uma vez para conversar sobre a Operação Josué. Assim que chegamos, todos ficam de pé.

Rastros de poeira ainda se espalham pelos gabinetes antigos. A mesa redonda no centro está cercada de gente. A primeira pessoa que olho está na cadeira de maior destaque, Núbia Asmos, vestida como nunca a vi. Se antes parecia imponente, agora muito mais. O paletó dourado-oliva se dobra em ombreiras pontudas e se ajusta pelo corpo. Dezenas de cordões de ouro cobrem o peito dela e um artefato com arcos dourados pende acima da cabeça.

— Que bom que chegaram — diz a líder, apontando para as únicas três cadeiras vazias. — Por favor, sentem-se.

Ao lado de Núbia, um homem magricela digita sem interrupções em uma tela retangular. Também não demoro a reparar na mulher que guarda longas tranças em um lenço alaranjado. Já esbarrei com ela por esses corredores uma vez. É a mesma que me encontrou na Rua 17 e atirou em meu pescoço sem se explicar. Agora, sorri como se nada tivesse acontecido.

Para piorar as coisas, me pergunto se meus olhos estão me traindo. Não pode ser possível. Porque, ao lado dela, Madalena envia um breve cumprimento. Sim, a ex-*kimani* estúpida da pele cinza que diminuiu meus pontos na primeira aula e arrastou a *kimani* grávida às masmorras.

Olho para Daniel e Lígia, perdida. Minha amiga observa Madalena com o olhar azedo de quem esbarra com a pior pessoa do mundo. Lembro da forte impressão que tive de ela ter me dado uma dica naquela primeira noite para que eu permanecesse quieta quanto à atrocidade que cometeram em Absinto. Lembro de como ela socorreu Noemi e do quanto se manteve afastada naquela cena horrorosa nas masmorras da Casa *Kimani*. Era uma infiltrada da Fraternidade, ou será que ela é uma espiã da metrópole aqui dentro?

Assim que nos sentamos lado a lado, a comandante apresenta as outras sete pessoas espalhadas pelo círculo. A moça de tranças é Mila Santos, uma besouro aposentada; Raquel Abelardo, engenheira formada em Éden; Lúcio Carisma, um ex-besouro de cabelo amarelo cujo braço é da grossura das minhas duas pernas juntas; Suzana e Barbicha, que já conhecemos; e Caio Alencar, o moço responsável por liderar as artimanhas tecnológicas da Fraternidade, que passa boa parte do tempo registrando sei lá o quê no dispositivo digital.

Somente um homem não é apresentado. Seus olhos são estreitos e ele tem a pele mais escura que já vi em toda a minha vida. Escrutina meu rosto quando quer, depois disfarça. Um gesto que me deixa incomodada.

— Chamamos vocês aqui para discutir conosco nosso próximo passo. Não podemos correr mais riscos — diz Núbia. — A inteligência de Éden é forte e sabe que estamos agindo. Talvez saibam que estamos aqui agora. Pode ser que estejam esperando o momento certo para atacar.

— Não. Desculpe, Núbia, mas é impossível que eles estejam cientes disso e você sabe — diz a moça rechonchuda, negando com firmeza. — Éden é inteligente, mas sou *eu* quem cobre eles. Se souberem que estamos aqui, eu também vou saber.

— Que seja — responde Núbia, apoiando os cotovelos na mesa de madeira e gesticulando na direção do homem não apresentado. — Este é Jairo, braço direito desta operação, um aliado fiel, e comandante da tropa nebulosa. Ele é de Cassiopeia, a província para onde estamos partindo.

Jairo acena pouco simpático. Sua farda escura exibe um símbolo diferente próximo aos ombros. Parece a letra W cheia de estrelas. A menção a outra província faz minha cabeça explodir mais do que a presença de quem até então era uma inimiga, mas não quero parecer uma ignorante agora. Não quando todos estão vestidos como se este fosse o encontro mais importante do mundo.

— Madalena é uma das nossas maiores aliadas da Casa *Kimani*. Se precisarem agradecer a alguém pela ajuda que tiveram lá dentro, agradeçam a ela.

A mulher dá um sorriso amarelo. O círculo fundo em torno dos olhos demonstra cansaço.

— Peço perdão pelo susto causado durante uma aula ou outra. Vocês me deram certo trabalho.

— Tem notícias de Micaela ou das outras? — falo pela primeira vez.

Madalena me encara por alguns segundos, comprime os lábios, troca um olhar com Núbia.

— Micaela desapareceu completamente. Irrastreável. As outras *kimanis* permanecem no preparo para a cerimônia de purificação. A saída de vocês provocou uma grande turbulência dentro da Casa *Kimani*, mas aquelas vacas conseguiram reverter a narrativa. Dominaram as outras *kimanis* com o espelhador, as medicações e tudo o que vocês já conhecem. Ah, essa pulseira aqui é de verdade — diz ela, reparando os olhos de Lígia sobre o contador de IPV no pulso dela. — A maioria de vocês costuma pensar a mesma coisa, mas não, ninguém ouve o que dizemos. Não é assim que funciona.

*Micaela estava certa*. Inclusive, talvez tenha usado nosso laser para queimar o rastreador antes mesmo de nós. Garota esperta.

— Jairo, quer fazer alguma introdução? — pergunta Núbia, cortando o assunto.

Todos permanecem em silêncio enquanto os lábios do homem se curvam em um fino sorriso. Quando fala, a voz ressoa como um trovão polido.

— Talvez eu deva dizer apenas que Cassiopeia está honrada em receber tantos refugiados de uma guerra que bateria em nossa porta mais cedo ou mais tarde. Ainda estamos organizando nossa cidade para recebê-los, mas é apenas um detalhe — acrescenta ele. — É uma honra dividir a mesa com a senhorita Freya, sankofa, filha de Amara. Respeitamos sua história. Nossas armas estão à sua disposição.

Pisco, nervosa. Lígia chuta meu calcanhar e Daniel sorri animado.

— A honra é minha. Seus esforços são bem-vindos e serão honrados — digo, lembrando das palavras de Suzana e mantendo o personagem diplomático para a surpresa dos meus dois amigos.

Até Barbicha me elogia com um breve aceno de cabeça.

— Certo — diz Núbia, aparentemente satisfeita. Então aponta para o besouro infiltrado. — Como estamos?

— Nossa expectativa em números diminuiu. Sem dúvidas, o alarme falso vai provocar o envio de uma tropa preparada. No entanto, o Trono tem demonstrado maior confiança com o domínio de Absinto e Avaé. Besouros foram enviados de volta na noite de ontem.

— Usaram o navio? — pergunta Núbia, assustada.

— Negativo — diz Barbicha. — Locomoções permanecem dentro do planejado, comandante. Estamos controlando o estaleiro.

— Os besouros têm noção de que algo está prestes a acontecer. A fuga na Casa *Kimani* deixou tudo mais que evidente — diz Mila, aparentemente distraída com uma trança entre os dedos. — Há reforço pela cidade e as patrulhas continuam ativas. Mas só porque as ordens vêm do Trono. Não posso dizer o quanto realmente se importam, como sempre. Se quisessem nos achar, já teriam nos encontrado.

Barbicha remexe o corpo na cadeira. Está evidente que discorda da opinião, mas não se manifesta.

— Não quero iniciar uma guerra para a qual não estamos preparados — pondera Núbia, como se já tivesse explicado isso milhares de vezes. — Não queremos a morte de pessoas inocentes. A guerra é inevitável, mas que seja friamente calculada. Precisamos de percentuais precisos. — Ela aponta para Barbicha. — E precisamos garantir que não usem os caças para o alarme falso.

— Os caças são nossos, Núbia. Fique tranquila — garante Mila, quase entediada.

— Posso perguntar quem de fato estará do nosso lado? — pergunta Daniel, erguendo um dedo de leve. — Temos besouros o suficiente?

— A maioria dos besouros infiltrados se revelará, meu rapaz — diz Raquel. — Camuflagem é o que a Fraternidade faz de melhor. A resistência não é pequena e estamos prontos. Nossos acampamentos secretos reúnem resistentes de Avaé, Babel e Tecoa. Armaremos os edenses daqui que puderem atirar. O comandante Jairo representa os cassiopeios. É um excelente cenário.

— Melhor impossível — adianta Lúcio. — Temos bom armamento. Mais de duzentas e cinquenta pessoas na operação de retirada, incluindo os membros da Fraternidade que deixaram nossa nova base. Estão aguardando nosso sinal. Temos as melhores formações da Primeira Divisão de Combate da Fraternidade.

— Mas então por que não dominamos essa porcaria de uma vez? — pergunta Lígia, mal-humorada.

Raquel sorri e balança os ombros.

— Também não é pra tanto, querida. Duzentas e cinquenta pessoas. Você ouviu bem? A gente pode quebrar pulseiras, libertar uma escala, recuar e aumentar nosso número. Vamos somar aos interesses da Cassiopeia. É impossível tomar a metrópole sozinha. Infelizmente, Ádamo não será destronado amanhã.

— Mas vamos mostrar que realmente temos mais poder do que ele imagina — retoma Lúcio. — Se esconder agora é insustentável. O plano é aproveitar a deixa para resgatar famílias oprimidas aqui. Roubo de munição, barricadas estratégicas e tudo o que for necessário para a evacuação.

— Evacuação como? — pergunto. Não sei o porquê, mas não estou tão convencida de que isso tudo seja real. — Como vão transferir as pessoas daqui? São muitas.

— O mais difícil é atravessar a ponte e alcançar a linha de trem — responde Núbia. — Uma vez que estivermos na malha ferroviária, usaremos um trem desativado em lotação máxima até o navio cassiopeio.

— Mas Éden é cercada por uma muralha — relembro. Não é óbvio? — Você disse que não quer ver a morte de inocentes. Mas vão tentar matar as pessoas até que elas cheguem a essa estação. Por que não tentamos convencer o Ádamo a liberar as pessoas que quiserem ir embora?

Raquel e Mila intervêm ao mesmo tempo, mas um gesto de Núbia as silencia. O olhar de Jairo sobre mim parece tentar me queimar, tamanho interesse.

— Ádamo não entregaria ninguém de bom grado porque precisa explorar essa gente e manter suas políticas eugenistas. Mas daqui a uma semana, a base militar da cidade estará debilitada e teremos as melhores chances de escapar, com o menor risco possível. Temos tenentes, atiradores de ponta e uma cobertura com cinquenta combatentes da primeira divisão cassiopeia. O plano é que eles cubram a saída dos saudosistas que quiserem partir.

— Querer sair é muito diferente de saber que você precisa ir embora, que você pode. Além do mais, sair para onde? Essas pessoas moram aqui — insisto. — Estão anestesiadas. Que tipo de mensagem arranca alguém da sua própria casa em direção ao desconhecido? Como é que as pessoas vão partir para um lugar que elas nem sabem se é real?

Ao final da minha pergunta, o silêncio se instala pela sala quente. Só é quebrado pelas turbinas que ventilam fixadas às paredes. Cada olhar em cima de mim parece pronto para me dissecar.

— Além da sua mãe, nenhuma garota voltou para contar como o resto do mundo era. Mesmo sua mãe tendo voltado como voltou, dezenas de garotas e famílias sonhavam com um lugar nunca visto — responde Raquel.

Mas um novo gesto de Núbia a interrompe. Então ela reassume:

— Estamos preparando as pessoas na surdina há pelo menos quatro anos, Freya. Você conheceu os Santos, os filhos de Raquel, desertada por ter roubado um pacote de macarrão em um supermercado — diz Núbia. — Há muitos como eles aqui, muitos. Não conseguimos destronar Ádamo hoje, mas não podemos mais ver essas pessoas morrendo aqui dentro. Estão à espera do nosso sinal, e esse sinal será uma falha no sistema capaz de apagar todas as pulseiras. Acreditamos no choque que um ato como esse causará. Nossa mensagem será enviada para todos os televisores sintonizados na novela da metrópole. É o sinal que eles esperam. Outros serão convencidos na hora, por você. Está certíssima em perguntar qual tipo de mensagem arrancará as pessoas daqui. Gostaria que visse com seus próprios olhos como pretendemos corroborar a história que você mesma contará. As imagens são fortes demais. Sinto muito que precisem assisti-las. Caio.

Ao ouvir o chamado, o homem desliza a placa de vídeo para o meio da mesa. Após um comando de voz, um raio de luz azulado escapa da tela e projeta uma imagem no ar. Apesar dos tons pálidos e azulados, a cena é nítida e, de imediato, me faz tontear.

Troco um olhar assustado com Madalena ao reconhecer o cenário: uma masmorra escura, a general Lisboa estapeando a *kimani* grávida na cara, minutos antes de entrarmos acuadas. Lígia aperta meu braço, chocada. Daniel observa Madalena desconfiado, enquanto ela evita assistir à cena, assim como a maioria dos convidados à mesa. De alguma forma, percebo que todos já assistiram isso aqui repetidamente.

A cena gravada por uma câmera escondida se desenrola. A general nos chama de galinhas pretas assustadas. Avisa sobre a esterilização das *kimani*s, justificando de forma ridícula. *Gerar um filho e povoar o mundo não é responsabilidade de vocês, mas dos que as abençoam.* Humilham a *kimani* grávida.

Desesperadamente, lembro que sugeri que arrancassem a língua da *kimani*, porque estava confusa e tendo alucinações. Ao ver minha mãe no lugar daquela mulher, só queria provar que nenhuma daquelas violências prosperou com tanta plenitude, porque ali estava eu. Só percebo que estou prendendo a respiração quando cortam a imagem para o momento em que quebram a pulseira da *kimani*. Depois, para o pavor de todos, a general diz:

*Não pense que você será expatriada, sua porca. Prepararemos um altar. Retiraremos o seu feto e você o oferecerá a Deus em fogo ardente como oferta de sacrifício pelo pecado. Se os céus não o aceitarem, vou garantir que você seja queimada viva até o último fio de cabelo. Preta.*

A *kimani* começa a berrar, a general a empurra com força, derrubando-a no chão. A imagem é substituída por um chiado. Uma câmera trêmula revela um quarto pouco iluminado. Uma mulher de costas aparece, carregando um recém-nascido de cabeça para baixo. Por ser uma câmera escondida, o ângulo não é dos melhores. Mesmo assim, estremeço quando a mulher de jaleco larga a criança escura sobre uma placa de aço. A cabeça do bebê sofre um impacto e ele para de chorar. A mulher enfia uma agulha na perna da criança minúscula, puxa uma alavanca na parede que parece um buraco. Então, como se o bebê fosse

um objeto qualquer, as mãos apressadas o descartam. A tela escurece.
Em silêncio, palavras grandes enchem a tela, uma após a outra:

É ASSIM QUE ÉDEN TRATA AS MULHERES GRÁVIDAS

ÉDEN É ASSASSINA DE CRIANÇAS E DE MULHERES

HÁ DEZESSETE ANOS, DESERTARAM UMA *KIMANI* GRÁVIDA

MESMO GRÁVIDA, ELA FOI SENTENCIADA À CADEIRA
ELÉTRICA

ELETROCUTARAM UMA MULHER GRÁVIDA, MAS MESMO
DESTRUÍDA, ELA CONSEGUIU FUGIR E SALVAR SUA FILHA

SUA FILHA ESTÁ VIVA E ENTRE NÓS.

FREYA, FILHA DE AMARA.

# 42

## Freya

Se alguém me contasse há dois meses que eu viveria tudo o que vivi nas últimas semanas e que agora estaria me preparando para combater a própria metrópole, eu jamais acreditaria. Meu passado em Absinto parece distante demais e, ao mesmo tempo, presente.

Cadeira elétrica? Como assim? Desde quando sabem disso? Por que Núbia nunca me disse? O pânico me domina. Em desespero, tento não criar uma imagem de minha mãe perdendo a sanidade por conta dos choques que percorrem seu corpo. A noção de si mesma indo embora, a capacidade de raciocinar se perdendo enquanto o corpo urra de dor. Eu, ali, dentro de sua barriga, um peso indesejável e incapaz de poupar o sofrimento dela.

Exposta, evito encarar meus amigos. Tampouco o líder que nos receberá longe daqui. Mal consigo respirar, mas o mínimo que posso fazer agora é engolir em seco e não chorar.

Me sinto tonta e enjoada. Sob o aviso de que em breve serei preparada para gravar o discurso que sucederá a filmagem, somos todos dispensados. Antes disso, Madalena sugere que eu faça anotações sobre o que eu gostaria de falar se tivesse um minuto diante de Éden inteira. E, apesar de sua dicção perfeita, não consigo prestar atenção em uma palavra sequer. Não sei se estou mais chocada por ser lembrada da crueldade da promessa da general, pela manobra da Fraternidade ou pelo descarte do bebê em si. Preferia nunca ter visto uma cena como essa, mesmo tendo assistido ao espetáculo do assassinato na Praça da Ponte.

Elas sabiam de tudo. Sabiam que o episódio da masmorra não só sustentaria meu discurso em nome da Fraternidade como dispararia um terrível gatilho em mim. Moveram pedra por pedra, organizando uma filmagem, estudando o ângulo e o momento certo para picarem os calcanhares de Ádamo com o veneno numa cartada imbatível. É por isso que, antes de deixar a sala, reparo Núbia abertamente, enxergando-a além da mulher que agora sustenta um artefacto glorioso na cabeça, olhando-a como nunca antes. Essa mulher me dá medo. Ela sabe exatamente o que está fazendo. É uma estrategista de primeira. Está há anos trabalhando nisso e é por isso que a história de Josué a perturba tanto, porque minha participação aqui está desenhada nos mínimos detalhes, e nada pode falhar. O olhar de Núbia ainda é o de uma cobra. Esverdeado, astuto e ameaçador. Quando dá o bote, ela já enlaçou seu corpo inteiro e o apertará até que todos os seus ossos se quebrem. Esse é o bote.

— Vejo vocês daqui a pouco — avisa Lígia baixinho, alheia aos meus pensamentos e se desviando em direção à própria cobra, que conversa com Jairo.

Imagino que Lígia vá falar algo sobre ter visto o pai, mas não consigo acompanhá-la, uma vez que sou o alvo dos cumprimentos. Os integrantes do esquadrão apertam minhas mãos, me saúdam, transmitem mensagens de esperança e me parabenizam pelo sucesso na missão anterior.

Daniel mal consegue esboçar um sorriso num canto enquanto sou assediada pelos meus novos fãs e troca um aperto de mão com Lúcio Carisma. Ele faz um breve sinal de que mais tarde nos encontramos, e vejo tudo isso presa na história que Mila está contando sobre como a Fraternidade tem trabalhado para criar expectativa nas zonas baixas, um sinal que muitos esperam, mesmo cheios de dúvidas.

O restante do dia na base é bastante monótono. Lígia não demora para me encontrar na biblioteca, mas enquanto não chega, procuro as tintas que usei da última vez e arrumo uma folha de papel no cavalete.

Cores claras zarpam em minha mente e me enchem de vontade de colorir algo capaz de me libertar da imagem do choque, da cadeira elétrica. Pode ser um pôr do sol com nuvens alaranjadas ou muitos tons de azul límpido pensando no reservatório de água que chamam de piscina. Se meus traços fossem melhores, eu faria o rosto de Ester e Pompadour, porque, por mais que tenhamos passado pouquíssimo tempo juntos, sinto saudades e me preocupo com o fim que tiveram.

Antes mesmo de tocar na tinta, sinto meu coração acelerar de ansiedade. Pela primeira vez o plano não me parece uma ameaça suicida. A sabedoria que exala de Núbia parece intocável. É tão convincente que me pergunto por que ela mesma não se coloca como ícone dessa rebelião. *Nenhuma história inspira mais revolta do que a sua, garota.*

— Você já tinha ouvido falar da tal da Cassiopeia? — pergunta Lígia, adentrando a salinha. Reveza entre falar e roer as unhas. — Que diabos é Cassiopeia e pra que eu ia querer ir para um lugar com um nome tão horrendo?

— Não faço ideia. Mas a gente não tem lugar nenhum além desse.

— Obrigada por me lembrar — agradece ela, ríspida. Anda de um lado para o outro, nervosa.

— O que houve? Falou com ela sobre o seu pai?

— Vão tentar rastreá-lo, mas ela disse que é difícil e pode levar dias. — Lígia não consegue dizer uma palavra sequer sem tirar as unhas da boca. Receio que ela comece a morder os próprios dedos. — Preciso fazer alguma coisa.

— Eles sabem fazer as coisas, Lígia — digo, para tentar acalmá-la. — Vão encontrá-lo.

— Não sei. O plano que ouvimos hoje vai ser executado daqui a uma semana. Com tudo o que eles têm aqui para se ocupar, você acha que alguém vai ligar pra o pai de uma garota qualquer? Não sou você, Freya.

— Acho sim — afirmo, pega de surpresa. — Posso falar com a Núbia, reforçar. Se for realmente o seu pai, ele me ajudou muito, Lígia. Tenho essa dívida com ele.

A garota continua andando para lá e para cá, até desabar numa poltrona.

— Onde está o seu colar?

— O quê? Ah, eu tive que deixar com a Suzana antes da missão. Ela me forçou. Ninguém podia me ver com ele.

Lígia me encara desacreditada.

— Você disse que o colar é uma garantia de que sua mãe está viva, que enquanto ele estiver com você sua mãe não corre perigo.

— Eu sei. Mas ela está guardando o colar pra mim.

— Como você pode ter certeza? — O tom de Lígia me golpeia. Agora me sinto ridícula por não correr atrás do objeto com toda a minha vida desde que cheguei, mas não acho que... — Se eu tivesse o privilégio de ter uma garantia de que o meu pai estivesse vivo, daria a vida para manter essa garantia comigo. Por que não vai atrás disso agora?

A pergunta me dilacera e eu não estava preparada para sentir terror tão depressa. O estágio de nervos em Lígia contamina o ar inteiro e não existe mais a opção de encher a tela com riscos verdes. Essa cor representa a esperança, e este é um sentimento que vacila dentro do povo da noite como o fio do fogo de uma vela tentando sobreviver às rajadas de vento noturno.

**Passo o** começo da tarde procurando por Suzana, mas não a encontro de modo algum. Nem na sala de Núbia, tampouco onde os cravos *Tusajigwe* se pintam de vermelho.

Não gosto dessa cor porque, apesar de lembrar minha mãe, ela também remete ao sangue. Núbia disse que daqui a sete dias fugiremos sem que sangue inocente seja derramado e é nessa crença que estou me agarrando de todas as formas. Que se exploda a cor dos cravos.

Durante a tarde, tento fugir um pouco da presença de Lígia. Passar tanto tempo no subterrâneo já é angustiante o suficiente. E preciso estar um pouco melhor para tentar acolhê-la da próxima vez.

Encontro papel e caneta e me escondo no vazio da sala de cura, onde há menos circulação de pessoas. Relembro as palavras de Madalena e da General Lisboa. *Retiraremos o seu feto e você o oferecerá a Deus em fogo ardente como oferta de sacrifício pelo pecado. Se os céus não o aceitarem, vou garantir que você seja queimada viva até o último fio de cabelo.* Essa é a coisa mais pavorosa que já ouvi na vida. Então tento esboçar um monólogo baseado no meu ódio. Acontece que nada parece convincente. Nunca achei que isso pudesse ser tão difícil, e, quanto mais esbarro na impossibilidade de concatenar as ideias, mais passo a achar que tomamos uma decisão errada. Não posso realmente ser o que querem de mim.

— Achei você. Vem comigo — diz Suzana, surgindo bem no momento em que repasso as primeiras palavras que consegui montar. — Precisamos treinar seu discurso e te apresentar a mais pessoas.

Além de falar com pressa e evitar me olhar por muito tempo, Suzana tem um volume de roupas penduradas no braço direito. Guardo minha tentativa de discurso no bolso, desconfiada.

— O colar — digo. — Preciso dele agora.

— Relaxa. A gente não tem tempo para isso agora.

— Não vou fazer nada sem o colar, Suzi.

— Você precisa se trocar. O ideal é que você ensaie já vestida.

— CADÊ O COLAR? — grito.

Suzana arregala os olhos. Pisca descompassada. Tenta desfazer o bolo na garganta. Quanto mais segundos ela passa tentando achar uma palavra certa, mais atormentada fico.

— É que desapareceu.

— O quê? Como assim?

— Não sei onde coloquei, Freya. Estava comigo o tempo todo. Já olhei em tudo o que...

Mas as palavras dela vão sumindo. Sinto os dedos da minha *tinyanga* me oferecendo o colar pela primeira vez. Sinto falta da sensação das contas repousando em meu pescoço, afirmando que está tudo bem com elas.

Arregalo os olhos, meu rosto pega fogo. Não saber onde está o colar é pior do que a vez que o deixei amarrado na grade assim que chegamos à Casa *Kimani*.

— Eu disse a você que era importante para mim — digo. — Eu preciso disso agora.

— Estou correndo atrás. Sou uma idiota. Prometo que só vou descansar quando esgotar todas as minhas possibilidades e encontrá-lo. Podemos ir agora? Núbia a espera.

Encaro a mulher perplexa. Não acredito na promessa dela. Mas o que posso fazer neste momento? Paro tudo para revirar o esconderijo atrás da esperança de que minha mãe permanece bem ou corro atrás de fazer alguma coisa concreta, preparar nossa saída para um lugar que finalmente receberá todos os refugiados, inclusive minha mãe e tia Cremilda?

Quero deitar na cama ao meu lado e morrer. A vida é insuportável e cansativa. Não tenho mais forças dentro de mim para encarar um desastre atrás do outro. De repente sinto como se meu corpo, minha mente e meu espírito fossem massacrados pela roda do maior caminhão do mundo. Abrir mão de tudo e pedir para que apenas me ajudem a encontrar *mamana* é o convite mais tentador de todos os tempos.

Ainda assim, preciso ser madura e encarar o que está diante de mim. Falta só mais um pouco. Mais alguns dias e teremos um lugar. Mais um pouquinho e poderei encontrá-la. Ruana já está livre e poderá desenhar comigo no abrigo que providenciarão para nós. Mais um pouquinho e Ester poderá criar seu bebê em paz — caso ele não esteja morto.

Parar tudo e procurar meu colar vai trazer minha mãe de volta? Porque se o feitiço funcionasse dessa forma, minha tia-avó nunca o faria. Ela só queria amenizar o meu sofrimento e não colocar a vida da minha mãe nas minhas mãos.

Eu me agarro a qualquer coisa que prometa uma coisa boa. Para continuar, só preciso acreditar que nem tudo está perdido. Então vou enfiando toda positividade na cabeça à força enquanto cruzamos os corredores e antessalas empoeiradas da instalação.

Depois de algum tempo, no banheiro de azulejos quebrados, Suzana finalmente fala alguma coisa.

— A Fraternidade nunca teve uma cor ou símbolo — ela diz, olhando para baixo. — Núbia Asmos acha que isso precisa vir de você. Coisas que te inspiram. Elementos ligados à sua história.

— Escolham o que quiserem — digo de má vontade.

— Você é de Absinto — responde, franzindo as sobrancelhas. — *Nós* somos. É uma oportunidade de fazer a nossa colônia ser lembrada.

Abro a boca, mas não consigo dizer nada. Não gosto dessa ideia e nem tenho certeza se faço parte da Fraternidade. Minha mente não está funcionando direito e a única coisa que quero é ficar em paz.

— Tem uma cor que representa algo pra mim — digo, pensativa. — É a cor que sobrou da gente naquele dia em Absinto. Nosso sangue. Também é a cor favorita da minha mãe.

— Vermelho? É uma cor forte e vibrante. Acho que é uma ótima escolha.

Tento desviar o olhar. Faz sentido a cor preferida de Amara se tornar a marca do grupo?

Suzana tenta puxar assunto, mas não consegue. Então me entrega um macacão branco ajustado para o meu corpo. É preciso fazer alguns acertos aqui e ali, mas no geral, tirando o aperto exagerado na cobertura do peitoral e das costas, me sinto mais confortável do que exposta.

Os pés cabem bem nas botas, e completo o visual com um par de luvas com buracos para encaixar os dedos. Não me sinto à vontade com esse uniforme, mas, pelo menos, ele não deixa minhas pernas e pés expostos como a última coisa que vesti nesse banheiro para sair da base.

Poucos minutos depois, caminhamos por um corredor que nos leva para cada vez mais distante da área onde estou acostumada a circular. Nossos passos se repetem em ecos pelo túnel mais longo até o momento. No final dele, há uma porta feita com liga grossa de metal. Um tipo de manivela substitui o lugar da chave. Suzana coloca força no movimento dos braços para mover o círculo. Depois do rangido agudo, a porta revela uma antessala também mal iluminada. Os tijolos nas paredes são aparentes e mal lixados, conferindo um aspecto rústico ao local, que fede a mofo.

Uma meia parede descascada divide o ambiente, criando um ângulo que me impede de enxergar o que há à frente. Antes que Suzana se adiante, passos apressados nos encontram. Núbia Asmos, ainda com a roupa que usava mais cedo, porém sem o artefacto na cabeça. A comandante me avalia com o olhar de cima a baixo e acena satisfeita.

— Deslumbrante.

— Nem sabia que essa parte existia — digo, na tentativa de manter o assunto sem parecer nervosa. Borboletas começam a voar dentro da minha barriga. Serei obrigada a repetir meu discurso de convencimento e, agora, diante de Núbia, ele parece horrível. Na verdade, ele nem existe.

— Conseguiu preparar alguma coisa? Suzana te ajudou?

Suzana? Sua namoradinha só me atrapalhou.

— Rascunhei alguma coisa. Mas nada bom o suficiente — respondo. Escondo as mãos trêmulas atrás do corpo, detestando a apreensão. — Estou um pouco nervosa, confesso.

Núbia abre um sorriso e se aproxima, repousando a mão pesada sobre o meu ombro.

— Não fique tímida. Hoje, será apenas um ensaio e você terá todas as chances para errar. Não se cobre tanto, certo?

— Certo.

— Quero te mostrar como tudo funciona — diz Núbia, dando um passo para o lado e me indicando o caminho para a sala. — Por favor.

O cômodo ao lado é quase tão estreito quanto o anterior. Uma das paredes é repleta por televisores enfileirados. Cada um deles exibe imagens diferentes. Há muitos fios, rádios e gabinetes espalhados por um tipo de mesa de comando. Vários dos equipamentos emitem luzes piscantes. Duas cadeiras são ocupadas, cada uma por um homem aparentemente compenetrado em manipular as informações em telas de computador.

Alguns segundos depois que chego, um deles gira na cadeira e acena para mim. É Caio. Quando o outro se vira, surpreendo-me ao notar que é mais uma mulher de cabeça raspada.

— Meu nome é Ada. Prazer, Freya.

Exibo um sorriso tímido. Suzana permanece feito uma sombra a um passo atrás. Núbia gesticula para as telas fixadas na parede. Conto quinze aparelhos.

— Essa é uma das partes mais avançadas do nosso arsenal tecnológico. Meio improvisada, mas Caio e Melissa são os melhores que a Fraternidade poderia ter — ela diz, com um meio sorriso curto. Nunca a vi tão simpática. — Estamos todos gratos pela colaboração e pelo serviço fiel de vocês.

Os dois devolvem sorrisos de gratidão, acenam e retornam para seus computadores, falando entre si com a voz baixinha.

— Ah, Freya, esses equipamentos mostram a programação televisiva em todas as zonas. Infelizmente, teremos de deixar todos os televisores aqui na evacuação. Não vai dar para levar nada. Malas, pertences... Isso é algo que estamos pensando em como trabalhar no seu anúncio.

Há uma variedade de exibições. Uma espécie de animação aparece em uma das telas. No desenho, um gato colorido está criando uma armadilha para pegar um ratinho veloz. Em outra tela, duas mulheres seminuas se atracam em uma jaula como se estivessem brigando. Qualquer pessoa que saiba o que é uma luta de verdade pode dizer que essa encenação de bosta não passa de um show ridículo. Que tipo de gente ligaria para esse programa?

— Os canais são distribuídos por merecimento, é claro — explica Núbia, criando aspas imaginárias com os dedos. — São os que você vê à sua esquerda. Aqui, à direita, são câmeras implantadas em lugares específicos da metrópole. Há quase trinta delas.

Desvio o olhar para as imagens que alternam com certa frequência. Olhando bem, é óbvio que mostram Éden sob diversas perspectivas. Por meio delas, percebo que o sol está indo embora. A maioria revela a movimentação das ruas. Vez ou outra, nas imagens aparecem pontos escuros com construções abandonadas ao fundo.

É assim que eles conseguem ver se alguém está próximo do território secreto! O trabalho da Fraternidade me surpreende cada vez mais e eu tenho a impressão de que ainda estou na ponta do barbante.

Uma imagem chama a minha atenção. Essa câmera foi inserida em um lugar alto. Provavelmente, no umbral de uma porta comprida o suficiente para que eu veja o homem por inteiro. De costas, o homem comprido e corpulento cruza as mãos atrás do corpo. Uma capa com pele de girafa escorre do pescoço ao chão, e não é necessário muito mais alarde para que o sangue do meu corpo corra até o rosto e eu fique enervada. Plantas trepadeiras envolvem duas pilastras e um animal gigante passeia para lá e para cá em torno do homem.

— Aquele é Ádamo — diz Núbia, com um tom indiscernível, apontando para a tela em que meu olhar está fixado. A imagem é substituída por uma rua estreita por onde passa um bonde. — Desculpe. As câmeras variam.

Meu coração bate forte. Ele está tão perto de mim. Por que não podemos prendê-lo agora? Minha vontade é pedir para que Caio ou Melissa pausem na imagem dele. Como não consigo fazer isso, começo a observar as outras telas, procurando o padrão de repetição.

— Conseguimos colocar um micro-olho no palácio, onde o Trono está localizado. Esse micro-olho tem a mesma cor da parede e é tão minúsculo que não passa de uma leve mudança de relevo — diz Núbia. — Um minuto. Divirta-se com a programação.

A comandante se afasta para trás, até Suzana. Conversam aos cochichos.

"Está tudo pronto?", "E o fundo verde?" e "Em que momento todos vão chegar?" são algumas das perguntas que consigo ouvir de Núbia. A conversa das duas, cada vez mais baixa, me incomoda. Preciso relaxar para não surtar. Volto a olhar para as telas em busca de um padrão... ali está ele de novo!

Meus pés se arrastam dois passos e me aproximo para observá-lo melhor. O homem atende a um rádio, mas é uma pena que não consigamos ouvir o que os televisores descortinam. Continuo com os olhos presos em cada gesto do homem. Vejo quando ele faz o rádio dançar de uma mão para a outra. Torço para que várias coisas aconteçam: que ele vire para a porta, que me deixe ver seu rosto e que a imagem da tela não mude.

Respondendo aos meus desejos, ele gira para o micro-olho e me deixa contemplar sua face plácida, a mesma desenhada na entrada de todos os postos de trabalho na colônia que ele destruiu. Os fios de cabelo marrom desenham um tipo de franja para o lado. A face quadrada e bruta de repente me encara do outro lado da tela. Pisco confusa. Porque os olhos densos que tanto encarei sem que ele visse agora me percebem. Então o lábio fino desenha um sorriso sombreado pela barba e diz:

— Freya.

Ádamo caminha para dentro do palácio até desaparecer.

# 43

## Fale alguma coisa

As coisas parecem acontecer em câmera lenta. A imagem da tela alterna. Deslizo os olhos para Caio e Ada, mas ambos parecem envolvidos demais no próprio trabalho. Viro a cabeça para Suzana e Núbia, mas elas continuam trocando informações, compenetradas.

Volto a olhar para as telas, mas, dessa vez, sem conseguir assimilar imagem alguma.

Não sou tão maluca assim. Tudo bem, meus pensamentos às vezes beiram a insanidade. Mas isso? Isso é real. Isso foi de verdade. Se Ádamo tivesse olhado apenas para a câmera supostamente escondida já teria sido desesperador...

Meu cérebro borbulha tanto que estou prestes a desmoronar de ansiedade. O que aconteceu é ainda pior. Ádamo olhou pra mim. Ele disse o meu nome, como se soubesse que eu estou bem aqui.

Ele sorriu.

Sabe que o estamos vigiando. Talvez saiba que estou aqui agora.

Talvez eu esteja cercada por traidores.

Não. Talvez haja um traidor muito perto.

Alguém que sabia que eu estaria aqui agora.

— Freya.

Não consigo discernir a voz que me chama. Quanto mais os segundos passam, mais acho que perdi a cabeça. Não posso ter visto ele me chamar. Como ele saberia meu nome? Isso... é mesmo possível?

*Se souber onde estamos, talvez ele também saiba que ainda não estamos prontos. Pode ser que tenha acabado de autorizar um...*

— Freya?

— Ele sabe sobre a gente — digo, emergindo do meu surto. A velocidade com que o meu coração acelera no peito torna a respiração mais complicada. — Ele sabe que estamos aqui.

— Do que você está falando? — pergunta Núbia, com a testa enrugada.

— Se ele sabe, quanto tempo vai levar até nos alcançar? — indago. — Quanto tempo a gente precisa para o reforço acampado chegar até aqui?

— Freya, você precisa se acalmar — diz Núbia, fechando as mãos sobre meus braços. A proximidade me permite sentir seu hálito quente. — Não podemos iniciar uma guerra.

— Não é você quem diz isso — digo, com toda certeza. O homem continua olhando para mim mesmo quando fecho os olhos. A imagem não se desvanece. Os olhos que eu sempre quis arrancar. — Ele olhou para mim. Olhou para a câmera, na minha direção, e sussurrou o meu nome. Eu o vi. Bem ali — digo, apontando um dedo trêmulo para a tela.

As pupilas de Núbia se dilatam, em choque. Mal consegue fechar a boca. Suzana parece petrificada.

— Isso é impossível — diz Caio, levantando da cadeira. — Estamos vigiando ele...

— Freya, tem certeza? — insiste Núbia.

Não estou disposta a repetir nada.

— O nervosismo com a gravação está mexendo com a cabeça dela. — Ada avisa a Núbia, como se eu não estivesse a três passos de distância.

A mão trêmula de Suzana repousa em meu ombro, mas me afasto, nervosa.

Não faz sentido ele dizer meu nome aleatoriamente. Como ele sabia que eu estava assistindo naquele exato momento? Será que posso confiar em alguém nesta sala? Qualquer uma dessas pessoas pode estar me traindo agora mesmo.

O silêncio domina o ambiente e todos se entreolham. Preciso avaliar minhas possibilidades de fuga. Seria seguro tentar deixar a base da Fraternidade? Daniel e Lígia também estão correndo perigo. Todos nós estamos.

De repente, um dos rádios posicionados na mesa apita. Suzana leva a mão ao peito, tamanho o susto.

— Patrulha comboio. Elizandro para Núbia Asmos. Câmbio.

Núbia só falta correr em direção ao equipamento. O olhar dela é como um chicote pronto para açoitar qualquer um de nós. Ela aperta um botão e aproxima o aparelho da boca.

— Núbia na escuta.

Um apito.

A sala se transforma em uma cabine de nervos.

Outro apito.

— Movimentação suspeita na base da 78. Repito: movimentação suspeita na base da 78. Carros se perfilando para deixar a base. Aproximadamente, dez carros.

Núbia sorve o ar com a raiva. Os olhos da mulher chegam a faiscar. Todos os outros rádios na mesa resolvem apitar no mesmo instante.

— Minha mensagem ainda não está boa — digo. — Temos que abortar.

— Não vamos abortar — vocifera ela, virando o rosto para mim. — Vamos colocar você ao vivo.

— Mas se eles sabem desse local, é sinal de que estamos em desvantagem. Não podem…

— Você quer ajudar, Freya? — pergunta ela, esforçando-se para manter o mínimo de educação no trato. — Se é o que quer, tem que confiar em mim. Você vai entrar depois da introdução do vídeo. Quer ajudar ou não?

— Entregaram o meu nome — digo, impaciente. — Posso até ajudar, mas não me peça para confiar em alguém aqui. Nem mesmo em você.

Núbia e eu trocamos um olhar afiado. A mulher suspira, acena de leve com a cabeça e faz um sinal positivo para Suzana.

— Dê continuidade ao plano. Vamos avisar a todos. Código vermelho. Fique com este rádio.

A comandante entrega um aparelho para Suzana. Encaro Caio e Ada, que dividem o tempo entre verificar minha saúde mental, examinando meu rosto, e espiar as imagens que se intercalam nos aparelhos.

— Freya, acompanhe-me por favor — pede Suzana. De tão nervosa, a voz chega a sair falhada.

Em um instante, retornamos pelo caminho do túnel deserto com passos mais do que apressados. Quando menos percebo, estamos correndo pela extensão do corredor e dobrando na primeira bifurcação à direita. Um homem fardado aguarda em uma porta entreaberta ao longo do corredor. Assim que o alcançamos, ele abre espaço para que Suzana e eu entremos. O rádio dela apita e não há tempo para apresentações.

A nova sala tem canhões de luz e um painel no qual uma lona pintada de verde fica pendurada entre suportes compridos. Ao mesmo tempo que Suzana troca informações com alguém pelo rádio, um homem de barba longa me posiciona de costas para o fundo verde e de frente para uma câmera apoiada sobre um tripé de madeira.

No chão, uma tela inclinada mostra um casal vestido com roupas esquisitas, como se fosse de muito tempo atrás. A mulher usa um vestido verde todo abaloado, enquanto o rapaz se veste como o que eu imagino ser um príncipe.

— Tudo pronto para zerarem os IPVs — diz Suzana, chamando a minha atenção. — A transmissão vai começar a qualquer momento.

— Mas já? Vão fazer isso agora? — pergunto, exasperada.

— Não saia da marca aos seus pés. Não podemos perder o enquadramento — diz o único homem na sala, indo para trás da câmera.

Dois pedaços de adesivo preto fazem o xis que marca minha posição. Passos em corrida se avolumam do lado de fora e minhas mãos começam a suar. Não posso me movimentar. Não tenho uma arma. Não me lembro de uma única palavra que escrevi. Tudo está tão acelerado!

Suzana corre até a porta no mesmo instante que chegam uma moça e um besouro. A mulher exibe um rosto pálido e corre direto para o operador da câmera. Ele entrega a ela um equipamento, enquanto o guarda troca informações com Suzana, aos segredos.

Não é que alguma coisa esteja errada. Tudo está errado. Tenho vontade de gritar, mandar todo mundo ir se ferrar, pegar uma arma e fugir pra qualquer lugar do mundo que esteja em paz. *Tolinha.*

O televisor no chão começa a piscar e a imagem do contador de IPV entra em cena. A moça de cabelo trançado, que agora tem um diadema de metal na testa e aparelhos com fios que chegam aos ouvidos, ergue em minha direção um cabo longo com uma ponta peluda.

O rádio de Suzana apita.

— Você vai ter que sair, querida. Se isso tocar, vai atrapalhar o meu microfone — reclama a moça, enervada.

— Temos um problema, Suzana. Fomos invadidos. — A voz de Núbia ressoa pelo áudio.

O olhar de Suzana congela. Acho que minha reação é a mesma, porque o tempo está correndo e eu não faço a menor ideia do que pode acontecer, ou do que fazer agora.

Não sei se permaneço posicionada aqui. Preciso de uma arma. Se eu tiver que gravar, não faço ideia do que dizer. Se a Fraternidade foi invadida em tão pouco tempo, por que não abortar essa droga de transmissão? Não teremos tempo para fugir. Nem eu, nem meus amigos. Nada vai adiantar. Fomos todos descobertos. Eu sabia que isso aconteceria!

— Você continua aqui, custe o que custar — diz Suzana, aproximando-se de mim e arrumando minha roupa como se houvesse algo para consertar. — Não conseguiremos invadir o sistema outra vez. É agora ou nunca. Seja você, Freya. Seja você. Apresente-se primeiro, ok?

— E depois o quê?

Mas ela apenas faz que não com a cabeça.

— Pense no agora. Cada hora no seu lugar.

O apito toca de novo.

— Preciso que você saia da cena — implora a moça. — Aguarde do lado de fora.

— Dez segundos — avisa o barbudo atrás da câmera.

— Estamos do lado de fora. Vai dar certo — diz Suzana, apressando-se em direção à porta.

O besouro libera espaço para a saída dela e a porta se fecha.

— Cinco. Quatro. Três.

A moça indica a lente da câmera central, nervosa. Aprumo o olhar.

— Dois. Um.

O televisor próximo aos meus pés exibe minha imagem olhando para baixo. O homem da câmera estala na minha direção e diz, sem emitir som:

— Você está ao vivo. Fale alguma coisa. Olhe pra câmera.

Aprumo o olhar de novo. Tento respirar sem demonstrar. Nenhuma palavra aparece. Nenhuma. *Fiasco, querida. É o fim. Você enganou a todos. Não serve para isso.*

— Meu nome é Freya, filha de Amara. Eu nasci em Absinto, mas minha mãe engravidou de mim aqui — digo, verifico o televisor e volto a olhar para a câmera. É difícil acreditar que estou sendo transmitida para toda a metrópole, sobretudo interrompendo a programação preferida da Zona 56. Gostaria de parecer menos travada e de falar com normalidade. — Ela foi uma *kimani* comprada e usada pelos homens da metrópole. Homens como Josué Amorim, que abusou dela até que ela engravidasse de mim. Promessas de amor era o que ele oferecia. A metrópole prendeu minha mãe e a torturou até arrancar sua sanidade. Acharam que o bebê estava morto, mas aqui estou eu.

Quando acho que perdi metade do nervosismo, o tiroteio se inicia a poucos metros de distância. O barulho me desespera, mas mantenho os olhos na direção da câmera. Se nos encontrarem aqui, não haverá como me defender. Essa mensagem custa a minha vida.

— Eu agora represento a Fraternidade. Ela existe, é forte e está aqui em Éden, neste momento. Estamos sendo atacados em nosso esconderijo — digo, estremecendo.

A morte se aproxima com os passos apressados do outro lado da parede às minhas costas. É tão idiota que eu permaneça no mesmo lugar. Não conseguirei concluir a mensagem.

— Mas oferecemos uma chance segura para todos que quiserem se juntar a nós. Podemos libertar vocês esta noite.

O renhido da porta de ferro se abrindo me obriga a me mover da cruz ao chão. Suzana surge desesperada.

— Protejam ela! Deu tudo errado! — grita. Tiros pipocam a poucos metros de distância e a garota cai atingida.

Recuo desesperada. O homem barbado retira a câmera do tripé e a agarra como se o bem fosse mais precioso do que sua própria vida. Um besouro invade a sala e aponta a arma na minha direção.

Ergo os braços, sobressaltada. Ele não pode me matar! Talvez Ádamo me queira viva.

— Nós nos rendemos — digo, a respiração entrecortada. — Nós nos rendemos.

O homem atira em meu peito e eu apago antes mesmo de sentir minha queda.

## 44

# As pessoas que se amam

Escutar meu gemido assustado me faz abrir os olhos. Por algum motivo, imaginei que estivesse deitada em minha própria cama, mas não. Estou ao lado de um besouro estirado no chão. Uma poça vermelha mela seu uniforme preto na altura da barriga.

Reclamo, enquanto tento me levantar. Há outro besouro caído na porta, meio que por cima de Suzana. Ambos parecem mortos. A mulher que segurava o cabo com o microfone encosta na parede, em choque e sem ferimentos.

— Freya.

Alguém me chama. As peças do quebra-cabeça deslizam com velocidade em minha mente e me recordo de tudo o que aconteceu até o momento em que caí. Há duas balas presas em meu peito porque o macacão é à prova de balas.

Ouço meu nome novamente e o moço barbudo aponta a câmera para mim, segurando-a por cima do ombro. Nunca vi uma pessoa estremecer tanto. O ombro que não apoia o aparelho está coberto de sangue. Quando fala de novo, a voz é arrastada de medo e desespero.

— Estamos ao vivo. Você ainda pode falar.

Chocada, checo o televisor no chão e vejo minha cópia, dessa vez, no fundo verde. Pareço uma garota em transe.

A moça de tranças faz um esforço para se mover em silêncio e suspende o cabo com o microfone. Todos evitam olhar para os corpos caídos ao nosso redor. Mas eu não resisto...

Volto a observar os detalhes da cena ao meu redor e me prendo em Suzana. Não posso acreditar que ela se foi. Em vez de me despedir, joguei nela todo o meu ódio por conta do colar. Será possível que não esteja morta? Temos que tirá-la daqui. Temos que...

— Fale com eles — pede o operador. — Fale com as zonas baixas antes que cortem a invasão.

É verdade. Se a guerra começou, não há como voltar atrás. Não posso permitir que as mortes a cinco passos de distância sejam em vão. Volto a encarar a lente.

— Isto não é uma encenação. Não é a novela que a Ádamo mostra para vocês. Isto é real. Este sistema oprime vocês por anos e anos com uma política que despreza os pobres e só existe para que eles sejam sempre pobres, sempre desmerecedores, sempre mesquinhando pontos que só servem para massacrar uns e elevar outros.

"Meu nome é Freya e agora eu falo com os saudosistas de todas as zonas que me ouvem. Eu sei o que vocês sofrem, porque sofremos muito mais do que isso nas colônias. Ádamo explodiu e exterminou o lugar de onde eu vim. Mas nós sobrevivemos e continuaremos lutando até que a justiça seja feita.

"A Fraternidade existe. Temos um exército forte e oferecemos a vocês o que nunca tiveram aqui: liberdade. Liberdade para amar quem vocês quiserem, para que seus filhos não sejam assassinados nos hospitais, nem sejam obrigados a embranquecerem.

"Não queremos combater as tropas da metrópole. Queremos viver em algum lugar onde a vida seja possível longe da miséria. Juntem--se a nós esta noite. Sejam fortes. Todos vocês que querem uma nova chance de vida, todos os jovens que querem lutar pela liberdade das suas famílias, todos vocês que querem se livrar de suas pulseiras para se tornarem quem quiserem. — Neste momento, mostro meus pulsos livres. Aproximo-me da câmera e enfio os dedos pelos buracos marcados pelos tiros, caçando as balas. — Temos um plano de fuga. Não tenham medo. Não haverá lugar para nenhum de vocês aqui a partir de hoje. Podemos oferecer proteção.

"Ádamo, eu sobrevivi a todas as suas tentativas de matar Amara, minha mãe, mesmo quando ela esteve grávida. Ainda posso sobreviver agora. Todos nós podemos. No final, essas balas vão voltar para você".

Cuspo as palavras, arrancando as balas presas na vestimenta e arremessando-as longe. Finalmente, consigo respirar melhor. Um apito soa e meus olhos correm para o televisor. Minha imagem é substituída por um fundo preto com letras de aço: ESTÁ ACONTECENDO. ESTAMOS COBRINDO VOCÊS.

A mulher que opera o som relaxa o braço e solta a respiração aliviada. O moço barbudo abaixa a câmera e abre um sorriso. De repente, os dois besouros se levantam e Suzana também, como se nada tivesse acontecido.

Meu coração martela e nem consigo me mover, tamanho o choque.

— Foi incrível, Freya. Foi incrível — diz Suzana, aproximando-se. Estou abismada. Minhas mãos tremelicam.

— Peço desculpas por isso, mas era a melhor forma de pegar uma reação realística — ela diz. — Demos pouco tempo a você. Se não fosse assim, não ficaria tão perfeito.

Os besouros liberam o visor do capacete e sorriem na minha direção pedindo desculpas. O barbudo da câmera também sorri, enquanto limpa o sangue falso do ombro. A moça do som se enche de pena e diz:

— Você se tornou muito mais incrível depois do susto. Ninguém teria feito melhor.

Devolvo meu olhar mais revoltado para Suzana, mas a sorte dela é que esse é, ao mesmo tempo, o olhar mais agradecido por ela não estar morta. Nada disso era necessário, e parece desonesto com as pessoas das zonas baixas. Meu peito reclama com a dor do tiro que me derrubou. Mais do que isso, meu coração ainda dói e eu acho que nenhuma dessas pessoas saberia dizer o quanto. É como se toda a minha energia emocional tivesse sido exaurida de mim nos últimos segundos.

— As pessoas vão acreditar que fomos invadidos. Até que parte disso é mentira? — pergunto, confusa. Ádamo olhar para a câmera também foi uma projeção falsa? Não tenho certeza se quero perdoar Suzana ou qualquer uma dessas pessoas. Na verdade, sinto-me cada vez mais ridícula por ter caído no teatro.

O rádio de Suzana apita.

— O que você viu é real. Há patrulhas por toda parte — confirma ela. — Ainda não nos acharam, mas é só uma questão de tempo.

— Como isso foi acontecer?

— Estamos apurando. Você precisa conhecer o seu esquadrão. Vem comigo.

Os dois besouros nos escoltam pelo túnel até a bifurcação que cruza com o corredor que leva à central. Núbia, Mila e mais dois homens nos encontram assim que chegamos.

— Você foi incrível. As pessoas vão comprar a ideia, Freya — diz Núbia, contendo um sorriso. — Precisamos evacuar este lugar o mais rápido possível. Nós nos veremos outra vez na nova base. Há um túnel secreto que nos leva até o lado de fora da cerca. Planejamos transportar mais pessoas através dele, mas agora que essa base pode ser um alvo não é seguro arriscar uma alta movimentação. Estaremos no lucro se nos movimentarmos agora. Este é seu esquadrão de proteção. Eles ajudarão você em sua transferência.

*Não preciso disso para me manter viva. Quem mais terá um esquadrão de proteção?*

— Suzana, você vai junto — ordena Mila, entregando para ela uma pistola pequena. — Sabe usar isso?

Ela não responde. Segura a arma de mau jeito, e troca um olhar breve e esquisito com Núbia.

Aguardo pela minha arma, mas percebo que ela não virá. Núbia e Mila apertam as mãos e a comandante move o corpo como se fosse partir.

— Ei — digo, fazendo com que ela pare. Não posso acreditar nisso. O que eles acham que eu sou? Uma ferramenta que faz o que querem sem nem ser avisada? — Você não tem nada pra me dizer?

Núbia me encara, um tanto perdida.

— Preciso me dividir em tantas que eu nem sei. Não posso me mover com vocês agora. A guerra...

— Não quero que você se mova comigo — digo, desacreditada do que ouvi. — Não quero um esquadrão de proteção. Não vou fugir de nada. Onde estão as duas únicas pessoas em quem eu confio? Quero... quero estar na linha de frente. Ajudar. Não vou fugir.

— Estamos todos fugindo, Freya — diz ela, atenta. — Há quem interprete isso como um retroceder. Eu encaro a fuga como um passo à frente. Um passo para um novo futuro. Você fez a sua parte. Deixe que façamos a nossa.

— Leve eles com você então — digo, exasperada. — Não preciso tirar a proteção de quem não sabe lutar. Eu deveria estar lá fora. Posso ser muito mais útil protegendo as pessoas.

— Freya, por favor, escute. — implora Núbia. — O que você fez naquela sala transformou você no alvo mais perigoso e mais desejado — diz, dando-me um tempo para absorção. — Precisamos que saia daqui viva, ou então nada do que fizemos até agora terá valido a pena.

Sustento a perspicácia de Núbia, olho a olho. Tudo dentro de mim quer desafiá-la, dizer que ela está errada e me rebelar contra sua vontade. Mas então, como se ouvisse o que nem falei, Daniel surge à vista. Seus passos corridos ecoam pelo túnel, para surpresa de todos nós. Infelizmente, ele está só.

— Vou aonde ela for, não adianta dizer outra coisa — vai dizendo ele enquanto se aproxima. Trocamos um olhar amistoso e eu tenho vontade de abraçá-la de nervoso. — Lígia foi atrás do pai. Não pude impedi-la. Ela conseguiu apoio do Barbicha e mandou dizer que encontra a gente em algum momento.

— O quê?

— Ele pode ir com você, mas precisam partir agora — diz Núbia.

Reajo boquiaberta. Há muitas questões em jogo. Se eu partir agora, o colar de *mamana* ficará eternamente para trás. Além disso, não amparar Lígia, que esteve do meu lado sempre que possível, corta meu coração. E, de repente, parece que o ícone da Fraternidade não pode tomar decisões por si só. Porque ele precisa estar vivo.

Minha tia-avó costuma dizer que fingir desvantagem é ganhar vantagem. Agora sei o que isso quer dizer. Porque ainda não tive minha vingança, e preciso de Núbia para tal. Ela pensa estar na vantagem, mas sou eu que estou usando-a para chegar aonde preciso. Josué não basta. Quero o homem que destruiu a vida de todos nós.

É doloroso. "Não conteste" parecia ser o lema apenas da metrópole. Odeio perceber que desde o momento em que me vendi para a Fraternidade, é como se minha vontade estivesse sendo aos poucos controlada pelas decisões de Núbia. Por isso, antes de fazer tudo o que ela deseja, estendo a mão para Suzana e peço a arma dela.

— Prefiro que você fique, proteja quem você ama e encontre o meu colar — digo, na esperança de ter de volta o que preciso, e de ensinar a comandante que quando os pesadelos viram realidade, o mais importante é manter junto as pessoas que se amam.

# 45

## O segredo das larvas

Ao contrário do que imaginei, o túnel secreto não tem iluminação e é tão sufocante que tenho medo do oxigênio se extinguir. Cada um dos besouros aponta uma lanterna para alumiar o caminho. Um vai à frente, dois atrás. Eu, Mila e Daniel no meio.

O barulho de nossos passos correndo a seco se soma aos horrores, e as reverberações sonoras dão a impressão de que estamos sendo perseguidos. O corredor sinuoso nunca se fende em mais de um caminho. Corremos por cinco minutos até que Mila força a primeira parada. Ela tira do bolso da calça um objeto parecido com uma bússola. Aperta alguns botões e o visor revela números em cor azulada.

— Falta muito chão — informa ela. — Se formos mais rápido, perderemos toda a força.

Depois disso, trocamos a corrida por uma caminhada acelerada. Mais ou menos dez minutos depois, estou suando em bicas e preciso prender meu cabelo em um coque. O macacão à prova de balas é responsável por meu cansaço acentuado e a falta de paisagem, pela minha ansiedade. Aproximadamente de cem em cem metros, o teto se junta em um vão que corre para o alto em possíveis saídas lacradas. Vez ou outra, Mila puxa um transmissor de um dos bolsos e checa a possibilidade de comunicação. Estamos inaptos.

— E se eles conhecerem o túnel? Se souberem para onde estamos indo? — digo, um tanto ofegante, quando reduzimos a corrida para passos apressados.

— Tudo é possível, mas nem tudo é provável — diz Mila. — *Isso* é pouco provável.

— Por quê?

Ela me olha de esguelha. Considera a pergunta.

— Essa base não foi construída por eles. Estava aqui bem antes. Muito antes do Breu — conta ela. — A maioria das saídas foram soterradas e lacradas. Uma obra que não deu certo.

— O túnel termina debaixo da ponte — diz um dos besouros à frente. — Pulamos direto para o rio.

— Temos equipamento de mergulho na saída — avisa Mila, puxando o que eu descubro ser um calculador de distância integrado a um cronômetro. — Tecnologia de ponta feita antes do Breu. Mesmo que não saibam mergulhar, com aqueles aparelhos fica tudo certo. Vamos pausar por três minutos.

Daniel se agacha para descansar e eu tento relaxar os braços, arrastando os pés de um lado para o outro. O que será que está acontecendo do outro lado? Será que as pessoas estão realmente conseguindo escapar? E se tiverem invadido a Fraternidade e agora tiver alguém nos seguindo pelo túnel? Núbia podia ter pelo menos separado uma arma para mim. Não sou de confiança quando estou armada? *Você nem sabe usar uma arma.*

— Que barulho é esse? — pergunta Daniel, colocando-se de pé.

Prendo o fôlego e tento aguçar a audição como reflexo. Nenhum de nós faz barulho. Movemos apenas as órbitas, encarando uns aos outros. Os rastros de luz azulada emitidos pelas lanternas dos besouros se expandem, transpassando uns ao outros. Então, ouço os passos pela primeira vez. E mais uma vez. Agora, mais intensos. Uma corrida distante. O eco nos confunde, mas... está vindo da frente. Não estamos sozinhos.

— Não podemos recuar — avisa, Daniel, aos sussurros. — Não podemos entregar a porta da Fraternidade.

— Silêncio — ordena a líder do esquadrão.

Os besouros voltam para a formação anterior e aguardam um sinal de Mila. Ela destrava a arma e faz um gesto para que avancemos em direção aos ecos.

*"Você é maluca?"*, quero dizer a ela, mas um resquício de respeito me impede.

Acompanhando o ritmo sorrateiro que ela imprime, prosseguimos a caminhada até ela parar e apontar a lanterna para cima. O rastro de luz ilumina um tampão metálico. Quatro vergalhões de ferro torcido formam uma espécie de escada em direção à saída. Mila gesticula indicando a subida, puxa o transmissor do bolso e xinga em silêncio.

Um dos besouros passa a arma para o outro, se adianta e ergue o corpo para o alto, agarrando o primeiro degrau. O barulho dos passos se intensifica e, pela primeira vez, ouço latidos.

Troco um olhar com Daniel e, de repente, o vejo apontar uma pistola para a frente. Ele mantém o olhar atento. Imagino que tenha conseguido a arma com o loiro grandão mais cedo.

De repente, os passos cessam.

Mila faz sinal para que o besouro prossiga e eu suba a escada.

Nem um passo sequer se ouve adiante.

— Vai, Daniel — sussurro. — Vai primeiro.

— Nem que ela ali ordene — diz ele, apontando para Mila com o queixo.

— Sou *eu* que estou ordenando — digo, com o resto de confiança que me gerou. — Não vou perder mais ninguém. Anda logo.

Ele aguarda eu mudar de ideia, mas isso não vai acontecer. Então revira os olhos, esconde a arma e iça o corpo em direção à escada. O besouro no alto precisa ajudá-lo a se erguer pela escadinha, mas, assim que pega o jeito, ele escala com agilidade.

Um barulho de ferro arrastado ecoa do alto e um pouco de luz surge lá de cima, sobre a cabeça do primeiro guarda. Gritos abafados surgem do alto e, então, alguma coisa estala no chão e rola para cada vez mais perto.

— Bomba! — berra Mila. — Sobe!

No mesmo segundo que me arrepia, o grito da comandante me desperta tão rapidamente que eu me iço no primeiro corrimão da escada com um único impulso e forço o corpo para cima. O contador da bomba apita em meu ouvido. Subo atrás de Daniel num desespero acelerado. Ainda me viro para baixo e estendo o braço para Mila. Mas o estrondo da explosão me atravessa por inteiro, e as chamas se espalham com tanta força que mal tenho tempo para ver o corpo da líder despencar. Apenas sou puxada pra cima, segundos antes de ser engolida por um urro de calor, escuridão e horror.

A superfície treme como se fosse feita de papel. Meu corpo também, e em chamas. Arregalo os olhos arrebatada, enquanto tento entender se o chão onde estou vai despencar, se vamos todos cair no meio do fogo. Até que o barulho da explosão desaparece e eu ainda não morri.

**Saímos de** uma espécie de bueiro. Tiros ricocheteiam muito próximos. O barulho é inegável. Tento me situar. Estamos no meio de uma estrada de pedrinhas, ladeada por construções que se encaram. Há fumaça e barricadas.

A noite é gelada. Estou petrificada. Meu peito sobe e desce. Minha face queima, e preciso passar o dedo pelas bochechas para me certificar de que minha pele não foi esfolada. Mila está morta. Os outros companheiros também. Acabei de ver pessoas morrerem carbonizadas. Um dos meus ouvidos parece ter sido tampado por dentro.

Besouros dão as costas para nós em guerra com um alvo que não consigo ver. Cortaram a energia dos postes e das casas. Pessoas gritam comandos umas para as outras. Não são só besouros, mas gente carregando armas pesadas. Procuro a sombra da muralha para me posicionar, mas não a encontro. A mão de Daniel me puxa, sua voz me apressa e corremos para trás de um latão posicionado na calçada.

— Câmbio. Cabo R30, primeira divisão. Caminho obstruído. Estou na beira da 56 com Freya. Preciso de ajuda para transferi-la. Câmbio.

— É o que consigo ouvir do besouro, que subiu antes de Daniel. Após usar o transmissor, ele corre para trás de uma mureta, fugindo da direção dos tiros.

— E agora? — pergunto a ele, a Daniel, a qualquer pessoa que possa me dar uma direção. — O que a gente faz?

— Traidores — diz o besouro, distante. Aponta para o tampão de onde viemos e gesticula de modo que eu entenda a mensagem. — Precisamos sair do caminho deles. Vocês dois, vou dar cobertura a vocês. Sigam-me.

Meus olhos começam a se acostumar com a noite, e, de repente, consigo enxergar a muralha perto. Daniel saca a pistola, destrava o gatilho e estica o pescoço, tentando espiar por cima do latão. De repente, uma mulher mais escura do que a noite se aproxima de nós dois sem qualquer armadura ou capacete. O uniforme parece feito de trapos, e pinturas douradas envolvem os braços e o rosto, parecidas com a maquiagem de Núbia.

— Esquadrão da Cassiopeia — diz ela em nossa direção. Não parece temer qualquer tiro que venha da direção oposta ao latão, atrás do qual nos escondemos apertados. Ela aproxima a boca do transmissor amarrado em um dos braços. Nas mãos, uma arma metálica nunca vista. — Retirem todos da casa, estamos cobrindo vocês. Andem. Vocês dois, aproveitem para sair. — Ela finaliza, apontando para Daniel e para mim.

O barulho das balas parece cessar e, de repente, a porta de uma das casas do lado oposto se abre. Joel, o homem que me ofereceu a faca há alguns dias, o suposto pai de Lígia, é o primeiro a aparecer, segurando uma metralhadora junto a um rapaz de pele branca.

Arregalo os olhos e meu coração dispara. Ele chega a olhar em minha direção, mas não me reconhece. Uma fila de pessoas vai saindo da casa com as costas curvadas. Umas dez cabeças, um outro besouro e Lígia. Reconheço minha amiga assim que vejo a cabeça coberta com o lenço vermelho. *Fogo na terra!* Essa droga chama muito a atenção. Ela deveria ter tirado isso.

De repente, a tampa do bueiro de onde saímos, no meio da rua, se abre e um homem surge com uma pistola erguida. O homem atira. Grito, assustada. Daniel atira de volta. Os pipocos tão próximos ativam todos os meus traumas e simplesmente não consigo me mexer. Tampouco abrir os olhos. Mais um estalo. E outro tiro. Mais um. Minha carne está tremendo.

Finalmente, a mulher cassiopeia me chacoalha pelos braços. Quando me toca, me assusto mais do que o normal. É como se as mãos dela fossem garras prontas para me destroçar, quando só o que ela deseja é me socorrer.

— Você está bem? Precisamos te tirar daqui.

Franzo a testa e observo a cena. Não há mais ninguém atirando do buraco.

Daniel estrebucha no chão. Do outro lado da rua, Lígia está caída no solo como se estivesse morta.

Os segundos se passam. Não sei explicar, mas começo a achar que minha cabeça está me enganando. Lígia não está brincando de estar caída. Daniel está morrendo. O que... O que...

— Precisamos tirar você daqui! — É o que a cassiopeia diz, apertando meu ombro. Desvencilho-me dela e corro em direção a Daniel. Coloco as mãos trêmulas no peito dele empapado de sangue. Os olhos dele se arregalam, clamam pela vida. Lembro do dia em que ele contou que sente saudades da jaqueta do pai. O mesmo dia em que ele me entregou o colar de contas de Amara, me deixando notar o quanto se importava comigo. Estou despedaçando. Alguém corre em nossa direção e me afasta, tentando levantá-lo.

*Lígia.* Atravesso a rua, alucinada. Parece que os tiros retornam, mas, ao mesmo tempo, acho que estou surda. Caio de joelhos ao lado de minha amiga. Uma descarga de desespero eletrocuta meu corpo quando vejo o buraco da bala enterrada na garganta dela. Arregalo os olhos, transtornada. Não consigo ouvir mais nada. Começo a sacudir o corpo da garota. Lanço um olhar suplicante para os edenses que se deslocam para longe, em fila, acompanhados pelo rapaz com a metralhadora. É quando Joel finalmente se dá conta do que aconteceu.

Grito por ajuda, mas não ouço minha própria voz. Minhas mãos estremecem tanto que não consigo controlar o que estou fazendo. Alguém começa a me sacudir. Lígia precisa falar comigo. Grito, enlouquecida. Mãos desesperadas me apertam. *O que está acontecendo? Será que estou morrendo também?*

Não consigo me livrar do turbilhão de sentimentos que me trucida. As garras atrofiadas em minhas costas me sugam para um buraco escuro, infinito e familiar. Se eu cair no limbo, nunca mais retornarei. Tenho certeza que não. Estou prestes a enlouquecer. A imagem de Lígia morta, com um tiro na garganta, impedida de falar, de viver... Tudo está girando. Começo a gritar desesperada.

— FREYA!

Um berro dentro do meu ouvido me traz de volta para a realidade.

Barbicha está sem o capacete. Agarra meus braços, forçando-me a andar em direção a um carro parado no meio da pista. Os estalos de tiros continuam. Não consigo localizar o corpo de Daniel. Não consigo sequer entender como fui parar ali, mas, consciente de que estou sendo afastada do corpo dela, travo minhas pernas e dificulto para o besouro.

— Eu estou bem, eu estou bem. Por favor, estou bem.

— Anda, Freya. Temos ordem para pôr você em segurança.

Forço meu corpo outra vez e, mesmo que ele não me solte, o obrigo a parar. Estão enfiando Daniel dentro do carro. Ele não para de estrebuchar. Do outro lado, Joel envolve Lígia, despedaçado. A situação parece completamente fora de controle. Na minha mente, Lígia me oferece um caju em cima do telhado, na noite em que nos conhecemos. O cheiro da fruta me invade. Eu me perco entre o que é real e o que não é.

*Por que estão me tirando daqui?*

— Me deixem em paz! Por favor, ela é minha amiga — imploro a Barbicha. — Preciso ajudá-la.

Mas Barbicha me lança um olhar que nunca recebi em toda a minha vida. Ele me contempla como se eu tivesse falando um monte de coisas sem sentido. Um espasmo de medo me apavora, novos estalos cruzam o quarteirão e o motorista do carro de guerra nos apressa com um grito.

— Deixa eu ficar e ajudar — imploro, enquanto o besouro me segura sem deixar qualquer brecha de escape. — Ela é minha amiga. Chame uma emergência.

— Não há mais nada a fazer, Freya. Você não está em condições de continuar. Temos ordens a cumprir.

— Você não pode me impedir! Vocês não mandam em mim!

O besouro imobiliza meus braços com apenas um gesto e desliza o bíceps até meu pescoço, deixando-me absolutamente imóvel. Outro homem puxa uma seringa de um dos bolsos. O motorista nos apressa novamente com uma buzinada.

— Me perdoe, garota. É para o seu bem.

— Não! Por favor! — tento implorar com o pouco de ar que passa em minha garganta. — Não-sou-o-inimigo. Vou matar vocês... Se me sedarem...

Se me sedarem agora, comprarão a maior guerra comigo. Eles não têm o direito!

Não sou uma propriedade da Fraternidade.

Arregalo os olhos e esperneio. Porque este é o verdadeiro segredo das larvas: você nunca sabe no que elas poderão se tornar. Vermes de lixo. Moscas asquerosas. Libélulas coloridas. Borboletas livres. Ícones revolucionários. Garotas tratadas como loucas, feito a mãe.

Nunca se sabe.

É tarde demais.

O homem espeta a agulha em meu pescoço e as coisas vão se apagando até deixarem de existir.

# Agradecimentos

Em primeiro lugar, agradeço a todos os apoiadores e leitores da edição independente deste livro. Vocês que engajaram, recomendaram, criticaram e acreditaram no potencial dessa história quando ela ainda precisava de tantas lapidações. Saber que alguém acredita no seu potencial é um clichê transformador. Pari a primeira edição em um dos piores momentos da minha vida. O agora é uma dádiva.

À minha família pelo apoio de sempre; às leitoras betas da edição anterior (Denise, Dani e Lô) e à Amanda pelo olhar atento; às minhas agentes sempre queridas (Lucia, Julia e Eugênia); ao Douglas pela capa eletrizante e o talento de sempre; ao Felipe Cabral, pelas pontes; à equipe da Galera Record, pelo afeto e profissionalismo; à Pam Gonçalves, pelo saudoso pamdle; ao Sem Spoiler e ao Resistência Afroliterária, por multiplicar meu acesso; aos *larvers* que me ameaçam à espera da continuação.

Um agradecimento especial à Rafa, minha editora querida, por acolher esta história de braços abertos, sem duvidar do meu potencial (te amo, sagi). E ao Junior, por me acolher nos tempos difíceis em que é preciso sacrificar para parir uma história.

**O segredo das larvas** é político, é real, é resistir.
E que nossa resistência nunca se cale. Avante!

"Ano passado eu morri, mas esse ano eu não morro."
— Belchior

Este livro foi composto na tipografia Minion Pro,
em corpo 11,5/16, e impresso em
papel off-white no Sistema Cameron da
Divisão Gráfica da Distribuidora Record.